Antonia Brauer
Das Mädchen im Zitronenhain
Das Grandhotel am Gardasee

ANTONIA BRAUER

Das Mädchen im Zitronenhain

DAS GRANDHOTEL AM GARDASEE

ROMAN

dtv

Originalausgabe 2023
© 2023 dtv Verlagsgesellschaft mbH & Co. KG, München
Umschlaggestaltung: Johannes Wiebel | punchdesign, München
Umschlagmotive: stock.adobe.com und shutterstock.com
Satz: C.H.Beck.Media.Solutions, Nördlingen
Gesetzt aus der Stempel Garamond
Druck und Bindung: Druckerei C.H.Beck, Nördlingen
Printed in Germany · ISBN 978-3-423-21861-0

*Wie sehr wünschte ich meine Freunde
einen Augenblick neben mich, dass sie sich
der Aussicht erfreuen könnten, die vor mir liegt.
Heute abend hätte ich können in Verona sein,
aber es lag mir noch eine herrliche Naturwirkung
an der Seite, ein köstliches Schauspiel,
der Gardasee, den wollte ich nicht versäumen,
und bin herrlich für meinen Umweg belohnt.*

Johann Wolfgang von Goethe

*Goldner Nebelsonnenduft
Überhaucht Gebirg und Flur.
Droben steht ein Wölkchen nur
In der windstill reinen Luft.*

*Auf dem See ein Fischerkahn
Mit den Segeln gelb und blau,
Drauf gemalt die Himmelsfrau,
Zieht wie träumend seine Bahn.*

*Rings kein Laut der wachen Welt
Um des Monte Baldo Thron,
Gleich als wüßten's alle schon,
Daß der Alte Siesta hält.*

*Leis am Ufer gluckst die Flut;
Auch der Kummer, der zur Nacht
Mich um meinen Schlaf gebracht,
Hält den Atem an und ruht.*

Paul Heyse

Kostümwettbewerb

Unter all unseren Gästen
veranstalten wir einen Wettbewerb um
das schönste Faschingskostüm auf
unserem Großen Ball

am 26. Februar 1955
im Festsaal des
Hotels Bayerischer Hof

1. Preis: eine Reise für zwei Personen
ins Hotel Ritz in Paris
2. Preis: eine Reise für zwei Personen
ins Grand Hotel Fasano am Gardasee

München 1955

»Traudl«, sagte Vicki. »Du weißt schon, dass das eine Aufforderung von ganz oben ist?«

»Eine Aufforderung von ganz oben?«, fragte die Freundin verständnislos und strich sich eine Haarsträhne aus dem Gesicht. »Was hat denn der Herr Professor Blocherer damit zu tun?«

»Professor Blocherer?« Vicki lachte. »Wenn du den für ganz oben hältst, dann bist du aber nicht sehr anspruchsvoll.« Sie deutete mit dem Finger in Richtung Himmel. »Den da, meine ich.« Und für den Fall, dass Traudl es immer noch nicht verstand, bekreuzigte sie sich und zwinkerte ihr zu.

»Meinst du, der Liebe Gott erwartet fromme Werke von uns auf dem Faschingsball?« Nun war es die Freundin, die lachte.

Doch so komisch fand Vicki den Gedanken auf einmal gar nicht. Vielmehr erinnerte sie sich an die Worte ihres Kunstlehrers Lemmert bei den Englischen Fräulein, der sie ermahnt hatte: »Du hast ein ganz besonderes Talent, Viktoria. Mach etwas daraus! Das bist du dem Herrgott schuldig. Denn er hat es dir gegeben.« Ob er damit freilich den Faschingsball im Bayerischen Hof gemeint hatte …

»Traudl, wir zwei fahren nach Paris«, erklärte sie der Freundin. »Ins Hotel Ritz! Du und ich.«

»Ach geh«, erwiderte die junge Frau und schüttelte den Kopf. »Du glaubst doch nicht, dass wir den Kostümwettbewerb gewinnen! Womit denn?«

»Wir haben vielleicht nicht die Mittel«, erklärte Vicki. »Aber wir haben etwas viel Wertvolleres: unsere Fantasie!«

I
KÄMPFE

Dunkle Nächte

München 1944

Als der Fliegeralarm losging, saß die kleine Viktoria gerade in der Küche und schaute aus dem Fenster. Es war ein schöner Tag in der Orffstraße in München-Neuhausen, und ausgerechnet jetzt bestimmte die Mama: »Schnell, Kinder, nehmt eure Taschen, wir müssen runter in den Keller.« Dabei wäre Viktoria viel lieber nach draußen gegangen und hätte mit dem Karl von nebenan gespielt oder mit Anni, die zwar deutlich älter war und immer nur wollte, dass Viktoria ihr Kind spielte, dafür aber so schöne lange Zöpfe hatte, dass Viktoria sie zutiefst bewunderte. »Und wenn wir ein bisschen später gehen, Mama?«

»Später könnt's zu spät sein, Kind«, erklärte Martha Neuhofer und strich ihrer Tochter zärtlich übers Haar. »Jetzt lauf.«

Viktoria verstand, dass es sich nicht lohnte, weiter zu argumentieren. Also sprang sie von ihrem Stuhl und holte ihre Tasche, die im Flur neben der Wohnungstür stand. Sie hatte eine, Josef hatte eine und Mama hatte zwei Koffer, die sie mitnahm, wenn sie in den Keller liefen, wie in letzter Zeit immer häufiger. Zerstörte oder beschädigte Gebäude hatte das Mädchen schon gesehen. Aber dass eine Bombe auch ihr

Haus treffen könnte, das konnte sie sich eigentlich nicht vorstellen. Wieso auch? Sie hatten ja niemandem etwas getan.

Wenige Augenblicke später standen sie draußen, Mama schloss die Wohnungstür ab und steckte den Schlüssel in ihren Mantel. Dann liefen sie die Treppe hinunter, während schon das Brummen der Flieger zu hören war. Martha Neuhofer seufzte tief. »Das müssen wieder viele sein«, sagte sie und ermahnte Viktoria, damit das Kind nicht wieder so lange trödelte. »Schnell. Das dauert nicht mehr lange, bis sie da sind.«

Tatsächlich waren auch bereits die ersten Explosionen zu hören, als sie die Brandschutztür hinter sich zuzogen und sich zu den anderen Hausbewohnern drängten, die längst alle im Keller saßen und sich unter den flackernden Glühlampen zusammenkauerten. Wenigstens war auch der Max da. Allerdings interessierte er sich gar nicht für Viktoria, sondern hielt sich an seiner Mama fest und weinte.

Der alte Herr Zauner aus dem vierten Stock sang: »Ich hatt einen Kameraden ...«, bis ihm irgendwer zuzischte: »Jetzt hören's schon auf, guter Mann. Das ist nicht gerade erhebend in so einer Lage.«

Da ließ es er mit dem Gesang bleiben, und alle schwiegen und lauschten auf den dumpfen Lärm der Bomben, die auf München fielen. Immer mehr wurden es, und immer näher kamen die Einschläge. Längst bebten die Wände, und jeder Treffer fuhr der kleinen Gruppe im Keller durch die mageren Leiber. Außer Herrn Zauner waren es nur Frauen und Kinder, die hier Zuflucht gesucht hatten. Die Männer waren ja alle an der Front oder bei der Luftabwehr. Auch Viktorias Vater war lange schon weg. Im Krieg. Irgendwo. Wo genau, das wusste sie nicht – und wenn sie es gewusst hätte, sie hätte es sich nicht vorstellen können.

»Hört denn das nie auf?«, jammerte Frau Schubert aus

dem Erdgeschoss und schüttelte immerzu den Kopf. »Hört denn das nie auf?«

Irgendwann legte Mama ihr eine Hand auf den Arm und sagte: »Ich glaub, es wird allmählich weniger. Hören Sie nur, es gibt schon gar nicht mehr so viele Treffer.«

Im selben Moment wurde der Keller von einem Einschlag so heftig erschüttert, dass fast alle von ihren Sitzplätzen geschleudert wurden und auf dem Boden landeten. Von der niedrigen Decke fiel der Putz, Staubwolken machten das Atmen fast unmöglich. Und es rumpelte immer noch weiter und weiter.

»Jetzt haben sie uns erwischt!«, rief der alte Herr Zauner, während etliche der Frauen wieder und wieder aufschrien und ihre Kinder fest umklammert hielten.

Auch Martha Neuhofer hatte Viktoria und Josef gepackt und fest an sich gedrückt. »Jesus, Maria und Josef«, ächzte sie verzweifelt und beugte sich, so gut es ging, über ihre Kinder. »Bittschön, Herrgott, lass meine Kinder am Leben, bitt dich schön!«

Und ihre Gebete wurden erhört. Nach endlos scheinenden Stunden, in denen der ganze Keller von heftigen Erschütterungen durchgerüttelt wurde, kehrte endlich Ruhe ein. Die Frauen und Kinder konnten kaum noch atmen, so dünn und so schmutzig war die Luft. Wer konnte, hatte sich ein Tuch vor Augen und Nase gepresst. Buchstäblich allen stand das Grauen ins Gesicht geschrieben – nur Viktoria nicht, die bestimmte: »Jetzt darf ich aber spielen gehen, gell?«

*

Das Haus lag in Ruinen. Längst war die Nacht angebrochen, aber das Inferno, das in der Stadt wütete, erleuchtete alles hell. Es grenzte an ein Wunder, dass die Verschütteten noch einen Weg nach draußen fanden. Wo bisher die idyllische Orffstraße gelegen hatte, ragten nun zwischen unversehrten Gebäuden die Überreste einst stolzer Häuser in die Höhe wie traurige Gerippe, verkohlt, von riesigen Flammen umlodert und teils bis auf die Grundmauern zerstört.

Auch auf manches Haus, das nicht von Bomben getroffen worden war, hatten die Flammen übergegriffen und es unbewohnbar gemacht. Fasziniert stellte die kleine Viktoria fest, dass die ganze Welt in Flammen zu stehen schien. Besonders fasziniert war sie von den Fensterscheiben, die vor ihren Augen im Feuer zusammenschmolzen. Ob es irgendwo auch nicht brannte?

Die Mutter suchte noch verzweifelt in den Trümmern nach Habseligkeiten – vergeblich. Das bisschen Geld, der wenige Schmuck, der ihr gehörte, die Papiere und die Fotografien waren alles, was sie neben den Kleidern und Schuhen in ihren Koffern und Taschen jederzeit griffbereit gehabt und in den Keller mitgenommen hatten und nun noch besaßen.

Am schlimmsten war aber, dass sie auf einmal buchstäblich vor dem Nichts standen. Wohin sollten Sie denn jetzt gehen, wo sollten sie unterkommen?

Ein jeder wusste natürlich, dass die Ausgebombten sich zu melden hatten und dann in vorläufige Unterkünfte eingeteilt wurden. Aber wie es mit alledem genau zuging, machte man sich vorher nicht wirklich klar, sodass man sich nur umso überforderter fühlte, wenn der Augenblick gekommen war.

Doch Martha Neuhofer war eine starke Frau, eine pflichtbewusste Gattin und Mutter. Sie wusste, dass es jetzt auf sie ankam und dass ihr Mann, der in der Ferne ums blanke Überleben kämpfte, sich darauf verließ, dass sie alles Nötige tun würde. So ließ sie ab von ihren verzweifelten Bemühungen, doch noch etwas aus der Ruine zu bergen, und schloss sich mit ihren beiden Kindern den anderen an, die sich auf den Weg machten hinüber zum Rotkreuzplatz, wo es eine Sammelstelle gab. Dort würde man ihnen sagen, wie es mit ihnen weiterging.

Viktoria spürte die Anstrengung der zurückliegenden Stunden. Sie war so müde, dass sie beinahe im Laufen eingeschlafen wäre, als sie an Mutters Hand durch den schwer getroffenen Stadtteil Neuhausen stolperte. Was für ein Unsinn diese Bomben doch waren. Sie machten ja alles kaputt! Das sollte mal einer den Fliegern sagen, damit sie sie nicht immer auf Häuser fallen ließen. Erwachsene waren schon manchmal sehr schwer zu verstehen. Nur die Mama, die war nicht so. Die Mama war schlau, auch wenn sie manchmal ganz unnötig schimpfte. Gestern zum Beispiel hatte sie noch geschimpft, weil Viktoria die Tischdecke schmutzig gemacht hatte. Hoffentlich gab es jetzt nicht noch einmal Ärger, weil man ja die Tischdecke gar nicht mehr sauber machen konnte, wo sie doch weg war mit all den anderen Dingen. »Mein Seppi ist aber nicht kaputt, gell Mama?«, fragte sie, als ihr die Puppe auf einmal in den Sinn kam.

»Dein Seppi?« Die Mutter blickte sie mit großen Augen an. »Dein … Seppi?« Ein Zucken durchlief ihren Körper. »Dein …« Sie gluckste. Blieb stehen. Starrte ihre Tochter an und schüttete sich auf einmal aus vor Lachen. »Seppi!«, rief sie unter Tränen. »Dein Seppi!« Und sie lachte, bis sie vor lauter Weinen nicht mehr weiterlachen konnte und sich auf einen Trümmerhaufen setzen musste, wo sie das Gesicht in den Händen vergrub und schluchzend hocken blieb, bis ihr Frau Schubert, die etwas hinter ihnen gegangen war, den Arm um die Schultern legte und ihr beruhigend zuredete.

»Es wird schon wieder, Frau Neuhofer. Es wird schon wieder. Der liebe Gott wird's richten.«

Es dauerte einige Zeit, bis Martha Neuhofer sich wieder beruhigt hatte. Aber irgendwann, die anderen waren schon ein gutes Stück voraus, richtete sich Viktorias Mutter endlich auf, putzte sich die Nase, trocknete sich die Augen und erklärte: »Es ist alles gut. Wir leben. Das ist die Hauptsache. Und jetzt tun wir, was wir tun müssen.« Sie griff wieder nach den Händen der Kinder, nickte der Nachbarin mit einem dankbaren und tapferen Lächeln zu und machte sich auf den Weg.

Vom Seppi sagte sie nichts mehr, und Viktoria traute sich auch nicht, nochmal zu fragen.

*

»Wenn Sie ausgebombt wurden, sollten Sie Ihre Kinder mit unserer Organisation aufs Land verschicken«, erklärte der Mann im Büro. Sie hatten so lange warten müssen, dass beide – Viktoria und Josef – eingeschlafen waren, bis man sich endlich um ihren Fall kümmerte. Immerhin hatten sie einen Platz zum Sitzen im Gebäude gefunden, während andere draußen in der Schlange standen – und im Rauch der immer noch brennenden Gebäude. Müde rieb Viktoria sich die Augen. Der viele Rauch tat ihr weh. Man konnte auch gar nicht richtig atmen.

»Meine Kinder bleiben bei mir«, erwiderte die Mutter, und Viktoria fiel ein Stein vom Herzen. Denn jetzt, da schon der Papa nicht da war, wollte sie nicht auch noch von der Mama getrennt sein.

»Dann müssen Sie aus München evakuiert werden«, stellte der Mann mit deutlicher Missbilligung fest. »Überlegen Sie sich's.«

»Was soll denn besser daran sein, wenn ich hierbleib und meine Kinder sind weg?«

»Wenn Ihr Mann heimkommt, wird er Sie leichter wiederfinden«, erklärte der Beamte.

»Nach dem Endsieg, meinen Sie?«, fragte die Mutter reichlich unvorsichtig und erntete warnende Blicke von allen Seiten. Auch wenn jeder wusste, dass der Krieg verloren war, blieb es lebensgefährlich, es auszusprechen.

»Spätestens dann«, erwiderte der Mann ernst, als könnte es daran keinen Zweifel geben.

»Er wird mich schon finden«, entgegenete die Mutter.

»Uns, meine ich. Es wird ja ein Register geben, wohin die Leute evakuiert werden, oder?«

»Selbstverständlich!«, erklärte der Mann. Er blätterte in seinen Unterlagen. »Also dann … Sie kommen nach Freising.«

Freising. Was für ein schöner Name! Viktorias Herz hüpfte direkt ein bisschen, als sie am Morgen hörte, wie der Ort hieß, an den sie kommen würden. Denn singen tat sie gern. Und frei, das klang auch fein. Freising! Was mussten das für glückliche Menschen sein, die an so einem Ort lebten.

*

Frau Bader allerdings, bei der sie am nächsten Tag vom Wagen stiegen, war nicht besonders glücklich. Jedenfalls schien sie nicht glücklich darüber, dass man ihr eine dreiköpfige Familie in die Wohnung setzte. »So«, sagte sie. »Das ist ja eine schöne Bescherung. Gleich zwei Schrazen.« Schrazen. Das Wort kannte Viktoria gar nicht. Weshalb sie auch nicht wusste, dass es eine unfreundliche Bezeichnung für Kinder war.

»Es tut mir leid«, sagte die Mutter, »dass Sie uns aufnehmen müssen. Ich heiße Neuhofer Martha, das ist Viktoria und das Josef. Sagt schön Grüß Gott, Kinder.«

Viktoria, die völlig übermüdet war, bemühte sich, einen kleinen Knicks zu machen, wie die Mutter es sie geheißen hatte. Josef streckte den Arm vor – dass er einen Diener hätte machen sollen, hatte er ganz vergessen.

Auf dem Lastwagen, der sie mit etlichen anderen Ausgebombten nach Freising gefahren hatte, hatte die Mutter sich noch bemüht, der Tochter die Zöpfe neu zu flechten und den Sohn notdürftig zu frisieren. Sie hatte die Kleider abgeklopft, um sie vom Staub zu befreien, und die Schuhe mit ihrem Taschentuch abgerieben.

»Wir sind anständige Leute, es hat halt unser Haus erwischt«, erklärte Martha Neuhofer der streng dreinblickenden Frau Bader.

»Dass Sie sich's nicht ausgesucht haben, das ist mir auch klar«, erwiderte die. »Aber es hätten ja nicht gleich drei Personen sein müssen. Bis jetzt hab ich meine Wohnung allein gehabt. Jetzt sind's gleich vier Menschen, die in den paar Zimmern zusammen hausen.« Sie ging voraus und ließ die Tür hinter sich offen, sodass Martha Neuhofer und ihre Kinder ihr nach drinnen folgen konnten.

Es war eine schöne große Wohnung, gar nicht unähnlich der in der Orffstraße, die es jetzt nicht mehr gab. Dass eine alleinstehende Frau so viel Platz für sich allein brauchte, das wollte Viktoria nicht einleuchten. Da konnte Frau Bader doch froh sein, dass sie jetzt ein paar Mitbewohner hatte und nicht mehr so einsam in diesen vielen Zimmern wohnte.

Martha Neuhofer und ihre Kinder teilten sich ein Zimmer zur Rückseite hin. Es war nicht sehr groß und nicht sehr hell, aber es war ruhig, gemütlich und hatte zwei Betten. In dem einen würden Viktoria und ihr Bruder schlafen, in dem anderen die Mutter.

Viktoria liebte den großen Baum, den man vom Fenster aus sah. Sie stellte sich vor, dass darin Feen und Elfen lebten, denn er war dicht belaubt, und das Licht der inzwischen tief stehenden Sonne ließ die Blätter ganz oben geheimnisvoll schimmern. Im fünften Stock waren sie hier, viel weiter oben als in ihrer Münchner Wohnung. Über den riesigen Garten hinweg konnte man weit blicken und die Straße nach beiden Seiten hin beobachten. Und wenn man nach vorn ging in die Küche, dann sah man sehr schön die Türme des Freisinger Doms, der nicht weit entfernt lag.

Viktoria beschloss, dass sie diesen Ort mochte. Sie würde ganz bestimmt viel Spaß hier haben!

Die Kunst des Schwindelns

München 1955

Dass Viktoria Kunst studierte, geschah nicht wirklich mit Einverständnis ihrer Eltern, besonders nicht mit dem ihres Vaters, der sich den beruflichen Werdegang seiner Tochter sehr anders vorgestellt hatte. Lediglich ihrer Hartnäckigkeit und dem Wunsch nach Ruhe seitens Heinrich Neuhofers war es zu verdanken, dass sie sich an der Akademie der Bildenden Künste hatte einschreiben dürfen.

»Du weißt, dass du damit auf einen erstklassigen Posten bei mir verzichtest, Viktoria«, hatte der Vater etliche Male festgestellt. Als Direktor des Technischen Überwachungsvereins, kurz TÜV, war er ein erfolgreicher Mann, der es in der Hand hatte, seiner Tochter eine gute Stelle als Sekretärin zuzuschanzen. Nur zu gern hätte er das getan – am liebsten in seinem eigenen Vorzimmer, wo mit Frau Jockel ohnehin eine Bürokraft älteren Semesters saß, die zwar patent, aber auch arg langsam war. Ein bisschen frischen Wind hineinzubringen und zugleich ein Auge auf seine Tochter haben zu können, wäre das zu viel erwartet gewesen?

Doch Viktoria hatte leider nicht nur seinen Ehrgeiz, sondern auch seinen Sturschädel geerbt, und so blieb Heinrich Neuhofer vorerst nichts anderes übrig, als dem Fräulein

Tochter zu erlauben, ihre schöngeistigen Träumereien auszuleben und sich der brotlosen Kunst zu widmen. »Wirst es schon noch sehen, dass du auf dem Holzweg bist, Kind«, dozierte er wieder und wieder. »Dafür hab ich dich jedenfalls nicht zu den Englischen Fräulein geschickt, dass du mir jetzt *Kunst* studierst. Aber wenn du nachher ankommst und um eine Stelle bettelst, weiß ich nicht, ob ich dir gerade dann helfen kann.« Wobei er zweifellos hoffte, dass es nicht so weit kommen würde, sondern dass Viktorias künstlerische Ambitionen sie zumindest zu einer attraktiven jungen Dame werden ließen, die früher oder später eine gute Partie machte und unter die Haube kam. Solange es nur kein »Künstler« war ... denn auch da hatte Heinrich Neuhofer durchaus konkrete Vorstellungen und sicherlich auch den einen oder anderen geeigneten Kandidaten an der Hand. Das war einer der Vorteile des TÜV, dass hier so viele gut verdienende Männer arbeiteten, jeder mit erstklassigen Erfolgsaussichten und untadeligem Ruf.

Viktorias Mutter hielt sich mit einer eigenen Meinung zurück. Dass sie stets ihren Mann unterstützte, verstand sich von selbst. Das hätte er auch so von ihr erwartet. Und seit er aus der Kriegsgefangenschaft zurückgekehrt war, ja seit er überhaupt den Krieg unversehrt überstanden hatte, gab es nichts, worin ihm Martha Neuhofer widersprochen hätte. Mochte sie auch als Hausfrau in den eigenen vier Wänden das Regiment führen, bestand doch zu keiner Zeit ein Zweifel daran, dass das uneingeschränkte Familienoberhaupt der Vater war und dass bei Meinungsverschiedenheiten immer er das letzte Wort hatte.

*

Für Viktoria war die Aufnahme in die Akademie wie der Eintritt in eine andere Welt gewesen. Zum ersten Mal wurden die Dinge, die ihr in ihrem Leben wichtig waren, von jemandem ernst genommen. Zum ersten Mal hatte sie das Gefühl, unter Gleichgesinnten zu sein. Und zum ersten Mal war das, was sie am liebsten tat, die Hauptsache und nicht eine unbedeutende Nebensächlichkeit: kreativ zu sein, zu gestalten, die Welt mitzuformen!

Entsprechend enthusiastisch stürzte sie sich vom ersten Tag an in ihr Studium und stellte sich begeistert jeder neuen Herausforderung. Als Professor Blocherer eines Tages von mehreren Münchner Hotels den Auftrag erhielt, anlässlich der bevorstehenden Faschingsball-Saison die Häuser so originell und elegant wie nur möglich zu dekorieren, war es deshalb nur konsequent, dass sie sich als eine der Ersten meldete.

»Fräulein Neuhofer!«, sagte der Professor mit süffisantem Lächeln. »Warum wundert mich das nicht?«

»Wahrscheinlich, weil Sie mich schon kennen, Professor Blocherer«, erwiderte Viktoria und fürchtete, dass sie leicht errötete.

»Wahrscheinlich«, stimmte der Professor zu. Er hatte gute Kontakte überall in der Stadt. Es war deshalb nicht überraschend, dass er auch einige der wichtigsten Hoteliers kannte. Dazu gehörte die Eigentümerfamilie des Bayerischen Hofs namens Volkhardt. Deren Haus am Promenadeplatz galt als eines der vornehmsten der Stadt, auch wenn es noch nicht wieder gänzlich den Glanz der Vorkriegszeit erlangt hatte. Doch die Volkhardts waren findig. Allein der Gedanke, Kunststudenten das Hotel dekorieren zu lassen, war raffiniert: maximale Fantasie für minimale Kosten! Das musste den Volkhardts erst einmal einer nachmachen.

»Sonst noch jemand?«, fragte Professor Blocherer. »Keine Scheu, meine Herrschaften!«

Viktoria boxte ihre Freundin Waltraud in die Seite, die daraufhin seufzend den Arm hob.

»Fräulein Frisch! Wie schön. Viktoria und Waltraud«, sinnierte der Professor. »Da können die beiden jungen Damen ja gegenseitig aufeinander aufpassen.«

Am Ende waren es sieben aus dem Kurs, die sich zum Schmücken der Hotels meldeten, sechs davon waren Frauen.

»Typisch«, schimpfte Viktoria, die seit einiger Zeit von den Freundinnen »Vicki« genannt wurde, weil sie ihren langen Nachnamen auf den abzugebenden Arbeiten gern so abkürzte. »Die Herren der Schöpfung sind sich zu fein für Dekoration. Außerdem fehlt es Ihnen an Fantasie!«

»Na ja«, gab Traudl zu bedenken. »Es gibt ja auch mehr Dekorateurinnen als Dekorateure.«

»Und wovon soll mich das jetzt überzeugen?«

»Manche Dinge können Frauen eben besser.«

»Aha?« Vielleicht war das so. Andererseits: Wenn es so war, musste es dann nicht auch etliche Dinge geben, die Männer besser konnten als Frauen? Vicki musste an ihren Vater denken. »Da bin ich anderer Meinung«, erklärte sie deshalb. »Außer Kinderkriegen vielleicht. Das beherrschen die Männer nicht ganz so gut.«

*

Die Herausforderung begann damit, dass Professor Blocherer mit seinen »Freiwilligen« die Hotels besuchte, in denen die Festsäle und teilweise auch die Hallen dekoriert werden sollten. Es stellte sich schnell heraus, dass es genau *eine* Aufgabe gab, die wirklich reizvoll war: den Bayerischen Hof zu schmücken. Er war nicht nur das größte und namhafteste Hotel, das an der Aktion teilnahm, er hatte auch die eindrucksvollsten Räumlichkeiten. Entsprechend engagiert hatte Vicki darauf hingearbeitet, mit Traudl dort eingeteilt zu werden. Und wie immer, wenn sie etwas wirklich, wirklich wollte, war es ihr auch gelungen.

»Das schaffen wir nie!«, war das Erste, was Traudl angesichts der bemerkenswerten Architektur gesagt hatte. Denn in der Tat, dieser überwältigende Ballsaal mit den zwei übereinander gelegenen Galerien und der prächtigen Beleuchtung konnte es von seinen Ausmaßen her mit dem Zuschauerraum eines großen Theaters oder gar einer Oper aufnehmen. Hinzu kam, dass es eine breite Treppe gab, die sich an der Stirnseite der Tanzfläche majestätisch zu beiden Seiten emporschwang.

»Wir werden sicher nicht alles selbst dekorieren müssen«, beruhigte Vicki die Freundin. »Dafür hat so ein Hotel doch seine Leute. Aber sie brauchen jemanden, der alles entwirft!«

So brachten die beiden jungen Frauen die nächsten Tage damit zu, Zeichnungen anzufertigen, die den großen Ballsaal des Bayerischen Hofs in allen nur denkbaren Dekorationen zeigten. Mal war es eine Mischung aus unterschiedlichsten Farben und Formen, eine Art bunter Jahrmarkt für die närrischen Tage, mal war es ein elegantes Gewand, einer Abendrobe gleich, das wirkte wie ein raumgewordener Entwurf von Balenciaga. Immer wieder ließ sich Professor Blocherer die Skizzen vorlegen, immer wieder wusste er etwas daran auszusetzen oder auch zu loben, aber so recht gefallen wollte ihm lange nichts.

Am Ende freilich war es Frau Volkhardt, die Hotelbesitzerin, die die Entscheidung herbeiführte. Vielleicht war es die Sehnsucht danach, dass der in diesem Jahr arg harte Winter endlich vorüber sein möge, vielleicht war es der besonders zarte Strich der Zeichnungen von Vicki in diesem Entwurf, vielleicht war es aber auch bloß eine Art sentimentale Erinnerung an ein Kleid, das sie in ihren Jugendjahren getragen hatte – jedenfalls stand Martha Volkhardt eines Tages im Ballsaal, wo Vicki und Traudl einen Tisch aufgestellt hatten, auf dem sie ihre Skizzen sortierten, legte die Hand auf den Entwurf mit der überaus prächtigen floralen Dekoration und erklärte: »Das ist es. Genau das möchte ich haben.«

Es war Vickis Zeichnung eines Rosengartens, der wie aus dem Märchen wirkte und den ganzen Raum in eine Traumwelt verzaubern würde, pastellfarben und leicht und fröhlich, einen Ort, an dem alles magisch wirkte und zu schweben schien. Dass Vicki dabei ein Bühnenbild zu Shakespeares Sommernachtstraum durch den Kopf gegangen war und keineswegs eine Faschingsszenerie, wen kümmerte es? Auch der Professor fand nur lobende Worte – womöglich ganz einfach deshalb, weil es unsinnig gewesen wäre, einer begeisterten Auftraggeberin zu widersprechen, vielleicht aber auch, weil tatsächlich etwas daran war an diesem mädchenhaft verspielten Dekorationsentwurf.

»Sehr schön«, stellte er geschäftsmäßig fest. »Dann gratuliere ich, dass Sie diese Aufgabe so bravourös bewältigt haben, junge Damen. Sie können gleich auch die Ausführung begleiten. Ich bin sicher, bei dem einen oder anderen Detail wird es nötig sein, den Dekorateuren mit Rat und Tat zur Seite zu stehen.«

*

Das Gegenteil entsprach der Wahrheit. So detailliert und exakt sich Vicki alles hatte vorstellen können, so wenig wusste sie, wie man es hinbekam, dergleichen ins Werk zu setzen. Außerdem wurde schnell deutlich, dass es im Hotel keineswegs eine Brigade von Dekorateuren gab, die nur darauf warteten, alles in Szene zu setzen. Nein, alle, die dafür infrage gekommen wären, hatten mehr als genug zu tun, sich um die Ausstattung der Zimmer und Suiten zu kümmern. Und das Personal, das die Tische im Ballsaal einzudecken pflegte, beherrschte genau das – aber keine Saaldekoration.

»Wie haben Sie es denn sonst gemacht, wenn Sie haben dekorieren lassen?«, wollte Vicki von einem der Kellner wissen.

»Ach je, das haben die Veranstalter selber gemacht.«

Das half natürlich nicht weiter. Aber dann fiel ihr ein, in welchem Geschäft in München täglich und professionell dekoriert wurde.

Wenige Minuten später stand sie im nahe gelegenen Lodenfrey in der Dirndlabteilung und schwärmte davon, wie hübsch die Auslage gestaltet war. »Ich versteh nämlich ein bisschen was davon«, versicherte sie der geschmeichelten Verkäuferin. »Ich studier ja Kunst.«

»Na, da wird sich die Frau Huber aber gewiss freuen, wenn ich ihr von dem Lob erzähl.«

»Frau Huber? Nein, wirklich? Ich glaub sogar, dass ich sie kenn!«, tat Vicki erstaunt. »Is sie vielleicht gar im Haus? Dann würd ich ihr schnell Grüßgott sagen.«

Die Verkäuferin zuckte die Achseln. »Vorhin hab ich sie in der Miederwarenabteilung gesehen. Aber ob sie jetzt noch dort ist …«

»Ich schau schnell nach«, rief Vicki und beeilte sich, dorthin zu kommen, nicht ohne sich den Namen der Verkäuferin, der auf einem Schild an deren Brust stand, einzuprägen.

»Die Frau Huber?«, fragte die Verkäuferin an der Miederwarenkasse erstaunt.

»Die Frau Niederreiter schickt mich«, flunkerte Vicki.

»Ach so, die Frau Niederreiter. Ja, dann schauen 'S doch einmal bei den Strümpfen.«

Und dort fand Vicki sie auch. Frau Huber war gerade dabei, eine Schaufensterpuppe einzukleiden. »Ein Hotel schmücken?«, fragte die Dekorateurin erstaunt.

»Nicht das ganze Hotel. Nur den Festsaal.«

»Ach so, nur den Festsaal!« Die stämmige, eher klein gewachsene Frau lachte. »Wenn's weiter nix ist ...«

»Natürlich mit Hilfe.«

»Hm. Das Problem ist nur, dass ich hier bei Lodenfrey angestellt bin«, erklärte die Dekorateurin.

»Da fällt mir schon was ein. Wenn Sie nur bereit wären. Und vielleicht noch eine oder zwei Kolleginnen dazu ...«

*

Eine persönliche Einladung des bedeutendsten Hoteliers der Stadt an den Eigentümer des Modekaufhauses – man kannte sich ohnehin seit langen Jahren – half dabei, dass sich der Bayerische Hof einige Mitarbeiterinnen zur Gestaltung des großen Ballsaals »ausleihen« durfte, natürlich gegen entsprechende Bezahlung. Vicki aber blieb es anvertraut, darauf zu achten, dass ihr Entwurf »auf den Bleistiftstrich genau umgesetzt« wurde, wie es Frau Volkhardt ausdrückte.

Die Hotelbesitzerin begutachtete täglich höchstselbst den Fortschritt der Arbeiten und erklärte schon bald: »Sie sind natürlich auch eingeladen, Fräulein Neuhofer. Dafür, dass Sie uns den Saal so schön entworfen haben.«

»Sie meinen mich und die Kollegin Frisch?«

Nach kurzem Zögern stimmte die Hotelière zu: »Gern. Kommen Sie nur gemeinsam. Es wär auch verkehrt, wenn so ein junges Ding wie Sie allein auf so einen Ball ginge.«

Auf den Gedanken, es könnte im Leben der jungen Frau auch einen jungen Mann geben, kam die elegante Frau scheinbar nicht. Aber vielleicht wollte sie Vicki auch bloß nicht in Verlegenheit bringen. Und tatsächlich gab es ihn ja auch gar nicht, leider, den jungen Mann, obwohl Vicki sich durchaus einen gewünscht hätte.

»Dafür hab ich aber noch eine kleine Aufgabe für Sie, Fräulein Neuhofer.«

»Ach ja?«

»Schauen Sie, wir machen einen Wettbewerb. Dafür wollen wir ein Plakat und Handzettel drucken lassen. Es wär natürlich schön, wenn die Gestaltung ähnlich wäre wie die unseres Festsaals.« Sie hielt Vicki einen Zettel hin, auf dem der Text des Plakats stand. »Deshalb hab ich mir überlegt, Sie könnten das doch beides gestalten. So schön, wie Sie die Dekoration für den Ballsaal entworfen haben, werden Sie das bestimmt auch tipptopp hinbekommen.«

»Ein Kostümwettbewerb?« Vicki spürte sofort, wie ihr Herz heftig zu pochen begann. »Ja freilich, liebe Frau Volkhardt. Das mach ich Ihnen gern. Bis wann bräuchten Sie das denn?«

»Es soll morgen in Druck gehen.«

*

»Fantasie«, sagte Traudl und schüttelte den Kopf. »Von der kannst du dir keinen Stoff kaufen und keine Spitzen. Dafür gibt's nicht einmal einen Zwirn!«

»Magst schon recht haben«, meinte Vicki. »Trotzdem glaub ich, dass wir zwei das schaffen. Ich hab auch schon eine Idee! Aber erst muss ich die Entwürfe für das Plakat und die Handzettel machen.«

Es wurde eine lange Nacht. So leicht es Vicki normalerweise fiel, einen Entwurf nach dem den anderen aufs Papier zu werfen, so schwierig war es diesmal, weil sie ständig die Uhr im Kopf hatte. Stunde um Stunde verstrich, und nichts wollte ihr gelingen. Mal geriet es zu plump, mal zu filigran. Ein Plakat hatte ganz bestimmten Anforderungen zu genügen: Ein Hingucker musste es sein und durfte deshalb nicht zu kleinteilig wirken. Zugleich ging es um eine Verlautbarung eines Luxushotels! Das bedeutete, man durfte nicht allzu marktschreierisch sein. Eleganz sollte es ausstrahlen und zugleich neugierig machen. Zur Gestaltung des Ballsaals sollte es passen, aber natürlich auch zum Thema der Ankündigung. Ein Kostümwettbewerb. Wie sollte sie das hinbekommen?

Sie entschied sich für eine grafische Lösung ohne allzu viel Schnickschnack. Keine Kostüme, keine Figuren auf dem Blatt. Nur die Schrift in einer prägnanten, aber edlen Typografie und rundherum Zitate aus dem Entwurf für die Gestaltung des Ballsaals: florale Muster, Blütenpracht, ein paar Blätter. Dem »T« im Wort Kostümwettbewerb setzte sie einen lustigen Hut auf, um die Fröhlichkeit der Veranstaltung zu unterstreichen.

Als sie endlich fertig war, graute schon der Morgen, und sie hatte die ganze Nacht durchgearbeitet.

Völlig übermüdet wankte sie in die Küche, wo sich der Vater gerade zum Frühstück hingesetzt hatte. »Auch schon auf, das Fräulein Künstlerin!«, kommentierte er ihr Auftauchen.

Vicki seufzte. »Nicht schon, Papa, noch.«

»Wie? Noch?«

»Ich hab die ganze Nacht durchgearbeitet.«

»Geh, woran sollst denn du die ganze Nacht durcharbeiten?«, widersprach Heinrich Neuhofer und schnitt sich etwas Butter vom Block, um sie auf seine Scheibe Graubrot zu streichen.

»An meinem Entwurf. Da.« Vicki legte ihm das Blatt hin, das er ungerührt betrachtete.

»So was malst doch du in fünf Minuten«, erklärte er.

»Es geht nicht immer nur ums Tun, Papa«, stellte Vicki klar. »In der Kunst geht es erst einmal um den Gedanken. Der Entwurf war das Schwierige. Ich hab zwei Dutzend verschiedene gemacht, bis ich den da hatte.«

»Ich will dir was sagen, Kind.« Ihr Vater nahm einen Schluck von seinem Bohnenkaffee mit Kaffeesahne und nickte, als wollte er das Folgende bekräftigen: »Im Leben geht es immer und vor allem ums Tun! Grübeleien werden nicht belohnt. Ein erfolgreicher Mensch ist ein Mensch der Tat.« Kein Zweifel, dass er damit nicht zuletzt sich selbst meinte. Und er war ja auch erfolgreich. Verdiente gutes Geld und konnte sich endlich alles leisten, was ihm in den harten Kriegs- und Nachkriegsjahren verwehrt gewesen war.

»Na ja«, gab Vicki zu bedenken. »Ich hab ja auch was gemacht. Und der Entwurf ist eine Auftragsarbeit. Der wird mir bezahlt!« Was nicht ganz stimmte. In Wirklichkeit hatte Frau Volkhardt kein Wort von irgendeiner Bezahlung gesagt. Darüber würde sie mit ihrer Auftraggeberin deshalb noch reden müssen. Doch erst einmal musste ihr Entwurf die Hotelbesitzerin überzeugen.

»Ich muss jetzt los, Papa«, sagte Vicki. »Die Frau Volkhardt wartet schon auf mich.«

»Um sieben in der Früh?«

»Bis ich da bin, ist es fast acht. Und das Plakat und die Handzettel sollen heut noch in Druck gehen.«

Im nächsten Moment war sie zur Tür hinaus und froh, einer weiteren Diskussion mit ihrem Vater entgangen zu sein. Er würde es nie verstehen, was Kunst war – und was Kunst für sie bedeutete.

※

Frau Volkhardt allerdings hatte an dem Tag keine Zeit für Handzettel oder Saaldekorationen. Es hatte sich nämlich ein hochrangiger Gast der bayerischen Staatsregierung angekündigt, weshalb vor dem Büro der Hoteliersfamilie eine bemerkenswerte Anzahl von Bürokraten und Sicherheitskräften wartete, um die näheren Details des Aufenthalts im Bayerischen Hof zu besprechen. Vicki wurde an Frau Volkhardts rechte Hand Anneliese Böckler verwiesen, die die Entwürfe kaum eines Blickes würdigte, sondern sie sogleich einem der Pagen, die zu Botenzwecken an diesem Tag bei den Büros herumstanden, in die Hand drückte: »Zur Druckerei Schreiber. Und mach schnell!«

Eine Anweisung, die der Page offenbar öfter hörte und zu beherzigen gelernt hatte, denn er war so fix verschwunden, dass Vicki staunte. Sie wusste von ihrem Vater, dass auch er darauf Wert legte, dass die niederrangigen Mitarbeiter seiner Abteilung »spurten«. Aber die Volkhardts hatten offenbar schon eine sehr gut eingespielte Mannschaft und verstanden es, die Peitsche zu schwingen.

»Es gäb aber noch was zu besprechen ...«, sagte Vicki zögernd.

»Tut mir leid, Frau Volkhardt ist wirklich mit wichtigeren

Dingen beschäftigt«, erklärte Frau Böckler und wandte sich wieder ihren Papieren zu.

»Das weiß ich, Frau Böckler. Aber vielleicht könnten ja Sie ...«

»Ich?«

»Es geht um ein paar Meter Stoff, die wir uns noch freigeben lassen müssten. Für die Dekoration«, flunkerte Vicki.

»Für die Dekoration.«

»Gar nicht viel!« Dass es nicht für die Dekoration des Saals war, sondern für ihre eigene und Traudls, war freilich ein Detail, das sie in diesem Augenblick für sich behielt.

»Hm. Und das hat nicht Zeit bis morgen oder übermorgen?«

»Schauen Sie, Frau Böckler, uns läuft die Zeit weg. Es soll ja schön werden. Die schönste Dekoration der Stadt!« Und vor allem: die schönsten Kostüme des Abends ...

»Ja, also dann ... Muss ich Ihnen das abzeichnen?«

»Es reicht aus, wenn Sie schnell beim Frankenberger anrufen und ihm sagen, dass die Frau Neuhofer nachher noch kommt für ein paar Meter Stoff und dass es für den Bayerischen Hof ist.«

Zu Vickis Überraschung und unbeschreiblicher Erleichterung griff die Sekretärin der Hotelbesitzerin direkt zum Hörer, ließ sich mit der Textilienhandlung Frankenberger verbinden und gab dort entsprechend Bescheid.

»Danke«, sagte Vicki und hoffte, dass sie nicht allzu aufgeregt wirkte. Sie traute sich ja kaum, der Frau in die Augen zu sehen. So einen Schwindel hatte sie schon lange nicht mehr gewagt. Eigentlich seit der Zeit nicht mehr, als es noch darum ging, das Allernötigste fürs Leben zu ergaunern.

Kindergeheimnisse

Freising 1944

Es fiel Viktoria leicht, Freising zu mögen. Es war ein freundlicher Ort mit einer riesigen Kirche und etlichen kleineren. Vor allem aber war es ein Ort, an dem es sehr viele Kinder gab. Doch schon nach kurzer Zeit – Viktoria war gerade erst ihrer Klasse in der Schule zugeteilt worden – flogen die Engländer oder Amerikaner auch auf Freising Angriffe. Auch hier war es für alle Pflicht, dass sie eine fertig gepackte Tasche zur Hand hatten, um sich vor den Bomben in Sicherheit zu bringen. Für die kleine Familie Neuhofer war das ein Leichtes – sie hatte ja nicht mehr, als in ihre beiden Koffer und die Taschen passte. Allerdings stellte sich ein ganz anderes Problem: Das Haus, in dem sie nun wohnten, hatte keinen Luftschutzkeller.

»Ihr kommt mit mir mit!«, bestimmte Frau Bader kurzerhand. »Beeilt euch!«

Hastig sperrte sie die Wohnungstür ab, als sie alle draußen standen, dann lief sie die Treppen hinunter, gefolgt von Viktoria, Josef und deren Mutter, um draußen den Weg in Richtung Domberg einzuschlagen. »Es gibt einen großen Keller«, keuchte sie. »Es ist nicht weit.«

Wie sich herausstellte, war es ein Bierkeller der Brauerei

Weihenstephan. Hunderte Menschen hatten sich unter dem Domberg eingefunden, um hier hoffentlich unbeschadet den Angriff zu überstehen.

Viktoria staunte, als sie diesen unterirdischen Saal betraten. So einen großen Raum hatte sie überhaupt noch nie gesehen. Das Gewölbe schien gar kein Ende zu nehmen. Auf Bänken und Hockern an den Wänden saßen die Alten und die Frauen beisammen, die riesige freie Fläche in der Mitte aber war beherrscht von den Kindern, die hier miteinander spielten. Begeistert rannten auch Viktoria und Josef, kaum hatten sie ihre Taschen bei der Mutter abgestellt, hin und stürzten sich in das Vergnügen. So gefangen waren sie von dieser unverhofften Möglichkeit, an einem so eigentümlichen Ort mit vielen Kindern, die sie noch gar nicht kannten, spielen zu dürfen, dass sie gar nicht bemerkten, wie draußen abermals die Welt unterging, wie Bomben über Bomben auf das kleine Freising niedergingen und alles in Schutt und Asche legten.

Die Frauen am Rand murmelten ihre Gebete, manche schluchzte im Gedanken daran, dass womöglich alles verloren war, sobald sich die Türen wieder öffneten, andere gedachten ihrer Männer, die schutzlos an der Front einer ungleich größeren Gefahr ausgesetzt waren. Denn die Bierkeller galten als sehr sicher. Und tatsächlich war das Getöse draußen hier unten weit weniger laut zu hören als in den Kellern der Münchner Wohnhäuser, und die Erschütterungen waren kaum der Rede wert.

Auch dauerte das Bombardement wesentlich kürzer als jüngst in der Hauptstadt. Freising war eben ein überschaubares Ziel, und anders als in München hatten die Piloten offenbar nicht den Auftrag, großflächige Zerstörungen anzurichten, sondern zielten vor allem auf die militärisch wichtigen Anlagen: die Industrie, den Bahnhof, die Schienen.

Irgendwann wurden die Kinder wieder gerufen. Auch Martha Neuhofer sammelte ihre beiden wieder ein und bestimmte: »Jetzt geht's zurück in die Wohnung.«

»Ist's schon aus?«, fragte Viktoria enttäuscht.

»Hätt's vielleicht noch länger dauern sollen?«

»Es war doch so schön«, maulte auch Josef, der zwei neue Freunde gefunden hatte, den Fritzi und den Michi.

Frau Bader trat neben sie und lachte erleichtert. »Kinder, gell?«

»Ja«, stimmte die Mutter zu. »Kinder. Die träumen sich ihre eigene Welt.«

*

Damit hatte Frau Bader ganz recht. Vor allem Viktoria träumte sich ihre Welt. Sie war aber auch daran interessiert, ihre Träume Wirklichkeit werden zu lassen! Der große Baum hinterm Haus, der es ihr so angetan hatte, dieser Baum brauchte eindeutig ein Baumhaus. Und sie würde es bauen. Oder vielmehr: Sie würde es sich bauen lassen! Genau nach ihren Vorstellungen.

Zum Glück hatte sie schon nach wenigen Tagen Freunde gefunden. Außerdem ließen sich die Buben, mit denen Josef sich angefreundet hatte, recht gut herumkommandieren. Fritzi wurde auserkoren, Holz heranzuschaffen, Michi musste sich um Schnur oder Draht kümmern, was schwieriger war. Bretter gab es ja in Hülle und Fülle, seit etliche Gebäude getroffen worden waren. Natürlich war es strengstens verboten, etwas von dort wegzunehmen. Aber die Buben waren flink und frech – und so mancher hatte vermutlich auch Mitleid mit ihnen und dachte, sie würden nur Feuerholz stehlen.

In Wirklichkeit entstand in der alten Ulme auf dem

Grundstück des Hauses, in dem sie bei Frau Bader untergekommen waren, ein geheimes Nest, von dem aus man weit übers Land sehen konnte.

Beim Hinaufklettern rissen sich die Kinder zwar die nackten Beine blutig, aber ein eigenes Reich zu haben, machte alles wett. Und Viktoria herrschte hier wirklich uneingeschränkt – sie verstand es nämlich, den Buben Aufgaben zuzuweisen, und nahm für sich außerdem in Anspruch, in Streitfragen stets das letzte Wort zu haben. Fritzi wurde von ihr zum Chefwärter ernannt und musste aufpassen, dass niemand, der nicht dazugehörte, dem Baumhaus zu nahe kam. Michi war für die Versorgung zuständig, das hieß, er sammelte fleißig Beeren, Birnen oder Äpfel und andere Früchte, die die Kinder dann in ihrem verborgenen Paradies naschten, während sie neue Pläne schmiedeten.

Einer dieser Pläne bestand darin, sich endlich einmal etwas »Gescheites« zum Essen zu besorgen. Denn von Beeren und wurmigen Äpfeln wurden auch die Kinder mit den kleinsten Mägen nicht satt.

Diesmal war es Fritzi, der einen Einfall hatte – einen aufregenden und gefährlichen, dafür aber umso reizvolleren Plan! Vielleicht war er durchs viele Klettern auf den Baum auf die Idee gekommen. Jedenfalls erklärte er den Freunden eines Nachmittags: »Ich weiß, wie wir uns ein Brot beschaffen können!«

»Ein Brot?« Michis und Josefs Augen leuchteten, doch Viktoria war skeptisch: »Wo sollen denn wir ein Brot herkriegen?«

»Vom Bäcker natürlich!«, sagte Fritzi, als könnte es daran nicht den geringsten Zweifel geben.

»Und wieso soll uns der Bäcker ein Brot geben?«

»Geben wird er's uns nicht ...«, meinte Fritzi geheimnisvoll, und die anderen waren schon erfahren genug, um zu wissen, dass er damit sagen wollte, er hätte einen Weg entdeckt, wie man sich das Brot »organisieren« konnte.

»Lass hören!«, forderte Michi ihn auf.

»Die Bäckerei hat ein Dachfenster«, sagte Fritzi und lächelte, als sähe er es direkt vor sich. »Das steht immer offen, das ist mir schon öfter aufgefallen.«

»Und da willst du reinklettern?«, fragte Viktoria.

»Pfeilgerade.«

»Geh. Du spinnst. Das Haus ist doch viel zu hoch.«

»Von vorn schon«, erklärte Fritzi. »Aber es steht am Hang. Und hinten ist es gerade so hoch, dass man von der Regentonne hinaufsteigen kann.«

»Der Bäcker hat da eine Regentonne stehen?«

»Mhm. Wir helfen uns gegenseitig auf die Tonne, dann ziehen wir uns hoch und sind schwuppdiwupp auf dem Dach! So einfach!«

*

Und tatsächlich ging es so einfach. Noch am selben Tag setzten die Kinder ihren Plan in die Tat um. Nachmittags gegen fünf, zu einer Uhrzeit, zu der ein braver Bäcker im Bett liegt, schlichen sie sich hinter die Bäckerei Stölzl und hievten sich – eines nach dem anderen – zuerst auf die Regentonne und von dort auf das Ziegeldach des alten Hauses, das wie durch ein Wunder bisher noch keinen Treffer abbekommen und auch nicht Feuer gefangen hatte, obwohl es zwischen schwer beschädigten Gebäuden stand.

Lediglich Josef tat sich schwer, hinaufzukommen, weil er der Jüngste und Kleinste der Bande war. »Vicki!«, rief er. »Vicki, ich schaff's nicht!«

»Pssst!«, zischte die große Schwester von oben. »Sei still, sonst erwischen sie uns noch!«

»Es ist mir zu hoch!«

»Dann bleib du da und wart auf uns.«

»Aber ich will auch ein Stück Brot«, jammerte der kleine Bruder und war den Tränen nah.

»Kriegst von mir was ab«, beschied ihn Viktoria und huschte hinter den anderen beiden Buben her, um nur ja nicht das Nachsehen zu haben.

Zur Dachluke war es nicht sehr weit; man musste aber ein Stück quer über die Ziegel klettern, und dann hieß es noch einmal, einander gegenseitig hinaufzuschieben oder zu ziehen.

Michi war als Erster unter dem Fenster und winkte den anderen, sich zu beeilen.

»Und wenn man drinnen gar nirgends draufsteigen kann?«, gab Viktoria zu bedenken.

»Das werden wir gleich wissen«, erwiderte Fritzi und schloss zu Michi auf. »Erst einmal schauen wir runter, dann steigen wir rein.« Er hielt Viktoria seine Hand hin, und sie fand, dass er ein sehr höflicher Junge war, wie er sich einem Fräulein gegenüber verhielt. »Du zuerst«, sagte er.

»Ich?« Da erschrak sie doch ein wenig. Wieso sollte ausgerechnet sie zuerst zum Fenster hinauf?

»Du bist am leichtesten. Wir schieben dich hoch.«

»Ach so.«

Während Michi ihre Füße stützte und Fritzi ihren Hintern hinaufstemmte, was ihr in dem Moment arg unangenehm war, jammerte Josef unten leise weiter.

»Jetzt gib eimal Ruhe da unten!«, rief Fritzi leise. »Schau lieber, dass uns keiner sieht!«

Das war eine gute Anweisung, denn jetzt hatte der Kleine

in der Gruppe auch eine Aufgabe und dachte nicht länger an das Brot und den Hunger und daran, dass er zurückgeblieben war, sondern beobachtete sehr sorgfältig den Hinterhof und die Einfahrt, als könnte er irgendetwas ausrichten, falls jemand kam.

»Es ist wirklich weit hinauf!«, keuchte Viktoria und versuchte mehrmals vergeblich, den Rahmen der Dachluke zu fassen zu bekommen.

»Jetzt schieb halt ein bisserl kräftiger«, herrschte Fritzi seinen Freund Michi an, der sich daraufhin noch fester gegen die Regenrinne stemmte und Viktorias Füße nach oben schob.

»Ich hab's!« Erleichtert krallte sich Viktoria am Fensterrahmen fest. »Jetzt du, Fritzi!«

Der Freund nickte Michi zu, auch seine Füße zu stützen, stieß sich kräftig nach unten hin ab – und krachte im nächsten Moment durch die Dachziegel, die unter seinem Gewicht zerbarsten.

Viktoria, die ihm die Hand gereicht hatte, verlor das Gleichgewicht und stürzte hinter ihm her, ebenso wie Michi, der beinahe rücklings vom Dach gefallen wäre, nun aber den Weg der beiden anderen nahm: mitten durchs Dach in die Backstube und direkt vor die Füße des Bäckers, der mitnichten im Bett lag, sondern mindestens so perplex war nach diesem Sturz wie die Kinder.

»Ja Himmelherrgottsakradi!«, polterte er los, nachdem er die Sprache wiedergefunden hatte. »Spinnt ihr? Was habt denn ihr da oben auf meinem Dach zu suchen?«

An der Stelle hätte Viktoria es vorgezogen, irgendeine Geschichte zu erzählen. Zum Beispiel so etwas wie »Wir wollten eine Katze retten«. Aber Michi schien so schockiert von dem Sturz, dass er offenbar gar nicht darauf kam, sich etwas auszudenken, sondern geradeheraus sagte: »Wir wollten ein Brot besorgen.«

»Ein Brot«, sagte der Bäcker und schnappte nach Luft. »Besorgen.« Er stemmte die Hände in die Seiten und fixierte eines nach dem anderen die drei Kinder, die vor ihm standen wie drei Häuflein Elend. »Stehlen wolltet ihr's!«, bellte er. »Schämt euch! Eine saubere Räuberbande seid ihr! Wenn ich das euren Eltern sag, dann gute Nacht! Und vorher kriegt ihr eine schöne Abreibung von mir, dass wir uns verstehen, gell?«

Er holte Luft, während alle drei Kinder wie auf Kommando in Tränen ausbrachen. Denn Hunger zu haben war das eine, erwischt und dazu auch noch ausgeschimpft zu werden, war etwas ganz anderes. Ungerecht nämlich, das war es. »Wir haben so einen Hunger g'habt!«, schluchzte Viktoria.

»Ja, freilich. Und wenn ich Durst hab, dann stehl ich auch dem Wirt sein Bier«, herrschte der Bäcker sie an, allerdings schon ein bisschen weniger heftig.

»Sie haben's gut«, maulte Fritzi. »Sie haben ja immer Brot da. Aber wir ... wir ... haben nie eins. Und wenn wir eins haben, dann reicht's nicht. Weil's nämlich nie genug ist.«

Der Bäcker schüttelte den Kopf. »So ist's recht«, sagte er, jetzt schon fast mild im Ton. »Erst mich bestehlen wollen und dann auch noch jammern und mir Vorhaltungen machen. Da könnt ja jeder kommen und bei mir einsteigen und einfach nehmen, was ihm schmeckt!«

»Wir haben's gar nicht bös gemeint, Herr Stölzl«, versicherte ihm Viktoria und wischte sich die Nase am Ärmel ihres Kleids ab. »Aber wenn wir beim Schuster einsteigen, dann kriegen wir doch kein Brot.«

Jetzt war es vollends um den Ernst des Mannes geschehen. Er lachte laut auf und stellte fest: »Also auf den Mund gefallen seid ihr jedenfalls nicht, ihr kleinen Gauner.«

Nachdem er einmal tief durchgeatmet hatte, hieß er die drei Kinder, sich auf die Bank am hinteren Ende der Backstube zu setzen und Ruhe zu geben. Als er Viktorias Blick zur Tür bemerkte, sagte er: »Wer wegläuft, kriegt Ärger.« Woraufhin die drei Kinder sich hinsetzten und bang warteten, was nun kommen mochte.

Der Bäcker aber holte aus einem großen Korb mit Semmeln drei Stück und trat auf sie zu. »So«, sagte er. »Wer mir verspricht, dass er so etwas nicht mehr tut, sondern in Zukunft ein anständiger und ehrlicher Mensch ist, der bekommt jetzt von mir eine Semmel. Aber hoch und heilig will ich das versprochen haben!« Er blickte den Kindern, einem nach dem anderen, in die Augen, und alle drei gelobten: »Ich mach's nicht mehr, Herr Stölzl. Ganz bestimmt.«

Und so gab der Bäcker jedem von ihnen eine Semmel und erklärte sich bereit, die Sache zu vergessen – auch wenn ihn das Loch im Dach schon etwas wurmte. Aber das hatte er ja schon früher gewusst, dass er es an der Stelle würde ausbessern müssen. »Jetzt ab mit euch!«, befahl er.

Die beiden Buben liefen auch sofort zur Tür. Nur Viktoria blieb vor ihm stehen.

»Ist noch was?«, fragte er.

»Ja, Herr Stölzl«, sagte sie leise. »Mein Bruder.«

»Was ist mit deinem Bruder?«

»Na ja, wir sind vier. Mein Bruder hat's bloß nicht aufs Dach geschafft, weil er noch so klein ist.«

Seufzend schüttelte der Bäcker den Kopf und murrte: »Das hat man davon, dass man so ein guter Mensch ist.« Dann holte er noch eine vierte Semmel, drückte sie Viktoria in die

Hand und sagte: »Pass auf ihn auf, dass er nicht auch so ein Schlawiner wird wie die beiden andern.«

»Aber nein, Herr Stölzl. Der Josef ist ein ganz Braver.«

»Dann ist's recht.«

Im nächsten Augenblick war auch Viktoria draußen und schwor sich, dass sie ganz bestimmt nie wieder so etwas Schlimmes tun würde.

*

Allerdings ist Hunger stets ein schlechter Ratgeber, und wenn es in diesen Tagen eines im Übermaß gab, dann war es Hunger. So kam es, dass Viktoria, inspiriert von Fritzis frechem Plan, hin und her überlegte, wie man es anstellen könnte, eben doch an Brot aus einer Bäckerei zu kommen. Herrn Stölzl würde sie ganz bestimmt nicht bestehlen, denn der war ja so nett gewesen und hatte ihnen sogar etwas geschenkt, obwohl sie sein Dach kaputt gemacht hatten. Aber es gab ja noch andere Bäckereien …

Und dann ergab es sich, dass Schwester Antonia Viktoria dazu einteilte, ihrer Mitschülerin Helga nach der Schule Nachhilfe zu geben. Helga war ein freundliches, etwas schüchternes Mädchen, mit dem Viktoria sich gleich an ihrem ersten Schultag in Freising angefreundet hatte. Begeistert war sie aber trotzdem nicht davon, dass sie jetzt auch noch am Nachmittag mit Helga lernen sollte. Der Nachmittag war schließlich zum Spielen da!

Doch dann fiel ihr ein, dass Helgas Vater ja Bäcker war. Er hatte einen Laden in der Thalhemser Straße, gar nicht weit von Frau Baders Wohnung entfernt, und es gab dort all die Dinge, die ihre Mutter so schmerzlich vermisste, weil das bisschen, das es auf die Lebensmittelmarken gab, einfach hinten und vorn nicht reichte. Und das brachte Viktoria auf eine richtig gute Idee!

»Wenn du mir ein paar Marken besorgst«, erklärte sie eines Nachmittags, »dann zeige ich dir ein großes Geheimnis.«

Helga sah sie mit ihren großen dunklen Augen erschrocken an. »Aber das ... das darf ich nicht!«, stotterte sie.

»Du weißt doch, wo die Marken hinkommen, oder?« Denn irgendwo musste der Bäcker die Lebensmittelmarken, die man ihm für Brot oder Mehl und was er sonst noch hatte, gab, doch aufbewahren.

»In einer Schublade unter der alten Waage hebt der Papa die Marken auf. Warum?«

Viktoria dachte nach. »Ihr macht doch am Mittag zu.«

»Zwei Stunden«, bestätigte Helga.

»Und was macht dein Papa dann?«

»Dann schläft er ein bisschen. Er muss ja immer schon mitten in der Nacht aufstehen zum Arbeiten.«

»Sehr gut. Da ist er bestimmt furchtbar müd und schläft ganz fest, gell?«

»Schon.«

»Magst du mir nicht vielleicht die Tür von eurer Bäckerei aufmachen?«

»Die Tür?«

»Die hintere!«, erklärte Viktoria und verdrehte die Augen, weil Helga so schwer von Begriff war. Kein Wunder, dass sie Nachhilfe brauchte.

»Und dann?«

»Nix. Den Rest mach ich.«

»Aber ich weiß nicht ...«

»Magst du mein Geheimnis gar nicht wissen?«

»Doch. Schon.«

»Dann ist es ausgemacht?«

Helga nickte unsicher. »Mhm. Aber erst will ich das Geheimnis wissen, dann mach ich dir die Tür auf.«

Auf einmal war sie doch die schlaue Helga. Viktoria überlegte kurz, fand, dass sie nichts zu verlieren hatte, wollte aber auch nicht, dass die Buben davon erfuhren, und bestimmte: »Komm heut am Abend zu mir rüber.«

»Am Abend?«

»Um acht.«

»Da lieg ich ja schon im Bett!«

»Heut nicht.« Viktoria lachte. »Heut liegst du woanders. Wart's ab!«

*

So strahlend der Tag gewesen war, so klar war der Abend. Gegen acht war es schon beinahe dunkel, und die ersten Sterne funkelten am Himmel. Wenn bloß kein Fliegerangriff kam! Viktoria wartete hinter dem Tor zur Hofeinfahrt und behielt den Weg genau im Auge. Ein bisschen kalt wurde ihr langsam. Sie war erst kurz vor acht heruntergeschlichen aus dem fünften Stock. Zum Glück war Josef an diesem Tag so müde gewesen, dass er direkt eingeschlafen war, sonst hätte sie ihm noch erklären müssen, was sie draußen wollte. So aber war sie nur am Wohnzimmer vorbeigehuscht, wo Mama und Frau Bader noch zusammengesessen und sich unterhalten hatten, und die Treppen hinunter – ohne Schuhe, damit niemand im Haus etwas bemerkte. Und jetzt stand sie hier und wartete, dass Helga endlich auftauchte.

Gerade als sie wieder hineingehen wollte, entdeckte sie den dunklen Haarschopf der Freundin an der vorderen Ecke. Sie winkte ihr und rief leise: »Helga! Hierher!«

Das Mädchen lief hastig herbei und flüsterte außer Atem: »Ich hab Angst. Was ist, wenn's einen Fliegeralarm gibt?«

»Dann müssen wir halt schnell sein«, befand Viktoria und zog die Freundin am Arm mit sich in den Garten. Als sie unter dem Baum standen, deutete sie auf ein Seil, das aus der Krone herabhing. »Da, schau.«

»Soll das eine Schaukel sein?«, fragte Helga enttäuscht.

»Geh, so ein Schmarrn. Eine Schaukel ist doch kein Geheimnis.«

»Und was ist dann das Geheimnis?«

»Das, was oben ist!« Viktoria packte das Seil, stemmte sich mit den Füßen gegen den Stamm und kletterte behände hinauf. »Komm. Mach's mir einfach nach!«

Wenig später zog sich Helga keuchend auf die Plattform, die sie ein paar Meter über dem Boden gebaut hatten. »Das ist ein Baumhaus«, stellte sie bewundernd fest.

»Hier darf niemand rauf, der nicht zu uns gehört.« In Viktorias Stimme schwang Stolz mit. Hier oben war sie die Herrscherin. Hier gab es niemanden, der ihr Vorschriften machte, ihr etwas verbot oder sie ärgern konnte. Dies hier oben war ihr Reich.

Helga blickte hinunter, wobei sie sich mit beiden Händen am Rand des Baumhauses festklammerte, weil sie Angst hatte, sie könnte fallen. »Das ist ziemlich hoch.« Und sie blickte hinauf. Zuerst in die mächtige Krone des alten Baums, die sich scheinbar noch unendlich weit nach oben erstreckte, dann durch eine lichte Stelle in den Himmel, und sie seufzte. »Ui, ist das schön!«

Viktoria folgte ihrem Blick und sah selbst zum ersten Mal das Sternenzelt über dem Baumhaus. Es war wirklich wunderschön. »Leg dich hin«, flüsterte sie und ließ sich selbst auf den Rücken sinken. Dann lagen die beiden Mädchen auf der Plattform im Baum und blickten in den Abendhimmel, an dem immer mehr Sterne zu sehen waren. Friedlich war es, mucksmäuschenstill – und so ergreifend, dass Viktoria beinahe ein paar Tränen gekommen wären. Unauffällig wischte sie sich die Augen und hatte dabei das Gefühl, dass Helga es gerade ganz genauso machte.

Das Haus neben dem Baum lag ganz im Dunkeln, weil die Fenster verhängt waren. Aber wenn man genau hinhörte, konnte man jemanden reden hören. Irgendwo war noch eines einen Spaltbreit geöffnet, und das war eindeutig die Stimme der Mutter.

Viktoria musste lächeln. Wenn Mama wüsste, dass sie hier draußen war, und wenn sie wüsste, was für einen raffinierten Plan sich ihre Tochter ausgedacht hatte! »Aber morgen machst du mir die Tür auf, gell?«, sagte sie leise.

»Freilich«, erwiderte Helga. »Hab's dir ja versprochen.«

Dann schwiegen die beiden und betrachteten den Himmel über Freising mit all seinen funkelnden Sternen.

Ein Maskenball mit Troubadour

München 1955

Nachdem Frau Volkhardt sie persönlich eingeladen hatte zu dem großen Faschingsball im Hotel Bayerischer Hof und nachdem sie dank Vickis Findigkeit auch kostenlos an den Stoff für ihre Kostüme gelangt waren, die sie inzwischen fertig zu Hause hängen hatten, machten sich die beiden jungen Frauen auf, um in der Kaufingerstraße noch nach passenden Schuhen zu suchen. Der Auftritt, den sie mit diesen Kostümen haben würden, das wussten sie, würde spektakulär sein!

Und dann kam der große Abend. Vicki holte die Freundin zu Hause ab und ging mit ihr gemeinsam zu Fuß zum Bayerischen Hof. Die Kostüme hatten sie in einer großen Tasche verstaut, die neuen Schuhe auch. Stattdessen trugen sie Alltagskleidung.

Vicki mochte die Stadt, die inzwischen weitgehend wiederaufgebaut war. Vor allem die Innenstadt war wieder so schön geworden, dass man kaum glauben konnte, wie hier vor zehn Jahren alles in Schutt und Asche gelegen hatte. Vom Siegestor, wo sich die Akademie befand, über die Ludwig- und die Maximilianstraße mit ihren Prachtpalais, von der Briennerstraße über den Königsplatz, von der Alten Pinakothek bis zum Justizpalast war die Stadt nun beinahe so schön wie einst, wobei Vicki sich natürlich nicht daran erinnern konnte, wie es an all diesen Orten vor dem Krieg ausgesehen hatte. Aber sie kannte Fotos, und sie hatte mit ihrer Mutter bisweilen darüber gesprochen. Denn Martha Neuhofer hatte sich darüber gewundert, wie originalgetreu die Prachtbauten wiedererrichtet und wie armselig andererseits viele Wohnblöcke außerhalb des Altstadtrings hochgezogen wurden.

Es war ein langer Weg durch die eisigen Straßen. Völlig durchgefroren kamen die beiden jungen Frauen endlich am feinen Promenadeplatz an, wo vor dem Hotel bereits eine Limousine nach der anderen vorfuhr. Damen und Herren in eleganter Kleidung stiegen aus, viele keineswegs in Faschingsgarderobe, sondern in Abendkleid und Smoking oder – die älteren unter den Herren – im Frack, manche mit einer kleinen Maske im Gesicht.

Einen Moment blieben die Freundinnen stehen und beobachteten die eintreffenden Gäste, dann huschten sie durch den seitlichen Eingang hinein und über den hinteren Aufgang in den ersten Stock, wo man den Ballsaal ebenfalls betreten konnte – wenn man zum Hotel gehörte. Aber die Mitarbeiter kannten die beiden jungen Frauen ja längst, grüßten beiläufig, und als Vicki und Traudel einen der Hausdiener, die an diesem Abend als Kellner aushalfen, baten, ihnen eine der Putzkammern aufzusperren, in denen die Reinigungsgeräte und -materialien aufbewahrt wurden, »damit wir unsere Ersatzmaterialien unterstellen können«, wunderte sich niemand.

Während der junge Mann sich wieder seinen Aufgaben widmete, schlossen sie schnell die Tür hinter sich und schlüpften aus ihren Kleidern.

Minuten später erschienen oben auf der großen Treppe zwei hinreißende Fräulein, eine im weißen, die anderen im schwarzen Kleid. Elegant und zugleich frech geschnitten waren die Kostüme, ein bisschen kurz unten, ein bisschen eng oben, dazu eine raffiniert arrangierte Kopfbedeckung, schwarz die eine, weiß die andere, ebenso wie die Schuhe und die breiten Stoffgürtel, die vorn zu einer kecken Schleife gebunden waren. Wie Allegorien von Tag und Nacht wirkten die Freundinnen. Und weil sie sich auch noch hübsch geschminkt und die Haare aufwendig hochgesteckt hatten, war jedem, der sie entdeckte, auf Anhieb klar: Diese Kostüme würden den Sieg beim Wettbewerb davontragen. Schöner konnte man nicht aussehen.

Vicki und Waltraud genossen die bewundernden Blicke der Gäste, vor allem die der Männer natürlich, und sie bemerkten schnell, dass sie an diesem Abend nicht befürchten mussten, zu viel von ihrem spärlichen Geld auszugeben. Sie waren noch nicht am Fuße der großen Treppe angelangt, da fragte schon ein Kavalier, der offenbar ohne Dame gekommen war: »Darf ich die Fräulein zu einem Glas Sekt einladen?«

Es sollte nicht das einzige Glas an diesem Abend bleiben. Als der Kapellmeister die Tanzfläche eröffnete, gehörten die Freundinnen zu den Ersten, die aufgefordert wurden. Das war Vicki durchaus recht, denn sie wollte, dass ihre Kostüme gesehen und bewundert wurden! Schließlich ging es an diesem Abend vor allem um eines: eine Reise nach Paris!

Die Musiker spielten die erste Stunde vor allem Foxtrott und Cha-Cha-Cha. Auch einige aktuelle Schlager – und zu Vickis Erleichterung keine der albernen Faschingslieder, die es natürlich auch gab und die eigentlich erst erträglich wurden, wenn man genug getrunken hatte. Nach zehn Uhr am Abend erlaubte sich die Kapelle sogar den ein oder anderen Rock 'n' Roll, was die Freundinnen über die Maßen freute.

Die Jüngeren aus dem Publikum tanzten, die Älteren klatschten, und als die Stimmung im Saal den Höhepunkt erreichte, betrat Falk Volkhardt die Bühne und bat um Ruhe.

Souverän und eindrucksvoll wirkte er, wie er sich ans Publikum wandte. »Meine Damen und Herren«, sagte er. »Wie Sie alle wissen, haben wir an diesem Abend auch einen ganz besonderen Preis ausgelobt – eine Reise nach Paris!«

Applaus unterbrach ihn, den er mit einem bedeutsamen Nicken in die Runde quittierte. »Vielen Dank. Auch der zweite Preis kann sich sehen lassen – eine Reise an den schönen Gardasee.« Etwas verhaltenerer Applaus folgte, und abermals nickte der Hotelier lächelnd seinen Gästen zu. »Prämiert wird das schönste Faschingskostüm. Und so viel darf ich Ihnen verraten: Das war keine leichte Wahl! Den ganzen Abend über haben wir – meine Frau, ich, Herr Professor Blocherer von der Akademie der Bildenden Künste, seine Gemahlin und unsere Hausdirektorin Frau Städler – beratschlagt. Es ist uns wichtig zu sagen, dass alle, die jetzt nicht gewählt werden, den Sieg ganz genauso verdient hätten. Denn es gibt wahrhaft großartige Kostüme heute Abend. Deshalb möchte ich zunächst einen Ehrenpreis verkünden, der zwar nicht dotiert ist, aber dessen Kostüm keinesfalls unerwähnt bleiben darf!«

Falk Volkhardt rief eine Dame auf die Bühne, die in einer Art venezianischem Barockkostüm erschienen war und dazu eine weiße, hoch aufragende Lockenperücke trug und ein gewaltiges Collier aus bunten Steinen.

Applaus begleitete die Frau auf die Bühne, den sie sehr zu genießen schien. Sie verbeugte sich freundlich in alle Richtungen, wedelte ein bisschen mit ihrem Fächer und ließ sich vom Hotelier galant die Hand küssen, ehe sie anmutig wieder hinabstieg und sich auf ihren Platz setzte.

»Das ist wirklich schön«, flüsterte Waltraud.

»Wunderschön«, bestätigte Vicki. »Aber nicht originell. Ich hätt sie auch nicht auf den ersten Platz gewählt.«

»Nun aber zum zweiten Platz!«, rief Falk Volkhardt und hob die Hand, damit es wieder leise wurde. »Wir haben uns lange überlegen müssen, ob wir die Damen überhaupt zum Wettbewerb zulassen, weil sie ja fast schon zum Haus gehören.«

Vicki hielt den Atem an. Prämierte der Hotelier jetzt am Ende seine Frau oder deren Schwester? Aber was hieß denn *fast schon*? Und was hieß *die Damen*?

»Eine Reise an den Gardasee ins wunderschöne Grand Hotel Fasano im traumhaften Ort Gardone haben zwei Fräulein gewonnen, denen wir auch die Dekoration dieses Saals verdanken! Fräulein Neuhofer und Kollegin, darf ich Sie auf die Bühne bitten?«

Erschrocken, beschämt und geschmeichelt zugleich, erhoben sich Vicki und Waltraud und traten nach vorn, während der Saal kräftig applaudierte.

»Meine Herrschaften! Eine Kreation in Schwarz und Weiß, wie man sie nicht schöner präsentieren könnte!«, befand der Gastgeber des Abends. »Mir gibt das die Gelegenheit, Ihnen auch noch einmal für Ihre fabelhafte Arbeit an der Ausstattung unseres großen Ballsaals zu danken, für die übrigens unser Jurymitglied Professor Blocherer federführend verantwortlich zeichnet!« Der Applaus, der folgte, galt wohl dem Herrn Professor, der in der vorderen Reihe saß und sich kurz erhob, um sich zum Publikum hin zu verbeugen.

»Waren Sie denn schon einmal in Italien, junge Damen?«, wollte der Hotelier wissen. »Oder war eine von Ihnen gar schon einmal am Gardasee?«

Als beide verneinten, erklärte er: »Dann darf ich Ihnen versprechen, dass Sie es genießen werden. Es gibt keinen schöneren Ort auf der Welt.« Er hob den Finger. »Außer vielleicht Paris!« Er nickte den beiden jungen Frauen noch einmal zu, was offenbar bedeutete, dass sie ein Stück zu Seite treten sollten, und leitete damit elegant zum Hauptpreis des Abends über: »Womit wir beim ersten Platz wären, meine Damen und Herren! Und der geht in diesem Jahr an Herrn Direktor Ole Björnson und seine Gemahlin!«

Falk Volkhardt streckte die Arme in Richtung eines Mannes von geradezu Fallstaff'schem Format und einer kaum weniger üppigen Frau aus, die etwas seitlich der Bühne saßen und bisher weder Vicki noch Waltraud aufgefallen waren. Nun aber, da sie sie sahen, staunten sie beide nicht schlecht: Die Kostüme der Herrschaften waren in der Tat erstklassig. Sie waren eindeutig professionell und von erster Qualität. Vicki schnappte nach Luft.

»*Der Troubadour*«, flüsterte Traudl ihr ins Ohr.

»Was?«

»Die Kostüme kenn ich. Die stammen aus der Oper. Mein Onkel hat mich reingeschleppt. Die sind aus dem *Troubadour*.«

Heftiger Applaus begleitete den Herrn Direktor und seine Frau auf die Bühne, wobei Vicki deutlich spürte, dass der Zuspruch nicht ganz so herzlich und anhaltend war wie bei ihr und ihrer Freundin.

»Herr Direktor!«, rief Falk Volkhardt und wies ihm den Platz zu seiner Rechten. »Wie schön, dass Sie uns heute Abend mit Ihrer entzückenden Gattin beehren! Und dass Sie sich mit Ihren Kostümen solche Mühe gegeben haben, ehrt uns ganz besonders. Sie müssen nämlich wissen …«, sprach er nun wieder zum Publikum, »dass Herr Direktor Björnson aus Stockholm einer unserer langjährigen Stammgäste ist. Es macht uns stolz, dass er uns so lange schon die Treue hält und auch die Veranstaltungen des Hauses besucht. Ich hoffe, Sie amüsieren sich gut, Herr Direktor?«

»Sehr gut, Herr Volkhardt, sehr gut«, versicherte ihm der Schwede. »Macht große Freude, hier zu sein. Und Gratulation an die zwei Fraulein!« Er klatschte zu den Freundinnen hin, die auf Volkhardts linker Seite standen und prompt beide einen artigen Knicks machten. »Sie hätten den ersten Preis verdient.«

Es lag Vicki auf der Zunge, ihm zuzustimmen und die Anwesenden aufzuklären, dass die Kostüme des Herrn Direktors und seiner Frau nur Leihgaben aus dem Fundus des Nationaltheaters waren. Aber hätte das etwas geändert? Nein. Zumal es ja keine Regeln gab, welche Kostüme zugelassen waren. Der Herr Direktor war einfach besonders gewitzt gewesen. Ein bisschen ärgerte es Vicki in dem Moment sogar, dass sie nicht selbst auf den Gedanken gekommen war. Das hätte ihr und Traudl eine Menge Arbeit erspart.

Andererseits hatten sie jetzt diese wunderhübschen Kleider, die man auch außerhalb des Faschings tragen konnte, anders als ein Troubadourkostüm, und sie hatten eine Reise nach Italien gewonnen!

»Danke«, sagte sie deshalb nur. »Sie sehen aber wirklich großartig aus. Und Sie auch, gnädige Frau.«

Die Gattin des Herrn Direktors nickte ihr freundlich zu, dann verlas der Hotelchef noch einmal die Preise: als ersten eine Reise nach Paris mit Aufenthalt im legendären Hotel Ritz, als zweiten eine Reise an den Gardasee mit sieben Übernachtungen im Grand Hotel Fasano, von dem zumindest Vicki noch nie etwas gehört hatte.

*

»Ich freu mich narrisch!«, jubelte Waltraud, als sie gegen zwei Uhr morgens schließlich auf den Promenadeplatz hinausstolperten. Die Kostüme hatten sie anbehalten. Jetzt gab es nichts mehr zu verstecken. »Du dich vielleicht nicht?«

»Doch«, erwiderte Vicki. »Schon. Aber das Ritz, das hätt mich noch mehr gefreut. Und Paris, stell dir einmal vor! Wer da alles war! Monet, Degas, Picasso ... Wer war denn schon am Gardasee?«

»Freilich, Vicki«, befand Waltraud, »da magst du recht haben. Aber dafür gibt's ja jetzt uns! Wir werden eines Tages da gewesen sein! So wie Picasso in Paris.«

»Meinst du, sie stellen eines Tages eine Tafel auf: *An diesem Ort verbrachten die berühmten Künstlerinnen Waltraud Frisch und Viktoria Neuhofer im Jahr 1955 ihre Ferien*?«

»Also ich hätt nix dagegen!«

Solchermaßen albernd und scherzend, schlenderten die beiden jungen Frauen mit vom Tanzen schmerzenden Füßen durch das menschenleere nächtliche München, am noch eingerüsteten Wittelsbacherbrunnen und dem bereits prächtig wiederaufgebauten Palais Bernheim vorbei, vorbei auch an dem Obelisken auf dem Karolinenplatz und über den düsteren Königsplatz, wo die Nazis ihre Paraden abgehalten hatten und sich der Führerbau, die Parteizentrale, das Braune Haus und was sonst noch alles gedrängt hatten. Dabei war dieser Platz doch einst von Ludwig I. von Bayern angelegt worden als Hommage an die Kultur, vor allem an die griechische mit all ihren Errungenschaften. Die Antikensammlung war hier, die Glyptothek, jahrtausendealte Kunst von zeitloser Schönheit ...

»Weißt du was?«, sagte Vicki im Angesicht dieses durch

die Faschisten entweihten Orts. »Ich freu mich auf Italien. Und vielleicht ist es wirklich so schön, wie der Herr Volkhardt sagt.«

»Also einen grausigen Ort hätten sie bestimmt nicht als Preis ausgesucht«, stimmte Traudl ihr zu. »Außerdem ist mir eingefallen, wer schon einmal da war. Am Gardasee, mein ich.«

»Aha? Und wer?«

»Goethe. Der war da. Ich hab's in seiner *Italienischen Reise* gelesen.«

»Sauber. Na ja, als Künstler war er, glaub ich, eher durchschnittlich. Aber er soll ganz schöne Gedichte geschrieben haben.«

»Stimmt!«, rief Traudl lachend. »Und Theaterstücke.«

»Erinner mich bloß nicht daran. Sonst muss ich wieder an den Herrn Direktor und sein geliehenes Opernkostüm denken.«

Auf dem Stiglmeierplatz belebte es sich wieder etwas. »Ich bin froh, wenn ich daheim bin«, sagte Traudl. »Ich spür meine Füße schon gar nicht mehr.«

»Und ich erst. Aber ich hab's ja noch um etliches weiter«, sagte Vicki und seufzte, denn sie musste noch die ganze lange Nymphenburger Straße hinaus bis nach Neuhausen laufen.

Daraufhin stimmte Traudl, immer noch in bester Feierlaune, einige Verse aus dem *Troubadour* an:

In unsre Heimat kehren wir wieder,
Wieder ertönen fröhliche Lieder;
Lass deine Laute wieder erklingen,
In sanften Schlummer wiegt mich dein Gesang.
Es tönt dein Lied so rein und so klar!
Ja, dein Lied tönet rein, tönet klar!

Die Kunst des Organisierens

Freising 1944

Wie sich herausstellte, musste Helga ihr gar nicht öffnen: Die Hintertür der Bäckerei Rauf lag nämlich nicht nur direkt gegenüber von dem Wohnzimmer, in dem sie gemeinsam lernten – sie stand auch jederzeit offen! Nur vorn war abgeschlossen.

Nachdem sie einige Zeit Rechnen geübt hatten und sich Helga mehr schlecht als recht durch die Aufgaben gekämpft hatte, erklärte Viktoria: »So, jetzt musst du allein weiterlernen, denn wenn ich es dir immer sag, wie's geht, dann lernst du ja nie was.«

»Ja, dann …«, sagte die Mitschülerin einfältig.

Viktoria ging nach draußen auf den Hof. Ein paar Schritte, dann stand sie schon in der Backstube. Und noch ein paar Schritte weiter und sie war im Laden, der um diese Zeit natürlich längst geschlossen hatte und verwaist war.

Die alte Waage hatte Viktoria schnell entdeckt. Darunter mussten die Marken sein. Allerdings hatte die Schublade ein Schloss. Schon sank Viktorias Hoffnung, dass dieses Abenteuer erfolgreich enden würde. Wenn jetzt abgesperrt war, dann war womöglich die ganze Nachhilfegeberei ganz umsonst gewesen. »Für Gotteslohn«, hätte Schwester Antonia gesagt. Was aber aufs Selbe hinauslief. Denn Gotteslohn machte nicht satt.

Voll böser Vorahnung trat Viktoria auf die Waage zu und zog an der Schublade – die zu ihrer größten Überraschung nicht nur aufging, sondern voll war mit Lebensmittelmarken der unterschiedlichsten Art. Da gab es Marken über 500 Gramm Brot und kleinere, die nur zu 50 Gramm berechtigten. Auch Marken für Eier gab es, wie Viktoria verblüfft feststellte. Damit hatte sie beim Bäcker nicht gerechnet. Es gab Karten für Fleisch und für Fett: 218 Gramm. So eine komische Zahl. Viktoria hatte keine Vorstellung, wie viel das sein mochte. Aber sie wusste, dass sie das alles haben wollte. Also schnappte sie sich schnell ein paar von den Marken – nicht zu viele, sonst würde es am Ende auffallen! – und schob die Lade hastig wieder zu.

Die Marken steckte sie in die Tasche ihres Kittelkleids und beeilte sich, wegzukommen, gerade so, als könnte der Bäcker, wenn er sie jetzt entdeckte, sehen, was sie getan hatte und wo sie ihren Schatz verbarg.

Den ganzen Weg nach Hause pochte ihr Herz wie verrückt. Natürlich wusste sie, dass sie etwas gestohlen hatte. Sie wusste auch, dass das verboten war und dass mit Dieben schreckliche Dinge gemacht wurden, auch wenn sie nicht genau zu sagen gewusst hätte, was.

Daheim versteckte sie die Marken in ihrem Kopfkissen, sodass sie die Nacht über darauf schlafen würde und niemand sie ihr wegnehmen konnte. Und am nächsten Morgen nahm sie sie mit in die Schule, wo ihr ganz heiß war, obwohl eigentlich eine Eiseskälte herrschte, denn inzwischen war es Winter, und ein harter obendrein. Mehrmals musste die Schulschwester sie ermahnen, besser aufzupassen, einmal drohte sie ihr gar an, mit der Mutter zu sprechen. Doch immerhin wurde sie nicht ermahnt, weil sie getuschelt hatte – das aber auch nur nicht, weil ihr viel zu viel durch den Kopf ging, als dass sie mit ihren Mitschülerinnen hätte reden können.

Als endlich die Glocke zum Schulschluss läutete, war es, als fiele ihr ein gewaltiger Stein vom Herzen. Eilig räumte sie ihren Griffelkasten und die Tafel in die Tasche, machte das Kreuzzeichen vor dem Kruzifix und knickste und rannte dann, so schnell sie konnte, aus dem Schulhaus und den Klosterhügel hinab – allerdings nicht nach Hause, sondern in die entgegengesetzte Richtung bis fast ans Ende der kleinen Stadt. Dort nämlich würde sie ihre Marken eintauschen. Sie hatte es sich ganz genau überlegt: Sie durfte nirgends »einkaufen«, wo man sie und ihre Mutter zusammen hätte sehen können. Sonst bestand die Gefahr, dass Mama irgendwann in einen Laden ging und ihr der Inhaber sagen würde: »Ihre Tochter war schon da, Frau Neuhofer.« Nein, das durfte auf gar keinen Fall passieren. Und natürlich brauchte sie Geld, denn für Marken allein bekam man ja nichts. Aber ein kleines bisschen Taschengeld hatte sie ja Gott sei Dank trotz aller Not. Überhaupt war das eine dumme Idee, dass es diese Marken gab.

Natürlich verlief Viktoria sich erst einmal, schließlich kannte sie sich hier kein bisschen aus. Aber als sie zum zweiten Mal am selben Platz vorbeikam, hatte sie den Bogen raus. Und sie stellte fest, dass es hier sogar ganz gut war. Mehrere Läden, die für sie in Betracht kamen, waren nah beieinander: eine Bäckerei, eine Metzgerei und ein Milchladen, in dem es gewiss auch Eier gab.

Womit sie nicht gerechnet hatte, war der skeptische Blick, mit dem sie in der Metzgerei beäugt wurde, als sie an die Theke trat und ihre Marke hinlegte. »Warum kommt denn deine Mutter nicht zum Einkaufen?«, fragte die Bedienung neugierig.

»Die Mama ist leider verletzt worden beim Fliegerangriff«, log Viktoria. Sie wusste, dass das immer noch am meisten Mitgefühl bei den Leuten hervorrief. Ein Fliegerangriff war etwas Grausames, und die dabei einen Schicksalsschlag erlitten, waren bedauernswert. Vor allem aber konnte jeder selbst der Nächste sein.

»Mei, sagst ihr gute Besserung, gell?«, erwiderte die Bedienung. »So, und dann schauen wir mal, was du da hast.« Sie nahm die Karte zur Hand. »Aha, zweihundertfünfzig Gramm Fleisch. Schön. Wir haben heut ein Wammerl da, einen Schinken auch …« Sie musterte das Kind, das vor ihr stand, noch einmal, stellte fest, dass die Kleine brav und sauber aussah, schien in sich hineinzuhorchen und erklärte: »Nimmst am besten einen Schinken, Mädl. Der ist was Besonderes. Wer weiß, wann wir wieder einen haben.«

»Gerne, Fräulein«, erwiderte Viktoria.

»Mei, Fräulein sagt's!«, rief die Bedienung entzückt. »Du bist ja ein nettes Kinderl.« Und sie schnitt eher mehr als das zulässige halbe Pfund ab und wickelte es Viktoria ein. »Frau musst du sagen«, erklärte sie ihr »Ich bin die Frau Hübner, die Frau vom Metzger.«

»Ist recht, Frau Hübner.«

»Hab mich aber gefreut, dass du mich jünger gemacht hast.« Die Metzgerin zwinkerte Viktoria zu und reichte ihr das Päckchen. »Pfiat di!«

»Auf Wiederschaun!«

Im nächsten Moment war Viktoria aus der Tür und widerstand nur mühsam dem Wunsch, so schnell wie möglich wegzurennen, ehe ihr jemand das kostbare Gut wieder abnahm, das sie in der Metzgerei ergattert hatte.

Als sie die Bäckerei im Nebengebäude betrat, knurrte schon ihr Magen, vermutlich auch, weil der Schinken im Papier so unendlich gut duftete. Wenig später verließ sie das Geschäft wieder mit einem halben Laib Roggenbrot und mit zwei Eiern, die sie gleich dort hatte »kaufen« können.

Solchermaßen ausgestattet, machte sich Viktoria auf den Heimweg, der ihr noch nie so lang vorgekommen war wie an diesem Tag. Am liebsten hätte sie sich direkt an den Straßenrand gesetzt und alles aufgegessen, so hungrig war sie. Sie hätte es ganz sicher auch geschafft! Denn in jenen Jahren konnte keine Portion der Welt zu groß sein, als dass ein Kind aus Freising oder aus München oder irgendwo in Deutschland sie nicht auf der Stelle verputzt hätte.

Trotzdem blieb Viktoria stark und rannte den größten Teil der Strecke bis nach Hause, sodass sie ganz außer Atem ankam und ihr die Schweißperlen über die Stirn liefen, als sie endlich in Frau Baders Küchentür stand, wo die beiden Frauen – die Zimmerwirtin und die Mama – gemeinsam Brennnesseln rupften, um eine Suppe zu machen.

»Ich hab was Besseres«, sagte Viktoria und reichte der Mutter die Sachen.

Völlig perplex nahm Martha Neuhofer ihrer Tochter den Schinken, das Brot und die Eier ab. »Wo hast denn du solche Sachen her?«

»Ich … ich war einkaufen«, stotterte Viktoria, der auf einmal bewusst wurde, dass sie sich überhaupt nicht überlegt hatte, was sie der Mutter erzählen würde.

»Einkaufen? Geh, so ein Schmarrn! Wovon solltest denn du einkaufen? Erstens hast du kein Geld. Und Marken schon gleich gar nicht!« Martha Neuhofer stemmte die Hände in die Seiten. »Du wirst mir doch nicht gar …«

»Frau Neuhofer«, fiel ihr die Zimmerwirtin ins Wort.

»Das find ich ganz großartig von Ihrer Tochter, dass sie so fleißig mithilft, gell?«

»Wie bitte?«

»Es ist ja schwer genug heutzutag, dass man seine Familie ernähren kann, stimmt's? Da darf eine froh sein, wenn sie so eine fleißige Tochter hat wie Sie, die mithilft und nicht nur dabei ist, wenn's ums Essen geht!«, sagte sie nachdrücklich und blickte die Mutter dabei eindringlich an.

»Ah, das meinen Sie«, erwiderte Martha Neuhofer, und damit war die Angelegenheit geklärt.

*

Ein ganzes Schuljahr lang musste – oder vielmehr: durfte – Viktoria ihrer Mitschülerin Helga Nachhilfe geben –, und das ganze Jahr hindurch konnte sie immer wieder »einkaufen« gehen, erst mit den Lebensmittelmarken der Nazis, dann mit denen der Amerikaner. Denn zwischendurch ging der Krieg zu Ende. Er *wurde verloren*, wie die Erwachsenen sagten. Wieso aber die Tatsache, dass es jetzt keine Bomberangriffe mehr gab und dass immer mehr Väter aus dem Krieg zurückkamen, eine Niederlage sein sollte, das mochte Viktoria nicht so recht verstehen, zumal die Amerikaner scheinbar recht freundliche Leute waren.

In der Schule gab es einige Zeit, nachdem dieser vermaledeite Krieg endlich vorbei war, etwas großartiges Neues: eine Schulspeisung! Direkt nach der Pause wurden aus riesigen Kesseln Eintopf oder dicke Suppe an die Kinder ausgeteilt, eine warme Mahlzeit, für die man nichts bezahlen musste! – Es hätte ja auch niemand Geld dafür übrig gehabt.

Sobald die Kessel angeliefert waren, übernahmen Lehrer und ausgewählte Schüler die Verteilung. Mit großen Kellen wurde die Suppe den Kindern direkt in deren Schüsseln geschöpft – und wer von den Schülern an der Verteilung mitwirkte, durfte etwaige Reste, die in seinem Kessel verblieben, mit nach Hause nehmen. Entsprechend begehrt war die Aufgabe.

Viktoria, die weder schüchtern noch langsam war, verstand es, sich oft und nachdrücklich genug zu melden, sodass sie – nachdem es keine Nachhilfe mehr für Helga und damit auch keine Lebensmittelmarken mehr zu ergattern gab – rasch eine neue Quelle für etwas Essbares aufgetan hatte.

Manchmal gab es Grießbrei mit Rosinen, manchmal Erbsensuppe mit Würstchen. Das waren die Tage, an denen Viktoria trotz des Ansturms besonders reichhaltige Kost mit nach Hause brachte. Wer sich nämlich beim Austeilen geschickt anstellte, schöpfte von möglichst weit oben, sodass wenig Würstchenstücke oder Rosinen den Weg in die zu füllende Schüssel fanden, umso mehr aber mit der Zeit auf den Boden des Kessels hinabsanken. Zuletzt, wenn alle ihre Ration bekommen hatten und nur noch die »Belohnungsportion« übrig war, war es eine besonders dicke Suppe mit besondern viel Wurst oder ein besonders reichhaltiger Grießbrei voll mit Rosinen.

Wenn Viktoria an solchen Tagen mit ihrem Schatz nach Hause kam, dann leuchteten die Augen ihres kleinen Bruders, und auch die Mutter war voll des Lobes für die fleißige Tochter, die so brav in der Schule half und den Lehrern zur Hand ging. Dass manch anderer auf diese Weise ein paar Scheibchen Wurst oder ein paar Rosinen weniger bekam, als ihm von Rechts wegen zugestanden hätte, darüber sah Martha Neuhofer hinweg. Es war eben nun einmal eine Zeit, in der jeder zusehen musste, wie er sich durchschlug. Eine kleine Schwindelei beim Verteilen der Schulspeisung mochte vielleicht keine besonders fromme Tat sein, aber dass Viktoria so raffiniert zu organisieren verstand, was zum Leben nötig war, das imponierte der Mutter, und es ließ sie hoffen, dass Viktoria es im Leben weiter brachte, dass ihre Tochter nicht zu den vielen gehören würde, die auf der Verliererseite landeten.

※

Die Schulspeisung war nicht die einzige Art, wie man über die Amerikaner an etwas Essbares kam. Vor allem die Buben trieben sich gern bei der Kaserne herum, wo nun die Amerikaner einquartiert waren. An manchen Tagen wurde es Viktoria fast ein bisschen langweilig in ihrem schönen Baumhaus, weil auch Josef nicht heraufkam, sondern mit Fritzi und Michi und einigen anderen jungen Burschen dauernd hinter den Soldatenunterkünften herumlungerte. Seit er von einem Ami einen Kaugummi geschenkt bekommen hatte, gab es für ihn nichts Größeres auf der Welt als diese merkwürdige Süßigkeit, auf der man stundenlang herumbeißen konnte, auch wenn sie nach ein paar Minuten nach nichts mehr schmeckte.

Einmal kam er mit einer Handvoll »Drops«, wie die Amerikaner sagten, heraufgeklettert und hielt Viktoria einen hin. »Da«, sagte er. »Schau.« Er klang, als hätte er es schon immer gewusst, auch wenn nicht klar war, was eigentlich. »Die hab ich von einem Ami gekriegt. Und jetzt kriegst du eines von mir.«

»Ui!«, rief Viktoria, ehrlich beeindruckt. »Ein Gutti!«

Süß schmeckte es und sauer zugleich. Man spürte es bis ganz hinunter in den Bauch ziehen, so besonders war es. Es wurde einem fast ein bisschen schwindlig dabei.

»Und weißt du, was mich der Ami gefragt hat?«

»Wirst es mir schon sagen«, meinte Viktoria.

»Ob ich eine große Schwester hab, hat er gefragt. Wenn ich nämlich eine hab, dann krieg ich noch mehr davon.«

»Von den Guttis?«

»Ja freilich.«

»Und was hast du gesagt?«

»Dass ich eine hab!«

»Und hat er dir dann noch mehr gegeben?«

»Nein, er meint, ich soll meine große Schwester mit hinbringen. Dann krieg ich noch welche.«

»Zur Kaserne?«

»Schon.«

»Dann lass uns halt noch einmal hingehen.«

Josef lachte. Er war glücklich. Endlich lohnte es sich einmal, dass er bloß eine Schwester hatte und keinen Bruder!

Im nächsten Augenblick kletterten sie beide vom Baum, wo Viktoria vorhin noch Apfelringe an die Kabel der Stromleitung gehängt hatte, die mitten durch den Baum lief, um sich selbst etwas Süßes zu machen. Und jetzt sollte es Guttis von den Amerikanern geben!

Natürlich wusste Viktoria, dass es auch noch andere Köstlichkeiten gab, die die Soldaten aus irgendwelchen geheimnisvollen Quellen hatten: Schokoriegel waren das, ganze Schokoladentafeln und – aber so etwas hatten sie beide noch nie zu Essen bekommen – ein unfassbar weiches weißes Brot. So etwas hätte man einmal haben müssen!

Bis zur Kaserne war es nicht weit, und wer Hunger hat, der läuft noch schneller, sobald etwas Essbares in Aussicht steht. Niemand aber läuft so schnell wie Kinder, denen Süßigkeiten versprochen werden.

Der GI, von dem Josef die Bonbons bekommen hatte, war

noch auf seinem Posten und schien sich an den Buben zu erinnern, als sie plötzlich vor ihm auftauchten.

»Da bin ich wieder!«, rief Josef stolz und wichtig.

Ein zweiter Soldat trat hinzu und betrachtete die Kinder neugierig. »Und wo ist deine große Schwester?«, fragte der GI in einem komischen, aber gut verständlichen Deutsch.

»Die hab ich mitgebracht!«, rief Josef und deutete auf Viktoria.

»Die Kleine da?«

Der zweite Soldat gluckste amüsiert, stieß den ersten in die Seite und sagte etwas auf Englisch. Der Erste hob die Hände und erwiderte etwas. Er grinste schräg und schien selbst nur mit Mühe ernst bleiben zu können.

»Und?«, fragte Josef forsch. »Krieg ich jetzt meine Guttis?«

»Guttis?«

»Drops!«

In dem Moment kannten die beiden Männer in Uniform kein Halten mehr und schüttelten sich vor den Kindern aus vor Lachen. »Tut mir leid, kleiner Mann«, erwiderte der Erste unter Tränen, als er sich wieder ein wenig beruhigt hatte. »Aber die Schwester ist nicht das, was wir uns vorgestellt haben.« Worauf sie erneut lachten und sich noch ein paar weitere GIs dazugesellten und so ausgiebig über die zwei Kinder lachten, dass Viktoria und Josef beschämt von dannen zogen.

Was immer geschehen war, jetzt wussten sie jedenfalls, dass man sich auf das Wort von so einem Soldaten nicht verlassen konnte.

*

Mehr Glück hatten sie, als sie sich Fritzi anschlossen, der eine neue Einnahmequelle gefunden hatte. Die Amis waren nämlich ganz versessen auf Hoheitszeichen der Wehrmacht oder – noch besser! – der SS. Für bestimmte Schulterklappen bekam man Kaugummis, für Orden sogar Zigaretten! Die schmeckten zwar so scheußlich, dass die Kinder überhaupt keinen Spaß daran hatten, aber man konnte sie tauschen gegen etwas wirklich Gutes. Schokolade zum Beispiel.

Normalerweise war den Kindern freilich eine solche Einnahmequelle verwehrt, denn woher sollten ein paar Zweit- und Drittklässler schon Epauletten und Kriegsauszeichnungen bekommen? Doch dann, völlig unverhofft, stießen sie beim Schwimmen in der Moosach, einem kleinen Flüsschen, das gar nicht weit von der Wohnung der Neuhofers entfernt lag und wohin sie nach der Schule öfter liefen, auf eine wahre Goldader. Zuerst dachte Michi, er hätte eine Münze auf dem Grund des Gewässers blinken sehen. Weil er sich aber nicht zu tauchen traute, steckte Viktoria den Kopf unter Wasser und angelte nach dem Schatz. Die Enttäuschung war zunächst groß, als sie ein Abzeichen der Totenkopf-SS heraufholte. »Das ist ja gar kein Geld«, maulte Josef.

»Aber es ist besser!«, erklärte Fritzi bedeutungsvoll.

»Besser als Geld?«

»Freilich. Für Geld kriegst du ja nix Gescheites. Aber für so was ...« Er machte große Augen. »Für so was kriegst du alles!«

»Alles«, murmelte Viktoria und drehte das Abzeichen in ihren Händen. »Für so was. Das glaubst du ja selber nicht. Es gibt ja gar keine Nazis mehr.«

»Nazis nicht«, pflichtete Fritzi ihr bei. »Aber Amis. Und die mögen so was narrisch gern!«

Was stimmte, wie sich schon bald herausstellte, als sie mit ihrem Schatz zur Kaserne liefen. Der GI, dem sie das Abzeichen unter die Nase hielten, pfiff laut und sagte: »Wir tauschen?«

»Was kriegen wir denn dafür?«, wollte Viktoria wissen.

»Jede Kind ein Drop.«

»Jedes Kind zwei Drops!«, erklärte Viktoria. Der GI lachte und nickte anerkennend. »You're clever«, sagte er, was das Mädchen aber nicht verstand. Nur dass er einverstanden war, verstand sie, als er jedem Kind zwei Guttis zusteckte.

»Wo ihr habt gefunden?«, wollte er wissen.

»Das haben wir drüben …«, fing Fritzi an, zuckte dann aber zusammen und schwieg, als Viktoria ihm kräftig auf den Fuß trat und ihn anzischte.

»You're really clever«, befand der Soldat mit einem Augenzwinkern und entließ die Kinder.

»Spinnst du?«, schimpfte Fritzi humpelnd. »Du hast mir wehgetan.«

»*Du* spinnst«, erklärte Viktoria. »Dem GI verraten, wo's die Abzeichen gibt!«

Und tatsächlich stellte sich heraus, dass es noch etliche solcher Hoheitszeichen und Auszeichnungen gab, ganz nah beieinander am Grund des kleinen Bachs. Wo sie immer zum Schwimmen gingen, war nämlich eine Brücke, über die offenbar viele deutsche Soldaten vor den anrückenden Amerikanern geflohen waren. Auf ihre Uniformen hatten sie nicht verzichten können, weil es ja nichts zum Anziehen gab. Aber die vermaledeiten Nazi-Zeichen, die hatten sie loswerden müssen. Also hatten sie sie offenbar in den Bach geworfen, als sie an die Brücke kamen – dorthin, wo die Kinder sie nun nach und nach herausfischten, was Viktoria, Fritzi und den anderen zu allerlei Süßigkeiten verhalf. Einmal gelang es Viktoria sogar, eine Dose Kaffee zu erhandeln, worüber sich ihre Mutter über die Maßen freute.

Das schönste Licht

München 1955

Der Zug sollte um 8 Uhr 04 von Gleis 12 abfahren. Vicki und Waltraud waren schon um halb acht am Hauptbahnhof, um sich gute Plätze zu sichern, doch dann stellte sich heraus, dass sich die Abfahrt verzögern würde. Bei Gleisarbeiten war ein Blindgänger gefunden worden, der nun erst geborgen werden musste. So saßen die Freundinnen mit ihren Koffern auf dem Bahnsteig und warteten, dass der Zug überhaupt erst einmal einfuhr.

»Jede Stunde, die wir hier rumsitzen, ist eine Stunde weniger, die wir in Italien haben«, jammerte Waltraud.

»Wer weiß, was uns erspart bleibt«, erwiderte Vicki, die immer noch verstimmt war, dass man dem Herrn Direktor und seiner Frau zum Sieg verholfen hatte, statt die Kreativität und Gewitztheit der beiden jungen Frauen zu würdigen.

Nun gut, ein bisschen gewürdigt worden waren sie natürlich trotzdem. Immerhin hatten sie ja den zweiten Preis errungen. Und wenn man es ganz genau nahm, dann waren auch in ihrem Fall die Hotelbesitzer nicht unbeteiligt an ihrem Triumph. Schließlich waren es letztlich die Volkhardts gewesen, die mit ihrem Auftrag diese ganze Geschichte erst möglich gemacht hatten. Außerdem hatten sie die Materialien für Vickis und Traudls Kostüme gezahlt – aber das wussten sie nicht und sollten sie auch auf gar keinen Fall erfahren.

Trotzdem wurmte es Vicki, dass sie nicht auf den ersten Platz gewählt worden waren. Das Ritz und überhaupt: Paris hätte sie unendlich gern gesehen. Dass auf dem Nachbargleis ein Zug mit dem Ziel »Paris Est« stand, machte es nicht besser. Der Herr Direktor und seine Gemahlin würden sicherlich nicht zweiter Klasse fahren, so wie sie. Andererseits freute Vicki sich schon seit Tagen auf die Bahnfahrt. Sie liebte das Bahnfahren! Seit sie damals mit dem Zug von Freising nach München zurückgefahren waren, war diese Art, sich fortzubewegen, für sie mit Vorfreude verbunden.

Etliche Male hatte sie seither mit der Mutter ihre Tante Änny in Weilheim besucht, manchmal auch mit beiden Eltern, dann aber mit dem Wagen – denn Heinrich Neuhofer war stolz darauf, zu den Ersten gehört zu haben, die sich nach dem Krieg ein neues Automobil hatten zulegen können.

Als der Zug nach Mailand endlich auslief, war es fast Mittag. Vicki war froh, dass ihre Freundin ein paar Brote mitgenommen hatte. So saßen sie schon nach Rosenheim an den Fenstern ihres Abteils und verspeisten hungrig die Wegzehrung, während draußen das Voralpenland vorbeizog. Mit ihnen reiste eine italienische Familie: eine Mutter mit zwei kleinen Kindern, die Vicki zuerst an sich selbst, ihren kleinen Bruder und die Mama erinnerte. Doch das war nur vorübergehend. Denn die beiden kleinen Italiener waren so lebhaft, wie sie selbst und Josef es nie gewesen waren. Ständig lagen sie ihrer Mutter mit irgendetwas in den Ohren oder stritten sich. Einerseits war Vicki ganz froh, dass sie nichts verstand, andererseits wäre sie manches Mal doch neugierig gewesen. Immer wieder blickte die Mutter der beiden entschuldigend zu den jungen Frauen und hob in einer hilflosen Geste die Hände.

Hinter dem Brenner endlich hatten die Kinder sich so müde gequengelt, dass sie einschliefen. Das war der Moment, in dem die Frau Vicki und Traudl zuzwinkerte, in ihre Tasche griff und eine Handvoll Kekse hervorholte: »Cantuccini«, sagte sie. »Prego!«

Zögernd griffen die Freundinnen zu und probierten von dem Gebäck, das zuerst völlig vertrocknet schien. Doch kaum begann es sich krachend im Mund aufzulösen, entfaltete es einen intensiven Geschmack nach Limetten und Pistazien und … ja, was mochte das alles sein? »Köstlich!«, sagte Traudl.

»Very good«, übersetzte Vicki, denn Englisch verstanden alle, jedenfalls so viel.

»Cantuccini«, erklärte die Frau noch einmal, sichtlich erfreut, dass es den beiden jungen Mädchen so schmeckte, und bot ihnen noch mehr an.

»Cantuccini«, flüsterte Vicki. »Mein erstes italienisches Wort.«

»Mehr muss man gar nicht wissen«, befand Traudl, woraufhin sie beide lachten.

War in München das Wetter noch durchwachsen gewesen und hatte es seit Kufstein durchgehend geregnet, riss der Himmel über Brixen auf. Und ab Bozen strahlte die Sonne, als wollte sie die beiden Freundinnen willkommen heißen.

Die zwei italienischen Kinder, die inzwischen wieder aufgewacht waren, klebten an den Fenstern und schienen auf einmal wie ausgewechselt. Ob sie ihre Heimat erkannten?

Mit Händen und Füßen verständigten sich die drei Frauen inzwischen in dem Abteil. So hatten die Freundinnen herausgefunden, dass die Frau mit ihren Kindern auf dem Weg nach Sizilien war. Sie würden also noch weit fahren müssen, sehr weit. Anders als Vicki und Waltraud, die wenig später den Schaffner verkünden hörten: »Bahnhof Rovereto! Stazione Rovereto! Rovereto – al Lago di Garda!«

Zum Gardasee! Jetzt mussten sie in den Bus umsteigen, denn am Norden des Sees gab es keine Bahnverbindung. Hastig packten sie ihre Sachen, verabschiedeten sich herzlich von der Mitreisenden und ihren Kindern und verließen den Zug, um sich umzusehen.

Zum Glück stand der Reisebus ganz in der Nähe und war beschriftet mit »Riva del Garda«.

So verbrachten die Freundinnen den letzten Teil der Strecke auf der Straße und betrachteten mit glühenden Wangen die vorbeiziehende Landschaft, die so ganz anders war als die zu Hause: blühender, bunter und zugleich rauer. Zwischen schroffen Felsen führte die Straße hindurch, an Olivenhainen und Weinbergen vorbei, endlich eine Anhöhe empor, von der es auf der einen Seite steil abwärts ging, und dann sahen sie ihn: den See. Noch war der Bus weit oberhalb der Wasserlinie, sodass sie ihn glitzernd unter sich liegen sahen. Riesig erschien er den jungen Frauen und majestätisch, wie er sich so zwischen den sich beiderseits erhebenden Felsmassen scheinbar endlos erstreckte.

»Riva del Garda!«, rief der Fahrer.

»Jetzt müssen wir raus!«, drängelte Vicki und wollte schon in ihre Jacke schlüpfen, bis ihr aufging, dass es hier dafür viel zu warm wäre. Also stopfte sie sie in ihre Tasche, das Buch, das sie zum Lesen dabei- aber nicht ein einziges Mal aufgeschlagen hatte, hinterdrein, und zwängte sich mit Traudl zum Ausstieg, wo es plötzlich fürchterlich eng zuging.

»Riva del Garda!«, verkündete der Fahrer nochmals, als

ein Ruck durch den Bus ging und die Freundinnen beinahe das Gleichgewicht verloren hätten. Augenblicke später hielten sie am Hafen von Riva an und ließen sich von dem Gedränge einfach mit hinausspülen.

Hitze schlug ihnen entgegen, aber auch eine seltsam leichte, duftige Luft. Vor allem jedoch staunte Vicki über den Anblick, der sich ihnen bot. »Schau nur, Traudl«, sagte sie beinahe andächtig. »Das Licht!«

*

Der milde Abendschein tauchte den See und die ihn umgebenden Berge in ein sanftes, goldenes Licht, so weich und freundlich, dass Vicki unvermittelt Tränen in die Augen stiegen. »So was Schönes hab ich, glaub ich, noch nie gesehen«, flüsterte sie.

Auch Waltraud stand ergriffen neben ihr an der Haltestelle und blickte auf diese kleine Stadt mit ihren bunten Häusern, den Palmen, die sich märchenhaft in den Himmel erhoben, und der quirligen Menschenmenge auf dem kleinen Platz, vor allem aber natürlich auf den See. Von hier aus konnte man bis zu dem kleinen Hafen sehen, in dem Boote schaukelten, an dem Spaziergänger flanierten und wo reges Treiben herrschte, und alles war von diesem ganz besonderen Licht illuminiert. Die ganze Szenerie wirkte wie ein belebtes Gemälde, das fast ein bisschen zu schön war, um Kunst zu sein.

»Signorine!«, sprach sie ein Mann mittleren Alters an, klein, freundlich, in kurzen Ärmeln, aber mit Hut und vor allem: mit einem geradezu ansteckenden Lächeln. »Deutsch?«

»Deutsch, ja«, bestätigte Vicki.

»Sie Taxi?« Er deutete auf ein eigentümliches Gefährt, das

halb Motorrad, halb Auto zu sein schien und nach allem aussah, nur nicht nach dem, was die Freundinnen sich unter einem Taxi vorstellten.

»Nein, nein«, wehrte Vicki ab. »Wir brauchen kein Taxi.«

»Wo müssen hin?«, wollte der Mann wissen. »Mache gute Preis!«

»Wir haben leider kein Geld für so etwas«, erklärte Vicki. »Wir müssen den Bus nehmen. Wissen Sie, wo wir hinmüssen? Der Bus nach Gardone.«

»Gardone!« Das schien ihm etwas zu sagen. »Naturalmente! Ist Bus nach Salò. Aber heute nix mehr Bus nach Salò.«

Augenblicklich wurde Vicki klar, was passiert war: Die Verzögerung bei der Abfahrt in München hatte dazu geführt, dass der letzte Bus nach Gardone schon abgefahren war. Für einen Moment wurde ihr ganz schlecht. Wenn sie jetzt ein Zimmer in Riva nehmen mussten, dann wäre das Geld weg, das sie sich als Taschengeld mitgenommen hatten!

»Der letzte Bus ist schon weg?«, sagte Waltraud und sah ebenfalls auf einmal etwas blass aus. »Was machen wir denn jetzt?«

»Es gibt ja nur zwei Möglichkeiten. Entweder fahren wir doch mit dem Taxi oder wir übernachten hier.«

»In Riva? Aber dann müssen wir die Übernachtung zahlen, und unser Hotelzimmer in Gardone steht leer«, sagte Traudl frustriert.

»Wie viel kostet denn das Taxi nach Gardone?«, wollte Vicki von dem Mann wissen.

»Oh, Gardone zu weit«, erwiderte der Mann. »Ich nur fahre Limone. Nix weiter.«

»Dann zahlen wir das Taxi und hinterher trotzdem noch

eine Übernachtung«, gab Traudl zu bedenken. »Wo immer dieses Limone liegt.«

»Ist es weit von Limone nach Gardone?«, fragte Vicki.

»Nix weit. Aber ich nix fahren Gardone.«

»Vielleicht schaffen wir's ja nachher zu Fuß von Limone nach Gardone«, schlug Vicki optimistisch vor. »Jetzt schauen wir erst einmal, dass wir hier wegkommen.« Obwohl es ihr schwerfiel, denn sie konnte sich kaum vorstellen, dass es irgendwo noch schöner war als in Riva, und vor allem, dass es irgendwo sonst solches Licht geben könnte.

»Dann fahren wir mit Ihnen nach Limone«, sagte sie zu dem kleinen Mann, der prompt noch ein bisschen breiter lächelte und ihr versicherte: »Ich freue! Ich freue!«

*

Das seltsame Gefährt erwies sich als ebenso klapprig wie vergnüglich. Vicki und Waltraud nahmen hinten auf einer Bank Platz, während der Fahrer vorn in einer winzigen Kabine saß und durch die geöffneten Fenster unablässig irgendetwas zeigte und erklärte, wenn auch das meiste völlig unverständlich.

Die Fahrt ging über eine oberhalb des Sees gelegene Straße, die so schmal und so steil war, dass die Freundinnen mehr als einmal aufschrien, weil sie glaubten, im nächsten Moment den Fels hinab in den See zu stürzen oder an der rechter Hand aufragenden Wand zermalmt zu werden. Immer wenn eine scharfe Kurve kam, hupte der Fahrer und schien eher noch ein bisschen Gas zu geben, um die Stelle schnell zu passieren, und immer wenn es eine kleine Weile wieder geradeaus ging, entspannten sich die beiden Fräulein auf der hinteren Bank und genossen den Blick auf den See und die Boote, auf die Häuser, die bisweilen eng an den Hang gebaut unter ihnen lagen, auf die Zypressen, die den Weg säumten, und die blühenden Büsche, die sie beide nicht kannten.

Immer öfter gab es nun auch eigentümlich aufragende Steinsäulen, die dicht an dicht standen und über denen sich hölzerne Konstruktionen erstreckten. »Was ist denn das?«, schrie Vicki zum Fahrer nach vorn und deutete auf die Anlagen.

»Ist für Zitronen!«, rief der Fahrer zurück. »Hier viel Zitronen!« Er lachte. »Italienisch ist Limone! Wie Name von Ort!«

Nun, da sie es wussten, erkannten sie auch die Zitronenbäume als solche und natürlich die Früchte, an denen sie in halsbrecherischem Tempo vorbeisausten, bis sie – nach einer atemberaubenden Fahrt über eine unfassbar steile Straße hinunter zum See – in dem Ort ankamen, der den Namen dieser Frucht trug: Limone.

Zur Verwunderung der beiden jungen Frauen war dieser kleine Flecken gleich noch schöner als Riva. Die Häuser, die Lage, das Licht ... Staunend betrachteten sie dieses zauberhafte Örtchen, während sie durch die schmalen Gassen fuhren. Der Fahrer hupte, winkte irgendjemandem zu, hupte wieder, winkte erneut, bis sie schließlich an einem kleinen Platz anhielten.

»Ecco, Limone!«, rief der Fahrer und half den beiden jungen Frauen von der Rückbank.

»Ich habe das Gefühl, wir wären besser oben ausgestiegen«, meinte Waltraud. »Jetzt müssen wir den ganzen Weg bis zur Straße wieder hoch, wenn wir heute noch nach Gardone weiterlaufen wollen.«

»Wie viel sind wir Ihnen schuldig?«, erkundigte Vicki sich.

»Scusi?«

»Wie viel? Bezahlen!«

»Ah! Nur halbe Preis, weil ich hier zu Hause.« Und dann verlangte er das Doppelte dessen, was Vicki befürchtet hatte.

Als er den erschrockenen Blick der jungen Frau sah, lachte der Taxifahrer sein unnachahmliches Lachen und erklärte: »No, no! Sie geben, was könne.« Und ehe Vicki etwas erwidern konnte, entdeckte er einen Bekannten und rief ihn: »Giorgio!«

Der Mann kam näher. Er lächelte freundlich, aber eher verschlossen und hörte sich an, was ihm der Taxifahrer sagte. Dann wiegte er den Kopf und betrachtete die beiden Fahrgäste, als sollte er sich entscheiden, eine von ihnen zu heiraten. Schließlich entgegnete er etwas, womit der Taxifahrer offenbar zufrieden war. »Mein Schwager wird bringen Gardone Sie«, sagte er und wies auf Giorgio, der die Schultern zuckte, was immer er damit ausdrücken wollte. »Ist in Preis komplett.«

»Fährt er auch Taxi?«

»Taxi? No, no! Aber hat Boot.« Der Fahrer deutete zu dem kleinen Hafen, der nur ein paar Schritte entfernt lag. »Muss holen Monsignore von funerale. Kann mitnehme Sie.«

Und so geschah es. Wenig später hatte Vicki den Taxifahrer bezahlt und ihm dann doch beinahe den Betrag gegeben, den er ursprünglich verlangt hatte. Traudl hatte seinem Schwager, der kein Wort davon verstand, ausführlich geschildert, dass sie immer seekrank wurde, wenn sie auf ein Boot stieg, egal ob es auf dem Starnberger See war oder auf dem Tegernsee, und hier würde es gewiss nicht anders sein – und dann stiegen sie tatsächlich an Bord eines kleinen Fischerboots mit Außenbordmotor, der unter viel Getöse und noch mehr Gestank ansprang, sodass sie Minuten später bereits auf das in der Abendsonne glitzernde Wasser hinausfuhren, Wellen hinter sich lassend, die Vicki an eine Formation in den Süden fliegender Gänse erinnerten. Nur dass hier und jetzt sie es waren, die gen Süden glitten.

*

Sie blieben nah am Ufer, was Vicki nicht störte. Im Gegenteil: Auf diese Weise konnte sie die entzückenden kleinen Ortschaften bewundern, die den See wie eine Perlenkette säumten, aber auch die prächtigen Villen, die oft etwas abseits der Dörfer standen, umgeben von üppig grünen Parks, mit eigenen Stegen, oft mit Türmen und manches Mal sogar von Fahnen gekrönt. Über allem ragten schroff die Berge des Westufers auf und warfen lange Schatten über den See, an dessen anderem Ufer die Sonne Natur und Menschenwerk noch golden beleuchtete.

»Und? Hältst du es aus?«, wollte Vicki von ihrer Freundin wissen.

»Was? Dass es so schön ist?«

»Nein. Das Schaukeln, meine ich.«

»Ach, das Schaukeln. Das macht mir gar nix. Der Giorgio fährt so ruhig, und die Luft ist so gut, und es ist so bezaubernd …«, schwärmte Traudl. Sie sprach ihn schon ganz italienisch aus, den Namen des Bootsmanns. Der seinerseits lächelte verlegen, als er es hörte. Ob er irgendetwas von dem verstand, was die beiden Deutschen sprachen? Aber sie redeten ja nicht viel, sondern staunten vor allem, jede für sich und doch beide sehr ähnlich.

Gelegentlich deutete Giorgio an einen bestimmten Punkt und benannte ihn. »Malcesine«, erklärte er und zeigte ans gegenüberliegende Ufer, das an dieser Stelle weit weg schien. Aber die glühenden Häuser waren doch gut zu erkennen. »Monte Brione«, sagte er ein andermal und wies auf einen Berg, der sich neben ihnen erhob. Als er »Gargnano« sagte, hörten sie beide zuerst »Gardone« und dachten, sie wären endlich da. Doch stattdessen glitten sie auch an diesem Ort vorüber und entdeckten die ersten Sterne am Firmament.

»Hoffentlich wird's nicht Nacht, bis wir da sind«, meinte Vicki.

»Also mir würde das nix ausmachen«, erwiderte Traudl und blickte seufzend auf den Bootsmann, der mit freundlich melancholischem Gesichtsausdruck seinen Kahn immer weiter in den Süden fahren ließ.

»Toscolano«, sagte er. Schön und stolz ragte der Ort ein wenig in den See, sodass sie eine größere Kurve beschrieben. In den Häusern waren inzwischen Lichter angegangen, wie überhaupt überall nach und nach ein Glitzern entlang der Uferlinie entstand.

»Mei, ist das schön«, flüsterte Vicki und war ganz hingerissen von all den Eindrücken. Wie gern hätte sie sie auf einer Leinwand festgehalten oder wenigstens fotografiert! Aber einen eigenen Fotoapparat hatte sie noch nicht – und für ein Gemälde fehlten ihr die Materialien und natürlich die Zeit. Zumal Giorgio unter den bewundernden Blicken Traudls ein kleines Stück voraus wies und endlich sagte, woran die beiden Freundinnen schon kaum mehr geglaubt hatten: »Gardone, signorine. Gardone Riviera.«

»Gardone Riviera«, wiederholte Traudl. »Grazie.« Wie sie es von der Frau im Zug gelernt hatte. Und der Bootsmann quittierte es mit einem Lächeln, das ein bisschen weniger schüchtern, dafür aber sehr neugierig war.

Das Boot glitt an einigen eindrucksvollen Villen vorbei,

großen Bauten, deren Türme hoch aufragten, manche hell erleuchtet, andere scheinbar im Dornröschenschlaf. Ob eines dieser stolzen Anwesen das Hotel Fasano war, in dem sie die nächsten sieben Nächte verbringen würden?

Auch am Hafen des Ortes erhob sich ein überwältigendes Gebäude, das größte von allen. Als Vicki und Traudl auf den Anleger hüpften, sahen sie das Schild neben dem hell erleuchteten Portal: Grand Hotel Gardone.

Dagegen wirkte der Bayerische Hof in München geradezu klein. »Dass die an so einen kleinen Ort so ein großes Hotel hinstellen«, wunderte sich Traudl.

»Hierher kommen die Gäste halt nicht, weil sie einen Geschäftstermin haben, sondern weil sie Urlaub machen.«

»Geh. Ich kenn keinen, der hierherfährt.«

»Vielleicht haben sie deswegen das Preisausschreiben gemacht«, gab Vicki zu bedenken. Aber Waltraud winkte ab. »Das Hotel Ritz in Paris braucht so eine Werbung jedenfalls nicht.«

»Da hast auch wieder recht«, sagte Vicki lachend. Sie verabschiedeten sich von Giorgio, der es eilig hatte weiterzukommen, denn der Monsignore in Salò wartete sicher längst, endlich nach Hause geholt zu werden. Der Bootsmann hatte jetzt ein Positionslicht angemacht, sodass sie ihm noch lange nachsehen konnten.

»Jetzt müssen wir bloß herausfinden, wo unser Hotel ist«, meinte Traudl.

»Nix leichter als das«, erklärte Vicki. »Du passt auf meinen Koffer auf.« Damit ließ sie die Freundin stehen und marschierte schnurstracks in das Grand Hotel Gardone, um schon wenige Augenblicke später wieder herauszukommen. »Jedenfalls sprechen sie wunderbar Deutsch hier«, stellte sie fest und deutete die Straße hinab. »Da müssen wir lang.

Wenn wir deinem Giorgio gesagt hätten, wie unser Hotel heißt, hätte er uns auch direkt dort absetzten können. Die haben nämlich auch einen Steg.«

»*Meinem* Giogio. Wieso denn bitte *meinem* Giorgio?«, protestierte Traudl.

»Geh! Meinst du, ich hab nicht gemerkt, wie du den angehimmelt hast?«

»Angehimmelt. Das wär ja noch schöner.«

Vicki legte lachend den Arm um die Schultern ihrer Freundin. »Jetzt lass dich nicht von mir ärgern. Er ist ja auch ein fescher Kerl, der Giorgio.«

Der Weg war nicht arg weit, aber doch beschwerlich mit den Koffern und angesichts der langen Reise, die die beiden jungen Frauen an diesem Tag hinter sich gebracht hatten. Umso erleichterter waren sie, als endlich das Schild »Grand Hotel Fasano« zu sehen war.

Anders als im Grand Hotel Gardone, das bis unters Dach hell erleuchtet gewesen war, brannten im Fasano nur wenige Lichter. Als sie eintraten, war die Rezeption nicht besetzt. Also schlug Vicki auf die Klingel, und die Freundinnen warteten eine Weile.

Endlich tauchte ein freundlicher, hagerer Herr auf und fragte lächelnd: »Fräulein Neuhofer? Fräulein Frisch?«

»Sind wir die einzigen Gäste?«, erwiderte Vicki überrascht.

»Nicht die einzigen«, erklärte der Portier. »Aber die einzigen, die noch nicht eingetroffen waren. Willkommen im Grand Hotel Fasano! Ich hoffe, Sie hatten eine angenehme Anreise.« Der Herr hatte einen eigentümlichen Akzent, sprach aber im übrigen perfektes Deutsch.

»Vielen Dank«, sagte Vicki. »Es war schwieriger, als wir gedacht hatten. Der Zug hatte Verspätung. Und in Riva war dann der Bus weg.«

»Und doch haben Sie es zu guter Letzt zu uns geschafft«, schloss der Portier und nickte lächelnd. »Haben Sie denn schon etwas gegessen?«

»Schon lange nicht mehr!«, entfuhr es Waltraud.

Vicki blickte zu Boden. Hoffentlich war diese Reaktion nicht arg unangemessen gewesen. Immerhin war das hier ein Luxushotel. Doch der Portier hob nur die Hände und erklärte: »Dann gebe ich in der Küche Bescheid, dass Sie unbedingt noch etwas bekommen müssen!«

*

Was sie bekamen, war so exotisch wie köstlich. An sich nichts weiter als eine Platte mit Kleinigkeiten, die hübsch angerichtet auf einem elegant eingedeckten Tisch auf sie warteten, als sie wenige Minuten später wieder von ihrem Zimmer kamen. Eine Kerze war für sie angezündet worden, eine Flasche Wein stand dabei und eine Karaffe Wasser.

»Bitte, gnädige Fräulein«, sagte der Kellner, auch er in perfektem Deutsch, und rückte nacheinander die Stühle zurecht. »Die Küche war ja leider schon geschlossen, als Sie angekommen sind. Aber der Zimmerservice hat Ihnen einige Antipasti und ein paar Bruschette hergerichtet. Ich hoffe, das ist in Ordnung?«

»Es sieht ganz wunderbar aus!«, versicherte Vicki dem Mann, der mit seiner tadellosen Haltung ein wenig an einen der Kellner im Café Luitpold in München erinnerte, wo sie sich manchmal einen Kaffee leistete. Sie spürte, wie ihr Magen grummelte.

»Darf ich Ihnen ein Glas Wein einschenken?«

»Gern.«

Mit erfahrenen Bewegungen entkorkte er die Flasche

und schenkte Vicki einen winzigen Schluck ein, dann wartete er.

Etwas unsicher blickte sie zu ihm auf.

»Vielleicht möchten Sie ihn kosten?«, schlug er vor. »Ob er gut ist?«

»Oh. Ja. Gern.« Vicki führte das Glas zum Mund und nippte daran. »Sehr gut!«, stellte sie fest. Und in der Tat, sie konnte sich gar nicht erinnern, jemals so guten Wein getrunken zu haben. »Was ist das für ein Wein?«

»Das ist ein Bardolino, Signorina. Er stammt aus der Region.« Mit feierlicher Geste schenkte er den jungen Frauen ein. »Buon Apetito«, wünschte er, nickte und zog sich zurück.

»Brus… wie?«, fragte Traudl.

»Bruschette?«

»Stimmt. Komisch, oder? So ein Haufen Zeug auf so kleinen Brotscheiben.« Behutsam nahm sich die Freundin eines der kleinen Kunstwerke und biss dann eine Ecke ab. »Aber guuut!«

Seufzend stimmte Vicki zu. So etwas Köstliches hatte sie schon lange nicht gegessen. Eigentlich schon seit dem Krieg nicht. »Hunger ist sowieso der beste Koch«, sagte sie.

»Da brauchst aber keinen Hunger«, erwiderte Traudl, »um das gut zu finden.«

»Nein!«, lachte Vicki. »Ganz bestimmt nicht!«

Gute Taten

Freising 1945

An manchen Tagen gab es nun keine Schule mehr. Wenn die ganze Nacht über immer wieder Fliegeralarm ausgelöst worden war und die Kinder mit ihren Müttern viele Stunden im Keller unter dem Klosterhügel zugebracht hatten, ging keiner mehr hin. Und verirrte sich doch ein Kind vors Schulhaus, schickten die Schwestern es mit Segenswünschen wieder heim.

Inzwischen ging es vor allem um eines: ums nackte Überleben. Und alle waren froh, wenn nächstentags alle wieder auftauchten. Denn zu den bittersten Erkenntnissen des Krieges gehörte, dass es für allzu viele kein Morgen gab. Mit wem man heute noch gelacht und gespielt hatte, der konnte morgen unter Schutt und Asche begraben liegen und nie wieder zum Spielen kommen.

Wann immer es die Situation zuließ, streiften die Kinder über Felder und Wiesen in der Hoffnung, hier und da ein paar erste Triebe zu ergattern, aus denen sich eine Mahlzeit zubereiten ließ. Immer öfter auch kam aus der nahen Kaserne der Auftrag, dass die Mädchen und Jungen Kräuter sammeln sollten für die Soldaten, die die Domstadt zu verteidigen hatten. Dann schickten die Schulschwestern die Kinder in kleinen Grüppchen los und teilten sie für ganz bestimmte Aufgaben ein.

Viktoria wollte mit Helga, Willi, Kurt und Paula nach Holunderblüten suchen. Unterhalb des Domhügels bei der Heiliggeistgasse gab es ein paar Hollerbüsche, die vielleicht schon angefangen hatten zu blühen. Dorthin liefen die Kinder mit Körben, die sie von der Schule bekommen hatten.

Willi aber wusste, dass es näher an der Isar noch viel größere Büsche gab, die im vergangenen Jahr weit mehr Blüten trugen. Also rannten die Kinder weiter, über die Erdinger Straße bis in die Auen.

So begeistert waren sie von ihrer Idee, dass keines darauf achtete, was am Himmel geschah. Dort nämlich näherte sich von Nordost ein Flugzeug, das immer weiter herabstieg und bald in gefährlicher Nähe zu den Brücken über den Fluss flog.

»Ein Tiefflieger!«, schrie Paula, die die Maschine als Erste entdeckte.

Einen Moment lang verharrten die Kinder starr vor Schreck und blickten zu dem Kampfflugzeug, das im selben Augenblick das Feuer eröffnete.

In den letzten Wochen hatten es sich die Amerikaner und Engländer angewöhnt, Jagd auf Menschen zu machen, die sich im Freien bewegten. Seit es keine funktionierende Luftabwehr mehr gab, konnten sie gefahrlos Personen und Fahrzeuge über die Straßen jagen, Boote auf dem Fluss versenken und alles ins Visier nehmen, was ihnen vor die Bordkanonen kam.

Noch bevor sie einen einzigen Schuss hörten, sahen die Kinder schon das Mündungsfeuer aus den beiden Maschinengewehren unter den Tragflächen des Fliegers.

»Schnell! Ins Gebüsch!«, rief Viktoria. Das hatten sie in der Schule besprochen: *Wenn ihr einen Tieffieger seht, macht euch unsichtbar. Schützt euch, wo immer es geht. Lauft nicht lange, sondern versteckt euch in Häusern, unter Brücken, egal wo! Nur weg vom Weg!*

Das hieß in dem Fall: weg von den Auwiesen, wo man sie kilometerweit sehen konnte.

Die Körbe von sich werfend, sprangen die Kinder ins Gebüsch, ohne auf Arme und Beine zu achten, kaum das Gesicht schützend, weil sie wussten: lieber eine Schramme mehr haben und am Leben bleiben. Jedes Zögern konnte den Tod bedeuten.

Jetzt schlugen auch die Projektile ein, eines nach dem anderen ...

Die Kinder schrien, hielten sich die Arme über den Kopf, kauerten sich auf den Boden, rückten eng an eng. Der Pilot hatte sie sicher gesehen! Und tatsächlich flog die Maschine, kaum war sie vorüber und die Buben und Mädchen atmeten auf, eine Schleife und kam noch einmal aus der entgegengesetzten Richtung, um erneut das Feuer zu eröffnen.

Wieder schlugen die Geschosse rings um sie ein, wieder kreischten die Kinder – und wieder gab es keinen Treffen. Im Gegenteil.

»Nicht einmal den Busch hat er getroffen!«, jubelte Viktoria, als sie später, völlig zerschunden vom Gestrüpp, mit den anderen Kindern vor Schwester Agathe stand, die von Kugeln zerfetzten Körbe in der Hand.

Die Schwester aber schlug ein Kreuz und gleich noch eines, betrachtete die Kinder voller Erbarmen und flüsterte: »Da dank ich dem Herrgott, dass er so einen guten Mann ans Steuer gesetzt hat.«

Einen guten Mann? Das konnte Viktoria nicht verstehen. Und sie erzählte am Mittag der Mutter davon, die in der Küche einmal mehr aus nichts ein Essen zuzubereiten versuchte. Doch auch die Mutter nickte dankbar und griff sich unwillkürlich an die Brust, wo sie ein kleines silbernes Kreuz an einer Kette trug. »Doch, doch, Kind«, sagte sie leise. »Der hätt euch schon getroffen, wenn er's gewollt hätte. Dass er geschossen hat, zeigt ja, dass er euch gesehen hat.«

»Aber er *hat* uns nicht getroffen!«

»Weil er ein guter Mensch war. Er hat halt gesehen, dass ihr noch Kinder seid. Deswegen hat er danebengeschossen. Absichtlich.«

Ein guter Mensch. Das erstaunte Viktoria. Dass der Feind ein guter Mensch sein könnte, darauf war sie noch gar nicht gekommen. Er war doch schließlich der Feind.

*

Als der Krieg vorbei war, merkte man es als Erstes daran, dass es auf einmal keine Soldaten mehr gab, dafür aber Männer, die – ohne Waffen, ohne Rangabzeichen und scheinbar ohne Ziel – auf den Straßen unterwegs waren, viele zu Fuß, eilig, ohne nach links oder rechts zu blicken, nur weg von den anrückenden Amerikanern.

Viktoria beobachtete manchen dieser müden, abgekämpften und beschämten Männer von ihrem Baumhaus aus. Und sie beobachtete, wie die ersten Amis mit ihren Panzern und Geländewagen in die Stadt fuhren. Etliche Einwohner hatten weiße Tücher aus den Fenstern gehängt, auch Frau Bader.

Die Übergabe der Stadt verlief anscheinend friedlich. Viktoria jedenfalls hörte keinen Schuss mehr. Endlich waren auch die Fliegeralarme und vor allem die Bombardements vorbei. Und jeder, den sie hörte, war so froh, dass dieser elende Krieg endlich vorüber war, dass sich keiner beklagte, er wäre verloren worden.

Die Schule war in diesen Wochen geschlossen, niemand wusste ja, wie es jetzt weitergehen würde. Irgendwie schien die Welt still zu stehen. Das Einzige, was sich nicht änderte, war der Hunger. Immer noch gab es nichts zu Essen. Oder vielmehr: Es gab weniger denn je! Inzwischen waren sogar die Stellen, an denen Brennnesseln wucherten, ein Geheimtipp, den man auf gar keinen Fall irgendwem verraten durfte. Wer noch ein paar Kartoffeln im Keller hatte, holte sie in die Wohnung, um Einbruch und Diebstahl vorzubeugen.

Viele Kinder liefen in dieser Zeit barfuß, weil sie in den zurückliegenden Monaten aus ihren Schuhen herausgewachsen waren und es keine neuen mehr zu kaufen gab. Jüngere Geschwister hatten es in der Hinsicht gut, weil sie die Schuhe der älteren auftragen durften. So lief Josef mit Viktorias Mädchenschuhen herum, während seine Schwester im kalten Mai immerhin ein Paar Sandalen hatte, die ihr noch notdürftig passten.

Am Anfang mieden die Kinder den Kontakt mit den Eroberern. Die Amerikaner waren auf einmal überall. Sie patrouillierten auf den Straßen, sie hatten ihre Fahne vor das Rathaus gehängt, sie kontrollierten die Reisenden am Bahnhof … aber sie verhielten sich wohl freundlich und korrekt den Besiegten gegenüber, sodass mit der Zeit auch bei Viktoria und ihren Freunden die Angst vor ihnen schwand.

Und dann kam der Tag, an dem Fritzi mit einem ganz besonderen Schatz auf das Baumhaus geklettert kam. »Schaut, was ich hab!«, rief er schon von unten und war so schnell oben wie noch nie.

Viktoria, Josef, Michi und Paula, die manchmal zu Besuch heraufkommen durfte, staunten nicht schlecht, als er seine Hand öffnete und statt eines Froschs oder einer Handgranate einen schmalen, flachen Streifen vor sie hielt, der in Papier gewickelt war.

»Und was soll das sein?«, wollte Viktoria wissen.

»Ein Kaugummi!«

»Geh. Einen Gummi kann man doch nicht kauen.«

»Den schon!«, erklärte Fritzi triumphierend und wickelte das Papier ab. »Schau!« Er riss den Streifen in mehrere Teile und steckte sich einen in den Mund. Und weil es scheinbar so gut schmeckte, schloss er die Augen und machte »Mhhhhhm!«.

»Das riecht wie ein Pfefferminzgutti«, meinte Paula, die es wissen musste, weil ihr Vater Apotheker war und Hustenpastillen mit Pfefferminzgeschmack führte.

»Das schmeckt auch nach Pfefferminz«, bestätigte Fritzi. »Und nach Zucker.« Zum Beweis gab er jedem der Kinder ein Stück von dem Streifen. Nur ein letztes behielt er für sich.

Andächtig kauten die Kinder auf der Süßigkeit herum, bis Josef irgendwann sagte: »Aber satt macht das nicht.«

»Du hast es aber nicht runtergeschluckt, oder?«, fragte Fritzi erschrocken.

»Doch. Freilich.«

»Aber das darf man nicht schlucken!«

»Oha«, meinte Paula. »Ich hab's jetzt aber auch gerade geschluckt.«

Zum Glück schadete es nicht. Keines der Kinder bekam Bauchweh. Vielleicht auch, weil es ja nur ein ganz kleines Stückchen gewesen war. Jedenfalls wussten sie nun alle, dass es nichts Besseres auf der Welt gab als amerikanische Kaugummis und dass sie sich so etwas auf jeden Fall kaufen würden, wenn sie einmal groß waren.

*

Nicht nur die Amerikaner waren nach Freising gekommen, auch immer mehr von den Vätern der Mitschülerinnen und Mitschüler kamen nach Hause. Fritzis Papa stand eines Abends vor der Tür, Paulas kam an einem Sonntag an und humpelte plötzlich durch den Mittelgang der Domkirche, als seine Kinder und seine Frau gerade an der Heiligen Messe teilnahmen und für seine baldige Heimkehr beteten. Nur Heinrich Neuhofer tauchte nicht auf. Nicht an einem Abend, nicht an einem Morgen, nicht unter der Woche und nicht am Sonntag, so sehr Viktoria auch dafür betete. Dass ausgerechnet ihr Vater nicht kam, fühlte sich gemein an.

»Er ist in Gefangenschaft geraten«, erklärte Martha Neuhofer ihrer Tochter, nachdem sie einen Brief bekommen und ihn ganz für sich in der Kammer gelesen hatte. »Jetzt muss er in Wilhelmshaven in einem Lager leben.«

Lager kannte Viktoria. Es gab eines ganz in der Nähe ihres Hauses. In dem waren Menschen untergebracht, die aus ihrer Heimat vertrieben worden waren oder die bei einem Angriff ihr Zuhause verloren hatten. Eng ging es dort zu, schmutzig war es und gefährlich. Die Mama hatte ihr verboten, hinzugehen und mit den Kindern dort zu spielen. Man wusste ja nicht, was das für Leute waren, wo sie herkamen und wie sie vorher gelebt hatten.

»Aber dann ist er dort doch ganz allein«, protestierte Viktoria. »Weil wir ja hier sind. Und er ist dort!«

»In dem Lager, in dem der Papa ist, sind nur Männer, und die sind alle allein«, erklärte die Mutter, als wäre dadurch irgendetwas besser.

»Und wo liegt dieses Wilhelmshaven?«, wollte Viktoria wissen.

»Mei, Kind. Weit weg. Ganz weit.«
»Aber wann kommt er denn dann wieder heim, der Papa?«
»Bald, mein Schatzerl. Hoffentlich bald. Aber genau weiß das niemand.«

Es war nämlich so, dass der Vater als technisch begabter Mensch auch ein gefragter Mann war bei den Engländern, die Wilhelmshaven besetzt hatten. Im Gefangenenlager war der Herr Oberingenieur Neuhofer von den Besatzern mit der Leitung einer Reparaturwerkstatt betraut worden. Vielleicht wäre es besser gewesen, er hätte die ihm übertragenen Arbeiten weniger gewissenhaft ausgeführt. Stattdessen hatte er sich innerhalb kürzester Zeit unentbehrlich gemacht und selbst dazu beigetragen, dass er von den Listen der nach Hause zu entlassenden Gefangenen immer wieder gestrichen wurde. So gingen die Wochen und Monate dahin, das neue Jahr begann, es wurde Frühling, es wurde Sommer, bald näherte sich der Herbst.

Von Zeit zu Zeit wurde den Gefangenen erlaubt, Briefe nach Hause zu schreiben. Auf die Weise hatte die Mutter erfahren, wo ihr Mann war und dass es ihm körperlich gut ging – besser sogar als manch anderem, weil die Engländer dafür sorgten, dass ihre besten Arbeitskräfte auch am besten zu Essen bekamen.

Die Briefe, die er schrieb, waren freilich oft arg knapp und hölzern. Doch das hatte gewiss damit zu tun, dass sie von den Allliierten gelesen wurden, ehe sie in den Versand gingen.

An einem Tag im September 1946 schließlich teilte er seiner Frau mit, dass die Besatzer beschlossen hätten, ihn zur besonderen Verwendung nach Frankreich zu schicken. Er würde in den nächsten Tagen mit dem Zug dorthin reisen, wie es der Zufall wollte, sogar über Freising!

Für Martha Neuhofer war das eine Hiobsbotschaft. Wenn

er jetzt in ein anderes Land geschickt wurde, stand erst recht in den Sternen, wann er wieder nach Hause durfte.

Was ihr nicht recht einleuchtete, war der Hinweis, dass »der TÜV sich sehr bemüht« habe um ihren Mann. Was um alles in der Welt sollte das bedeuten? Dass der TÜV, der inzwischen seine Arbeit wieder aufgenommen hatte, Nachforschungen anstellte, wie es den ehemaligen Mitarbeitern ging und ob sie an ihren Arbeitsplatz zurückkehren würden, das schien naheliegend. Dass eine so wichtige Institution, die für den Wiederaufbau des zerstörten Landes wertvoll war, einen gewissen Einfluss darauf hatte, ob jemand früher entlassen wurde, das konnte man sich zumindest vorstellen. Aber was sollte der TÜV mit einer Verschickung nach Frankreich zu tun haben?

Jeden Abend betete Martha Neuhofer mit ihren beiden Kindern für eine glückliche, gesunde und baldige Heimkehr des Vaters. Jeden Abend flüsterte Viktoria, ehe sie die Augen schloss, noch eine kleine Fürbitte an die Muttergottes, damit endlich auch ihr Papa wieder nach Hause durfte.

Und dann, eines Tages, geschah etwas ganz Merkwürdiges.

Dornröschenschlaf

Gardone Riviera 1955

Es musste an dem Wein liegen. Vicki hätte sich nicht erklären können, weshalb sie sich sonst so ... so ... unglaublich leicht fühlte. Am Wein, ganz sicher. Und vielleicht auch an der Luft. Denn als sie auf den Balkon des Zimmers trat, das sie mit Traudl teilte, war es, als wollte die ganze Welt sie umarmen. Es duftete betörend nach Blumen, die sie irgendwo in den Schatten unter sich vermutete. Es duftete nach See und Natur und ... Sie wusste es selbst nicht. Von irgendwo mischte sich der süßliche Geruch einer Pfeife in dieses überreich sinnliche Bouquet der Düfte.

Müde war sie von der langen Reise, von dem vielen Essen – sie hatten buchstäblich alles aufgegessen! – und von dem ungewohnten und schweren Wein. Roten hatte sie bisher nur ganz selten gekostet, und noch nie so kräftigen. An diesem Abend hatte sie mit ihrer Freundin fast die ganze Flasche ausgetrunken. Wenn sie jetzt daran dachte, hätte sie sich womöglich schämen sollen. Doch in Wahrheit liebte sie die Idee, alles zu dürfen und alles zu tun, was Spaß machte – und sei es, eine Flasche Wein zu zweit zu leeren.

»Ich bin müde«, jammerte Waltraud von drinnen. »Komm rein und mach die Tür zu, damit wir schlafen können.«

»Die lassen wir offen«, bestimmte Vicki. »So eine fabelhafte Luft darf man nicht aussperren. Wirst sehen, wie gut die tut.«

Das Zimmer selbst war keineswegs so luxuriös, wie sich Vicki das bei einem Grandhotel vorgestellt hatte. Die Einrichtung war eher karg, der Holzfußboden bestand aus einfachen Dielen, über die ein fadenscheiniger Teppich gelegt war. Von der Decke hing eine armselige Lampe, die sie an die Küchenlampe von Frau Bader in Freising erinnerte, und auf dem Nachttischchen lag ein Gebetbuch, das offensichtlich früher in eine Kirche gehört hatte.

Gewiss, es war alles aufs Peinlichste sauber, es war alles ordentlich und mit größter Sorgfalt arrangiert. Die kleine Tischdecke war blendend weiß, perfekt gebügelt und gestärkt, kein Stäubchen lag irgendwo, die Kissen auf dem Bett waren prall gefüllt und wiesen einen akkuraten Knick in der Mitte auf, sodass sie einen wie zwei große Katzenköpfe anblickten. Wobei auf einem davon inzwischen Traudl lag und sich hineingrub, als hätte sie seit Tagen nicht mehr geschlafen.

Schlafen. Ja, das würde sie jetzt auch endlich, beschloss Vicki. Bei geöffneter Balkontür, den Geräuschen dieser italienischen Nacht lauschend, der ersten ihres Lebens, den Düften dieses verzauberten Ortes nachsinnierend, voller Vorfreude auf den kommenden Tag, an dem die Sonne hoffentlich einmal mehr ein unvorstellbar schönes, goldenes Licht über alles gießen würde.

∗

Als die beiden jungen Frauen erwachten, war es längst heller Tag. Von irgendwo erklang ein Motorengeräusch, jemand rief, ein anderer sang, eine Frau schien mit ihrem Kind zu schimpfen, auf Deutsch, wie Vicki nach einiger Zeit erkannte, ein paar Möwen kreischten …

Aufgeregt sprang sie aus dem Bett und lief sogleich auf den Balkon, um sich anzusehen, wie all das, was sie am Abend nur schemenhaft erkannt hatte, bei Tageslicht aussah – und sie war überwältigt. So überwältigt, dass sie erst bemerkte, dass sie im Nachthemd auf dem Balkon stand, als ein junger Mann vom Garten heraufblickte und sie breit angrinste.

Erschrocken huschte sie zurück ins Zimmer und hielt sich den Vorhang vor den Leib. Der junge Mann unten stand immer noch da, grinste immer noch, verbeugte sich dann aber galant und verschwand im Haus.

Es gab einen Steg, der zum Hotel gehörte. Ein Boot lag dort, und mehrere Männer diskutierten, wobei Vicki auf die Entfernung nicht genau verstehen konnte, worüber. Aber vermutlich sprachen sie ohnehin Italienisch? Immer noch war sie erstaunt, wie ausgezeichnet der Portier und der Kellner am Vorabend Deutsch gesprochen hatten. Dem musste sie unbedingt auf den Grund gehen. Aber zuerst freute sie sich darauf, sich für den Tag frisch zu machen und dann ein kräftiges Frühstück einzunehmen, denn trotz des üppigen Abendessens verspürte sie schon wieder Hunger. »Traudl?«

»Hm?«

»Guten Morgen!«

»Hm?«

»Es ist schon spät! Es ist schon …« Vicki suchte ihre Armbanduhr, fand sie schließlich in ihrer Handtasche, erschrak und rief: »Es ist schon halb zehn vorbei!«

»Geh. Ich wach immer um sieben auf. Da kannst du die Uhr danach stellen«, murmelte Waltraud und drehte sich um.

Vicki lachte. »Ich glaub's gleich«, sagte sie. »Die Eieruhr wahrscheinlich.«

Traudl reagierte nicht. Offenbar war sie schon dabei, wieder einzuschlafen.

Nun gut, so würde Vicki zumindest das Badezimmer erst einmal für sich haben. Sie schlüpfte aus dem Nachthemd und machte in der nächsten Viertelstunde ihre Morgentoilette. Aus der Dusche allerdings kam nur eiskaltes Wasser. Bibbernd stand sie vor dem Spiegel und hatte Mühe, sich ein bisschen zu schminken, so sehr zitterten ihre Finger. Von den Kacheln über dem Waschbecken hatten einige Sprünge. Der Spiegel wies mehrere kleine blinde Flecken auf. Ein bisschen erstaunt war Vicki, dass alles hier so schrecklich in die Jahre gekommen schien. Wenn man das mit dem vornehmen Hotel Bayerischer Hof in München verglich …

»Ich muss auch aufs Klo!«, maulte von draußen Traudl, die jetzt offenbar endlich auch wach geworden war. »Beeil dich mal ein bisschen! Weißt du überhaupt, wie spät es schon ist?«

»Das weiß ich wohl«, erklärte Vicki und kam raus. »Ich hab's dir nämlich vorhin gesagt.«

»Vorhin war's sieben«, widersprach Traudl. »Jetzt ist es fast zehn!«

»Dann beeil dich lieber«, erwiderte Vicki gutmütig und ließ die Freundin vorbei. »Sonst gibt's kein Frühstück mehr.«

Rasch zog sie sich ein leichtes Sommerkleid über und beschloss, auf Strümpfe zu verzichten. Der Tag würde bestimmt warm werden. Er war es eigentlich schon.

Als sie wieder auf den Balkon hinaustrat, staunte sie, wie majestätisch der See vor ihr lag. Sie hatten ein Zimmer im dritten Stock des Hotels bekommen. Der Blick ging zwischen hohen Palmen hindurch direkt aufs Wasser. Unter ihr erstreckte sich ein Garten mit allerlei Büschen und Bäumen, die von einer Rasenfläche gesäumt waren, auf der ein paar Gänse grasten. Entzückt versuchte sich Vicki dieses Bild einzuprägen. Später würde sie eine Zeichnung davon anfertigen. Sie hätte sich gleich ihren Skizzenblock geholt, wenn es nicht höchste Zeit fürs Frühstück gewesen wäre.

Auf dem Nachbarbalkon saß ein distinguierter Herr und rauchte Pfeife. Womöglich war er es gewesen, dessen süßlicher Rauch sich gestern Abend in die Düfte der Nacht gemischt hatte. Er hatte einen Stohhut auf dem Kopf und studierte die Zeitung. *Le Figaro.* Das war ein französisches Blatt, wie Vicki wusste. Offenbar gab es nicht nur deutsche Gäste im Grand Hotel Fasano.

Besonders faszinierte Vicki der Turm, über den das Hotel verfügte und den sie in der Dunkelheit noch gar nicht entdeckt hatte. Jetzt sah sie ihn über dem Gebäude aufragen wie den Bergfried einer romantischen Burg.

»Mei. Wie Neuschwanstein, gell?«, sagte Traudl, die neben Vicki getreten war.

»Na ja, das Haus selbst ist eher wie Hohenschwangau, finde ich. Aber der Turm, das stimmt, der könnte auch zu Neuschwanstein gehören.«

In verblasster Schrift, kaum noch erkennbar, stand auf den großen Seitenflächen unterhalb des Daches der Schriftzug »Grand Hotel Fasano«. Als wäre es ein Gruß aus dem vorigen Jahrhundert. Aber vielleicht war es das ja sogar.

*

Das Frühstück fand im Speisesaal statt, und natürlich waren Vicki und Traudl wieder die Letzten.

»Buon Giorno!«, grüßte der Kellner vom Vorabend, als

wären sie nicht schrecklich spät erschienen. »Ich habe Ihnen einen Tisch auf der Terrasse gedeckt. Ich hoffe, das sagt Ihnen zu?«

Das sagt Ihnen zu. So vornehm war Vicki ja noch nie behandelt worden. »Aber ganz sicher sagt uns das zu«, erwiderte sie und folgte dem Herrn in Uniform nach draußen.

Hingerissen blickte Vicki sich um, während Waltraud schon Platz nahm und der Kellner zurückhaltend einen Schritt beiseitegetreten war. Überall waren große Pflanztröge aufgestellt, aus denen eine üppige Blumenpracht wucherte. Dennoch konnte dieser florale Schmuck nicht verdecken, dass etliche der Bodenplatten gesprungen waren, dass sich an der Fassade Risse zeigten, dass ein Teil der Terrasse mit Brettern abgesperrt war und im Grunde alles etwas altersschwach und nach verblichenem Glanz aussah.

Der Kellner nahm die Bestellung der beiden jungen Damen auf – Tee für Traudl, Kaffee für Vicki – und kündigte an, dass er sogleich die anderen Sachen bringen würde. »Ein Frühstücksei vielleicht?« – »Gerne!« Dann verschwand er im Haus, und die Freundinnen blickten bezaubert auf den See hinaus, wo gerade ein größeres Passagierschiff vorüberzog und in der Ferne einige weiße Segel in der Sonne blitzten.

»Ich glaub, ich geh hier nicht mehr weg«, sagte Waltraud.

»Das lässt sich an einem solchen Ort leicht sagen«, befand Vicki und überlegte, ob sie sich das vorstellen könnte: für immer hier bleiben. Gewiss, das Licht war hinreißend. Der See war ein Traum. Das Haus, wenn man einmal davon absah, dass es schrecklich in die Jahre gekommen schien, war beeindruckend. Die Natur … Jetzt sah sie auch den Strauch, der letzte Nacht so außergewöhnlich geduftet haben musste. Mit üppigem violettem Blütenschmuck rankte er an der Wand des Gebäudes hoch.

Ja, das alles war zauberhaft. Aber was konnte man hier tun? War dieses Gardone überhaupt eine Stadt? Was sie auf ihrem nächtlichen Weg hierher gesehen hatten, waren nur einige Gebäude, die die Straße säumten, vor allem zur Seeseite hin. Irgendwo oberhalb hatten ein paar Lichter durch die Bäume gefunkelt, da mochte ein Dorf sein, das schon. Aber im Vergleich zu einer Stadt wie München, wo es Theater und Kinos gab, Kaffeehäuser, Kaufhäuser und Tanzbars, schien dieser Flecken hier doch ein sehr verschlafenes Dörfchen. »Weißt du«, sagte sie. »Für einen Urlaub gibt's wahrscheinlich nichts Schöneres als so einen Ort. Aber dass ich hier leben wollt … ich weiß nicht.«

»Dann besuchst du mich halt von Zeit zu Zeit«, scherzte Traudl vergnügt und beobachtete den Kellner, wie er ein Tablett auf den Tisch stellte und dann einen Korb mit Brötchen und Hörnchen platzierte, zwei Schälchen mit Marmelade, eines mit Butter sowie einen Teller mit Schinken und einer Wurst, die die beiden Fräulein aus Deutschland noch nicht kannten. »Was ist das denn Interessantes?«, fragte Vicki.

»Das ist eine Mortadella, Signorina«, erklärte der Kellner. »Eine Spezialität. Wir haben sie aus Bologna, weil der Herr Baur sie am liebsten mit Pistazien mag.«

»Der Herr Baur?«

»Er ist der Leiter des Hotels.«

»Verstehe. Dann hat er bestimmt viel Erfahrung. Danke.«

»Gerne. Der Kaffee kommt gleich. Und der Tee.« Damit verließ der Kellner die Freundinnen wieder.

»Mich würd interessieren, wie groß diese Wurst im Ganzen ist«, sagte Waltraud.

»Mich auch. Da ist ja eine Scheibe schon so groß wie eine Schinkenscheibe. Eher größer.«

Wie groß die Mortadella insgesamt war, fanden die beiden

auf die Schnelle nicht heraus. Dass sie aber unvergleichlich köstlich schmeckte, das schon. Am Ende stritten sie sich um die dritte der hauchdünn geschnittenen Scheiben.

»Guten Morgen, Fräulein Neuhofer! Fräulein Frisch! Es ist uns eine Freude, Sie im Grand Hotel Fasano begrüßen zu dürfen!« Unvermittelt war ein Herr im dunklen Anzug mit strahlend weißem Hemd und der Statur eines Mannes an ihren Tisch getreten, der es gewohnt war, Anweisungen zu erteilen.

»Guten Morgen!«, stotterte Vicki und verschluckte sich beinahe.

»Ich hoffe, Sie hatten eine gute Anreise«, sagte der Mann. »Wie ich gehört habe, ist es spät geworden.«

»Wir ... wir ... also unser Zug ist so spät in Riva angekommen, dass der Bus schon weg war«, erklärte Waltraud.

»Deswegen haben wir uns ein Taxi genommen bis Limone. Und von dort hat uns ein netter Herr mit dem Boot hergebracht.« Bei diesen Worten blickte Vicki zu ihrer Freundin, auf deren Wangen sich prompt eine leichte Röte zeigte. Ja, der Bootsmann, der war schon sehr nach Traudls Geschmack gewesen.

»Dann freuen wir uns umso mehr, dass alles gut gegangen ist«, sagte der Herr. »Mein Name ist Baur, ich bin der Direktor des Hotels. Sie haben Ihren Aufenthalt ja auf dem großen Kostümball unseres Partnerhotels in München gewonnen ...«

»Ja, im Bayerischen Hof!«, sagte Vicki und bemerkte erschrocken, dass sie ihm ins Wort gefallen war.

»Da sind wir Ihnen natürlich doppelt und dreifach verpflichtet, dass Ihr Urlaub im Fasano rundum genussvoll für Sie wird.«

»Das wird ganz bestimmt hinhauen«, erklärte Waltraud strahlend. »Ich fühl mich jetzt schon ganz erholt.«

Die Getränke kamen. Der Kellner servierte Kaffee und Tee, schenkte ein, während der Hotelier einen Schritt beiseitetrat, um nicht zu stören. Dann nickte er wohlwollend und sagte: »Falls ich irgendetwas für Sie tun kann, lassen Sie es mich bitte wissen. Es stehen Ihnen alle Annehmlichkeiten des Hauses zur Verfügung.«

»Das ist wirklich sehr nett, vielen Dank«, entgegnete Vicki. »Wir werden bestimmt einen ganz fabelhaften Urlaub hier haben.«

Der Leiter des Fasano nickte noch einmal und wandte sich schon ab, da fragte Vicki: »Wie kommt es eigentlich, dass hier alle so gut Deutsch sprechen?«

»Oh! Nicht alle. Aber die meisten«, sagte der Hotelbesitzer. »Zum einen stammen viele unserer Mitarbeiter aus Südtirol, so wie ich und meine Familie auch, das heißt, sie sprechen von Haus aus Deutsch. Zum anderen sind die meisten unserer Gäste seit jeher Deutsche. Da gehört es einfach dazu, dass man die Sprache der Menschen lernt, die man beherbergt.«

»Ich hab aber heut schon einen Engländer gesehen«, warf Waltraud ein.

»Und ich einen Franzosen«, sagte Vicki.

»Ja, das Fasano ist ein internationales Haus«, erklärte der Hoteldirektor.

Das klang wunderbar, fand Vicki, und doch glaubte sie, einen etwas melancholischen Gesichtsausdruck bei dem vornehmen Herrn zu bemerken. »Also, danke«, sagte sie noch einmal.

»Gern, gnädiges Fräulein.«

Mit diesen Worten verschwand der Hotelier wieder nach drinnen. Ein Südtiroler, dachte Vicki. Das musste schön sein, wenn man irgendwie beides war: deutsch und italienisch zugleich.

*

Wie sich beim Spaziergang durch das Haus nach dem Frühstück leider erwies, war es um das Hotel noch weit schlechter bestellt, als Vicki zunächst angenommen hatte. Etliche Räume waren aus Sicherheitsgründen gesperrt, vielerorts bröckelte der Stuck von den Decken, immer wieder waren Böden nur notdürftig ausgebessert, wo das alte Parkett, das hier offenbar einst für grandiose Eleganz gesorgt hatte, riesige Lücken aufwies, und ein Teil des Gebäudes war ganz geschlossen. »Ein bisschen ist es wie ein Dornröschenschloss«, befand sie.

»Ja«, stimmte Waltraud zu. »Verwunschen irgendwie.«

»Das ist so schade! Stell dir vor, wie elegant es einmal gewesen sein muss.«

In der Tat war der Gedanke frappierend: ein Palast an diesem unvergleichlich schönen See, mit einem eigenen Garten, so groß, dass man ihn beinahe einen Park nennen konnte. In der Halle hingen ein paar Fotografien, die frühere Besucher des Fasano zeigten, vornehme Menschen in feinen Roben und Anzügen, die Herren mit Hut, manche Dame mit Sonnenschirm. Über allem lag eine wehmütige Schönheit ferner, besserer Tage, in denen das Hotel ein überaus glanzvoller Ort gewesen sein musste.

Den Garten liebte Vicki ganz besonders. Exotische Pflanzen gab es hier, Palmen, Magnolienbäume, Oleandersträucher, Goldregen ... Auch Zitrusbäumchen entdeckten die Freundinnen, an denen zu ihrer Überraschung gleichzeitig Blüten prangten und Früchte hingen – Zitronen und Mandarinen.

»Sie blühen das ganze Jahr über«, erklärte ein junger Mann, der die beiden offenbar beobachtet hatte und ihnen gefolgt war. »Zumindest, wenn der Winter nicht allzu hart ist. Wir nehmen sie dann in den Wintergarten.« Er deutete vage ans andere Ende des Gartens.

Erschrocken stellte Vicki fest, dass es der Mann war, der sie vorhin im Nachthemd auf dem Balkon gesehen hatte. »Sie sind das«, entfuhr es ihr.

»Anton Baur«, stellte er sich mit einer kleinen, unernsten Verbeugung vor. »Nennen Sie mich gerne Antonio.«

»Antonio«, wiederholte Waltraud und musterte den jungen Mann, über dessen aristokratischer Stirn sich dichtes schwarzes Haar lockte. Schlank war er – und er trug einen außergewöhnlich auf Figur geschnittenen Anzug, sich offenbar seiner ansprechenden Statur durchaus bewusst.

Vicki überwand ihre Verlegenheit. »Dann gehören Sie zur Familie Baur?«

»Ich bin der Sohn«, sagte der Mann. »Und Sie müssen unsere Ehrengäste sein!«, mutmaßte er.

»Ja«, sagte Vicki. »Also, wenn Sie damit meinen, dass wir die sind, die den Kostümwettbewerb gewonnen haben.«

Er lächelte breit. »Das hätte ich zu gern gesehen, was Sie da für Kostüme getragen haben.«

»Na ja, es gibt ein Foto«, sagte Vicki. »Aber das haben wir natürlich jetzt nicht dabei ...«

»Sie können mir es ja nächstes Mal zeigen, wenn Sie uns besuchen.«

Vicki lachte. »Das ist eine gute Idee. Auch wenn ich nicht glaube, dass ich mir so bald einen Urlaub in einem Luxushotel werde leisten können. Also, wenn ich ihn selbst zahlen muss.«

Nun war es Anton Baur, der lachte. »Melden Sie sich am besten bei mir. Dann finden wir sicher einen Sonderpreis, der bezahlbar ist.« Und ernster fügte er hinzu: »Allzu luxuriös ist das Fasano ja leider nicht mehr.«

*

Der Sohn des Hotelbesitzers erklärte sich bereit, die beiden jungen Frauen ein wenig herumzuführen und ihnen auch die nähere Umgebung zu zeigen. Kundig erzählte er von der alten, etwas düsteren und offensichtlich reichlich baufälligen Villa nebenan, der *Villa Principe*, die angeblich einst ein Jagdschloss des österreichischen Erzherzogs gewesen war. »Sie ist ein Pfahlbau, müssen Sie wissen«, erklärte er. »Weil der Grund sumpfig ist, wurde sie auf Dutzenden Baumstämmen errichtet, die in die Erde gerammt wurden, vielleicht sogar auf Hunderten.«

»Wie Venedig!«, sagte Traudl.

»Wie Venedig«, bestätigte Antonio. »Leider steht sie seit langem leer. Aber das Schicksal teilt sie ja mit vielen wundervollen Anwesen in der Gegend.«

Der Hotelierssohn führte die beiden jungen Frauen über die Uferstraße – die Gardesana Occidentale, wie er zu berichten wusste, die erst 1931 fertiggestellt worden war – und begleitete sie dann ein Stück weit die Anhöhe hinauf.

Eine enge und kurvenreiche Straße brachte die drei Wanderer zu einem kleinen, von Gärten und Parks gesäumten Dörfchen. »Ecco! Gardone Sopra!«, stellte Antonio vor, als wäre es sein privates Wohnzimmer. »Der ursprüngliche Ort. Wenn Sie die beste einheimische Küche genießen wollen, die man sich wünschen kann, kommen Sie hierher und kehren Sie bei Giovanna ein.« Er deutete auf ein Haus, das verwaist wirkte. »Sie öffnet allerdings erst am Abend. Und auch nur Donnerstag bis Sonntag.«

»Dann sollten wir übermorgen hierherkommen«, meinte Vicki mit einem Blick zu Traudl.

»Alfredo wird Ihnen einen Tisch reservieren«, sagte Antonio.

»Alfredo?«

»Unser Tagesportier.«

»Oh. Natürlich. Danke.«

Und dann wandten sich die beiden Fräulein aus München um und sahen den Hügel hinab. »Wissen Sie, dass Sie ein Glückspilz sind, Antonio?«, fragte Vicki. »Es gibt keinen schöneren Anblick als diesen!«

»Meinen Sie?«, erwiderte der Hoteliersson mit einem versonnenen Lächeln und sah ihr in die Augen. »Ich denke doch.«

II
TRÄUME

Wahre Helden

Freising 1946

Es war an einem Nachmittag im Spätsommer. Viktoria saß in ihrem Baumhaus und schnitt mit einem Messer, das sie aus Frau Baders Küche mitgenommen hatte, Äpfel in Ringe. Die Äpfel stammten von einer Obstwiese hinter dem Haus. Eigentlich war es streng verboten, irgendetwas aufzuklauben, und wer Essbares besaß, achtete darauf wie ein Schießhund, nicht erst seit der Krieg aus war, aber wenn man morgens vor der Schule, ganz früh, schnell durch die Wiesen streifte, fand man doch immer wieder einen Apfel oder eine Birne, die heruntergefallen und noch nicht entdeckt worden war.

Viktoria hatte sich für solche Fälle eigens ein Versteck hinter der Kellertreppe angelegt, wo sie die wertvollen Funde sammelte, um sie dann später unauffällig in die Wohnung oder eben ins Baumhaus mitnehmen zu können. Auch die anderen machten das so, hatten ihre eigenen Jagdgründe, wie Fritzi immer sagte, und ihre eigenen Verstecke.

An diesem Tag aber tauchte von den anderen keiner auf. – Die Väter waren zu Hause, es war Sonntag, da hatten die Kinder folgsam daheim zu bleiben und am Familienleben teilzunehmen. Vielleicht gab es hier und da sogar einen Kuchen! Immerhin hatten Herr Schneider und Herr Wetzler sogar schon wieder eine Arbeit und verdienten Geld!

Nur Viktorias Vater war immer noch nicht zurück. So lange war er jetzt schon vorbei, dieser blöde Krieg, und trotzdem hatten ihn die Engländer immer noch nicht nach Hause gelassen. Am liebsten hätte Viktoria ... sie hätte ... Nein, sie hätte den Krieg nicht wieder angefangen, um ihren Papa zurückzubekommen. Aber richtig ausgeschimpft hätte sie die Engländer gern, ja, das hätte sie. Weil sie es auch verdient hatten, diese saudummen Leute in ihrem saudummen Wilhelmshaven.

Zornig schnitt sie in jeden Apfelring einen Schlitz, atmete tief durch und hängte die Ringe dann zum Trocknen an eine der Leitungen, die durch den Baum verliefen. Wenn jetzt die Sonne darauf schien, würden sie schnell zäh und süß werden, fast so gut wie ein Kaugummi, ja, eigentlich sogar besser. Weil man nämlich die Apfelringe nicht nur kauen konnte, sondern auch schlucken durfte. Deshalb halfen sie gegen Hunger. Anders als die Kaugummis, die eher noch hungriger machten, wenn man lange genug darauf herumbiss. Eine komische Erfindung.

Und dann hörte sie etwas, was ihr ganz seltsam vorkam. Bekannt irgendwie, aber auch eigenartig. Viktoria spürte, wie sie eine Gänsehaut bekam. Ein Pfiff war das. Jemand pfiff.

Vorsichtig trat sie an den Rand des Baumhauses und schaute hinunter. Auf der Straße lief ein Mann auf das Haus zu. Er hatte einen alten Armeemantel an und eine Soldatenmütze auf dem Kopf, so wie praktisch alle Männer, die aus dem Krieg nach Hause kamen, weil ja keiner was anderes zum Anziehen hatte in diesen Zeiten. Der Mann hatte es sichtlich eilig. Und seine Schritte hatten etwas ... etwas Fröhliches. Ja, er war sichtlich vergnügt.

Viktoria kniff die Augen zusammen, um ihn besser zu sehen, und dann pfiff er wieder, und da erkannte sie es: So hatte ihr Vater immer gepfiffen, wenn er nach Hause gekommen war, damals in der Orffstraße in München, nach Feierabend.

»Papa?«, flüsterte sie. Er konnte sie auf die Entfernung freilich nicht hören. Sie sagte es mehr zu sich selbst und wäre beinahe von ihrem Baum gefallen, weil sie sich so weit vorbeugte.

»Papa?« Diesmal rief sie es, und der Mann schien für einen Moment zu zögern und sich umzusehen. Da erkannte sie endlich auch sein Gesicht. »Papa!«

So schnell war sie noch nie unten gewesen aus ihrem Versteck in der Baumkrone. Die Hände verbrannte sie sich an dem Seil, weil sie es durch ihre Finger gleiten ließ, um schneller auf den Boden zu kommen. »Papa!«

Sie rannte hinüber zur Straße und kam gleichzeitig mit ihm vor dem Haus an – und im selben Augenblick ging die Tür auf, und Mama stand ebenfalls da, mit Tränen in den Augen, hinter ihr Josef, der den Vater groß anguckte und zu zögern schien.

»Willkommen daheim, Heinrich«, sagte Martha Neuhofer und nahm ihn fest in den Arm. »So lange hast uns warten lassen.«

»Grüß euch Gott«, erwiderte Heinrich Neuhofer. Er wollte noch mehr sagen, aber seine Stimme war weg. Statt Worten brachte er nur noch Schluchzer heraus, während er die beiden Kinder mit in die Umarmung zog, sodass die kleine Familie Neuhofer wie ein großes Knäuel Glück zusammenstand und gemeinsam vor Schmerz und Dankbarkeit weinte.

*

»Und dann bin ich vom Waggon gesprungen und hab mich hinter einem Busch versteckt, bis die Patrouille vorbei war«, erzählte der Vater später, als sie in Frau Baders Küche saßen und gegessen hatten.

Woher auch immer – die Mutter hatte eine Salami dagehabt, Käse, eine Flasche Wein, die größten Köstlichkeiten, die man doch nirgendwo bekam. Offenbar hatte sie all das für genau diesen besonderen Anlass versteckt und aufgehoben, und nun durften alle an diesem luxuriösen Essen teilhaben. Sogar Frau Bader, die die Familie in der Küche allein gelassen hatte, um nicht zu stören, wurde mit Wurst und Käse und Wein versorgt und war darob ganz gerührt.

»Und dann bin ich für die Nacht zur Tante Maja«, fuhr der Vater fort. »Weil die so nah am Bahnhof wohnt. Erst einmal hab ich ja zusehen müssen, dass mich keiner erwischt.«

Als Kriegsgefangener zu fliehen war gefährlich. Darauf standen hohe Strafen. Es war deshalb riskant gewesen, dass Heinrich Neuhofer sich beim Zwischenhalt in Freising abgesetzt hatte. Und es war ein Glück gewesen, dass seine Schwester ebenfalls in Freising einquartiert worden war, ganz in der Nähe des Bahnhofs.

»Aber das ist schon ein sehr großer Zufall, dass du ausgerechnet über Freising gefahren bist«, stellte die Mutter fest. »Frankreich liegt doch ganz woanders. Da hätt doch der Zug eher über Köln fahren müssen ...«

»Ja, ein Glück war's, aber kein Zufall! Das hatte sich ja der TÜV ausgedacht«, erklärte Heinrich Neuhofer mit einem gewitzten Lächeln. »Erst haben sie mich von den Amerikanern zu einer Kontrolle in München anfordern lassen. Von da aus sind wir dann in den Zug in Richtung Straßburg umgestiegen, und der hat via Freising fahren müssen, weil ja die Strecke in Richtung Augsburg noch nicht wieder instand gesetzt ist.«

»Und du meinst, deine Kollegen vom TÜV haben sich das so ausgedacht? Aber wieso sollten denn die Amis bei so etwas mitspielen?«

Heinrich Neuhofer zuckte die Achseln. »Weißt es doch selbst«, sagte er. »Jeder braucht irgendeinen andern, jeder kann einem andern einen Gefallen tun, und dann ist der andere ihm wiederum einen Gefallen schuldig … Ich weiß nicht genau, wie das alles zusammenpasst. Aber ich weiß, dass sie mich im TÜV dringend brauchen. Weil wir den Laden nämlich wieder neu aufbauen müssen, und das ist eine Heidenarbeit, das kann ich dir sagen!«

Viktoria lauschte mit glühenden Wangen den Heldengeschichten ihres Vaters, stolz und glücklich, dass sie ihn wiederhatte, und auch sehr beeindruckt, was er in seiner Zeit bei den Engländern alles erlebt hatte.

»Wohnen wir jetzt wieder alle beieinander?«, wollte sie wissen. Längst war es spät, der ganze Tag war nur so verflogen. Draußen dämmerte es schon, und die Vögel vor dem Fenster zwitscherten, als wollten sie dem Vater ein Willkommenskonzert geben.

»Das hoffe ich sehr«, erklärte Heinrich Neuhofer. »Aber ob Frau Bader noch einen ungebetenen Gast mehr beherbergen kann …«

»Frau Bader? Aber wir wohnen doch in München!«, protestierte Viktoria.

»In München?« Der Vater schüttelte den Kopf. »Mei, ich hab's gesehen. Vom Zug aus.« Plötzlich war er tiefernst geworden. »Schrecklich. Die ganze Stadt ist ja zerbombt. Alles ist völlig zerstört! In Wilhelmshaven war's fürchterlich.

Hannover hab ich gesehen auf dem Weg. Nürnberg.« Er vergrub das Gesicht in den Händen und schüttelte den Kopf. Auf einmal war der Held des Tages wieder ein armer, geschundener Mann, der Monate in Gefangenschaft verbracht und um ein selbstbestimmtes Leben gerungen hatte, der um seine Familie gebangt hatte und tagtäglich der Verzweiflung nah gewesen war. »Schrecklich«, flüsterte er. »Fürchterlich. Das hätt man sich gar nicht vorstellen können, so etwas.«

»Aber wir wohnen doch in München«, beharrte Viktoria und blickte Hilfe suchend zur Mutter auf.

»Freilich, Kind«, sagte Martha Neuhofer und legte ihr den Arm um die schmalen Schultern. »Wir wohnen in München. Da muss nur noch ein bisschen aufgeräumt werden.«

»Aufgeräumt«, sagte leise mit rauer Stimme der Vater. »Ja. Da gibt's viel aufzuräumen.«

*

Am nächsten Tag durften die Kinder dem Vater in Freising alles zeigen. Sie führten ihn in den Dom, zeigten ihm, wo ihre Schule war, wo sie einkauften, wo die Amerikaner ihre Kaserne hatten – das wollte der Papa aber lieber nur aus der Ferne sehen. Sie zeigten ihm ihren Lieblingsbadeplatz, wo sie im Sommer nach Kriegsende so viele Naziabzeichen gefunden hatten, und sie zeigten ihm das Baumhaus.

Neugierig kletterte Heinrich Neuhofer mit den Kindern hinauf und staunte über die solide Konstruktion. »Da schau her«, lobte er. »So ist's recht. Kannst gleich ein Ingenieur werden«, sagte er zu dem kleinen Josef und strubbelte ihm durchs Haar.

»Das hab aber ich gebaut«, stellte Viktoria klar. »Mit dem Fritzi und dem Michi.«

»Mit dem Fritzi, soso«, sagte der Vater und lächelte sie wohlwollend an. »Wirst am Ende du eine Frau Ingenieurin?«

»Frau Ingenieurin«, wiederholte Viktoria ehrfürchtig. »Gibt's so etwas überhaupt?«

Der Vater lachte. »Also ich kenn keine!«

Der Blick über die Stadt beeindruckte ihn sehr, und er staunte, wie weit man auch in die anderen Richtungen von hier oben schauen konnte. Und dann entdeckte er die Apfelringe an der Stromleitung.

»Die hab ich gemacht, Papa«, sagte Viktoria, damit nicht wieder ihr Bruder das Lob abbekam. »Magst du einen? Vielleicht sind sie schon ein bisschen süß.« Sie griff nach den Apfelringen, doch Heinrich Neuhofer riss sie zurück und schlug ihr auf die Hand.

»Ja bist du narrisch?«, rief er und stellte das Kind neben sich. »Wie kannst denn du da was hinhängen? Das ist eine elektrische Freileitung!«

»Aber ... aber ...«, stotterte Viktoria, ohne zu wissen, was sie eigentlich sagen wollte.

»Auf gar keinen Fall darfst du da hinlangen, verstehst du?«, erklärte der Vater streng. Dann blickte er zu Josef. »Und du auch nicht. Keiner von euch! Gar keiner darf da hinlangen! Das ist lebensgefährlich! Wenn ihr da einen Stromschlag kriegt, seid ihr auf der Stelle tot!«

Viktoria nickte tapfer und rang die Tränen nieder. Josef schaute den Vater nur verständnislos an, zog den Kopf zwischen die Schultern und schniefte.

»Ihr versprecht mir jetzt auf der Stelle, dass ihr das nie wieder macht. Und dass ihr diese Stromleitung auf gar keinen Fall jemals wieder anfasst!«

Natürlich versprachen es die Kinder hoch und heilig. Dass es gefährlich war, wer hätte denn das wissen können? Die

Vögel saßen die ganze Zeit auf diesen Leitungen, und denen passierte schließlich auch nichts.

»Und jetzt gehen wir wieder runter. Die Mama wartet bestimmt schon.«

Der Vater kletterte voraus und wartete unten auf die Kinder. Ein bisschen schien es ihm leidzutun, dass er die beiden so angefahren hatte, ausgerechnet an seinem ersten Tag daheim. Als Josef hinter ihm herunterkam, hob er ihn vom Seil und stellte ihn auf die Erde. »Aber klettern könnt ihr wie die Eichkatzerl«, sagte er, während er nach Viktoria griff und sie ebenfalls herunterhob. »Ui, bist du schon schwer«, meinte er und strubbelte endlich auch ihr Haar. »Also, das Baumhaus ist großartig. Aber eine Ingenieurin wird aus dir eher nicht.«

*

Auch wenn die Familie Neuhofer noch nicht zurückkonnte in ihre alte Wohnung, in ihr altes Haus, fuhr der Vater bereits am übernächsten Tag zum ersten Mal nach München, und schon in der folgenden Woche hatte er seine Arbeit wieder aufgenommen. Der Technische Überwachungsverein hatte ihn dringend erwartet und seine Flucht ja im Grunde geplant und ermöglicht – auch wenn der letzte mutige Schritt, nämlich vom Zug zu springen und sich zu verstecken, von ihm selbst hatte getan werden müssen.

Mit der Arbeit aber und den Beziehungen des Vaters kam auch rasch wieder ein wenig Wohlstand in das tägliche Leben. Heinrich Neuhofer brachte öfter Lebensmittel mit, wenn er abends nach Hause kam. Einmal hatte er Wolle aufgetrieben, sodass seine Frau endlich neue Socken für Josef stricken konnte und einen warmen Schal für Viktoria. Ein anderes Mal hatte er Maroni ergattert, eine ganz besondere

Delikatesse, an die sich die Kinder schon gar nicht mehr erinnern konnten und die es zu der Zeit in München kaum gab. Die Mutter wässerte sie, schnitt die Esskastanien kreuzweise ein und röstete sie dann in einer Bratreine im Herd, sodass die Schale ganz aufplatzte.

Es war ein schöner, noch milder Herbstabend, an dem die Neuhofers mit ihrer Zimmerwirtin hinterm Haus in der Abendsonne saßen und die Maroni verspeisten. Viktoria und Josef bekamen ein Glas Milch dazu, die Eltern teilten sich ein Bier, alles war wie im tiefsten Frieden.

So hätte es jeden Tag sein dürfen, fand Viktoria, die sich eng an den Vater gekuschelt hatte und seine Nähe genoss. Heinrich Neuhofer war schmaler geworden, das stand ihm gut, wie seine Frau nicht müde wurde zu betonen. Sein Gesicht war kantiger, seine Hände sehniger, ja er wirkte dadurch sogar ein bisschen größer. Viktoria war stolz auf ihren Vater. Sie erzählte die Abenteuergeschichte seiner Flucht gern ihren Freunden. In der Schule gehörte es dazu, dass alle von den Heldentaten ihrer heimgekehrten Väter berichteten – oder von denen ihrer gefallenen Väter.

Dass allerdings ein Schüler aus der vierten Klasse, der Viktorias Bericht hörte, erklärte: »Darauf wär ich nicht stolz, wenn mein Vater davongelaufen wäre«, das kränkte Viktoria. Und sie verstand es auch nicht.

»Ein deutscher Mann rennt nicht weg«, stellte der Mitschüler kategorisch fest.

»Aber er gehört doch zu seiner Familie«, widersprach Viktoria.

»Sie werden ja irgendwann entlassen, die Kriegsgefangenen. Da muss man eben durchhalten, wenn man sich schon hat fangen lassen.«

»Wie sagst denn du das?«, empörte sich Viktoria. »*Wenn*

man sich hat fangen lassen. Das war halt im Krieg! Da gibt's immer Gefangene.«

»Freilich. Wenn man sich fangen lässt! Ein deutscher Soldat kämpft und siegt. Oder er fällt. Aber er lässt sich nicht fangen. Nur Feiglinge und Fahnenflüchtige werden Kriegsgefangene.«

Das hatte Viktoria die Sprache verschlagen und sie tief getroffen. Hätte sich ihr Papa erschießen lassen sollen? War er jetzt ein Feigling, weil er noch lebte? Aber wenn er den Heldentod gestorben wäre, dann hätte er ja nicht mehr heimkommen können zu seiner Familie … »Das … das ist so gemein!«, stotterte sie verstört. Aber der Zweifel war doch gesät.

Am Abend druckste sie lange herum, als die Kinder noch mit dem Vater im Garten saßen und er für Josef eine Pfeife schnitzte. »Weißt du, Papa …«, begann sie umständlich. »Der Ferdi … der geht schon in die vierte Klasse …«

»Aha?«, sagte Heinrich Neuhofer und musterte seine Tochter vergnügt. »Und gefällt er dir vielleicht, der Ferdi?«

»Der Ferdi? Nein, das gewiss nicht! Der ist ein ganz ein … also, der … der sagt so Sachen …«

»Sachen sagt er, aha. Und was wären das für Sachen?«

»Wegen … also wegen der Kriegsgefangenen, weißt du?«

»Soso. Was ist ihm denn dazu eingefallen, dem Ferdi?«

»Also … das ist so blöd. Und ich weiß auch nicht …«

»Hat er vielleicht gesagt, dass die Kriegsgefangenen Feiglinge sind?«

»Mhm.« Viktoria blickte zu Boden und wischte sich die Nase. »Aber das ist ein Schmarrn, gell Papa?«

Heinrich Neuhofer legte den Arm um seine Tochter und zog auch den Sohn zu sich heran. »Ist der Papa vom Ferdi auch aus dem Krieg zurück?«, fragte er.

Viktoria schüttelte den Kopf. »Der ist gefallen. An der Ostfront.«

»Das tut mir leid«, sagte der Vater. »Weißt du, Viktoria, das ist sehr schwer für den Ferdi. Der muss jetzt ohne einen Papa aufwachsen. Das ist natürlich hart. Und ich kann ihn verstehen, dass er euch beneidet. Euer Papa ist ja jetzt heimgekommen. Jeder, der zurückkehrt, erinnert ihn daran, dass seiner nie mehr kommt, verstehst du? Deswegen sagt er solche Sachen.«

»Dann ... dann bist du gar kein Feigling?«, fragte Viktoria hoffnungsfroh.

Doch ihr Vater lachte und schüttelte den Kopf. »Ja und nein«, erklärte er. »Ich hätt gar nicht bis zum Heldentod kämpfen können, weil wir den Befehl gekriegt haben, uns zu ergeben. Mein Kommandant war nämlich ein gescheiter Mensch und wollte uns nicht in den Tod schicken. Aber wenn ich hätte wählen müssen zwischen Heldentod und Weglaufen, dann wär ich gelaufen, das kannst du mir glauben, Mädl. Weil's wichtiger ist, dass man sich um seine Familie kümmert als um den Führer oder sonst einen Verrückten und seine spinnerten Ideen.«

Da war Viktoria unendlich stolz auf ihren Papa. Denn genau so, fand sie, hätte sie es auch gemacht.

Que será

Gardone Riviera 1955

Während Waltraud sich einen Platz im Garten gesucht hatte, von dem aus sie, unter den mächtigen Ästen einer alten Magnolie im Schatten sitzend, auf den See blicken konnte, streifte Viktoria ein wenig durch die Gegend. Sie wollte Gardone Riviera erkunden, den Ort, der sich an der Uferstraße, der Gardesana Occidentale, entlang erstreckte. In der Kirche stiftete sie eine kleine Kerze, und beim Bäcker, dem »Panificio«, kaufte sie sich eine Semmel, die sich dann aber als staubtrockenes Weißbrot herausstellte. An dem kleinen Anleger des nördlichen Teils von Gardone teilte sie dieses zweifelhafte Brötchen mit einigen Enten, die ihr prompt gar nicht mehr von der Seite weichen wollten.

Es war ein schöner, ein sonniger, ein strahlender Tag an diesem verzauberten Ort. Alles wirkte, als wäre es aus einer fernen, friedlichen Zeit herübergerettet worden, aber inzwischen in die Jahre gekommen. Die Menschen grüßten freundlich und neugierig. Und immer wieder sausten lärmende Autos, Motorräder und kleine Motorroller in halsbrecherischem Tempo an der jungen Touristin vorbei, als sie die Uferstraße entlang wieder zurück zum Hotel lief.

Zu Viktorias Überraschung fand sie im Garten des Hotels

die Freundin im Gespräch mit dem Bootsmann vom Vortag, wobei »Gespräch« sicher nicht der richtige Ausdruck war: Die beiden verständigten sich mit Händen und Füßen, ein paar Brocken Deutsch, die der Fischer konnte, und viel Lachen. Es schien fast, als verstünden sie einander ganz ohne Worte.

»Du bist ja eine von der ganz schnellen Truppe!«, stellte Vicki lachend fest, als der Fischer sich wenig später eilig verabschiedete.

»Wieso? Er ist halt der Einzige, den ich hier kenne«, erwiderte Waltraud ein wenig verlegen.

»Und schon kommt er dich besuchen in deinem Grandhotel?«

»Also erstens ist er doch nicht meinetwegen gekommen, sondern weil er seine Fische für die Küche geliefert hat«, stellte Waltraud klar. »Und zweitens ist es nicht mein Grandhotel.«

»Schon in Ordnung«, sagte Vicki. »Ich zieh dich doch nur auf. Außerdem weiß ich, dass es nicht *dein* Granhotel ist.« Aber wenn es meines wäre, dachte sie, dann wüsste ich genau, was ich damit anfangen würde. Wachküssen würde sie es, dieses Dornröschenschloss.

Die Freundinnen genossen den Rest des Vormittags im Garten. Zum Mittag spazierten sie hinüber an den kleinen Hafen und setzten sich in eine Trattoria, die gegenüber dem dortigen Grand Hotel Gardone einige Tische nach draußen gestellt hatte. Der Besitzer, ein lustiger, kleiner Herr, freute sich über die jungen Damen aus Deutschland und plauderte munter mit ihnen in ihrer Muttersprache. Wie sich herausstellte, stammte seine Familie ursprünglich aus Wien. Einem glücklichen Zweig derselben gehörte das gewaltige Hotel am Platz, und sein Großvater hatte, weil er nicht zu den Erben gehörte, das Lokal eröffnet: Luigi Wimmer, so wie sein Sohn und dessen Sohn, der jetzige Inhaber.

Wie sich schnell herausstellte, wurde man von Luigi Wimmer nicht nur glänzend unterhalten, sondern auch bestens bekocht. Die Familie hatte offenbar das Beste aus der italienischen und der österreichischen Küche zusammengestellt und auf die kleine Speisekarte gesetzt und servierte den Gästen ebenso köstliche wie reichliche Mahlzeiten.

Während Waltraud sich für Fisch und gegrilltes Gemüse entschied, probierte Vicki eine Empfehlung des Chefs aus: Gnocchi in einer leichten Weißwein-Limetten-Soße mit verschiedenen Kräutern. Sogar ein Viertel Wein teilten sich die Freundinnen, einen leichten Weißen, von dem Signor Wimmer zu Recht schwärmte: »Probieren Sie unseren Nosiola. Sie werden ihn lieben! Er schmeckt so, wie die Gegend ist: fröhlich, unbeschwert, mit einem Lächeln.«

Und genau so schmeckte er. Außerdem schien er übernatürliche Kräfte zu haben. Denn nach dem Mittagessen glaubten die beiden jungen Frauen aus München, geradezu zu ihrem Hotel zurückzuschweben, so leicht fühlten sie sich.

»Weißt du was, Vicki?«, sagte Waltraud irgendwann. »Du kannst mich hierlassen. Ich fahr gar nicht mehr zurück nach München.«

»Bleibst du bei deinem Fischer?«

»Vielleicht!«, rief Traudl lachend. »Oder beim Wimmer. So gut, wie der kocht ...«

»Nur dass er bestimmt eine Frau in seiner Küche stehen hat, mit der er zufällig verheiratet ist.«

»Ich würd ihn auch nicht nehmen«, erklärte Waltraud. »Der wär mir dann doch ein bisschen zu alt und zu dick.«

»Na ja, bei *der* Küche hättest du das bestimmt schnell aufgeholt.«

Solchermaßen scherzend, kamen sie wieder an ihrem Hotel an, und einmal mehr stellte Vicki fest, dass es ein unvergleichlich schönes Bauwerk war – nur eben allzu heruntergekommen. Der Schriftzug »Grand Hotel Fasano«, der auf jeder der vier Seiten des Turms prangte, hatte beinahe etwas Spöttisches. »Es könnte so schön sein, dieses Hotel«, seufzte sie.

»Geh. Jetzt beschwer dich nicht«, rügte Waltraud sie. »Einem geschenkten Gaul schaut man nicht ins Maul. Also mir gefällt's wirklich sehr.«

»Mir auch, Traudl. Mir schon auch.« Und trotzdem bedauerte Vicki den Zustand des Anwesens.

※

In der Halle trafen sie wieder auf den Sohn des Besitzers. »Grüß Gott, Herr Baur«, sagte Vicki. »Sind Sie auf Inspektion durchs Haus?«

»Ich habe Sie gesucht«, erwiderte der junge Mann, der an diesem Tag einen anderen, ebenso eleganten Anzug trug und ein seidenes Einstecktuch, doch die Haare etwas salopper frisiert.

»Uns?«

»Ja. Wegen der Nachricht.«

»Sie haben eine Nachricht für uns?«

»So ist es. *Heute Abend um 20.00 Uhr. In der Halle.*«

»Heute Abend in der Halle? Wer lässt uns das denn ausrichten?«

»Seien Sie pünktlich!«, mahnte der Hoteliersohn und verbeugte sich ein bisschen theatralisch, ehe er sich so schnell zurückzog, dass sich weitere Nachfragen erübrigten.

*

Den Nachmittag verbrachten die Freundinnen badend. Das Wasser des Sees war kalt und klar. Ein wenig ängstigte Vicki der Gedanke, dass dieses Gewässer viel tiefer war als jedes, in dem sie bisher gebadet hatte. Vergleichen konnte man es allenfalls mit dem Starnberger See, wo sie gelegentlich geschwommen waren, wenn sie Tante Änny in Weilheim besucht hatten. Aber der Gardasee war um ein Vielfaches größer, und er hatte einen Wellengang, wie Vicki ihn noch nicht erlebt hatte. Jedes Mal, wenn ein Motorboot vorbeifuhr, zog es eine Formation von Wellen hinter sich her, die einen beim Schwimmen hochhoben und wieder nach unten sinken ließen. Bei den größeren Dampfern war es geradezu abenteuerlich. Doch nachdem sich die beiden jungen Frauen daran gewöhnt hatten, begann ihnen dieses Spiel Spaß zu machen, und sie warteten geradezu auf das nächste Schiff. Auch wagten sie sich bald weiter hinaus. Vicki war eine gute Schwimmerin, und Waltraud stand ihr diesbezüglich in nichts nach.

So gingen die Stunden dahin zwischen Baden und Sonnenbaden auf dem Steg, und der Abend kam eher als erwartet. Als Vicki den Klängen einer Kirchturmuhr lauschte, stellte sie fest: »Traudl, es ist schon sieben!«

»Geh, nie im Leben!«

»Aber freilich! Ich hab mitgezählt! Die Turmuhr hat viermal hell und siebenmal dunkel geschlagen.«

»Und um acht sollen wir in der Halle sein.«

»Wobei ich das eine seltsame Nachricht finde«, gab Vicki zu bedenken.

»Seltsam ja«, erwiderte Waltraud. »Aber auch geheimnisvoll, oder?«

Also beeilten sie sich, aufs Zimmer zu kommen, sich abzubrausen, umzuziehen, die Haare etwas zurechtzumachen und für den Abend – ausnahmsweise – auch ein wenig Lippenstift aufzutragen. »Vielleicht hat das Hotel irgendwas mit uns vor«, überlegte Waltraud laut.

»Du meinst, weil wir den Aufenthalt gewonnen haben?«

Das gab es ja sonst auch, wenn man etwa bei einer Tombola gewann, dass man auf die Bühne gerufen wurde und der Veranstalter eine kleine Ansprache hielt.

»Wenn wir unsererseits eine Rede halten sollen, musst du das machen«, sagte Waltraud. Natürlich. Vicki war nun einmal die frechere, mutigere und beredtere von ihnen beiden. Oder zumindest behauptete Traudl das immer.

Als sie die Treppe hinunter ins Erdgeschoss gingen, kamen sie sich in ihren besten Kleidern und so frisch herausgeputzt zum ersten Mal wirklich vor wie Gäste in einem Grandhotel: elegant, feingemacht, ein bisschen vornehm.

Die Mama müsste mich so sehen können, dachte Vicki, als sie mit Waltraud in die Halle trat und sich umsah. Außer ihnen waren noch einige andere Gäste da. Sie saßen an den Tischen und unterhielten sich oder lasen Zeitung. Ein sehr soignierter Herr im Dreiteiler rauchte.

»Sollen wir uns auch hinsetzen?«, fragte Waltraud. »Da drüben wäre noch ein Tisch ...«

Doch im selben Moment trat einer der Pagen auf sie zu und sagte: »Signorine, Sie werden draußen erwartet.« Er deutete in Richtung Ausgang.

Neugierig folgten die jungen Frauen dem Hoteldiener vors Haus, wo in der Auffahrt mehrere elegante Wagen standen. In einem davon allerdings, einem spritzigen Coupé, saß Antonio und lächelte breit.

»Ah!«, rief er. »Die Schönheiten aus München!« Er sprang

aus seinem Auto und hielt die Tür auf. »Bitteschön, die Damen! Nehmen Sie Platz!«

*

Ein livrierter Diener stand am Eingang und verneigte sich vornehm, als Antonio Baur mit seinen beiden Begleiterinnen wenig später das Grand Hotel Gardone betrat. Die Fahrt hatte kaum drei Minuten gedauert, es war ja nicht weit vom Fasano zu diesem ältesten Grandhotel am Gardasee, wie die Freundinnen zwischenzeitlich von ihrem Gastgeber erfahren hatten. »Hier hat es angefangen«, hatte er erklärt. »Und seitdem hat alles, was Rang und Namen hat, den See besucht.«

Er hatte auch ein paar von diesen Namen fallen lassen. Aber außer dem des Literaturnobelpreisträgers Paul Heyse, dem des amerikanischen Filmstars Shirley Temple und dem des ehemaligen italienischen Diktators Mussolini hatte ihnen das alles nicht viel gesagt. Es war aber auch zu schnell gegangen. Kaum hatte Antonio ihnen eröffnet, dass sie an diesem Abend die Tanzbar im ersten Haus am Ort besuchen würden, da war er in die Rolle des Reiseführers geschlüpft, hatte etwas von einem gewissen d'Annunzio erzählt und etwas von einem gewissen Feltrinelli. Er hatte die Freundinnen auf das überwältigende Anwesen eines deutschen Architekten aufmerksam gemacht und zugleich etwas von der Zentrale der deutschen Abwehr erwähnt – und dann waren sie auch schon vor dem großen Rivalen am Anleger von Gardone Riviera vorgefahren.

Es schien Antonio nichts auszumachen, dass sein Haus im Vergleich das Nachsehen hatte. »Es gibt keinen geeigneteren Ort am See, um richtig zu feiern!«, hatte er gesagt und den Damen charmant aus dem Wagen geholfen. Und er hatte zweifellos recht! Als sie es nach ihrer Ankunft am Ufer zum ersten Mal betreten hatte, war es Vicki gar nicht wirklich bewusst geworden, aber das Grand Hotel Gardone wirkte, als hätte man ein Schloss aus dem habsburgischen Kaiserreich hierher versetzt, glanzvoll und glitzernd, wobei in der Tanzbar allerdings kein Streichquartett aufspielte, sondern eine Band, die sich auf flotte Musik verstand und das Neueste vom Neuen zum Besten gab.

Das Publikum war sehr gemischt, aber durchweg gut gekleidet – gut und modern. Das hier waren keine älteren Herrschaften, die sich zum abendlichen Walzer eingefunden hatten, sondern überwiegend jüngere Menschen, die es sich gut gehen lassen wollten. Schöne Frauen, schöne Männer auch, die keine Anzüge aus dem Kaufhaus trugen, so wie die Damen erkennbar nicht nach den Schnittmustern von Aenne Burda gekleidet waren. Es war eben ein Grandhotel, und zwar ein echtes. Da hatte man das nötige Kleingeld. Und man schämte sich nicht, es auch zu zeigen.

»Ich fühl mich ein bisschen unangemessen angezogen«, flüsterte Traudl ihrer Freundin zu.

»Ach geh, du schaust in jedem Fetzen besser aus als die meisten von den Frauen hier im Modellkleid.«

»Wenn *du* das schon von *mir* sagst«, erwiderte Waltraud leise. Und es stimmte ja auch: Sie mochten nicht zu den besonders schick angezogenen Frauen im Saal gehören, doch zu den hübschesten gehörten sie allemal!

Antonio hatte einen Tisch reserviert, der nah genug an der Tanzfläche stand, dass man sich mitten im Geschehen fühlte, aber dennoch so weit zurückgesetzt, dass man sich gut unterhalten konnte. Der Gastgeber kannte die Kellner alle namentlich, und Vicki fragte sich, ob es daran lag, dass er selbst aus dem Hotelgewerbe stammte, oder daran, dass er hier so oft einkehrte. Je länger sie ihn beobachtete, umso deutlicher erkannte sie, dass Antonio ein Mann war, der das Leben zu genießen verstand. Schon wie er bestellte, ohne zu zögern, ohne zu überlegen. Er wusste, was er wollte, und er schien bevorzugt das Beste und Teuerste zu wollen. In diesem Fall hieß das, dass der Kellner im Handumdrehen mit einem Sektkübel wieder auftauchte, in dem nichts weniger als eine Flasche französischer Champagner auf Eis lag. »Moet & Chandon«, erklärte Antonio. »Im Moment der beste Champagner, den wir hier bekommen können.«

Echten Champagner hatten bisher weder Vicki noch Waltraud getrunken, und so war es nicht verwunderlich, dass der einen etwas von dem prickelnden Getränk in die Nase geriet, während die andere einen Schluckauf bekam.

»Da hilft nur Tanzen!«, befand der Gastgeber und reichte Vicki die Hand, um sie aufzufordern.

*

Mit pochendem Herzen betrat die junge Frau an der Hand dieses unerhört weltläufigen Mannes die Tanzfläche und versuchte sich unter den Augen eines erfahrenen Publikums an einem Foxtrott, den sie bisher nur zu Hause allein vor dem Spiegel hatte üben können – wie so viele andere Tänze auch. Denn zu einem Tanzkurs hatte sie es mit ihren achtzehn Jahren noch nicht gebracht. Und das hier war kein Faschingsball, bei dem es nicht darauf ankam und man im Getümmel ohnehin kaum gesehen wurde.

Als sie Antonio zum zweiten Mal auf die Füße trat, schlug sie die Hände vors Gesicht und bat ihn verlegen, sie wieder zum Platz zu begleiten.

Der Hoteliersohn war ein vollendeter Gentleman und

erklärte gegenüber Waltraud: »Jetzt bin ich Ihrer Freundin so oft auf die Zehen getreten, dass ich ihr eine Pause gönnen muss. Möchten Sie sich für einen Tanz opfern?«

Traudl wollte. Natürlich. Denn auch wenn sie am Morgen noch ihren Fischer angehimmelt hatte, glühten ihre Wangen jetzt für Antonio. Doch eben nicht nur ihre.

Eifersüchtig beobachtete Vicki die beiden, und sie musste sich insgeheim eingestehen, dass Traudl sich besser beim Tanzen anstellte als sie selbst. Überhaupt waren die beiden durchaus ein schönes Paar. Aber dieser Antonio hätte mit jeder Frau ein gutes Paar abgegeben. Er hatte eine unglaublich selbstbewusste und glanzvolle Ausstrahlung. Ob sein Anzug maßgeschneidert war? Auf dem Hemd trug er ein Monogramm, oder? Und dieser Wagen … Vicki mochte sich gar nicht vorstellen, wie viel so ein Auto kostete! Dafür musste ein einfacher Arbeiter sicher ein paar Jahre schuften.

Erhitzt und sichtbar glücklich, kam Waltraud am Arm des Kavaliers wieder von der Tanzfläche zurück. »Jetzt muss ich was trinken!«, erklärte sie und ließ sich ihr Glas noch einmal mit Champagner vollschenken.

»Cincin!«, sagte Antonio und stieß mit den beiden Signorine aus München an. »Auf einen bezaubernden Abend mit zwei bezaubernden Damen!«

»Cincin«, erwiderten die beiden jungen Frauen und ließen die Gläser klirren. »Sie dürfen übrigens gern Vicki zu mir sagen«, wagte die eine vorzuschlagen.

»Und Traudl zu mir«, beeilte sich die andere zu ergänzen.

»Vicki und Traudl«, wiederholte der Gastgeber. »Gern! Ich bin Antonio, wie Sie wissen. Aber Sie können mich gern auch Toni nennen. Wie alle meine deutschsprachigen Freunde.«

»Also, wenn wir Freunde sind, dann müssen wir aber auch *du* sagen«, befand Vicki.

»Mit dem größten Vergnügen!«

Was die drei mit einem neuerlichen Anstoßen feierten, ehe Vicki erklärte: »Jetzt möcht ich aber noch einmal tanzen!«

»Aha! Da traut sich jemand!«, rief Antonio lachend. »Nur einen kleinen Moment, ja?« Im nächsten Augenblick huschte er hinüber zu den Musikern und flüsterte dem Kapellmeister etwas zu. Der nickte und gab seinen Kollegen ein Zeichen. Kurz darauf ertönte eine kleine, heitere Melodie, und der Klarinettist legte sein Instrument beiseite, trat ans Mikrofon und sang:

Have you seen the well to do
Up on Lenox Avenue
On that famous thoroughfare
With their noses in the air?

Vicki lachte auf. »Dazu kann man ja gar nicht tanzen!«, rief sie schockiert.

»Im Gegenteil«, rief Toni. »Dazu kann man mit dem größten Spaß tanzen!« Und er zeigte es ihr. Mit den verrücktesten Verrenkungen tanzte er zu diesem durch und durch albernen und herrlichen Lied, während der Klarinettist sang:

High hats and narrow collars
White spats and fifteen dollars
Spending every dime
For a wonderful time

»For a wonderful time!«, sang Antonio mit und zog Vicki, die wie er die Beine wild in alle Richtungen wirbeln ließ, zu sich, so nah, dass sie mit ihrer Brust seine berührte.

If you're blue, and you don't know where to go to
Why don't you go where Harlem flits?
Puttin' on the Ritz
Spangled gowns upon the bevy of high browns
From down the levy, all misfits
Putting' on the Ritz

Das Ritz war es nicht. Aber es fühlte sich an wie das Ritz. Und es machte Vicki nichts, dass sie den ersten Preis bei dem Kostümwettbewerb nicht errungen hatten. Im Gegenteil: Das Ritz konnte ihr gestohlen bleiben, egal ob es das in Paris war oder das in New York, von dem das Lied berichtete. Um nichts in der Welt hätte sie in diesem Augenblick an einem anderen Ort sein wollen als genau hier: in Gardone Riviera, wo man sich darauf verstand, mit Herz und Charme zu feiern.

*

Es war schon zwei Uhr morgens, als Vicki auf den Balkon ihres Zimmers trat und auf den dunklen See hinausblickte, während die Freundin im Bad war. Weit drüben, wo das andere Ufer lag, glitzerte eine Reihe von winzigen Lichtern. Dort musste es auch eine Ortschaft geben. Ob es überall am Gardasee so unbeschreiblich schön war? Immer noch hatte Vicki die Musik dieses unvergesslichen Abends im Ohr. »The Great Pretender« hatten sie gespielt, »See You Later Alligator«. Und dann dieses Lied, das irgendwie auch italienisch war, obwohl Doris Day es sang:

When I was just a little girl
I asked my mother, what will I be

Will I be pretty
Will I be rich
Here's what she said to me

Leise sang sie:

Que será, será
Whatever will be, will be
The future's not ours to see
Que será, será
What will be, will be

Das Leben konnte so schön sein! Und warum sollte es nicht immer so sein? Welchen Grund sollte es geben, nicht jeden Tag so zu verbringen, so unbeschwert, so voller Träume und Vergnügen, so voller Hoffnungen – und so voller ... Sie wagte es kaum zu denken: so voller Liebe. Denn auch wenn sie keine Ahnung hatte, ob Antonio auch nur im Geringsten ähnlich empfand wie sie, wusste sie doch, dass sie sich heute Nacht unsterblich verliebt hatte. In einen Mann, der zwar zehn Jahre älter sein mochte als sie und vor allem wesentlich erfahrener, gewiss auch in Liebesdingen, vor allem aber absolut unwiderstehlich.

Hinter sich hörte sie Traudl aus dem Badezimmer kommen. Die Freundin hatte sich ihr Nachthemd übergezogen und trat zu ihr auf den Balkon. Eine kleine Weile standen sie nebeneinander und blickten schweigend auf den See hinaus. Vicki wusste es, sie spürte es. Aber sie wollte es auf jeden Fall unterbinden. Wenn sie jetzt nichts sagte, dann würde es am Ende nur Ärger geben, Ärger, Verletzungen und womöglich eine zerbrochene Freundschaft oder eine zerbrochene Liebe. Oder beides. Also gab sie sich einen

Ruck und brach stattdessen ihrer Freundin das Herz.
»Traudl?«

»Hm?«

»Damit das klar ist: Du schaust dich nach einem andern um, gell?«

»Bitte?«

»Der gehört mir.« Sie legte Traudl einen Arm um die Schultern. »Tut mir leid.« Dann ging sie nach drinnen und nahm noch einmal eine nächtliche Dusche, leise summend:

When I grew up and fell in love
I asked my sweetheart, what lies ahead
Will we have rainbows
Day after day
Here's what my sweetheart said

Que será, será
Whatever will be, will be
The future's not ours to see
Que será, será

Doch, dachte Vicki, als sie später im Bett lag und einmal mehr auf die Geräusche dieser italienischen Nacht lauschte, auf die Wellen, die ans Ufer klatschten, auf die Zikaden und auf den Wind, der durch die Palmen strich. Doch, man kann in die Zukunft sehen. Vielleicht sieht man nicht alles, und man sieht es nicht genau. Aber so viel konnte sie sehen: Wenn sie Toni bekam, dann würde ihre Zukunft wundervoll sein.

Fräulein Künstlerin

München 1947

Dass sie so nah am Schloss Nymphenburg zur Schule gehen sollte, machte Viktoria stolz! Allerdings grauste es ihr auch ein wenig vor dem Gedanken, dass sie jetzt die ganze Woche über dortbleiben sollte und nur am Wochenende nach Hause durfte, denn Heinrich Neuhofer hatte seine Tochter als Interne im Gymnasium der Englischen Fräulein vom Maria-Ward-Orden angemeldet.

Er hatte es gut gemeint, war das Haus in der Orffstraße in Neuhausen doch immer noch eine Baustelle und kaum bewohnbar. Dennoch beneidete Viktoria ihren jüngeren Bruder, der nun endlich wieder mit den Eltern wie eine richtige Familie zusammenleben, nur ein paar Meter von der elterlichen Wohnung in die Dom-Pedro-Schule gehen und am Nachmittag heimkommen durfte.

Allerdings genoss sie das Schulleben auch. Das Maria-Ward-Gymnasium war eine gut ausgestattete Schule, in der alles seine Ordnung hatte. Schnell hatte sie Freundinnen gefunden – vor allem Gerda und Veronika, die im gleichen Jahrgang waren und mit denen sie praktisch jede freie Minute zusammensteckte. Außerdem hatte sie neue Schulsachen bekommen, ein ganz neues Kleid und neue Strümpfe und Schuhe, weil die Mädchen alle Uniform trugen. Sie hatte Schulbücher, ein Gebet- und ein Gesangbuch bekommen, in dem mindestens zweihundert Kirchenlieder standen, darunter einige, die sie sehr mochte.

Jeden Morgen nahmen die Internen an der Andacht teil. Vor jeder Schulstunde sagte eine der Schülerinnen ein Gebet vor der Klasse auf. Am Nachmittag gab es oft Proben des Kirchenchors, die Viktoria mit Begeisterung besuchte. Und am Freitagmittag wartete ihre Mutter vor der Schulpforte auf sie und nahm sie mit nach Hause.

Es war kein sehr weiter, aber ein sehr schöner Weg in die Orffstraße. Vorbei am Schloss gingen sie die Auffahrtsallee hinab, wo Hunderte alter Linden Schatten spendeten und Enten und Schwäne auf dem Schlosskanal schwammen. Am östlichen Ende dieses Paradewegs stand ein geheimnisvoller Tempel, in dem die Skulptur eines Hirschs in Lebensgröße thronte. Jedes Mal, wenn sie daran vorbeigingen, bat Viktoria die Mutter, einen Moment stehen zu bleiben, damit sie dieses beeindruckende Kunstwerk betrachten konnte. Manchmal überlegte sie, wie schön die Welt gewesen sein musste, als der König solche Bauwerke und Skulpturen hatte errichten lassen. Die Schlösser waren reich dekoriert. Wohin man auch sah, blickten Statuen und Gemälde zurück. Selbst die Schule, in der die Englischen Fräulein mit ihren Zöglingen untergebracht waren, war beinahe wie ein Schloss – wenn auch natürlich nicht so geschmückt.

Dagegen war die Baustelle, auf der die Familie Neuhofer seit einiger Zeit in der Orffstraße wohnte, schmutzig und hässlich. Ob das Haus jemals wieder so schön werden würde, wie es bis zu jener Bombennacht gewesen war? Viktoria jedenfalls erkannte es nicht wieder, als sie an der Hand der Mutter vor dem Eingang ankam.

Josef spielte schon davor und wartete auf die Schwester. »Da bis du ja endlich!«, rief er. »Ich hab im Keller ...« Er hielt inne und biss sich auf die Zunge. Offenbar wollte er sich nicht vor der Mutter verplappern. »Arbeit«, sagte er hastig. »Da hab ich nämlich Arbeit. Ich wollt der Mama Kohlen rauftragen. Die sind mir aber zu schwer allein«, flunkerte er munter vor sich hin.

»Schon recht«, sagte Viktoria und zwinkerte ihm zu, und er zwinkerte zurück.

Als Erstes aber musste Viktoria ihre Sachen nach oben bringen. Am Wochenende wurde alles gewaschen und gebügelt: die Bluse, der Rock, die Strümpfe, die Nachtwäsche, die Unterwäsche ... Sie selbst musste die Schuhe putzen und alles in Ordnung bringen, was sonst noch der Pflege bedurfte. Denn am Montag in aller Frühe hatte sie wieder in der Schule zu sein, um dann erneut bis Freitag zu bleiben.

Im Keller hatte Josef, wie sich später herausstellte, einen Winkel gefunden, den er durch einen Bretterverschlag vom übrigen Keller abtrennen konnte. »Das wird unser Hauptquartier«, sagte er stolz.

»Was für ein Hauptquartier?«, fragte Viktoria skeptisch.

»Das von unserer Bande natürlich!«

»Seit wann haben wir eine Bande?«

»Seit jetzt!«, erklärte Josef bedeutsam. »Und du bist das zweite Mitglied!«

»Ich? Und wer ist noch dabei?«

»Das findet sich dann schon.«

Viktoria lachte. Sie wusste, was Josef sich wünschte: dass sie wieder einen Zusammenhalt hatten und mit anderen Kindern unter einer Decke steckten, so wie in Freising. Dass sie gemeinsam etwas unternahmen und sich gegenseitig beschützten. Nur dass das hier nicht so einfach ging.

»Hast du schon Freunde in deiner neuen Klasse?«, wollte sie wissen.

Josef schüttelte den Kopf.

»Das kommt schon noch. Wart's nur ab.«

»Der Gunter ist so gemein zu mir!«, klagte der kleine Bruder.

»Ärgert er dich?«

»Gestern haben sie mich zu dritt ...« Er stockte. Aber er musste auch nichts sagen. Wenn sie zu dritt gewesen waren und Josef allein, dann konnte sich Viktoria leicht ausrechnen, was sie getan hatten.

»Darfst dich nicht ärgern lassen«, erklärte sie. »Je mehr du dich ärgern lässt, umso mehr macht ihnen das Spaß.«

»Weiß ich schon.« Josef blickte bockig zu Boden. »Der Papa sagt das auch.«

Jeder hatte gute Ratschläge parat. Aber helfen konnte ihm keiner. So also ging es dem kleinen Bruder – und er tat Viktoria wahrhaftig leid. »Weißt du was? Ich freu mich, dass ich Mitglied Nummer zwei in deiner Bande bin.«

»Ehrlich?«

»Ehrlich.«

Waren sie bisher schon eng miteinander gewesen, so waren sie seit jenem Tag nicht nur Geschwister, sondern die dicksten Freunde. Josef konnte nämlich ein guter Kumpel sein, einer, auf den immer Verlass war und der mit einem durch dick und dünn ging. Aber Viktoria stand dem in nichts nach. Wenn sie etwas versprach, hielt sie es. Und wenn sie sich vor jemanden stellte, dann musste der sich keine Sorgen machen, plötzlich allein zu stehen.

*

Viktoria selbst fand in der Schule nicht nur schnell Anschluss, sondern auch bald eine enge Freundin. Waltraud Frisch war ein aufgewecktes, fröhliches Mädchen, blitzgescheit obendrein – nur ein bisschen schlampig, weshalb sie gern Viktorias Nähe suchte. Denn Viktoria Neuhofer hielt immer in allem eine vorbildliche Ordnung. Sie wusste jederzeit, was sie an Hausaufgaben aufbekommen hatten, konnte stets mit einem gespitzten Stift aushelfen und hatte immer die richtige Seite aufgeschlagen, wenn es etwas vorzulesen galt. »Pst! Gib mir deins!« wurde so beinahe zu einer geflügelten Redensart, weil Traudl es so oft sagte, wenn sie drangenommen wurde.

Ansonsten aber war Traudl die beste Freundin, die man sich nur vorstellen konnte. Und im Kunstunterricht war sie die Beste! Viktoria bewunderte sie sehr und sah sich manches von ihr ab, zumal ihr Kunst ungemein gefiel. Am liebsten hätte sie den ganzen Tag gemalt oder sonst wie gestaltet. Einmal gingen sie mit der Klasse ins Museum – in die Pinakothek, wo riesige Bilder von Rembrandt hingen und noch viel größere von Rubens, Gemälde von Dürer und von anderen berühmten Malern. Sogar eine Malerin hatte Viktoria entdeckt: Angelika Kauffmann hieß sie und hatte angeblich in Italien gelebt und gearbeitet. Das bewunderte Viktoria sehr. Denn von Männern hatte man dergleichen oft gehört. Aber von einer Frau ... Vielleicht würde sie selbst das auch eines Tages machen. Im Ausland leben. Als Künstlerin arbeiten. Ihr eigener Herr sein. Das hieß: ihre eigene Herrin!

»Schlag dir das nur aus dem Kopf, Kind«, erwiderte der Vater, als sie ihm eines Abends im Winter diesen Lebenstraum beichtete. »Erstens wird das eh nix. Und zweitens ist die Kunst brotlos. Der Van Gogh ist bettelarm gestorben. Die meisten Maler sind überhaupt erst nach ihrem Tod berühmt geworden. Und von dieser Frau Kauffmann hab ich meiner Lebtag noch nix gehört.«

»Aber in der Pinakothek hängt ein Bild von ihr.«

»Ein Porträt wahrscheinlich, von einem richtigen Maler gemalt.«

»Nein!«, beharrte Viktoria, beleidigt, dass ihr Vater offenbar nicht einmal in Erwägung zog, dass auch eine Frau etwas Besonderes zuwege bringen könnte. »Ein Bild von Christus und der Samariterin hängt dort, das sie gemalt hat. Und eines von König Ludwig I.! Und ein Porträt gibt's schon auch von ihr. Aber das ist ein Selbstporträt – und trotzdem hängt's in der öffentlichen Sammlung.«

»Na sauber«, erwiderte der Vater, halb amüsiert, halb drohend. »Da hab ich aber ordentlich was von dir gelernt, junges Fräulein. Dann bin ich schon gespannt, wann sie was von dir hineinhängen in die Pinakothek. Und ob du bis dahin auch nur einen Pfennig mit *Kunst* verdienen wirst.«

*

Trotz der vielen Freundschaften, die Viktoria in der Schule schon bald geschlossen hatte, und obwohl sie die Englischen Fräulein mochte, hatte sie doch jeden Tag arges Heimweh. Gewiss hatten es die Eltern gut gemeint, als sie sie als Interne im Maria-Ward-Gymnasium angemeldet hatten. Aber einen Gefallen getan hatten sie ihr damit nicht. Und so jammerte sie jedes Wochenende, dass sie so gern eine Externe wäre, also eine von den Schülerinnen, die jeden Tag nach Unterrichtsschluss nach Hause gehen durften.

Wenn ihr Vater sie am Sonntagabend wieder hinüberbrachte zum Nymphenburger Schloss, erklärte sie: »Das wäre mir als Schulweg nicht zu weit, weißt du?«

»Also ich hätte mich gefreut, wenn ich als Kind solch eine Schule hätte besuchen dürfen, das kannst du mir glauben«, erwiderte der Vater.

»Ja. Schon. In die Schule geh ich ja auch gern. Aber nicht ins Internat. Es ist halt schöner bei euch als bei den Schulschwestern.«

Seufzend marschierte der Vater weiter, seine Tochter an der Hand. »Versteh dich schon«, murmelte er. »Hast ja nicht viel unbeschwertes Familienleben gehabt bisher. Ich werd schauen, was ich tun kann.«

Viktoria fühlte sich verstanden, und sie hegte Hoffnung. Bestimmt würde der Vater jetzt ganz schnell dafür sorgen, dass sie endlich wieder bei ihrer Familie wohnen durfte und nur noch zum Unterricht zu den Englischen Fräulein kam.

Doch als Heinrich Neuhofer seine Tochter ausnahmsweise am Freitag auch wieder abholte aus dem Internat, musste er sie enttäuschen. »Es tut mir leid, Mädl«, sagte er. »Aber Schwester Elisabeth hat gesagt, dass sie auf gar keinen Fall auf dich verzichten kann in ihrem Chor. Und wenn du eine Externe wärst, dann könntest du nicht genug üben.«

Der Chor. Viktoria mochte ihn sehr. Sie sang mit Leidenschaft und Inbrunst. Sie sang die leisen, ergreifenden Lieder gern und solche, die mit Emphase und Feuer vorzutragen waren. Außerdem genoss sie es, von der Chorleiterin immer wieder für ihre »gelenkige und farbenreiche Stimme« gelobt zu werden. »Aber ich kann doch nicht wegen dem Chor im Internat bleiben!«, protestierte sie.

»Scheint so, als müsstest du, Viktoria.«

»Das ist gemein!«

Der Vater zuckte die Achseln. »Es ist schon eine Ungerechtigkeit auf der Welt«, stimmte er zu. »Da wird man bestraft, weil man etwas gut macht. Aber weißt du, die Schwestern sehen das bestimmt nicht als Bestrafung, wenn du dortbleiben musst. Die leben schließlich auch die ganze Zeit dort. Sogar am Wochenende.«

»Die Schwestern, die haben sich das auch selbst ausgesucht«, erklärte Viktoria bockig und schwieg dann, während sie den Weg nach Hause liefen, diesmal nicht vorbei an dem märchenhaften Tempel mit dem Hirsch, sondern die Nymphenburger Straße hinunter und dann in die Ruffinistraße. Die meisten Häuser standen schon wieder, manche hatten den Krieg auch mehr oder weniger heil überstanden. An einigen Stellen freilich waren auch noch Baustellen, auf denen aber jetzt, am Freitagnachmittag, die Arbeit ruhte.

Aus einem Vorgarten ragte ein Walnussbaum über den Gehweg. Der Vater blieb stehen. »Schau einmal, Viktoria. Die sind noch ganz grün.« Er riss eine der Walnüsse ab und hielt sie ihr hin. »Man kann sie sogar noch mit den Zähnen aufknacken.« Vorsichtig schälte er eine Nuss aus der sie umgebenden Hülle und machte es Viktoria vor, indem er die Walnuss in den Mund steckte, darauf biss und sie wieder ausspuckte. »Schau.« Da lag sie, milchig weiß in den Stücken der noch nicht ausgehärteten Schale. »Nur essen darf man sie nicht!«

»Weil sie giftig ist, gell?«

»Nein«, sagte der Vater. »Giftig ist sie nicht. Aber eine halbe Handvoll so grüner Walnüsse ruiniert einem die ganze Stimme.«

»Wie ... ruiniert?«

»Man kriegt einen ganz rauen Hals und krächzt nur rum. Da kann man gar nicht mehr singen. Schlimm! Das hält einen ganzen Tag an oder zwei.«

»Ehrlich?« Verblüfft starrte Viktoria auf die Nuss in ihres Vaters Hand. »Heiser wird man da?«

»O ja! Mehr als heiser.«

Grinsend sahen sich die beiden an, und jeder wusste, was der andere dachte.

Da hatte Viktoria ihren Vater so lieb, wie sie ihn noch nie lieb gehabt hatte.

*

Am Josefstag auf einmal war es so weit. Bei der Morgenandacht in der Hofkirche hatte Viktoria noch mitgekrächzt und einmal mehr die mitleidigen, bedauernden Blicke von Schwester Elisabeth auf sich gespürt. Wohin war nur die schöne Stimme dieses jungen Mädchens verschwunden? Bei einem Buben hätte sie gesagt, der ist wohl in den Stimmbruch gekommen. Aber bei einem Mädchen hatte sie so etwas noch nicht erlebt. Heiser flüsterte Viktoria eher, als dass sie sang.

»Ich wünsch dir, dass deine Stimme wieder zurückkommt, Viktoria«, sagte Schwester Elisabeth, als sie sie mit den anderen Schülerinnen nach der Messe zum Schulgebäude hinüberführte. »Vielleicht haben wir es wirklich ein bisschen übertrieben, das tut mir schrecklich leid. Aber ich bete für dich, mein Kind, und hoffe, dass dir der Herrgott seine Gnade zuteilwerden lässt. Red nicht so viel und lass das Singen bis zu den Sommerferien bleiben, dann erholen sich die Stimmbänder hoffentlich dauerhaft wieder.«

»Das will ich tun, Schwester Elisabeth«, krächzte Viktoria heiser und schlug sittsam die Augen nieder.

So entließ die Chorleiterin ihre liebste Sängerin schweren Herzens und gab auch ihre Zustimmung, Viktoria als Interne zu entlassen, denn in der letzten Zeit war Viktoria Neuhofer schlichtweg keine Bereicherung für den Kirchenchor gewesen und auch für den Schulchor nicht, sondern nur eine stete Mahnung, dass man es nicht erzwingen durfte.

Viktoria aber war kein bisschen betrübt. Zumal sie genau wusste, dass ihre Stimme bald schon wieder da sein würde und sie wieder würde singen können wie eh und je. Denn das Singen würde sie keineswegs bleiben lassen! Nur das Essen grüner Walnüsse. Und darüber war sie tatsächlich sehr froh, denn geschmeckt hatte ihr das Zeug nie.

Die süßesten Früchte

Gardone Riviera 1955

Traudl war ein bisschen beleidigt. Der Hoteliersohn hätte ihr schon arg gefallen. Andererseits wussten sie beide, Traudl und Viktoria, dass es ihr leichtfiel, sich zu verlieben, und dass sie wahrscheinlich am nächsten Tag oder in der nächsten Woche bereits wieder einen anderen Schwarm haben würde. Denn Traudl war ein lebenslustiges Mädchen. Sie hatte schwere Zeiten durchlebt, sie war als Interne jahrelang von den Englischen Fräulein getriezt worden – sie hatte schlichtweg einiges nachzuholen. Und sie holte es nach!

Dennoch hing nächstentags eine Wolke über der Beziehung der Freundinnen, weshalb die eine – Traudl – sich entschied, zu dem kleinen Hafen von Gardone zu gehen und von dort aus mit dem Dampfer einen Ausflug zu machen, während die andere – Vicki – sich entschloss, das Dörfchen Gardone Sopra zu erkunden, zu dem die steile Straße hinaufführte, auf der sie am ersten Tag ein Stückchen mit Antonio gegangen war.

Es war ein heißer Tag am Gardasee, sicher an die dreißig Grad. Zum Glück hatte Vicki ihre Sonnenbrille dabei. Sie entschied sich für das ärmellose Kleid, das sie so liebte, weiß mit roten Tupfern, und band sich ein Kopftuch um, damit sie ein wenig vor der Sonne geschützt war. Dann ließ sie sich vom Portier – Alfredo, wie sie sich erinnerte – noch einmal erklären, wie sie genau zu gehen hatte, und schritt forsch aus, denn sie wollte an diesem Tag möglichst viel sehen und gern möglichst weit hinaufkommen auf den Berg, um so die Aussicht zu genießen.

Der Weg führte Vicki vorbei an Olivenhainen und riesigen Zypressen, an romantischen steinernen Mauern, auf denen Eidechsen in der Sonne lagen, die weghuschten, sobald sich Vicki näherte. Er war gesäumt von wildem Wein und üppig wuchernden Zistrosen, von Goldregen und allerlei Gewächsen, welche die junge Frau aus München nicht kannte, aber auf ihrem Spaziergang sehr bewunderte, und sie bedauerte, keinen Zeichenblock mitgenommen zu haben, um Skizzen von all der Schönheit zu machen.

Lange lief Vicki aufwärts, folgte der einen oder anderen Abzweigung, betrachtete neugierig die Natur, die sich so opulent vor ihr entfaltete, lauschte dem Zwitschern und Zirpen, folgte dem Flug der Schmetterlinge, und immer wieder, wenn sie sich umwandte und den Hang hinabschaute, hielt sie den Atem an, weil der Blick auf den See so überwältigend war.

Irgendwann aber beschloss sie, dass es Zeit war, an den Rückweg zu denken, zumal ihre Schuhe sie quälten. Nach einer durchtanzten Nacht eine lange Wanderung zu unternehmen, war doch reichlich anstrengend. Seufzend ließ sie sich auf einem Felsbrocken nieder, der am Wegesrand lag. Gern hätte sie jetzt etwas getrunken, vielleicht sogar eine Kleinigkeit gegessen. Aber leider gab es hier oben kein Gasthaus. Sie hätte sich eine kleine Wegzehrung mitgeben lassen sollen. Aber erstens hätte sie nicht gewusst, wie sie danach fragen sollte, zweitens wäre es ihr irgendwie peinlich gewesen und drittens wagte sie sich nicht auszumalen, wie viel in einem Grandhotel für dererlei zu bezahlen wäre, wenn es nicht in ihrem Gewinn enthalten war.

Von hier aus konnte man nur einen kleinen Teil des Sees sehen. Aber auch die nähere Umgebung, die sich vor ihr ausbreitete, war bezaubernd: Alles blühte, alles duftete, und alles schwirrte vor Bienen und Hummeln. Der reinste Garten Eden war das hier.

Vicki nahm ihr Kopftuch ab und fuhr sich durchs Haar. Sie hatte geschwitzt. Etwas zum Fächeln wäre jetzt nützlich gewesen. Sie sah sich um, ob es irgendeine Pflanze gab, die große Blätter trug. Dabei entdeckte sie, dass sich hinter ihr am Hang ein Zitronenhain erstreckte. Hunderte von Zitronenbäumen blühten hier – und trugen auch Früchte. Große, gelbe, pralle Früchte, wie Vicki sie bisher nur am Viktualienmarkt gesehen hatte, denn sonst waren die Zitronen, die man in München zu kaufen bekam, eher klein.

Neugierig griff sie nach einer und überlegte, ob sie sie pflücken sollte. Sie war ganz allein hier, niemand sah sie. Der Saft wäre zwar sauer, aber erfrischend. Die Schale konnte man aufbeißen. Und es gab hier so viele von den Früchten, dass niemand es bemerken würde. So eine einzelne Zitrone, die fehlte dem Bauern hier doch gar nicht, wenn man sie …

»Auf Zitronendiebstahl stehen in Italien schwere Strafen!«, sagte plötzlich jemand hinter ihr. Auf Deutsch.

Vicki zuckte zusammen und fuhr herum. »Toni!«

»Ah, du bist das! Wie unangenehm! Jetzt wird auch noch unser Hotel in eine Verbrechensermittlung hineingezogen.« Er grinste süffisant und musterte sie durchaus unverschämt.

Vicki schnappte nach Luft. »Ich hab sie überhaupt nicht abgerissen!«, protestierte sie.

»*Noch* nicht!«, erwiderte der Hoteliersohn. »Aber der Versuch ist schon strafbar.«

»Ich … ich …« Plötzlich wurde ihr klar, dass er sich einfach nur einen Spaß mit ihr erlaubte. »Was machst du überhaupt hier oben?«, fragte sie. »Außer unschuldige Urlauberinnen zu verfolgen?«

»Nichts«, erklärte Antonio. »Urlauberinnen zu verfolgen ist mein Steckenpferd. Und wenn sie nicht ganz so unschuldig sind, wie sie sich geben, umso mehr.«

»Tja«, sagte Vicki. »Dann bin ich die Falsche. Ich bin nämlich ganz und gar unschuldig.«

Woraufhin sie beide lachen mussten.

»Ehrlich gesagt, hab ich mir ein bisschen Sorgen gemacht«, erklärte Toni, als sie wenig später gemeinsam den Weg hinabgingen. »Der Portier hat gesagt, dass du nach dem Weg hier herauf gefragt hast. Aber es gibt so viele Abzweigungen. Und wenn man die Gegend nicht kennt, dann kann man sich leicht verlaufen.«

»Hast du Angst gehabt, ich komm nicht wieder?«

»Vielleicht …« Antonio hielt ihr den Arm hin. »Magst du dich einhängen?«

Das Angebot nahm Vicki gern an, zumal ihr längst die Füße wehtaten und sie reichlich erschöpft war. »Ob es auf dem Weg irgendwo etwas zu Trinken gibt?«

»Absolut! Giovanna hat einen erstklassigen Valtènesi, einen Chiaretto. Aus der Gegend!«

»Aha«, sagte Vicki nur. Sie verstand so wenig von Wein, egal woher er kam, dass er ihr sonst was hätte erzählen können.

Antonio lachte. »Lass dich überraschen.«

Erleichtert stellte Vicki fest, dass besagte Giovanna nur wenige Minuten entfernt ihre kleine Trattoria hatte. Die war zwar offensichtlich um diese Zeit noch geschlossen, die Fensterläden waren zugeklappt und die drei Tische ans Haus gerückt, doch das kümmerte Antonio nicht. Er klopfte, wechselte ein paar Worte mit der Wirtin und stellte dann einen der Tische kurz entschlossen in den Schatten eines knorrigen alten Feigenbaums, zwei Stühle dazu und bot einen davon seiner Begleiterin an.

Dankbar ließ sich Vicki darauf nieder und atmete durch. »Wasser«, sagte sie. »Ein Wasser wäre mir jetzt auch recht. Am liebsten ein ganzer Krug.«

»E una caraffa d'aqua e un po' di pane!«, rief Antonio durch die nun geöffnete Tür des Lokals.

Kurz darauf standen zwei Krüge vor ihnen: einer mit Wasser, einer mit Wein, dazu ein Korb mit Olivenbrot, Gläser, Teller ... Vicki hätte nicht dankbarer sein können. »Grazie mille«, sagte sie, wie sie es bereits mehrmals im Hotel und auch bei Herrn Wimmer gehört hatte.

»Ah! Du lernst schon Italienisch!«, lobte Toni sie prompt.

»Es ist eine schöne Sprache.«

»Die schönste! Es ist ja auch das schönste Land.«

»Hast du denn schon viele Länder gesehen?«

»Nein«, gab Toni zu. »Deutschland, Österreich, Frankreich, die Schweiz, Spanien ... und Italien.«

Vicki war beeindruckt. »Aber ... du warst nicht im Krieg, oder?«

Der Hoteliersohn lachte. »Du meinst Soldat? Nein. Dafür bin ich zu jung. Gott sei Dank.«

»Gott sei Dank«, sagte auch Vicki. Wie alt er wohl war? Älter als sie, das auf jeden Fall. Sie war achtzehn. Aber man konnte sie für erwachsen halten, denn sie sah längst erwachsen aus – mit allem, was dazugehörte. Und natürlich wusste sie, dass die Männer sie als erwachsene Frau betrachteten, sie spürte ja die Blicke, die sie ihr zuwarfen.

»Und jetzt möchtest du wissen, wie alt ich bin?«, fragte Antonio, als hätte er ihre Gedanken gelesen.

»Also ... das hätt ich ...«, stotterte sie.

»Siebenundzwanzig.«

Neun Jahre! Neun Jahre war er älter! War das zu viel? Die Männer waren ja immer etwas älter als ihre Frauen. Aber gleich beinah zehn Jahre? Andererseits sah er so alt gar nicht aus. Er sah einfach aus wie ... wie ... ein äußerst gut aussehender junger Mann. Ja. So sah er aus.

Um nichts erwidern zu müssen, nahm Vicki einen Schluck von dem Wein und staunte. »Der ist aber gut!«

Toni lachte. »Den liebt jeder. Und jede.«

Fast meinte sie, er spräche von sich, wie er das so sagte.

»Wir sollten aber anstoßen, finde ich.«

»Ja, das sollten wir.«

Während die Gläser – es waren rustikale Bauerngläser, keine feinen Weinkelche, wie man sie im Hotel benutzte – leise aneinanderschlugen, blickten sich das Mädchen aus München und der junge Mann aus Gardone in die Augen und konnten beide nicht lächeln. Denn auf einmal war da eine ernste, eine bedeutsame Erkenntnis, die sie teilten, wie ein Geheimnis, dessen Siegel durch den Klang der Gläser geöffnet worden war und das sie nun für immer teilten.

»Ich bin froh, dass du gewonnen hast. Den Kostümwettbewerb, meine ich«, sagte Antonio mit rauer Stimme. »Und den Urlaub bei uns im Hotel.«

Doch Vicki schüttelte den Kopf. »*Darüber* bin ich gar nicht so froh«, sagte sie leise.

»Nicht?«

»Nein.« Sie suchte seinen Blick und flüsterte: »Ich bin vor allem froh, dass ich was anderes gewonnen hab.«

»Was hast du denn noch gewonnen?«, fragte er, doch sein Lächeln zeigte, dass er die Antwort bereits kannte.

»Dich.«

Die Italienreise

München 1956

Vicki hatte lange genug von Italien geschwärmt, und ihr Vater hatte oft genug von seinen Kollegen gehört, wie schön es sei, im »Land, wo die Zitronen blühen«.

»Die hab ich auch gesehen, die Zitronen«, beteuerte Vicki. »Das ist unglaublich, Papa. Die Bäume blühen und tragen gleichzeitig Früchte!«

»Jetzt erzählst du aber Märchen«, befand Heinrich Neuhofer und schüttelte missbilligend den Kopf.

»Nein, ehrlich! Ich hab's ja selbst gesehen!«

»Hm.« Er wollte ja schon lange eine Urlaubsreise machen, wie so viele andere es inzwischen taten. Als Direktor des TÜV war er es sich geradezu schuldig. Es gehörte beinahe schon zum guten Ton. Jedenfalls würde es sein Ansehen deutlich erhöhen, wenn er eine schöne Reise mit dem Wagen nach Süden unternahm. »Aber an den Gardasee fahren wir nicht«, erklärte er schließlich. »Sondern nach Rimini. Da gehört der Firma nämlich ein Hotel, und da bekommen wir selbstverständlich Sonderkonditionen.«

Ein bisschen enttäuscht war Vicki, denn sie hätte ihren Eltern und dem Bruder zu gern das Grand Hotel Fasano gezeigt. Mit Toni hatte sie auch besprochen, dass die Neuhofers besondere Konditionen bekommen würden, sodass sie sich als ganz normale Familie einen Aufenthalt würden leisten können. Doch sie wusste, wenn sie jetzt allzu sehr insistierte, dann sagte ihr Vater die Reise am Ende doch noch ab oder entschloss sich, lieber nach Frankreich zu fahren oder nur nach Österreich. »Bestimmt haben sie da auch Zitronenbäume«, sagte Vicki deshalb. »Dann wirst du es selbst sehen.«

»Ja, freilich. Ich werd aber ganz genau hinschauen.« Nun, da er sich entschlossen und seinen Beschluss verkündet hatte, war Heinrich Neuhofer vergnügt und wollte sich nicht mehr über das Gerede seiner Tochter ärgern. Und gleich nächstentags würde er sich um ein Hotelzimmer kümmern, ehe alles ausgebucht war. Denn nach Rimini wollten inzwischen alle fahren.

Die nächsten Wochen wurde der Urlaub akribisch geplant. Die Mutter besorgte alles, was für eine solche Reise nötig war – wozu ausreichend Lebensmittel gehörten. Schließlich wusste man nicht, was die dort unten aßen und ob sie überhaupt eine bekömmliche Küche hatten. Dann natürlich musste die Bettwäsche gewaschen und gemangelt werden. Das Hotel unter deutscher Leitung würde zwar sicher ein ordentliches Haus sein, aber Heinrich Neuhofer wollte nichts dem Zufall überlassen. Dass der Wagen noch einmal zur Inspektion musste, verstand sich von allein – zum Glück war das die leichteste Übung für den TÜV-Direktor, der die Mechaniker sozusagen im Haus hatte. Stolz war er auf die Anschaffung eines kleinen Schlauchboots und eines Paares Taucherflossen sowie eines Schnorchels. Wenn Heinrich Neuhofer etwas anpackte, dann packte er es richtig an.

Vom nahen Postamt aus rief Vicki hin und wieder in Gardone an und berichtete ihrem Liebsten von den Planungen sowie von der Route und den Pausen, die ihr Vater zu machen gedachte, denn der brachte die Familie täglich beim Abendbrot auf den neuesten Stand. »Da wirst du dich freuen, Viktoria«, sagte er eines Tages, als sie schon kurz vor dem Urlaubsbeginn standen. »Wir werden auf der Rückfahrt eine Pause an deinem geliebten Gardasee einlegen. Eine Übernachtung. In Malcesine.« Er sprach es mit einem deutschen C aus. »Mein Chefingenieur hat mir geraten, dass wir besser nicht in einem Rutsch zurückfahren. Das ist nämlich nicht gut für den Motor.«

»Malcesine«, sagte Vicki und überlegte. Das war zwar auf der falschen Seite des Sees. Aber immerhin war es am See! »Könnten wir nicht einfach einen Tag am Gardasee bleiben? Die Natur dort ist so schön, und man kann großartig schwimmen!«

»Das werden wir im Meer gewiss auch können«, erwiderte der Vater, ohne weiter auf den Vorschlag einzugehen.

Wirklich überrascht war Vicki, dass ihr Vater zugestimmt hatte, Traudl mitzunehmen. Sie wusste zwar, dass er ihre Freundin mochte, »weil sie eine blitzgescheite Person« war, wie er immer sagte, und weil Traudl sich bestens darauf verstand, Heinrich Neuhofer zu schmeicheln, indem sie seine Weltläufigkeit bestaunte und ihn in wichtigen Fragen gern um Rat ersuchte. Aber der Familien-DKW war kein besonders großes Auto, es würde reichlich eng werden. Dennoch war ihr Vater mit einem Seufzen und einem Achselzucken auf den Vorschlag »Wir könnten doch Traudl auch mitnehmen, die wäre so glücklich, Papa, und ich würde mich auch narrisch freuen!« eingegangen. Und nun stand also fest, dass sie einmal mehr gemeinsam nach Italien und sogar – wenn auch nur für eine Übernachtung auf der Rückreise – an den Gardasee fahren würden.

»Malcesine!«, rief Toni am nächsten Tag, als Vicki ihn auf dem Weg zur Akademie vom Postamt aus in Gardone anrief. »Das ist auf der anderen Seite ein gutes Stück nach Norden. Aber kein Problem. Großartig! Da werden wir uns sehen. Ich komm natürlich rüber!«

Wie er dieses Treffen allerdings anzustellen gedachte, das war mehr als gewagt und würde für Vicki noch einigen Ärger mit sich bringen. Nur dass das in dem Augenblick niemand wusste.

※

Die Fahrt über den Brenner war ein Abenteuer. Sogar Heinrich Neuhofer, der ja doch eigentlich von Berufs wegen Bescheid wusste über jedwedes Detail, das mit dem Straßenverkehr zu tun hatte, staunte, wie viele Autos unterwegs waren. »Heut scheinen alle auf einmal in den Urlaub zu fahren!«, rief er erstaunt, als sie der Grenze nach Österreich näher kamen, denn es staute sich geradezu vor dem Grenzhäuschen, und an der Grenze zu Italien war es nicht besser. Im Gegenteil.

Angesichts der Fahrzeugschlange vor der Abfertigung beschloss Heinrich Neuhofer, dass eine Pause eingelegt wurde, damit alle sich die Füße vertreten könnten. Nur dass es ausgesprochen frostig war auf dem Pass. Andererseits gab es hier oben einen kleinen See, der – umgeben von Bergwänden – geheimnisvoll grün schimmerte. Ein paar Unerschrockene hatten sogar die Füße hineingestreckt und saßen lachend und plaudernd am Ufer.

Sehnsüchtig dachte Vicki an den Gardasee, wo sie selbst mit den Füßen im Wasser gesessen und mit Toni gescherzt hatte. Ob sie ihn wirklich wiedersehen würde auf dieser

Reise? Was, wenn der Vater es sich doch anders überlegte? Was, wenn es mit der Übernachtung in Malcesine nicht klappte? Was, wenn Toni … nicht kam?

»Wenn's nicht hinhaut«, hatte er gesagt. »Dann sehen wir uns trotzdem bald, weil ich dann nämlich nach München komme.«

»Nach München? Das wäre so schön, Toni! Und wenn es klappt …«

»Dann komme ich trotzdem ganz bald zu dir. Ich möchte ja schon lange einmal wieder hin. Du weißt ja, dass meine Familie mit den Volkhardts vom Bayerischen Hof befreundet ist. Da findet sich immer ein Grund, nach München zu reisen.«

Sie hätte ihn umarmen können, wenn sie nicht Hunderte von Kilometern weit voneinander entfernt gewesen wären.

»Versprochen?«, hatte sie gefragt.

»Versprochen.«

Und jetzt also standen sie an der Grenze. Da drüben, ein paar Meter entfernt, lag schon Italien. In wenigen Stunden könnten sie am Gardasee sein. Ob es am Ostufer genauso schön war wie am Westufer? Natürlich war es das! Toni hatte ihr ja schon einiges gezeigt – und es war überall traumhaft gewesen.

»Ich bin dir so dankbar, dass du deinen Papa überredet hast, dass ich mitkommen darf«, sagte Waltraud, die neben Vicki getreten war.

»Das hab ich doch gern gemacht. Auch wenn ich selbst überrascht bin, dass es hingehauen hat.«

»Auf geht's, Kinder!«, rief der Vater, der sich noch irgendwo hinter einem Baum erleichtert hatte. »Wir fahren weiter. Jetzt ist gerade ein bisschen weniger los am Grenzposten.«

Tatsächlich waren sie wenige Minuten später in Italien, und es ging auf einmal wieder flott dahin. Sterzing war in Windeseile erreicht, Brixen folgte wenig später. Irgendwo aus der Gegend musste Tonis Familie stammen, dachte Vicki und staunte, dass Italien hier eigentlich immer noch genauso aussah wie Österreich oder das Bayerische Oberland.

Das änderte sich schlagartig, als sie bei Bozen die hohen Berge hinter sich ließen, und es lag einmal mehr am Licht! Wieder stellte Vicki fest, dass die Sonne hier ganz anders leuchtete als überall sonst. Milder, goldener und zugleich heller strahlte alles, die Felswände warfen ihren Glanz über die Landschaft, dass einem das Herz aufging, die Farben wirkten kräftiger, die Luft schien zu duften, obwohl Heinrich Neuhofer die Fenster nur einen Fingerbreit zu öffnen erlaubte, »damit wir nicht sterbenskrank im Urlaub ankommen«.

Doch als sie bei Rovereto an einem Schild vorbeifuhren, das den Weg zum »Lago di Garda« wies, da konnte Vicki von all der Schönheit dieses Landes gar nichts mehr erkennen, weil sie unvermittelt in Tränen ausbrach.

*

Es war Abend, als sie endlich in Rimini anlangten. Dennoch beschloss Heinrich Neuhofer, dass alle nach dem Abendessen im Hotel noch ein wenig an den Strand gehen würden, »das Meer begrüßen«. Er selbst war zweifellos auch gespannt. Obwohl er während seiner Zeit als Kriegsgefangener in Wilhelmshaven mehrmals zu Reparaturarbeiten von Anlagen an der Nordseeküste beordert worden war und daher das Meer schon einmal gesehen hatte, war die Adria doch wohl ein sehr anderes Gewässer.

Entsprechend ungeduldig waren alle, endlich an den

Strand zu kommen. Von der Küstenstraße aus hatten sie das Meer zumindest sehen können – und die drei Frauen immerhin waren überwältigt gewesen, während der Familienvater sich nichts hatte anmerken lassen und Josef vor allem über Hunger gejammert und deshalb keinen Sinn für dieses Schauspiel der Natur gehabt hatte.

Und nun saßen sie also im Hotel Sole und studierten die Speisekarte, die allerlei Unverständliches auswies, das kein Mensch kannte. Natürlich hätten sie sich »Wurstl« bestellen können oder »Snitsel«. Aber aus unerfindlichen Gründen war sich die Familie stillschweigend einig, dass das peinlich gewesen wäre.

Heinrich Neuhofer blickte auf die Nachbartische und erkannte, dass die deutschen Urlauber sich offenbar bevorzugt ein Nudelgericht bestellten oder einen Weißbrotfladen, mit Tomatensoße und Käse überbacken. Das bestellte er folglich auch für die ganze Familie. So falsch würden sie damit schon nicht liegen, immerhin hatten die anderen Gäste, die schon länger da waren, ja bereits Erfahrung mit der hiesigen Küche sammeln können.

Es kamen die Nudeln – Pasta nannten sie sie hier, was seltsam klang –, es kam das Fladenbrot – Pizza genannt –, und es kam der Appetit, und zwar gewaltig. Mochten die Italiener auch lächeln über die Essgewohnheiten der Deutschen, sie verstanden doch, eine Brücke zu bauen zwischen der Esskultur ihres Landes und den Bedürfnissen ihrer Gäste. Eine Brücke, die auch Heinrich Neuhofer anerkennen musste, als er sich eine halbe Stunde später auf seinem Stuhl zurücklehnte und, erhitzt von den sommerlichen Temperaturen dieses Abends, mehr aber noch vom Wein, seufzte: »Also, das war jetzt eine saubere Portion. Und geschmeckt hat's auch ganz ordentlich, gell?«

»War auch Zeit geworden«, warf Josef ein.

»Gut war's«, bestätigte Martha Neuhofer. »Vor allem dieser salzige Kuchen. Mit einem Hefeteig ist der gemacht, das ist eigentlich gar nicht so schwer. Wie Zwetschgendatschi halt. Nur dass sie Tomatensoße drauftun und Käse.«

Waltraud hatte die Nudeln bestellt, sich das Kleid mit der Tomatenhackfleischsoße ruiniert und blickte untröstlich, sodass Vicki schlicht sagte: »Jetzt müssen wir uns aber ein bisserl bewegen. Gehen wir an den Strand?«

Josef war schon aufgestanden. »Auf geht's!«

Kurz darauf hatten sie alle die Schuhe voller Sand und stellten fest, dass die anderen Spaziergänger hier ihr Schuhwerk sämtlich ausgezogen hatten. Also schlüpften auch sie aus den Schuhen und Socken, die Männer krempelten die Hosen ein Stück weit hoch – und im nächsten Augenblick spürten sie etwas unbeschreiblich Wohltuendes an ihren Füßen: weichen Sand, der sich an die Haut schmiegte und durch die Zehen rieselte.

»Komisch fühlt sich das an«, sagte die Mutter mit einem feinen Lächeln.

»Also, mir gefällt's!«, erwiderte Vicki.

Nicht nur ihr gefiel es. Alle hatten sie dieses Lächeln im Gesicht, sogar der Vater, der nun in Richtung Wasser ging und die Grenze vom trockenen, lockeren zum nassen, festen Sand übertrat und dessen Füße wenig später von den letzten flachen Ausläufern der hereinrollenden Wellen umspült wurden. Da entrang sich seiner Brust ein Juchzer, wie Vicki ihn noch nie gehört hatte. War es möglich, dass Heinrich Neuhofer, dieser stets so kontrollierte, immerzu auf Form und Würde achtende Mann, für einen Moment etwas war, was er in seinem Leben nicht sehr oft hatte sein können: glücklich?

Als sie eine Stunde später – es war schon fast dunkel – wieder zurückkamen zum Hotel, hatten ihre Kleider nasse Flecken vom Meerwasser, durch das sie gelaufen waren. Alle waren sie erhitzt und erfrischt und erschöpft zugleich, alle lachten sie und waren so guter Laune, wie sie es vielleicht noch nie gemeinsam gewesen waren. Und sogar der Vater, bisher skeptisch, was die Italiener betraf, hatte beschlossen, dass er dieses Land liebte. Zumindest vorläufig.

Küssen lernen

Gardone Riviera 1955

Wie sich herausstellte, hatte Waltraud auf der Rundfahrt, die sie mit dem Dampfer unternommen hatte, bereits am nächsten Anleger, in Salò, einen Herrn kennengelernt, der kurz entschlossen mit ihr um den gesamten Gardasee gefahren war. »Philipp von Degen, stell dir vor!«

»Ein Adliger.«

»Ja. Aber nicht so einer, der die Nase recht hoch trägt«, beruhigte Waltraud ihre Freundin. »Ein feiner Mensch! Der hat mich eingeladen. In Sirmione waren wir im Café, in Torbole haben wir zu Mittag gegessen, und am Ende sind wir noch beim Wimmer eingekehrt.«

»Und das hat er alles gezahlt?«

»Freilich. Ich sag's ja, so ein feiner Mensch. Unternehmer ist er. Und auf der Suche nach *interessanten Objekten*.«

»Aha«, sagte Vicki und dachte: und vielleicht auch nach interessanten jungen Frauen. Aber um Traudl brauchte sie sich keine Sorgen zu machen, die verstand sehr gut, auf sich selbst aufzupassen. Zugleich konnte sie jeden Mann verstehen, der sich in sie verschoss, denn die Freundin war nicht nur bildhübsch, sondern auch mit ihrer lustigen Art genau das, was die meisten Männer wollten. »Und? Seht ihr euch bald wieder?«

»Der Philipp, meinst du, und ich?« Waltraud winkte ab. »Geh. Schmarrn. Der hat doch Familie.« Sie sagte es leichthin, und doch hatte Vicki das Gefühl, als läge eine gewisse Wehmut in dieser Bemerkung. »Traudl?«

»Hm?«

»Nimmst du mir das übel mit dem Toni?«

»Dass du ihn mir nicht gönnst?«

»Jetzt sag das nicht so ...«

Aber Waltraud zuckte die Achseln. »Das passt schon«, erklärte sie. »Wenn dir wirklich was an ihm liegt, dann hast du ja recht, wenn du ihn dir schnappst. Ich komm schon drüber hinweg, wenn ich auf ihn verzichten muss. Außerdem hat er sowieso dir die schöneren Augen gemacht.«

»Hat er das?«

Waltraud lachte. »Also wenn du das nicht gemerkt hast, dann kann ich dir auch nicht helfen. Der ist doch ganz vernarrt in dich.«

»Ich hoffe, du hast recht«, sagte Vicki seufzend.

Schöne Augen, dachte sie, die hatte er auch tatsächlich. Diese wundervollen dunklen Augen und das dunkle Haar. Ein Bild von einem Mann war er, der Toni! Genau so einen hatte sie sich immer erträumt, auch wenn sie es bis jetzt gar nicht wirklich gewusst hatte.

Schweigend saßen die beiden Freundinnen auf dem Balkon ihres Zimmers und blickten auf den abendlichen See. Waltraud hatte der Freundin eine Zigarette spendiert. Mit kleinen Zügen rauchten sie, genossen das herbe Aroma des Tabaks, beobachteten die späten Boote, die bereits ihre Positionslichter angemacht hatten und langsam übers Wasser glitten, und hingen ihren Gedanken nach.

»Aber dass du heut Abend nichts unternimmst mit deinem Schatz?«, sagte Waltraud unvermittelt.

»Er hat halt in einer Geschäftsangelegenheit nach Südtirol fahren müssen«, erwiderte Vicki und spürte, wie es sie quälte, dass ausgerechnet in diesen wenigen kostbaren Tagen die Zeit mit Toni durch diese Abwesenheit zusammenschmolz.

»Und wann kommt er wieder?«

»Übermorgen, hat er gesagt, wenn alles gut geht. Sonst überübermorgen.«

»Dann machen wir uns eine schöne Zeit zu zweit, bis er wieder da ist«, beschloss Waltraud. »Und wenn er zurück ist, dann macht ihr euch eine schöne Zeit zu zweit.«

Vicki nickte und betrachtete ihre beste und älteste Freundin von der Seite. »Du bist wirklich eine ganz Besondere, weißt du?«, sagte sie schließlich.

»Ich? Freilich. Das weiß ich«, erwiderte Traudl, und dann mussten sie beide lachen.

∗

Am nächsten Tag machten die beiden jungen Frauen aus München gemeinsam einen Ausflug nach Salò. Mit dem Schiff fuhren sie hinüber in den Ort, der noch vor zwölf Jahren einer finsteren Marionettenrepublik unter der Führung Mussolinis ihren Namen gegeben hatte. Anders als München, das in großen Teilen völlig zerstört worden war, stand dieses hübsche Städtchen schmuck und strahlend – von Kriegsschäden war nichts zu erkennen. Erst sehr viel später würde Vicki erfahren, dass das, was hier wirkte, als stünde es schon seit Jahrhunderten in all seiner romantischen Schönheit, erst wenige Jahrzehnte zuvor nach einem Erdbeben wiederaufgebaut worden war – nur die Hafenpromenade hatte man neu angelegt, errichtet auf Pfählen, wie das Haus neben dem Gand Hotel Fasano, die Villa Principe.

Salò war größer und wesentlich belebter als Gardone Riviera. Die Freundinnen setzten sich auf die Terrasse eines Cafés an der Promenade und bestellten Eiskrem, die, garniert mit Früchten, in zwei üppigen Schalen kam. »Das schaut aus wie eingemachte Preiselbeeren«, stellte Traudl fest, indem sie ein kleines rotes Etwas auf ihren Löffel nahm und von allen Seiten betrachtete.

»Na ja, aber nur fast«, widersprach Vicki und probierte ihrerseits eine von diesen »Beeren«. Sauer war sie und zugleich süß, und sie hatte einen ganz eigentümlichen Geschmack, wie sie ihn noch nie auf der Zunge gehabt hatte.

Gestenreich bedeutete Traudl dem Kellner, dass sie wissen wollte, wie dieses Obst hieß, aber aus seinem »Melograno« wurde sie auch nicht schlau. »*Melodrama* hätt ich verstanden«, sagte sie. »Aber *Melograno*?«

»Die Damen sind keine Lateinerinnen?«, fragte vom Nebentisch ein älterer Herr.

»Ach, Herrmann, bitte!«, rügte ihn seine Frau, die vor einem bemerkenswerten Stück Torte saß.

»Malum?«, erklärte der Herr unbeirrt. »Der Apfel?«

»Ja, schon«, sagte Waltraud befremdet. Ein Apfel würde das winzige Teilchen ja wohl kaum sein.

»Malum granatum! Der Apfel mit Kernen!«

»Sehen Sie's ihm nach«, sagte die Dame vom Nebentisch zu den beiden jungen Frauen. »Es fehlt ihm was, seit er aus dem Dienst ausgeschieden ist. Lateinlehrer.« Sie lächelte nachsichtig in Richtung ihres Mannes.

»Der Granatapfel!«

»So klein sind die?«, sagte Waltraud verblüfft.

»Im Gegenteil, Fräulein! Meist sind sie größer als ein gewöhnlicher Apfel. Sie sind auch gar keine Äpfel. Vielmehr gehören sie zu den Weiderichgewächsen. Myrtenartige! Aber das nur am Rande ...«

Er schien nicht die Absicht zu haben, seinen Vortrag zu beenden, also sprach seine Begleiterin einfach über seine Rede hinweg zu den Freundinnen: »Sie sind gewiss mit der Familie im Urlaub hier? Wenn mich mein Gehör nicht täuscht, auch aus München?«

»Aus München, ja«, erklärte Vicki. »Aber nicht mit der Familie. Wir haben die Reise gewonnen.«

»Ach, das ist aber interessant.« Prompt hörte der ehemalige Lateinlehrer, der offensichtlich auch auf seine botanischen Kenntnisse durchaus stolz war, auf zu dozieren und fragte: »Und wie? Beziehungsweise wo?«

»Bei einem Kostümwettbewerb des Hotels Bayerischer Hof.«

»Nein, wirklich!« Die elegante Dame schien ganz hingerissen. »Hörst du, Herrmann? War der junge Herr – wie hieß er doch gleich? – nicht dein Schüler?«

»Volkhardt! Ja sicher, das war er.«

»Mei, die Welt ist klein, nicht wahr?«, amüsierte sich die feine Dame und stach voll Wonne in ihre Torte. »Und wie lange sind Sie dann jetzt hier?«

»Sieben Nächte. Für zwei Personen.«

»Ja, sauber!«

»Optime!«, meinte der Herr Lehrer a.D. »Da kann man nur gratulieren. Sieben Nächte im schönen Salò.«

»Ja, also eigentlich nicht in Salò, sondern in Gardone«, stellte Traudl richtig. »Riviera.«

»Ach, noch schöner! Da gibt es doch diese fabelhaften Grandhotels ...« Die Frau des ehemaligen Lehrers wirkte ganz begeistert von dem Gedanken.

»Na ja«, erklärte Vicki. »Unseres ist nicht mehr ganz so fabelhaft. Es ist leider sehr in die Jahre gekommen.«

Die vornehme Dame nickte. »Vielleicht ist einfach auch die Zeit der Grandhotels vorbei«, sinniert sie. »Das ist ja doch recht altmodisch, nicht wahr? Ich meine, früher, da gab es diese reichen Menschen, die mit der ganzen Dienerschaft in einem Hotel abgestiegen sind und sich Reisen geleistet haben, von denen unsereins nur träumen kann.«

»Ach, Gertrud, jetzt übertreibst du aber«, warf ihr Mann ein und schob verdrießlich den Rest seines Kuchens mit der Gabel über den Teller.

»Aber so ist es doch! Der Paul Heyse soll hier mit eigenem Personal angereist sein!«

»Der hat, glaub ich, sogar in unserem Hotel übernachtet.«

»Siehst du?«, rief die Dame, als wäre damit irgendetwas bewiesen.

»Goethe ist meines Wissens allein gereist«, hielt der pensionierte Lehrer dagegen.

»Ja, Goethe. Vielleicht. Aber vielleicht auch nicht?« Seine Frau hob den Finger gerade so, wie er selbst ihn vorhin gehoben hatte, als er über den Granatapfel dozierte.

»Also jedenfalls ist das ein Malum granatum«, schloss der Tischnachbar und nickte zu Waltrauds Löffel hin. »Zu Deutsch Granatapfel. Oder vielmehr: ein Kern desselben. Aus dem Orient stammend, aber auch hier in Italien sehr verbreitet und von den alten Römern überaus geschätzt …«

Er redete noch einige Zeit weiter, während die drei Frauen einander zuzwinkerten und sich ihren Süßspeisen widmeten.

*

»Ein Weiderichgewächs!«, rief Waltraud lachend, als sie später durch die engen Gassen des Städtchens schlenderten und die Waren betrachteten, die vor den zahlreichen Geschäften angepriesen wurden. Wein. Mode. Handtaschen. Obst. Bücher … »Das werd ich jetzt nie mehr aus dem Kopf kriegen, glaub ich.«

»Umso besser«, entgegnete Vicki. »Hast du wieder was gelernt.« Sie beschäftigte eine ganz andere Sache. »Meinst du, dass das stimmt?«

»Was denn?«

»Dass die Zeiten der Grandhotels vorbei sind?«

»Ach was. Schau dir doch das Hotel an, in dem wir mit Antonio zum Tanzen waren.«

In der Tat: Das Grand Hotel Gardone schien keinen Mangel an solventen Gästen zu kennen, sonst hätte es längst nicht so glänzen können. Aber was war dort anders als im Fasano? – Eine Frage, der Vicki unbedingt auf den Grund gehen wollte.

»Ist es an den anderen Orten am Gardasee auch so schön?«, fragte Vicki ihre Freundin, die sie ein wenig darum beneidete, dass sie am Vortag schon so viel mehr von der Gegend gesehen hatte als sie selbst.

»Der ganze See ist ein Paradies, wenn du mich fragst«, erwiderte Waltraud. »Ein Nest schöner als das andere. Drüben ist es besser zum Schwimmen, da haben sie Strände. Und etliche Burgen haben sie, dass man nur so staunt.«

»Mich würde interessieren, was auf der Insel ist, die man vom Hotel aus sieht.«

»Ja, das fänd ich auch interessant. Isola del Garda. Wie das schon klingt!«

Allerdings stellte sich heraus, dass es keinen Fährverkehr auf die Insel gab. »Die ist in Privatbesitz«, klärte sie ein Mitarbeiter am Schalter für die Fahrkarten auf, der im Rathaus von Salò untergebracht war.

»Wer kann so reich sein, dass ihm gleich eine ganze Insel gehört?«, wunderte sich Vicki und beneidete die Leute, die einen so besonderen Ort ganz für sich haben durften. Ob Toni sie kannte? Bestimmt. Er kannte ja Gott und die Welt. Andererseits ... Wenn die Besitzer der Insel sich so abschotteten ... »Man könnte einmal mit dem Boot rüberfahren«, überlegte sie.

»Spinnst du? Das ist ja Landfriedensbruch oder so was.«

»Wir müssten ja nicht an Land gehen. Nur zum Anschauen, verstehst du?«

Waltraud dachte ein wenig nach und fand: »Wir könnten Giorgio fragen ...«

»Deinen Fischer?«

»Na ja ...« Ein verträumtes Lächeln hatte sich über Waltrauds Züge gebreitet. Er hatte ihr wirklich gefallen, dieser schüchterne Mann mit den melancholischen Augen.

»Oder wir fragen Toni. Wenn er wieder da ist.«

Waltraud zuckte die Schultern. »Du möchtest hinfahren. Da können wir auch deinen Toni fragen.«

Meinen Toni, dachte Vicki. Ob er das wohl war? Gewiss, er machte ihr schöne Augen. Er machte ihr Komplimente. Er hatte ihr versprochen, bald wieder da zu sein, wie man es seiner Freundin verspricht, damit die Sehnsucht nicht zu unerträglich wird ... Aber war er deswegen *ihr* Toni? Oder war das bloß ein Wunschtraum, weil sie nämlich ein Backfisch war, der keine Erfahrung hatte, und er so ein schöner, weltgewandter, eleganter Mann. Der hätte doch an jedem Finger zehn Frauen haben können. Wieso sollte er ausgerechnet ein so junges Mädel aus München wollen, und noch dazu ein so unerfahrenes?

Es quälte Vicki, dass sie noch nicht einmal etwas vom Küssen verstand. Was, wenn sie es gar nicht konnte? Was, wenn sie sich unsterblich blamierte? Von anderen Dingen gar nicht erst zu reden. Aber die hätte sie natürlich sowieso niemals zugelassen, also: vor der Ehe. Oder?

Schweigsam ging sie neben ihrer Freundin her über die Uferpromenade von Salò zum Anleger, von wo das Schiff sie wieder nach Gardone zurückbringen würde.

»Ein Fünferl für deine Gedanken«, sagte Waltraud irgendwann lachend.

»Wieso?«

»Dieser Blick! Und rot bist du geworden. Ich schäm mich ja schon beim Zuschauen«, neckte Waltraud sie kichernd, woraufhin es Vicki war, die sich schämte. Aber so war das wohl, wenn man eine Freundin hatte, die einen durch und durch kannte: Man konnte nichts vor ihr verheimlichen.

*

Nach dem Abendessen im Hotel – es hatte gegrillten Fisch gegeben – überredete Vicki ihre Freundin, noch einmal mit ihr hinüberzugehen zum Grand Hotel Gardone. Denn der Plan ging ihr nicht mehr aus dem Kopf, herauszufinden, was dort besser gemacht wurde als im Fasano.

»Aber nicht mehr lange«, sagte Waltraud. »Ich bin jetzt schon so müde.«

Die Müdigkeit war allerdings wie weggeblasen, als die beiden jungen Frauen wenig später durch die Tür des vornehmen Hotels schritten und feststellten, dass an diesem Abend ein Pianist die Bar mit seiner Musik erfüllte. Es waren eher ruhigere Stücke, ein bisschen Porter, ein wenig Ellington, beschwingt, aber nicht aufdringlich.

In der Nähe des Klaviers war noch ein Tisch frei, an den sich die Freundinnen führen ließen. »Was darf ich den Damen bringen?«, fragte der Kellner, natürlich in makellosem Deutsch. »Ein Glas Champagner vielleicht? Oder einen Cocktail?«

»Einen Cocktail«, wiederholte Traudl. »Ich glaub's gleich.«

»Was trinken denn die Herrschaften am Nebentisch?«, fragte Vicki, um ihre Ahnungslosigkeit zu überspielen.

»Die Dame eine Bloody Mary, der Herr einen Whisky Sour.«

»Aha.« Von beidem hatte sie nicht die geringste Vorstellung. Aber eine Blutige Marie würde sie auf keinen Fall trinken. Sie wollte lieber gar nicht wissen, was da drin war. »Ich glaub, ich nehme auch einen Whisky«, sagte sie. »Aber mit Eis.«

»Gern, Signorina. Und Sie?«

»Bringen Sie zwei«, sagte Waltraud mutig, und als der Kellner verschwunden war, flüsterte sie: »Einen Whisky! Den dürfen sie uns doch vielleicht gar nicht ausschenken!«

In Deutschland hätten sie jedenfalls keinen bekommen, so viel stand fest. Da waren harte Getränke mit achtzehn Jahren noch nicht erlaubt, sodass sie beide noch keinerlei Erfahrung damit gemacht hatten.

»Jetzt ist er bestellt, jetzt wird er auch getrunken«, bestimmte Vicki.

»Hauptsache, wir können ihn auch bezahlen.«

Dazu schwieg Vicki lieber. Das würde sich am Ende des Abends herausstellen. »So teuer wird's schon nicht werden«, meinte sie schließlich, »zwei Schnaps.«

»Schnaps. Sag das nicht so. Sonst ist es mir gleich noch ärger.«

Wenn er wenigstens geschmeckt hätte. Aber das Gegenteil

war der Fall. Außer dass einem der Mund brannte, wenn man einen Schluck davon nahm, war er eigentlich nur widerlich. Dabei hatte Vicki sich zunächst für die mutige Bestellung sogar beglückwünscht, denn der Kellner kam nicht nur mit zwei schönen Gläsern, sondern auch noch mit einem Schälchen Erdnüssen und einem Tellerchen grüner Oliven, das er auf den Tisch stellte, obwohl die jungen Frauen dergleichen gar nicht bestellt hatten.

»Das gehört, glaub ich, zu jemand anderem«, merkte Vicki vorsichtig an.

»Aber nein, Signorina, das servieren wir zu jedem Getränk.«

»Oh.« Das waren interessante Bräuche. Als sie mit Toni hier gewesen waren, war ihr das gar nicht aufgefallen. Aber da hatte sie natürlich auch nur Augen für ihn gehabt und außerdem angenommen, dass er auch ausdrücklich alles bestellt hatte, was auf dem Tisch landete. Man bekam also zu jedem Getränk eine kleine Aufmerksamkeit geschenkt. Da fühlte man sich als Gast natürlich gleich besonders wertgeschätzt. Ob sie das im Fasano auch so machten?

Einmal mehr stellte Vicki fest, wie wenig sie von dieser Welt wusste. Von feinen Hotels. Von teuren Reisen. Von vornehmen Leuten. Und umso mehr nahm sie sich vor, diese Welt zu verstehen.

Der Whisky mochte scheußlich schmecken, doch er wirkte immerhin belebend. Ohne es zu merken, hatten die Freundinnen schon bald die lustigsten Gesprächsthemen gefunden, kicherten, glucksten – und bestellten eine jede noch ein Glas! Natürlich nur der Erdnüsse und der Oliven wegen.

Die Musik rieselte dahin. Tatsächlich hatten sich sogar zwei Paare entschlossen, langsam-romantisch über die Tanzfläche zu schweben. Das Licht war ein wenig gedämpft worden, auf allen Tischen brannten Kerzen, und so gern Vicki mit ihrer Freundin unterwegs war, jetzt, in diesem Augenblick, hätte sie sich gewünscht, dass Toni bei ihr wäre. Dass er ausgerechnet jetzt geschäftlich hatte verreisen müssen, quälte sie. Diese wenigen, kostbaren Tage, die sie miteinander hatten ...

Traudl zwinkerte ihr zu und flüsterte: »Ich komm gleich wieder.«

»Ich lauf nicht weg«, erwiderte Vicki und blickte der Freundin hinterher, als diese sich auf den Weg zu den Toiletten machte, nippte an ihrem Whisky, spießte eine Olive mit einem Zahnstocher auf, wie sie es bei den Herrschaften am Nebentisch beobachtet hatte, schloss kurz die Augen und schüttelte in Gedanken den Kopf. Was für eine Närrin sie doch war! Ein Mädchen aus München, ohne Erfahrung, mit Sehnsüchten im Herzen und Flausen im Kopf. Wenn er wirklich etwas von ihr gewollt hätte, wenn sie wirklich mehr als ein Urlaubsflirt für ihn gewesen wäre, dann wäre er doch jetzt nicht einfach weggefahren, oder?

Sie sollte stark sein. Ja, das sollte sie. Vicki atmete tief durch, öffnete die Augen wieder – und vor ihr stand Antonio.

»Buona sera, Signorina«, sagte er mit schmeichelnder Stimme. »Sie haben für mich mitbestellt?« Er nickte zu Traudls Glas hin.

»Toni! Aber ... aber du hast doch gesagt, dass du frühestens morgen wiederkommen würdest.« Sie konnte es kaum glauben.

»Ich habe es nicht ausgehalten ohne dich«, erklärte er und nahm ihre Hand, küsste sie, als wäre sie eine vornehme Dame, und setzte sich auf Waltrauds Platz.

※

Großzügig hatte Toni die Freundinnen nicht nur eingeladen, sondern auch noch etwas nachbestellt und Vicki einen Tanz abgerungen, ehe er die beiden schließlich ins Hotel zurückbrachte. An diesem Abend war er mit einem seriösen Geschäftswagen unterwegs, in dem die jungen Frauen hinten Platz nahmen, sodass er sie wie ein Chauffeur die vornehmen Herrschaften durch die Nacht kutschierte. Traudl war so angeheitert, dass sie die ganze Zeit nur kicherte, und Vicki wusste nicht, ob sie sich mehr über ihre Freundin amüsierte oder sich für sie schämte. Toni indes schien in bester Laune. Er machte seine Scherze, lenkte den Wagen souverän durch die Nacht und warf zuletzt dem müden Wagenmeister, der vor dem Hotel stand, die Schlüssel zu, mit einer so gelassenen Geste, als wäre er ein Hollywood-Filmschauspieler.

»Also, ich lass euch zwei Turteltäubchen jetzt allein«, flötete Traudl und winkte ihnen zu, während sie ins Haus hüpfte.

So viel Feingefühl hätte Vicki ihr gar nicht zugetraut. Aber jetzt, da es schon mal so war … »Wollen wir noch ein paar Schritte gehen?«, fragte sie mutig.

»Den Vorschlag wollte ich auch gerade machen«, erwiderte Toni und zog sein Jackett aus.

»So wird dir aber sicher kalt«, gab Vicki zu bedenken.

»Wenn du da bist, wird mir ganz gewiss nicht kalt.« Er hängte ihr das Sakko um, ganz Gentleman, und sie konnte seine Wärme noch in dem Stoff spüren. Ein Schauder lief ihr über den Rücken. Und als er ihr den Arm hinhielt, hängte sie sich ein, geradeso als wären sie ein Liebespaar oder gar ein Ehepaar, das nun noch einen Abendspaziergang unternehmen würde, ehe es … Sie seufzte.

»Ist alles in Ordnung?«, fragte Toni besorgt.

»Mehr als in Ordnung«, erwiderte Vicki. »Ich möcht den Augenblick am liebsten festhalten.«

»Das wäre schade«, befand Toni lächelnd.

»Schade?«

»Aber ja! Denn das würde ja bedeuten, dass all die schönen Augenblicke, die noch kommen, gar nicht stattfinden würden.«

Vicki schwieg. Was sollte sie auch sagen? Er war ja so romantisch! Und er sah so gut aus! Auf einmal brachte sie kein Wort mehr heraus.

Toni schien auch nicht darauf zu warten, dass sie etwas sagte, sondern führte sie hinüber zum Gelände der alten Villa, wo es unter den tief hängenden Zweigen einer alten Weide eine Bank gab, von der aus man auf den dunklen See blicken konnte. Dorthin setzten sie sich, und er legte ganz selbstverständlich den Arm um Vickis Schultern. »Ist dir immer noch kalt?«, fragte er, weil er ihr Zittern spürte.

»Nein«, flüsterte sie. »Mir ist alles auf einmal, kalt und heiß, aber ich friere nicht.«

Im schwachen Licht der wenigen Lampen, die um diese Zeit ringsum brannten, konnte sie ihn lächeln sehen. »Wenn das so ist ...«, sagte er leise. Aber dann sagte er nichts mehr, sondern beugte sie zu ihr und küsste sie sanft und innig. Es ging ganz natürlich, und es war wunderschön.

So einfach war es also, das Küssen? Und vor allem so wunderbar? Doch, Vicki hätte den Augenblick am liebsten festgehalten, diesen auf jeden Fall, denn schöner konnte keiner mehr werden.

Eine unvergessliche Nacht

Malcesine 1956

Für die Rückfahrt hatte Heinrich Neuhofer in Malcesine ein Zimmer in einer kleinen Pension in Hafennähe gemietet. Beeindruckt von der mächtigen mittelalterlichen Burg, die über dem Ort thronte, erklärte er immerhin anerkennend: »Sehr imposant, solch ein geschichtsträchtiger Platz an solch einem großen See.«

Wie groß der See war, das hatte er sich so nicht vorgestellt. »Der kann es pfeilgerade mit dem Chiemsee aufnehmen, dein Gardasee«, stellte er, an Vicki gerichtet, fest.

»Er ist um einiges größer, Papa.«

»Soso.«

»Und auf der andern Seite, ein bisserl südlich, da ist Gardone. Weißt du, wo ich in dem Hotel war. Also: wo wir waren, die Traudl und ich.«

»Ich weiß schon«, sagte der Vater. »Hab's ja auf der Karte studiert.«

Die Hotellerie am See allerdings missfiel dem Herrn Direktor aus München angesichts der Unzulänglichkeiten der Unterkunft, die er selbst für seine Familie gebucht hatte. Das Zimmer nämlich erwies sich als zu eng und zu schlecht ausgestattet für fünf Personen. Vicki hätte auf dem Sofa schlafen sollen, das sich allerdings als kleines Bänkchen herausstellte, und Josef und Traudl auf je einem Feldbett, von denen aber eines zusammenklappte, sobald der Bruder sich daraufsetzte. Nur das Doppelbett der Eltern genügte den Ansprüchen, woraufhin Heinrich Neuhofer sich ein Herz fasste und ein zweites Zimmer für die beiden jungen Fräulein mietete. »Aber mit zwei einzelnen Betten, gell?«

Josef musste das andere – taugliche – Feldbett im Elternzimmer nehmen. »Und das nur, weil du deine Freundin hast mitnehmen dürfen«, beschwerte er sich bei Vicki, als sie später beim Abendessen nebeneinandersaßen.

»Es tut mir ja leid, Seppi«, erwiderte sie. »Ich hätt selbst das Feldbett genommen. Aber du kannst ja nicht gut allein mit Traudl im selben Zimmer schlafen, oder?«

Das ließ sich kaum bestreiten. Also fügte sich Josef in sein Schicksal – nicht ohne Vicki immer wieder einmal einen bösen Blick zuzuwerfen. In seinem Alter noch mit bei den Eltern im Zimmer zu schlafen, das wurmte ihn einfach.

»Fisch haben's aber viel hier«, stellte Heinrich Neuhofer fest, als er die Speisekarte der Trattoria gelesen hatte, die im Nachbarhaus angesiedelt war. Das Lokal war voll gewesen, sie hatten, sehr zum Unmut des Familienvaters, sogar anstehen müssen, um einen Tisch zu bekommen. Und dann war es nur einer in einer Ecke geworden, wo man keinen Blick auf den See hatte und auch selbst von der Bedienung nicht gesehen wurde. Und nun fünf oder sechs verschiedene Fischgerichte, davon kein einziges, das ihm etwas sagte. »Welcher Fisch ist denn am frischesten?«, wollte er vom Wirt wissen.

»Alle!«, rief der quirlige Mann entgeistert. »Wir haben nur frische Fisch!«

»Und was gibt's dann dazu?«

»Was die Herrschafte wolle! Gemüse. Kartoffel. Riso …«

»Ja, dann nehmen wir in Gottes Namen fünfmal den … den Fisch da.« Er zeigte auf eine Speise auf der Karte, die den geringsten Preis auswies. »Mit Kartoffeln und ein bisschen Gemüse.«

»Gerne, signore! Kommt pronto!«

»Un po di vino?«, wollte ein Kellner kurz darauf wissen. »Wein?«

»Einen ganz kleinen«, orderte Heinrich Neuhofer, protestierte aber nicht, als ihm wenig später ein Krug vor die Nase gestellt wurde, den man nicht als »ganz klein« bezeichnen konnte. Schließlich hatte er sich nach der langen und anstrengenden Fahrt an diesem Tag eine kleine Belohnung verdient, und vielleicht würde ja seine Frau ein Glas mittrinken, wie sie es in Rimini auch gern getan hatte.

Das tat Martha Neuhofer auch. Und sogar ein zweites! Denn der Wein hier schmeckte ganz anders als der daheim. Süßer und kräftiger und längst nicht so sauer. Rot war er, tiefrot, fast schwarz! Und er duftete, dass Vicki mit einem Lächeln an Toni denken musste, bei dem sie selbst solchen Wein kennengelernt hatte. Offenbar verstand sich der Wirt der kleinen Trattoria am Gardasee noch besser auf Wein als das Hotel Sole in Rimini. Heinrich Neuhofer jedenfalls lobte den Tropfen sehr und hob irgendwann sein Glas, um den anderen zuzuprosten. »Auf eine gute Heimreise! Ein schöner Urlaub war das, gell, Kinder?«

»Ja. Auf den schönen Urlaub und eine gute Heimfahrt«, fiel die Mutter in den Toast ein.

So tranken sie alle, die Eltern ihren Wein, die »Kinder« Ihre Limonaden. Und dann hieß es aufs Zimmer gehen und früh schlafen, »weil morgen noch einmal ein anstrengender Tag bevorsteht«.

Nur dass Vicki und Traudl längst noch nicht daran dachten zu schlafen. Sie hatten nämlich ganz andere Pläne, wesentlich aufregendere, die Vicki vorbereitet hatte, während ihr Vater noch mit dem Besitzer der Pension über das zweite Zimmer verhandelte. Da war sie nämlich nach draußen geschlichen, um »ein bisschen mit Traudl spazieren« zu gehen. In Wirklichkeit war sie schnell zum nahen Postamt gelaufen und hatte ein Telefonat geführt. Eines der wichtigsten in ihrem ganzen Leben …

*

Gegen 22 Uhr wurde es in den Zimmern der Familie Neuhofer still, während draußen immer noch Betrieb herrschte. Seufzend hatte der Vater zur Kenntnis genommen, dass »der Italiener die Nacht zum Tag macht« und offenbar so etwas wie Schlaf nicht kannte. Immer noch waren die Terrassen der Lokale belebt, immer noch spazierten Leute an der kleinen Hafenpromenade entlang, immer noch drang Lärm von unten herauf. Es war wie in Rimini.

Teil dieses Lärms war der Motor eines schnittigen Sportwagens, eines Zweisitzers, den der Familienvater aus München aber dann doch nicht mehr hörte, weil der kräftige Wein seine Wirkung entfaltete und ihn ins Reich der Träume schickte. Das Auto hielt neben der kleinen Pension, und es entstieg ihm ein elegant gekleideter junger Mann.

Während er sich unten eine Zigarette anzündete und das Treiben am Hafen beobachtete, kletterten oben in ihrem Zimmer zwei vollständig bekleidete junge Frauen aus ihren Betten, drapierten die Kissen und Decken so, als läge jemand darin, legten zwei zerknüllte Handtücher an die Stelle, wo der Kopf hätte sein müssen, sodass man im Halbdunkel glauben musste, jemand schliefe noch in diesen Betten, nahmen ihre Schuhe in die Hand und schlichen barfuß hinaus und die Treppe hinunter zum Hinterausgang, wo sie besagten jungen Mann wenige Augenblicke später trafen.

»Ciao cara!«, rief Antonio leise und zog Vicki an sich.

Der erste Kuss nach der langen Trennung war für sie wie ein Blitzschlag. Sie spürte, wie ihre Knie weich wurden.

»Grüß dich, Toni«, flüsterte sie mit rauer Stimme.

»Hallo, Traudl.«

»Ciao, Antonio!«, grüßte die Freundin keck. »Ist das dein Wagen?«

»Leider nur ein Zweisitzer. Aber mit zwei reizenden jungen Damen kann es ja gar nicht eng genug sein«, scherzte Toni, und Vicki spürte, dass es sie ein wenig wurmte, dass er gleich mit ihrer Freundin zu scherzen anfing.

»Lass uns schnell fahren«, sagte sie leise. »Bevor uns der Papa noch sieht. Ich fürchte, bei dem Lärm kann er nicht gut schlafen.«

»Ja«, entgegnete Antonio. »Verlieren wir keine Zeit. Riva wartet schon!«

»Wir fahren nach Riva?«

»Da gibt es ein bezauberndes kleines Tanzlokal, das wird euch gefallen.«

*

Was Antonio als Tanzlokal angekündigt hatte, entpuppte sich als der schummrige, rauchige Keller eines Hauses in Ufernähe. Auf einer winzigen Bühne gab eine Band die neuesten Rock'n'Roll-Hits, als spielte sie um ihr Leben. Dicht an dicht drängten sich junge Menschen auf der Tanzfläche. Tische gab es offenbar kaum oder gar nicht, dafür eine lange

Theke und verspiegelte Wände, sodass es wirkte, als tanzte hier ein riesiger Saal. An der Decke hingen bunte Lampen, und es war so laut, dass man kaum sein eigenes Wort verstand.

Toni blickte amüsiert über die Menge hinweg, winkte ein paarmal jemandem zu und gab den Freundinnen ein Zeichen, ihm zu folgen.

Kurz darauf standen sie im Freien: Eine zweite Treppe führte in einen Garten hinauf, wo die Musik immer noch zu hören war, wenn auch in erträglicher Lautstärke, und wo ebenfalls lange Lichterreihen bunter Glühbirnen hingen, unter denen Gäste standen und rauchten, tranken oder sich küssten ...

»Alles in Ordnung?«, fragte Toni, als er Vickis Seufzen hörte.

»Alles in allerbester Ordnung«, versicherte sie ihm. Wenn Traudl jetzt nicht dabei gewesen wäre ... Am Blitzen in Tonis Augen meinte sie zu erkennen, dass er das Gleiche dachte.

»Da ist aber was los«, stellte sie fest und nickte in Richtung Tanzkeller.

»Zurzeit wollen alle hierher«, erklärte Toni. »Normalerweise ist gar kein Reinkommen.«

Tatsächlich hatte er auch ein paar Worte mit dem Mann am Einlass gewechselt. »Nur für Prominenz?«, fragte Vicki neugierig.

»Ganz genau. So wie ihr.«

Waltraud lachte. »Die Musik ist jedenfalls großartig«, stellte sie fest. »Ich glaub, ich such mir gleich einmal jemanden zum Tanzen.«

»Moment!«, hielt Toni sie zurück. »Erst müssen wir doch darauf anstoßen, dass ihr da seid.«

Im Nu hatte er drei Gläser eines seltsamen Getränks

organisiert, das die beiden jungen Frauen aus München noch nicht kannten. Limoncello nannte er es. »Auf dieses schöne Wiedersehen!«, rief er und hob sein Glas. »Cincin!«

»Cincin!«, erwiderten die Freundinnen und stießen mit ihm an.

Waltraud leerte ihr Glas in einem Zug, ehe sie sagte: »Und jetzt müsst ihr mich entschuldigen. Die Zeit will genutzt werden!«

Im nächsten Moment war sie im Tanzkeller verschwunden, und Vicki stand allein mit ihrem Antonio unter dem alten Olivenbaum, in dem die Lichter funkelten. »Dass du wirklich gekommen bist ...«, flüsterte sie.

»Für dich würd ich überall hinkommen, Vicki, das weißt du. Ich bin froh, dass ihr Station am See gemacht habt!«

»Und ich erst!« Vicki trat ganz nah an ihn heran. »Und?«, sagte sie leise und hob den Kopf. »Sollen die da drüben die Einzigen bleiben, die sich küssen?«

*

Völlig erschöpft vom Tanzen – Waltraud – und vom Küssen – Vicki – saßen sie drei Stunden später wieder in Tonis Sportwagen und fuhren die Uferstraße hinab, die östliche, nach Malcesine. Um diese Uhrzeit war längst niemand mehr unterwegs. Sie hatten die Straße für sich. Der See lag ruhig und in völliger Dunkelheit neben ihnen. Toni lenkte den Wagen souverän, als hätte er nicht ebenfalls einen langen, anstrengenden Tag hinter sich gebracht. Waltraud hatte den äußeren Platz eingenommen, sodass Vicki ganz dicht bei Toni saß und sich an ihn drücken konnte. Sein kräftiger Arm lag über ihrer Schulter, und sie hatte ihrerseits heimlich eine Hand unter sein Hemd geschoben und fühlte seine männlich behaarte Brust, was sie in zusätzliche Verwirrung stürzte. Wie eine rollige Katze kam sie sich vor.

Ihm schien es aber nicht viel anders zu gehen, wie sie zufällig feststellte, als sie doch für einen Moment einschlief und ihre Hand aus seinem Hemd und auf seinen Schoß glitt. Erschrocken zuckte sie zurück, während Toni grinsend die Augenbrauen hob. »Darfst sie auch gern dalassen«, flüsterte er ihr ins Ohr.

»Geh«, flüsterte sie zurück. »Doch nicht vor der Traudl.«

Die aber schlief, und so legte Vicki sie mit pochendem Herzen wieder dorthin, wo sie sie hastig weggenommen hatte. Toni küsste sie sanft aufs Haar und fuhr vielleicht ein bisschen langsamer. Nein, sogar ganz sicher, wie Vicki nach einer kleinen Weile bemerkte. Viel langsamer.

»Wir sollten uns beeilen, dass wir wieder in unsere Pension kommen. Ich hoffe, wir kommen überhaupt rein.« Denn das fiel ihr jetzt schrecklicherweise ein: Was, wenn die Hintertür verschlossen war?

»Keine Sorge. Wir kommen schon an. Aber so schön, wie dieser Abend ist und diese Fahrt ...« Er grinste. »Da wär's doch schade, wenn's gleich wieder vorbei wäre.«

So fuhren sie langsam wie die Sonntagsfahrer nach Malecesine und die Hafenstraße entlang bis vor die kleine Pension, während Toni leise ein Lied in Vickis Ohr sang, etwas Italienisches, das sie nicht kannte und nicht verstand, das sie aber wohlig erschaudern ließ.

Als sie mit einem Ruck stehen blieben, zuckte Vicki zusammen und sortierte sich, Traudl wachte auf, und Toni tat, als wäre nichts gewesen. »Da sind wir also«, sagte er. »Leider. Ich hoffe, die Damen hatten einen schönen Abend!«

Natürlich sollte es witzig klingen, aber er konnte offenbar doch eine gewisse Wehmut in seiner Stimme nicht unterdrücken, und Vicki spürte, wie ihr das Herz eng wurde. »Einen wunderschönen«, presste sie hervor.

»Vielen Dank, Herr Kavalier«, sagte Waltraud, wesentlich unbeeindruckter. Was sie wohl alles erlebt hatte in den Stunden, in denen sich Vicki und ihr Herzblatt in die schattigen Winkel des Gartens zurückgezogen hatten?

Vielleicht würde Vicki sie später fragen. Jetzt aber war es Zeit für den Abschied – und für einen letzten Kuss. »Danke, Toni. Danke, dass du gekommen bist.«

»Danke, dass du gekommen bist«, flüsterte er zurück, »und dich getraut hast, heute Abend. Ich weiß ja, dass es nicht leicht war.«

»Für dich ist alles leicht«, erwiderte Vicki und blickte ihn verliebt an. »*Mit* dir ist alles leicht.«

»Ihr zwei Turteltäubchen«, mahnte Waltraud im Hintergrund. »Hier kann uns jeder sehen!«

»Einen Augenblick noch, Traudl«, sagte Antonio. »Darf ich zu dir schon gute Nacht sagen?«

»Freilich. Gute Nacht, Toni. Und danke, dass ihr mich mitgenommen habt.« Waltraud verstand genau, worauf er hingezielt hatte. Sie zwinkerte den beiden zu und ging zur Tür, wo sie auf die Freundin wartete.

»Wann sehen wir uns wieder?«, wollte Vicki von Toni wissen.

»Bald. Ich werd nach München kommen. Sobald ich kann.«

»Dieses Jahr noch?«

»Auf jeden Fall.«

»Und wirst du mich nicht vergessen bis dahin?«

»Cara! Wie könnt ich dich vergessen? Ich denk doch Tag und Nacht nur noch an dich!«

»Wirklich?«

»Ich schwöre es!«

»Und ich an dich, Toni.«

»Ti amo, Vicki«, flüsterte er.

»Ti amo, Toni«, flüsterte Vicki zurück. Denn sie wusste, was es bedeutete. Und ihr Herz schlug so heftig, dass es wehtat.

Toni zog sie fest an sich, küsste sie so innig, dass sie gar keine Luft mehr bekam, und ließ sie erst wieder frei, als sie schon beinahe ohnmächtig wurde. »Du weißt, dass ich dich heiraten möchte«, sagte er auf einmal ganz ernst.

»Heiraten ...« Ja! Ja, ich dich auch! »Aber ich ... ich bin erst neunzehn! Da darf man zwar heiraten. Aber ...« Ein tiefer Seufzer entrang sich ihrer Brust. »Aber nur mit Einverständnis des Vaters.«

»Ich weiß. Ich werde mit ihm reden.«

»Wenn du nach München kommst?«

Er nickte. »Versprochen.«

»Ti amo, Toni«, sagte Vicki noch einmal, dann machte sie sich von ihm los und lief zur Tür, weil sie sonst in Tränen ausgebrochen wäre vor Glück.

»Buona notte, signorine!«, rief Toni leise und winkte den beiden jungen Frauen im Schatten der Pension, dann schwang er sich wieder in seinen flotten Wagen und brauste los.

»Was war denn das?«, fragte Waltraud verblüfft.

»Er hat mir einen Heiratsantrag gemacht, glaube ich.«

Fassungslos, wenn auch aus unterschiedlichen Gefühlen heraus, schlichen die Freundinnen die Treppe wieder hinauf zu ihrem Zimmer. Dunkel war es in der Pension. Dunkel und mucksmäuschenstill. Ganz vorsichtig, um nur ja keinen Laut zu erzeugen, öffnete Vicki die Tür gegenüber dem elterlichen Zimmer und knipste das Licht an.

»Wo wart ihr?«, fragte Josef. Und er fragte es laut.

Ciao Bella

Gardone Riviera 1955

Es waren die letzten Stunden ihres Aufenthalts. Morgen würden sie wieder nach München zurückfahren: erst mit dem Bus nach Riva, von dort mit einem anderen Bus nach Rovereto und schließlich von dort nach Hause. Und dann ...

Vicki fand keine Ruhe in dieser Nacht, der letzten im Grand Hotel Fasano, das sich so um sie und ihre Freundin bemüht hatte, das sie verzaubert hatte und sogar ihre Träume bevölkerte – nicht nur die nächtlichen, sondern auch ihre Tagträume, ja, vor allem die.

»Kannst du auch nicht schlafen?«, murmelte Waltraud im Dunkeln.

»Kein bisschen.« Vicki tastete nach der Nachttischlampe und knipste sie an.

»He, lass doch das Licht aus«, beschwerte sich die Freundin. »Oder glaubst du, dann kannst du leichter schlafen?«

Also machte Vicki das Licht wieder aus und stand auf. Sie trat auf den Balkon. Seit dem Abend hatte es sich zugezogen, und ein frischer Wind war aufgekommen. Der See zeigte sich von seiner herben Seite. Fröstelnd stand sie da und blickte hinaus auf die riesige Fläche, die unter den Wolken dunkelgrau vor ihr lag. Sie dachte zurück an die vergangenen Tage, die ihr Leben völlig auf den Kopf gestellt hatten, und hatte das Gefühl, als wäre sie als Backfisch gekommen und würde Gardone als junge Frau verlassen.

Nicht, dass etwas geschehen wäre, was sie »zur Frau gemacht« hätte, beileibe nicht. Toni hatte sich absolut untadelig verhalten und auch gar keine entsprechenden Andeutungen gemacht, und er hatte sie nicht bedrängt. Aber bei der Anreise war Vicki noch völlig unbedarft gewesen, hatte keine Idee gehabt, was ihr im Leben wichtig war, außer vielleicht ganz allgemein Kunst. Das hatte sich in den paar Tagen völlig verändert: Sie sah ihr Leben geradezu vor sich, sie hatte eine Vorstellung, was sie wollte, wohin es sie zog, sie hatte *Pläne*!

»Vicki, mach die Balkontür zu! Es ist kalt!«, maulte von drinnen Waltraud.

Vicki zog die Tür von außen zu und setzte sich auf den Balkonstuhl, obwohl ihr selbst kalt war. Aber das war hier und jetzt egal. Im Gegenteil: Sie wollte den Wind spüren, die Gerüche dieser an Düften so reichen Region intensiv einatmen, sie wollte alles in sich aufnehmen und, ja, wenn es nun einmal so war, dann wollte sie eben frieren. »Mein lieber See«, flüsterte sie. »Wann darf ich wieder zu dir kommen?« Zu dir und zu meinem Liebsten?

Unten im Park ging eine einsame Gestalt umher, kaum zu erkennen zwischen den Schatten, den Bäumen und den Sträuchern. Nach einer Weile trat die Gestalt auf den Steg und stand im fahlen Licht des Mondes, der ab und zu durch die Wolken drang.

Vicki war sich nicht sicher, aber sie meinte, Toni in dem nächtlichen Wanderer zu erkennen. Sie wollte rufen, ließ es dann aber, denn das ging nun wirklich nicht, mitten in der Nacht auf dem Balkon eines Grandhotels. Also huschte sie eilig nach drinnen, warf sich ihren Morgenmantel über, schlüpfte in ihre Schuhe und lief rasch hinunter in den Garten.

Doch als sie an den Steg kam, war der Mann verschwunden. Sie war allein. Allein mit dem See, dessen Wellen im Wind etwas stärker an die Ufermauern und an die Pfosten des Anlegers klatschten als in den vergangenen Tagen. Wenn der Mond durchkam, glitzerte das Wasser, um mit der nächsten Wolkenfront wieder im Ungefähren zu verschwinden. Ein paar Meter unter ihr schaukelten ein paar Enten auf dem Wasser.

»Ihr könnt auch nicht schlafen, gell?«, sagte Vicki und winkte ihnen zu. Dann machte sie kehrt und ging wieder hinauf. Für einen nächtlichen Spaziergang war es zu kalt geworden.

*

Am nächsten Morgen beeilten sich die übernächtigten Freundinnen, ihre Sachen zu packen und nach dem Frühstück nicht mehr allzu lange zu trödeln. Ein Hoteldiener brachte die Koffer hinunter in die Halle, der Direktor, Tonis Vater, zeigte sich noch einmal neben dem Portier am Empfang, um die Gewinnerinnen des Kostümwettbewerbs persönlich zu verabschieden, und wünschte ihnen eine gute Heimreise. Und dann war es so weit.

Vicki sah sich die ganze Zeit um in der Hoffnung, dass auch Toni zu einem letzten Gruß auftauchen würde. Doch er kam nicht. So standen sie für einen Moment etwas verloren in der Halle des Fasano und blickten ein letztes Mal durch den eleganten Empfangsraum hinaus auf die Terrasse, hinter der der See an diesem Tag grau in grau lag.

»Da haben wir Glück gehabt«, sagte Waltraud, »dass wir so schöne Tage erwischt haben.«

»Ja«, bestätigte Vicki. »Schöne Tage waren das. Sehr schöne.« Und sie meinte nicht nur das Wetter.

»Signorine«, sprach sie ein Page an, der von der Eingangstür her kam. »Der Wagen wartet schon.«

»Der Wagen?« Mein Gott, dachte Vicki. Es mag ja ein bisschen in die Jahre gekommen sein, dieses Hotel. Aber dass man uns jetzt auch noch zur Bushaltestelle bringt, das zeigt schon, wie großen Wert man auf Service legt. »Danke. Wir kommen.« Sie wollte nach ihrem Koffer greifen, aber der Page kam ihr zuvor.

Draußen wartete ein schicker schwarzer Mercedes – und am Steuer Antonio.

»Toni!«

»Guten Morgen, die Fräuleins!«, rief er und tippte sich an die Stirn, als trüge er eine Chauffeurskappe. »Bitte einzusteigen!«

Der Page öffnete den Freundinnen den Wagenschlag und schloss ihn hinter ihnen wieder, verstaute noch rasch die Koffer hinten und stellte sich dann neben das Auto, um einen knappen Diener zu machen und seine Mütze vom Kopf zu reißen. Dann gab Toni Gas und fuhr rasant vom Vorplatz des Hotels hinauf zur Gardesana Occidentale, dieser unvergleichlich schönen Uferstraße, die sie nach Riva führen würde.

Allerdings fuhr Toni durch, ohne auch nur Anstalten zu machen, die beiden jungen Frauen zur Bushaltestelle zu bringen.

»Aber wir müssen doch unseren Anschluss erwischen!«, protestierte Vicki, die befürchtete, dass er noch irgendeinen Ausflug mit ihnen machen wollte und sie zu guter Letzt auf der Rückfahrt genauso große Probleme haben würden wie auf der Hinfahrt – oder noch größere.

»Natürlich«, erwiderte Toni. »Aber nicht den in Riva, sondern den in Rovereto. So viel Zeit habe ich. Und die will ich nutzen!«

Also fuhren die drei im eleganten Mercedes in die Südtiroler Stadt, in der die Freundinnen, weil sie nun viel früher dran waren als geplant, noch genügend Zeit hatten, um sich von ihrem »Chauffeur« auf einen Kaffee einladen zu lassen: einen »Cappuccino«, wie sie diesen köstlichen Milchkaffee, den es auch im Hotel gegeben hatte, hier nannten. Auf der Piazza Rosmini saßen sie und blinzelten in die Sonne, die wieder hinter den Wolken hervorgekommen war.

Während Waltraud die durchwachte Nacht offenbar gut weggesteckt hatte und fröhlich vor sich hin plauderte, hatte Antonio einen melancholischen Blick aufgesetzt, und Vicki spürte einen Kloß im Hals. Ob sie ihn jemals wiedersehen würde? Gestern, ja, gestern hatte er ihr noch schöne Augen gemacht und ihr seine ewige Liebe geschworen. Aber was, wenn morgen eine andere junge Frau im Fasano abstieg und genauso unwiderstehlich für ihn war? Oder gar noch unwiderstehlicher?

So stand ein befangenes Schweigen zwischen den beiden, als Toni die jungen Frauen aus München zum Bahnhof begleitete und Vickis Koffer trug. Auch als der Zug einfuhr, fanden sie kaum Worte. Sogar ihre Blicke wichen einander aus. Vicki biss sich auf die Lippe, weil sie das Gefühl hatte, ihre Träume würden zerplatzen, sobald sie den Fuß auf die Treppe zu ihrem Waggon setzte.

Die Bahn kam zum Stehen, die Türen klappten auf, Reisende stiegen aus. »Also dann, auf Wiedersehen, Toni«, sagte

Waltraud und reichte dem Hoteliersohn die Hand. »Schön war's bei euch.«

»Ja. Danke. Schön war's, dass ihr gekommen seid«, erwiderte Antonio mit belegter Stimme und schüttelte ihr die Hand. Sie stieg ein, und er reichte ihr den Koffer hinauf, und dann wandte er sich ihrer Freundin zu. »Vicki«, flüsterte er.

»Ach, Toni. Ich möcht nicht gehen.«

»Und ich würde mir wünschen, du müsstest nicht gehen.«

»Sehen wir uns wieder?«

»Vicki ...«

O Gott! Er rang mit sich, sie konnte es genau sehen. Sein Blick flackerte, er konnte ihr kaum in die Augen schauen. »Toni?«

»Vicki ...« Er schluckte hart und holte Luft. Die ersten Türen klappten bereits zu. Der Schaffner rief etwas auf Italienisch – vermutlich »Alle einsteigen!« –, aber Vicki verstand ihn nicht. Sie stand nur da und starrte den Mann an, in den sie sich verliebt hatte. Den Mann, von dem sie wusste, dass er der Mann ihres Lebens war. Gewesen wäre. Wenn er denn ...

»Vicki, wenn ich dich frag ...«

»Was?«

»Wenn ich dich fragen würde, ob du mich heiratest ... Würdest du Ja sagen?« Hatte er das gesagt?

»Ob ich dich heiraten würde?« Hatte sie das gesagt? Immer mehr Türen schlossen sich, der Schaffner rief erneut. Irgendwo ertönte eine Trillerpfeife.

»Würdest du?«

»Ja sagen?«

Er nickte.

Sie nickte auch. »Ja, Toni. Freilich. Das würde ich.«

»Signorina?« Der Schaffner stand nun hinter ihr und hielt

die Klinke der Waggontür schon in der Hand. Er fragte auch etwas. Toni antwortete ihm etwas. Vicki musste sich an Toni festhalten, und er hielt sie und küsste sie innig, zärtlich, eilig. Sagte »Grazie« zum Schaffner, sagte »Ciao, bella« zu ihr. Stellte hastig den Koffer hinauf und packte Vicki an den Hüften, um sie mit ebenso leichter Hand hinaufzuheben – und winkte ihr, während der Schaffner endlich diese letzte Tür schloss, der Zug bereits anrollte und Rovereto und Antonio Baur und der Gardasee zurückblieben, während zwei junge Frauen nach München fuhren. Zwei junge Frauen und ein Traum, der weiterlebte.

III
HOFFNUNGEN

Künstlerfreunde

München 1957

Mode. Das war ein gewagtes Unterfangen für die Abschlussarbeit an der Akademie, denn Mode war bei weitem nicht von allen als Kunst anerkannt. An der Hochschule für Gestaltung mochte dergleichen wohlgelitten sein, aber an der ehrwürdigen Akademie der Bildenden Künste zu München …

»Es sind aber nur die Entwürfe?«, fragte Professor Blocherer und blickte von den Bögen auf, die ihm Vicki vorgelegt hatte.

»Sie meinen, ob ich die Modelle auch angefertigt habe? Nein. Ich will ja keinen Gesellenbrief als Schneiderin«, erwiderte sie lachend. Doch sogleich wurde sie wieder ernst. Hier ging es um viel zu viel, um Späße zu machen. Mit nur zwanzig Jahren ein Kunststudium abzuschließen, das war die ganz große Ausnahme – für eine Frau war es eigentlich unmöglich. Doch aus irgendeinem Grund hatte der Professor, in dessen Meisterklasse Vicki aufgenommen worden war, einen Narren an ihr gefressen. Immer wieder hatte er ihre Zeichnungen, ihre Entwürfe, ihre Skizzen den anderen als beispielhaft vorgeführt, hatte anhand ihres Strichs Linienführung demonstriert, hatte ihren Eigensinn und ihren Einfallsreichtum gelobt und mit guten Zensuren nicht gespart, auch wenn er ihr selten sehr gute gegeben hatte – vermutlich um die Männer im Kurs nicht vollends gegen die begabte junge Frau aufzubringen. Denn Vicki hatte nicht nur viel Bewunderung, sondern auch viel Eifersucht erlebt in den hehren Hallen der Akademie, und manche Bemerkung zu ihren Arbeiten war alles andere als fair gewesen.

»Vielleicht bekommen Sie den ja ehrenhalber verliehen«, sagte der Professor.

»Wie bitte?«

»Den Gesellenbrief in Schneiderei. Jedenfalls erinnern mich Ihre Arbeiten an einige französische Modedesigner. Dior. Oder auch Chanel. Haben Sie die studiert?«

»Leider nein, Herr Professor«, sagte Vicki und ihr Mut schwand. Jetzt musste sie gravierende Bildungslücken eingestehen. Aber wie sollte eine Kunststudentin in München an die Arbeiten von Pariser Modedesignern kommen?

»Hm. Umso beeindruckender«, bemerkte der alte Herr, dessen Haar in den vergangenen zwei Jahren schlohweiß geworden war. Er betrachtete seine Schülerin mit nachdenklichem, aber gütigem Blick. »Sie sind eine erstaunliche Person, Fräulein Neuhofer«, sagte er schließlich. »Eigentlich sollte ich Ihre Arbeiten zurückweisen und Sie auffordern, mit einigen Landschaftsskizzen, einem Stillleben und einer Pietá wiederzukommen. Zum Prüfungstermin im nächsten Semester …«

»Aber …«

Er hob die Hand. »Aber das hieße ja«, fuhr er fort, »dass ich meinen eigenen Auftrag als Kunstprofessor nicht verstanden hätte.«

Verwirrt versuchte Vicki, sich einen Reim auf seine Worte zu machen.

»Na ja«, erklärte er. »Sie wissen, was Kunst ist. Vielleicht wissen Sie es besser als ich. Kunst ist eine Kulturfertigkeit, die uns als Menschen über den bloßen Organismus hinaushebt. Natürlich bedarf es dazu außerdem einer außergewöhnlichen Wahrnehmungsgabe und technischer Fähigkeiten, durch die sich die Fantasie zum Werk formt. Aber all das, liebes Fräulein Neuhofer, haben Sie mit Ihren Entwürfen für Damenmode, die Sie mir hier vorgelegt haben, aufs Allerbeste nachgewiesen. Und wenn Sie sagen, Sie kennen die Arbeiten der ganz großen Modedesigner nicht, dann beweist das ja umso mehr, wie begabt Sie sind.« Er lehnte sich zurück und musterte die junge Frau, die nun drei Jahre lang immer wieder in seinen Kursen und zuletzt in der Meisterklasse gewesen war. »Also, kurzum: Sie haben das meisterhaft gemacht. Es bleibt mir nichts anderes übrig, als Ihnen ein *summa cum laude* zu geben.«

Viktoria Martha Elisabeth Neuhofer war nicht oft sprachlos in ihrem Leben. Aber in dem Augenblick war sie es. Sprachlos und unendlich dankbar. Dass ihr der liebe Gott diesen wunderbaren Lehrer hatte zuteilwerden lassen, war ein Glück, das sie kaum fassen konnte. Nun, nachdem er diesen Traum vom Abschluss eines Kunststudiums hatte Wirklichkeit werden lassen, mehr denn je. Sie nickte. Lächelte. Nickte abermals. Wischte sich die Tränen vom Gesicht und krächzte schließlich: »Danke, Herr Professor.«

»Es war mir ein Vergnügen, Fräulein Neuhofer. Ich weiß, wie sehr Sie für dieses Studium kämpfen mussten. Aber wenn Sie mir eines glauben dürfen, dann dies: Sie werden Ihren Weg machen.«

※

Ob Heinrich Neuhofer stolz auf seine Tochter oder ob er nur verwundert war, dass seine Viktoria tatsächlich einen Abschluss als »Künstlerin« nach Hause brachte, sie hätte es nicht zu sagen vermocht. Jedenfalls enthielt sich der Vater an diesem Abend jedes abschätzigen Kommentars. Hatte er sonst nichts als Spott für »die ganze Künstlerbagage« übrig gehabt, so gab er sich beim Essen mild und anschließend sogar interessiert: »Und was willst du jetzt mit diesem Abschluss anfangen?«, fragte er. »Eine Berufsausbildung ist das ja nicht.«

»Ich hab schon eine Idee, Papa«, entgegnete Vicki. »Und keine Angst, ich will nicht *freie Künstlerin* werden. Aber ich brauch ein paar Tage oder Wochen, bis ich anfangen kann.«

»Aha. Und bis dahin?«

»Bis dahin werd ich sehr viel zu tun haben.«

Heinrich Neuhofer zuckte die Achseln. »Hauptsache, du schaust, dass du bald auf eigenen Füßen stehst.«

»Willy!«, mahnte die Mutter. »Das Mädel ist doch erst zwanzig!«

»Eben«, erwiderte der Vater. »Wenn sie eine Lehre bei uns gemacht hätte als Bürokaufmann, dann wäre sie fertig und würde jetzt schon gutes Geld verdienen.«

»Dafür hast du jetzt eine Akademikerin zur Tochter, Papa«, erklärte Vicki fröhlich und küsste ihn auf die Wange, ehe sie auf ihr Zimmer lief, um sich umzuziehen.

Dass sie in den nächsten Tagen sehr viel zu tun haben würde, war nämlich nur zur Hälfte wahr. Zur anderen Hälfte war es geflunkert. Denn an diesem Tag freute sie sich nicht nur über ihren Abschluss an der Akademie, sondern auch auf ein ganz besonderes Treffen. Toni war nach München gekommen und würde bis zum Wochenende bleiben! Sie wollte so viel Zeit wie möglich mit ihm verbringen, das stand fest. Und sie wollte so hübsch wie möglich für ihn sein.

Seit zwei Jahren führten sie jetzt diese heimliche Beziehung, von der die Eltern nichts ahnten. Toni kam, sooft er konnte, nach München und blieb, so lange es ihm möglich war. Dann führte er sie ins Kaffeehaus aus, sie spazierten durch den Englischen Garten, gingen in den Biergarten, manchmal auch zum Tanzen oder auch ins Museum. In die Oper hatte er Vicki ausgeführt, und an einem Tag war er mit ihr sogar nach Neuschwanstein gefahren. »Schau!«, hatte Vicki gesagt, als sie oben auf dem Märchenschloss standen und übers Tal blickten. »Da drüben …«

»Hohenschwangau?«

»Ja. Das erinnert mich ans Fasano.«

»Ein bisschen«, hatte Toni zugestimmt und vielleicht sogar ein klein wenig stolz in sich hineingelächelt.

Und heute würde sie ihn wiedersehen. Endlich! Sie schlüpfte aus ihrem strengen Kleid, das sie für die Akademie angezogen hatte. An diesem Abend wollte sie ein neues Kleid tragen, eines, das sie heimlich nach einem ihrer eigenen Entwürfe geschneidert hatte. Nun, genau genommen hatte Elfriede dabei geholfen, eine Freundin, die das Studium an der Akademie abgebrochen hatte, weil sie schwanger geworden war.

Ob die Unterwäsche hübsch genug war? Der Büstenhalter war schon so alt, direkt ein bisschen angegraut, und das Höschen hatte ein winziges Loch. Aber das würde er ja gar nicht sehen. Leider. Obwohl …

»Stör ich?«

»Josef! Kannst du nicht klopfen?«

»Ich schau ja schon weg. Wollt dir nur was geben«, sagte

ihr Bruder und wühlte in seiner Hosentasche. »Da. Für dich. Zum Abschluss.« Er reichte ihr einen kleinen Zettel.

»Ein Los?«

»Der Hauptgewinn ist ein Auto!«

»Ha! Sehr wahrscheinlich, dass ich das gewinn.« Vicki blickte ihren Bruder spöttisch an.

»Du weißt, dass ich kein Geld hab«, sagte Josef und seufzte. »Ich hätt dir gern was Gescheites zum Abschluss geschenkt ...«

Vicki zuckte die Achseln. »Vielleicht hab ich ja Glück und gewinn ein Auto!«, rief sie fröhlich. »Ich freu mich, dass du mir was schenken wolltest.« Sie drückte ihren Bruder und ging dann wieder auf Abstand. Schließlich hatte sie praktisch nichts an.

Er blickte auch prompt verlegen zu Boden. »Und?«, wollte er wissen. »Triffst du deinen Verlobten wieder?«

Erschrocken blickte Vicki zur Tür, die einen Spaltbreit offen stand, huschte hin und schloss sie ganz. »Woher weißt du denn das?«, flüsterte sie.

»Geh. Ich bin ja nicht blöd.«

Die Geschichte in Malcesine war längst vergessen, hatte aber einige Zeit zwischen ihnen gestanden. Seit Josef selbst eine Flamme hatte – Annemarie aus dem Nachbarhaus –, wusste er außerdem aus eigenem Erleben, was es bedeutete, zu wollen und nicht zu dürfen.

»Hm. Aber sag's nicht dem Papa«, bat ihn Vicki trotzdem.

»Ich sag gewiss nichts«, versicherte ihr der Bruder. »Aber es ist schon auffällig, dass du dich von Zeit zu Zeit immer wieder ein paar Tage lang besonders herausputzt.«

»Herausputzt ...« Aber er hatte ja recht.

»Pass nur auf, sonst kapieren's unsere Eltern irgendwann doch auch noch.«

Vicki nickte. »Ist recht. Ich pass auf. Und jetzt geh, damit ich mich fertig machen kann.«

Josef grinste und verschwand.

Das Los steckte Vicki in ihre Geldbörse. Die Nummer hatte sie sich leicht merken können: 1235. Ab jetzt würde sie jeden Tag in der Zeitung die Gewinnzahlen nachlesen!

*

Toni wartete, wie verabredet, in der letzten Bank der Frauenkirche. Vicki sah seinen aristokratischen Künstlerkopf schon von weitem, und er schien wirklich zu beten. Vorsichtig trat sie neben die Bank, machte ihren Knicks und setzte sich neben ihn.

»Pünktlich auf die Minute«, sagte er leise und lächelte sie voll Sanftmut und Vorfreude an.

»Grüß dich, Toni«, erwiderte Vicki atemlos und streifte wie zufällig seine Hand. Mehr traute sie sich hier in diesen heiligen Hallen nicht. »Ich wollt dich nicht beim Beten stören.«

»Ist schon erhört worden«, erklärte Toni mit leuchtenden Augen. »Mein Gebet.«

»Meines auch.« Jedes Mal, wenn sie ihn erneut sah, wurde ihr ganz seltsam zumute. Schwindelig irgendwie. Und ihr Herz klopfte wie wild. »Hast mir so gefehlt.«

»Und du mir erst!« Er griff nach ihrer Hand. Sie zuckte unwillkürlich zurück, überließ sie ihm dann aber. Es würde sie schon niemand sehen, der sie kannte. »Wollen wir gehen?«

»Gern. Und wohin?«

»Lass dich überraschen!«

Hand in Hand verließen sie den Dom zu Unserer Lieben

Frau und spazierten durch die Löwengrube und über den Marienhof in Richtung Maximilianstraße.

»Du weißt, dass ich um zehn daheim sein muss?«

»Sogar heute?«

»Du meinst, weil ich meinen Abschluss feiere? Trotzdem. Mein Vater ist da streng. Und seit der Geschichte in Malcesine erst recht.«

»Du bist inzwischen zwanzig!«

»Aber halt erst mit einundzwanzig volljährig.«

»Dann kann er dir nichts mehr vorschreiben.«

»Nein«, sagte Vicki. »Dann nicht mehr.« Und sie wussten beide, was das bedeutete. Dass sie dann nämlich auch heiraten konnte, wenn sie wollte – und wen sie wollte.

Auf der Straße hatte Toni ihre Hand losgelassen. Er wollte sie nicht in Verlegenheit bringen. Allerdings hatten sie schon mehr als eine Diskussion darüber geführt, denn er fand, dass man seine Liebe zeigen dürfen sollte.

An diesem warmen Spätsommerabend war es schon beinahe dunkel, als sie gegen acht Uhr über die Maximilianstraße schlenderten und die erleuchteten Schaufenster betrachteten. Die Straßenlaternen tauchten die vornehme Flaniermeile in ein freundliches Licht, und immer wieder streiften die Hände der beiden Verliebten einander, bis Toni plötzlich stehenblieb.

»Ins Theater?«, fragte Vicki, als sie bemerkte, dass sie vor den Kammerspielen angelangt waren.

»Nein«, erwiderte Toni. »Heute ist keine Vorstellung. Komm!« Er zog sie in die Einfahrt und durch die rückwärtige Tür in den Hinterhof. Dort spielte Musik, es waren Tische aufgestellt und Lampions aufgehängt. »Antonio!«, rief einer aus der Menge, und etliche drehten sich zu ihnen um. Es gab sogar einige, die klatschten.

Eine Frau in einem geradezu unanständig eng geschnittenen Kleid eilte auf sie zu und begrüßte Toni mit Küsschen, um sich dann Vicki zuzuwenden. »Und das ist sie?«

»Das ist sie«, sagte er. »Meine Vicki.«

Die Frau klatschte laut in die Hände und bat um Ruhe. »Liebe Freunde!«, rief sie. »Antonio hat uns heute endlich seine Angebetete mitgebracht. Vicki! Fragt mich nicht, was das für ein Name sein soll. Aber sie ist bezaubernd! Und sie hat heute ...« Sie wandte sich zu Vicki um und flüsterte: »Heute?«

Verständnislos blickte Vicki die Frau an und staunte, wie lang Wimpern sein konnten und wie spektakulär Ohrringe.

»Heute, ja«, raunte Toni.

»Und sie hat heute ihren Abschluss an der Akademie der Bildenden Künste gemacht. Ein Applaus für unsere neue Künstlerfreundin!«

Tatsächlich wurde eifrig applaudiert, während alle Tonis junge Begleiterin zu bestaunen schienen.

Verlegen drehte sich Vicki zu ihrem Freund und flüsterte. »Was ist denn das für eine komische Veranstaltung?«

»Ich gebe ein Fest!«, erwiderte Toni. »Zu deinen Ehren. Und weil du eine Künstlerin bist, muss es ein Künstlerfest sein. Das hier sind Freunde, Schauspieler hauptsächlich. Aber auch Bühnenbildner, Maskenbildner, ein Regisseur, eine Kostümbildnerin, ein ...« Er warf die Arme in die Luft. »Ich stelle sie dir einfach nach und nach vor. Aber jetzt tanzen wir!«

»Nein«, sagte Vicki.

»Nein?«

»Erst stoßen wir an.«

Es wurde ein langer, fröhlicher, aufregender Abend mit der Theatertruppe der Kammerspiele, ein Abend, an dem

Vicki eine Menge interessanter Menschen kennenlernte, an dem sie lernte und staunte und immer wieder verblüfft war, wen Toni alles kannte, wovon er etwas verstand und wie anerkannt er auch in diesen Kreisen war. Es schien fast, als wäre er, wohin er auch kam, akzeptiert als einer, der von Natur aus dazugehörte.

So sehr sie Toni liebte, so sehr bewunderte Vicki ihn auch.

Der Stenz

München 1957

Die folgenden Tage vergingen wie im Flug. Vicki unternahm mit ihrem Liebsten lange Spaziergänge durch die Isarauen, sie fuhren mit dem Ruderboot auf dem Kleinhesseloher See, kehrten in der St. Emmeramsmühle ein und beim Franziskaner – und schließlich, zwei Tage vor Tonis Abreise, besuchten sie das Oktoberfest, das gerade eröffnet worden war.

»Du warst bestimmt schon oft hier«, sagte Toni. »Aber für mich ist es das erste Mal.«

»Na ja«, erwiderte Vicki. »Als ich klein war, hat's ja keins gegeben, und dann … dann hat erst einmal das Geld gefehlt. Erst die letzten drei, vier Jahre hab ich herkommen können.«

Fasziniert betrachtete Toni die Attraktionen und die riesigen Bierzelte, an denen sie vorbeikamen. Am meisten allerdings erstaunten ihn die riesigen Menschenmengen, die sich über die Theresienwiese schoben. »Und was müssen wir jetzt auf jeden Fall tun?«

»Ein Bier trinken natürlich«, stellte Vicki fest. »Und eine Brezen dazu essen. Vielleicht auch ein halbes Hendl?« Sie wollte nicht so viele Vorschläge machen, denn sie wusste ja, dass Toni sie nichts zahlen lassen würde – wobei sie auch gar nicht das Geld gehabt hätte, viel auszugeben.

»Und was müssen wir *tun*?«

»Ach so! Ja, also … du musst natürlich den Lukas für mich hauen, das steht fest. Und eine Rose musst du mir schießen …«

»Und ein Foto.«

Richtig! Man konnte ja auch Fotoschießen machen an den Schießständen! »Das Bild krieg aber dann ich!«, bestimmte Vicki.

»Selbstverständlich, gnädiges Fräulein. Für Sie schieß ich's ja. Also, wenn es mir gelingt.«

Bestimmt würde es das. Toni hatte dieses Talent, dass er einfach alles irgendwie konnte, was er anpackte. Und Vicki bewunderte ihn dafür grenzenlos. »Und Achterbahn will ich fahren.«

»Wirklich? Das ist aber doch nichts für junge Damen«, gab Toni zu bedenken.

»Im Gegenteil! Junge Damen lieben es.« Und weil sie gerade ohnehin in der Nähe der Achterbahn standen, zog sie ihn direkt hin und ließ sich an der Kasse zwei Fahrscheine geben, die ihr Begleiter – ganz der Gentleman – bezahlte. »Wir setzen uns nach vorn! Wenn du hinten sitzt, dann kann's passieren, dass einem was um die Ohren fliegt, was ein Vordermann von sich gegeben hat«, erklärte Vicki lachend und nickte dem Ordner zu, der gerade die Tür zum nächsten Wagen öffnete.

Sekunden später rollten sie schon los und wurden nach oben gezogen, allerdings ziemlich langsam, sodass Vicki noch Gelegenheit fand, ihrem Freund einen Kuss auf die Wange zu geben. »Danke, dass du das mit mir machst«, sagte sie und legte ihre Hand auf seine.

Und dann ging es abwärts. Und um die Kurve und in einem rasanten Schwung wieder hinauf, um die Ecke, in eine

Schleife, steil hinunter, schräg wieder nach oben und dann beinahe waagrecht in die nächste Biegung. Vicki juchzte, Toni schluckte, andere, die hinter ihnen im Wagen saßen, kreischten. Unten lachten die Leute, die zuschauten, und deuteten auf die spektakulärsten Wendungen und auf die verrücktesten Grimassen, die die Fahrgäste zogen, wenn es wieder im Höllentempo abwärts ging oder die nächste überraschende Kurve so scharf genommen wurde, dass die Insassen ihr letztes Sekündchen gekommen glaubten.

Vicki aber war einfach nur glücklich. Sie liebte die Achterbahn, spürte sie nicht im Magen, aber ansonsten in jeder Faser ihres Körpers. Ihre Wangen glühten, ihr Puls galoppierte. Und jedes Mal, wenn die nächste Kapriole kam, jubelte sie und drückte Tonis Hand ganz fest, während sie sich mit der anderen am Wagen festhielt. So lebendig wollte sie sich immer fühlen, jeden Tag, jede Minute – sie liebte es.

Anders als Toni. Der verließ die Achterbahn bleich und auf wackligen Beinen. Ausgerechnet der Mann, der die Geschwindigkeit liebte und selbst die steilsten Bergstraßen mit schlafwandlerischer Sicherheit fuhr, war von den Zumutungen der Achterbahn überfordert. So überfordert, dass er für einen Moment hinter eine der Buden treten und durchatmen musste, weil er dachte, er müsse sich übergeben.

Immerhin das blieb ihm erspart, doch nach diesem rasanten Abenteuer war es mit der bella figura, die er stets abgab, vorerst vorbei. »Tut mir leid, mein Schatz«, sagte er mit rauer Stimme. »Ich wollte es dir sagen. Aber es ging so schnell. Und du warst so begeistert ...«

»Mir tut's leid, Toni. Ich hab nicht gedacht, dass du ... also, dass für dich ... eine Achterbahn ...« Er tat ihr ja so leid! Fürsorglich hakte sie ihn bei sich unter und ging langsam hinüber zum Hippodrom, wo man nicht nur drinnen, sondern auch draußen sitzen konnte. »Komm, jetzt trinken wir ein Bier miteinander, das beruhigt den Magen wieder ein bisschen«, sagte sie. »Und den Lukas erlass ich dir.« Sie überlegte, ob es in seinem Zustand wirklich sinnvoll wäre, zum Fotoschießen zu gehen. Er würde die Zwölf in dem Zustand doch nie treffen. Doch Toni wäre nicht Toni gewesen, wenn er nicht schon kurze Zeit später wieder seine Späße gemacht hätte. Er scherzte mit der Bedienung, ließ Hendl und Brezen bringen, freundete sich spontan mit den Tischnachbarn an – Amerikanern, die extra zum Oktoberfest nach München gekommen waren –, glänzte und beeindruckte Vicki mit erstaunlichem Englisch und erklärte schließlich: »Und jetzt schieß ich dir einen ganzen Strauß Rosen. Und ein schönes Erinnerungsfoto noch dazu.«

Bei jedem anderen hätte Vicki sofort an Aufschneiderei gedacht, aber Antonio war eben wirklich ein außergewöhnlicher Mensch. Was er gern tat, tat er mit einer verblüffenden Sicherheit. Und so kam es, dass sie bei Wiesnschluss mit einem Arm voll Kunstblumen und einer Aufnahme in der Handtasche nach Hause ging, die einen ebenso konzentrierten wie eleganten Schützen neben einer ihn anhimmelnden jungen Frau zeigte – ihrem ersten gemeinsamen Foto.

Es war einer der schönsten Abende ihres Lebens gewesen. Fröhlich und aufregend, unbekümmert, als gäbe es in ihrem Leben keine Sorgen und keine Zwänge. Von ihr aus hätte es immer so weitergehen können.

*

Die Ohrfeige kam so unvermittelt, dass Vicki nicht einmal die Arme schützend hochheben konnte. »Hast du einmal auf die Uhr geschaut?«, bellte Heinrich Neuhofer und holte noch einmal aus. Doch diesmal ließ er die Hand nur drohend in der Luft schweben, während Vicki sich über die brennende Wange fuhr. »Es geht auf Mitternacht! Und wann hätte das Fräulein daheim sein sollen? Um zehn! Um zehn Uhr war ausgemacht! Das haben wir wahrscheinlich ganz vergessen, gell? Weil wir mit dem Herrn Stenz unterwegs waren? Gibst es zu, oder brauchst noch eine Watschen?«

Vicki blickte von dem hochroten Gesicht des Vaters zu seiner Hand und wieder zurück und brach in Tränen aus. »Ich kann nix dafür, dass du ihn nicht magst!«, rief sie. »Und ich bin jetzt zwanzig Jahre. Da muss ich doch nicht mehr um zehn daheim sein!«

»Solange du nicht volljährig bist, mein Fräulein, tust du das, was ich sag. Und wenn ich sag, dass um zehn Zapfenstreich ist, dann bist du um Punkt zehn zu Haus!« Der Vater ließ den Arm sinken. Ein wenig schien ihm der Zorn auszugehen. Vielleicht lag es auch daran, dass die Sorge um seine Tochter weg war, nun, da sie vor ihm stand. »Dann gibst du es also zu?«

»Was geb ich zu?«

»Dass du mit deinem Stenz unterwegs warst!«

»Er ist kein Stenz!« So eine Gemeinheit! Vicki wäre am liebsten in ihr Zimmer gelaufen und hätte die Tür hinter sich zugeschlagen. Aber sie wusste, dass dann alles nur noch schlimmer werden würde. Wäre sie doch nur um zehn Uhr da gewesen. Dann hätte sie jetzt nicht diesen Ärger.

»Einer, der so eine junge Frau bis in die Nacht auf die Wiesn führt und wer weiß was mit ihr macht, der ist absolut ein Stenz«, stellte Heinrich Neuhofer kategorisch fest.

»Im Gegenteil!«, beharrte Vicki. »Ein feiner Mensch ist er! Extra aus Italien ist er gekommen, weil er mich sehen wollte.« Was nicht ganz stimmte. Die Gelegenheiten, bei denen sie sich in München trafen, hatten in der Regel damit zu tun, dass Toni Aufgaben übernahm, die ihm diese Fahrten ermöglichten, Reisebüros und Reiseveranstalter besuchen etwa, sodass er Vicki sehen konnte.

»Aus Italien«, murrte der Vater und schüttelte den Kopf, als wollte er sagen: Was soll ich nur mit diesem Kind machen. Eine Spur von väterlichem Kummer mischte sich in seinen Ärger. »Ein feiner Mensch.«

»Ein Gentleman!«

Heinrich Neuhofer lachte. »Ein Gentleman. Freilich. Wie heißt er denn, dein Spaghetti?«

»Mein ...« Vicki musste schlucken. Es war zwar nichts Außergewöhnliches, dass ein Deutscher einen Italiener als Spaghetti bezeichnete oder als Spaghettifresser, aber dass jemand ihren Verlobten so nannte, und dann auch noch ihr eigener Vater ... »Toni«, sagte sie leise. »Anton Baur.«

Das brachte den Vater für einen Moment aus dem Konzept. »Hast du jetzt einen Neuen?«, fragte er schließlich.

»Nein. Natürlich nicht. Das ist der Mann ...« Ja, was sollte sie sagen? Der Mann, mit dem ich in Gardone eine Liebelei angefangen habe? Der Mann, mit dem ich in Malcesine heimlich ausgebüxt bin? Der Mann, der mich seit zwei Jahren heimlich in München besucht? »Der Mann aus Italien.«

»Aber das ist doch ein deutscher Name.«

»Freilich«, erklärte Vicki. »Die Familie stammt ja auch aus Südtirol.«

»Aus Südtirol!« Das schien für den Vater auf einmal alles völlig zu verändern. »Dann sind sie ja gar keine richtigen Italiener. Dann sind sie ja eigentlich eher Deutsche. Oder zumindest Österreicher.«

Vicki holte tief Luft. Sie wusste nicht, ob sie ihm widersprechen sollte oder zustimmen. Einerseits waren auch Südtiroler nun einmal Italiener; andererseits machte die Erkenntnis, dass ihr Verlobter aus dem deutschsprachigen Italien stammte und auch einen deutschen Namen trug, für den Vater ganz offenbar einen fundamentalen Unterschied. »Ich … du …«, stotterte sie und versuchte, einen Gedanken zu fassen, der sie jetzt irgendwie weiterbrächte. »Also er … er könnte ja einmal bei uns vorbeikommen, wenn du magst. Dann könntest du ihn kennenlernen.«

»Das fehlt mir gerade noch!« Heinrich Neuhofer winkte ab. »Dass sich der Spaghetti an meinen Tisch setzt und ich ihm was anbieten muss, nachdem er meiner Tochter den Kopf so verdreht hat. Nein, ganz bestimmt nicht, mein Fräulein. Du gehst jetzt ins Bett, und zwar bevor ich bis drei gezählt hab. Und die nächsten Tage bleibst du daheim. Kein Ausgang. Haben wir uns verstanden?«

Müde, zermürbt und gekränkt nickte Vicki und ging in ihr Zimmer. Im Vorbeigehen sah sie Josef in seiner Zimmertür stehen. »Das verzeih ich dir nicht«, zischte sie ihm zu.

»Mir? Was?«, fragte der Bruder perplex.

»Dass du mich verpfiffen hast beim Papa.«

»Ich hab dich überhaupt nicht verpfiffen.«

»Und woher weiß er dann, dass ich mit dem Toni aus war?«

Josef warf die Hände in die Luft. »Also von mir weiß er's nicht. Aber dafür muss man kein Hellseher sein. Ich hab's dir ja gesagt, dass du besser aufpassen solltest.«

Wortlos schloss Vicki die Tür hinter sich und ließ sich aufs Bett fallen, wo sie sich in den Schlaf weinte. Das Leben war so ungerecht!

*

»Heut Nachmittag um drei. Pünktlich«, sagte Heinrich Neuhofer nächstentags am Frühstückstisch. Sie waren von der Messe in der Dom-Pedro-Kirche zurückgekommen und hatten sich gerade zum Kaffee gesetzt.

»Was ist heute Nachmittag um drei?«, fragte Vicki verwirrt.

»Dein Südtiroler. Wenn er meine Tochter ausführt, dann soll er sich gefälligst einmal bei mir vorstellen.«

»Der Toni? Soll hierherkommen?«

»Ist dir's am Ende nicht recht?«

»Doch!«, versicherte ihm Vicki. »Das ist mir ganz recht! Du wirst ihn nämlich mögen, den Toni. Wart's ab!«

»Da mach dir mal keine großen Hoffnungen, Kind«, erklärte Heinrich Neuhofer. »Ich weiß genau, worauf diese jungen Männer aus sind. Und das werd ich ihm auch klarmachen. Nur damit wir uns verstehen.«

Vicki nickte und spürte, wie ihr Herz heftig pochte. »Ist recht, Papa. Dankeschön.«

»Bedank dich, wenn ich ihn nicht hochkant wieder hinauswerfe, deinen … Bekannten.«

Schmerzlich wurde Vicki bewusst, dass sie den Eltern nichts von ihrer Verlobung mit Toni gesagt hatte. Sie würden es als Verrat ansehen und ihr schwer verübeln. Und je mehr Zeit verging, umso mehr würden sie sich hintergangen fühlen. Aber jetzt konnte sie es einfach nicht sagen, sonst wäre die Chance ganz vertan, dass Toni einen guten Eindruck bei ihrem Vater hinterließ. »Dann … dann würd ich ihn gleich anrufen, ja?«

»Hm. Wo logiert er denn?«

»Diesmal im Regina-Palast-Hotel.«

Überrascht setzte der Vater die Kaffeetasse ab. »Im Regina-Palast-Hotel? Da scheint er ja kein ganz armer Schlucker zu sein. Oder er ist ein ganz ausgekochter Schlawiner«, schob er hinterher.

»Er ist kein Schlawiner, Papa«, versicherte ihm Vicki. »Und er kommt aus einer guten Familie. Die führen doch selbst ein Grandhotel.«

»Na ja, ob das in Italien das Gleiche bedeutet wie bei uns … Soweit ich in Italien gesehen habe, haben die da einen anderen Begriff von Qualität als unsereins.«

Dass das, was er in Italien gesehen hatte, auch nur billige Unterkünfte für sparsame Touristen waren, die jeden Pfennig umdrehten, ehe sie ihn ausgaben, so wie er selbst, das behielt Vicki lieber für sich. Jetzt kam es darauf an, ihren Vater in eine gute Stimmung zu versetzen. Mit etwas Glück würde der Nachmittag eine Wende zum Guten bringen. »Magst du noch einen Kaffee, Papa?«, fragte sie.

»Geh. Ich hab doch noch kaum getrunken.«

»Aber ein Stück Nusszopf, gell?«

»Ja, ja, ich weiß schon, was los ist«, murmelte Heinrich Neuhofer, und mit einer Mischung aus Überraschung und Beruhigung nahm Vicki wahr, dass er ein klitzekleines bisschen lächeln musste.

*

So langsam war noch kaum jemals ein Tag vergangen. Vicki zählte geradezu die Minuten und die Stunden. Nachdem sie Toni in seinem Hotel angerufen hatte, hatte sie sich mit Waltraud getroffen, um ein wenig im Schlosspark von Nymphenburg spazieren zu gehen und vielleicht ein Eis zu essen. Doch bei dem schönen Wetter war das Café im Palmenhaus schon am Vormittag so überfüllt, dass die Freundinnen wieder das Weite suchten.

An der Badenburg hängten sie ein wenig die Füße ins Wasser und schwärmten sich gegenseitig von der Reise an den Gardasee vor. Jede der beiden jungen Frauen hatte ihre eigenen Träume von diesem Urlaub. Und dann kam Waltraud wieder auf jene Nacht in Malcesine zu sprechen, als Josef sie beide erwischt hatte. »Dein Gesicht seh ich noch vor mit, als wär's gestern gewesen!«, rief sie und gluckste.

»So lustig war's eigentlich nicht.«

»Damals nicht. Aber im Nachhinein ...« Waltraud konnte kaum aufhören zu kichern.

»Wenn uns der Papa nicht erwischt hätte, dann wär das nicht so eine heikle Angelegenheit heute Nachmittag. Überhaupt hätten wir vielleicht gar nicht so ein blödes Versteckspiel spielen müssen.«

Waltraud beruhigte sich und nickte. »Ich weiß schon. Das war wirklich blöd. Dein Bruder ist halt auch ein Depp.«

Vicki zuckte die Achseln. »Er hat sich halt Sorgen gemacht um uns. Oder vielleicht war er auch eifersüchtig. Wir waren nachts unterwegs, und er lag mit bei den Eltern im Schlafzimmer ...«

Woraufhin Traudl prompt wieder lachen musste. »Ich kann's mir genau vorstellen!«, rief sie amüsiert.

»Aber weißt du, was er mir geschenkt hat zum Abschluss?«

Vicki kramte in ihrer Handtasche und zog etwas heraus. »Ein Los.«

Waltraud zog die Augenbrauen hoch und scherzte: »Jetzt wirst du wahrscheinlich Millionärin.«

»Ja, freilich. Mindestens.« Vicki seufzte. »Er hat halt kein Geld. Aber die Geste, weißt du ... Ich find, die ist wirklich nett.«

»Mhm«, stimmte Waltraud zu. »Das ist wahr. Überhaupt find ich, dass sich dein Bruderherz macht.«

»Hast du vielleicht ein Auge auf ihn geworfen?« Es war ja geradezu legendär, wie leicht Traudl sich verliebte.

»Auf den Josef? Nein. Der ist mir noch ein bisserl zu jung. In ein, zwei Jahren würd' er mir vielleicht gefallen«, sagte sie und lächelte versonnen.

»Ich werd's ihm ausrichten.«

»Untersteh dich!«, rief Waltraud und schlug ihrer Freundin scherzhaft auf den Arm.

»Was mach ich, wenn der Papa ihn nicht leiden mag?«, wechselte Vicki unvermittelt das Thema.

»Den Toni? Geh, den mag doch jeder«, erwiderte Waltraud. »Und jede«, fügte sie etwas leiser hinzu.

»Und wenn doch?«

Eine Weile blickten die Freundinnen auf den See, der kleiner war als selbst die Bucht, an der das Grand Hotel Fasano lag.

»Dann musst du halt mit ihm durchbrennen«, befand Waltraud schließlich und lachte.

Aber vielleicht ... vielleicht hatte sie ja recht?

*

Pünktlicher als Toni konnte man nicht klingeln. Mit dem ersten Schlag der Turmuhr von der nahen Dom-Pedro-Kirche läutete es an der Haustür. Der Vater, der im Wohnzimmer saß und Zeitung las, blickte zur Uhr auf der Kommode, nickte knapp und faltete seine Lektüre zu, während Vicki schon zur Tür flog und sie aufriss. Fast ein bisschen soldatisch klangen die Schritte, die vom Hausflur heraufdrangen: stramm, regelmäßig, ohne Zögern. Schneidig, hätte ihr Vater gesagt, und vielleicht dachte er das ja auch gerade.

Und dann stand Toni da. Zum ersten Mal vor der Wohnung der Neuhofers. Er trug einen gut geschnittenen, aber nicht allzu modischen grauen Anzug und eine schmale Krawatte, ein sehr dezent in die Brusttasche gestecktes weißes Tuch, glänzend geputzte schwarze Schuhe – und einen kleinen Blumenstrauß in der Hand. »Oh!«, rief Vicki. »Du hast mir Blumen mitgebracht!«

Doch Toni schüttelte den Kopf und erwiderte leise: »Entschuldige. Die sind für deine Mutter.«

Wie gerufen, streckte Martha Neuhofer neugierig den Kopf aus der Küchentür und trat, als sie den Besucher sah, näher. »Sie sind also der Herr Baur«, sagte sie und reichte ihm die Hand.

»Ich freue mich, Sie endlich kennenzulernen, Frau Neuhofer«, entgegnete Toni, vielleicht eine bisschen weniger dialektal eingefärbt als sonst. »Ich habe schon so viel Gutes über Sie gehört.«

»Na«, sagte die Mutter. »Was man halt so sagt, gell?«

»Darf ich Ihnen ein paar Blumen überreichen?«

Mit einem überraschten Lächeln nahm Vickis Mutter das Sträußchen entgegen, erklärte: »Die sind wirklich schön, Herr Baur, vielen Dank«, und trug sie in die Küche, um sie in eine Vase zu stellen.

»Komm rein, ich stell dich meinem Vater vor.« Vicki zog ihren Toni am Arm in die Wohnung und deutete in Richtung Wohnzimmer. »Da geht's lang.«

»Sehr geschmackvoll seid ihr eingerichtet«, sagte Toni, etwas lauter als nötig, gerade als sie vor der Wohnzimmertür angekommen waren. Vicki musste grinsen. Auf gewisse Weise war er eben doch ein Schlawiner, ihr Toni. Wusste immer, was die Leute gern hörten, und verstand sich jederzeit auf Komplimente.

»Papa? Das ist der Toni. Also Anton Baur. Aus Gardone.«

Heinrich Neuhofer erhob sich aus seinem Sessel und legte

die Zeitung weg. »Soso, das ist er also. Angenehm.« Obwohl es nicht unzweifelhaft danach klang.

»Ganz meinerseits!«, versicherte ihm Antonio. »Es ist mir eine Ehre, von Ihnen in Ihr Heim eingeladen worden zu sein.«

Heinrich Neuhofer nickte. »Also Deutsch sprechen Sie jedenfalls gut«, stellte er fest.

»Es ist ja auch meine Muttersprache.«

»Gut. Gut.« Der Gastgeber deutete zur Tür. »Dann gehen wir doch hinüber in die Küche. Meine Frau wird sicher schon fertig sein und hat den Tisch gedeckt.«

Martha Neuhofer hatte ihren legendären Nusskuchen gebacken, in dem in der Mitte eine dünne Schicht Preiselbeermarmelade für besondere Süße sorgte. Auf der guten Tortenplatte und mit Puderzucker bestäubt, sah er beinahe aus wie vom Konditor.

Toni nickte anerkennend, stellte fest: »Wie nett, Sie haben die Blumen auf die Kuchentafel gestellt.« Kuchentafel. Vicki musste insgeheim grinsen. So gewählt drückte sich in ihrer Familie keiner aus.

»Bitte«, sagte Heinrich Neuhofer und deutete auf einen Stuhl. Antonio allerdings wartete zunächst, bis sich Vickis Vater gesetzt hatte, zog dann galant den Stuhl zurück, auf dem offenbar die Mutter sitzen sollte, und kam gerade noch rechtzeitig zu Vicki, um auch ihr den Stuhl noch ein klein wenig hinzurücken, ehe er sich selbst setzte. Josef glänzte durch Abwesenheit.

»Ihr Kuchen duftet köstlich!«, lobte Toni.

»Ich hoff, er schmeckt auch«, erwiderte die Mutter geschmeichelt.

»Daran habe ich nicht den geringsten Zweifel.«

»Wie lange werden Sie denn in München sein?«, fragte Heinrich Neuhofer übergangslos.

»Leider muss ich bereits morgen wieder zurückfahren«, erklärte Toni. »Ich war ja geschäftlich hier und werde zurückerwartet.«

»Aha. Und was für Geschäfte waren das, die Sie hier bei uns machen mussten?«

Mit einem dankbaren Lächeln nahm Toni den Teller entgegen, den ihm Martha Neuhofer reichte. Sie hatte ihm ein großes Stück von ihrem Kuchen gegeben. »Wie Ihnen Vicki vielleicht erzählt hat, pflegen wir enge Beziehungen zu einigen angesehenen Hotels in anderen Städten. Es geht dabei um Partnerschaften in verschiedenen Bereichen, sei es Einkauf, sei es Marketing. Außerdem natürlich um die Zusammenarbeit mit Reisebüros und Reiseveranstaltern …«

»Marketing, soso«, kommentierte Heinrich Neuhofer, und es war nicht zu überhören, dass er von derlei Ausdrücken und vermutlich sogar von der ganzen Sache selbst nicht allzu viel hielt. Eine Sache verkaufte sich bekanntlich von selbst, wenn sie gut war, das war seine Haltung zu diesem Thema.

»Außerdem ist es für uns wichtig, stets einen Vergleich zu ziehen. Wir wollen und müssen sehen, was die Kollegen in anderen Häusern bieten und wie sie es machen. Nur so können wir wissen, was Gäste in entsprechenden Hotelkategorien gewöhnt sind und folglich erwarten.«

»Verstehe«, sagte der Gastgeber und nahm seinen Teller entgegen. »Und was für eine Hotelkategorie wäre das dann?«

»Die beste«, entgegnete Toni schlicht und nahm eine kleine Gabel von seinem Kuchen, um innezuhalten und mit einem Seufzen die Augen ein wenig zu schließen und sich dann an die Dame des Hauses zu wenden: »Frau Neuhofer, ich muss Ihnen ein Kompliment machen. Dieser Kuchen ist ein Gedicht. Ach, was sage ich, er ist eine Ballade!«

Vicki zuckte ein wenig zusammen. Wenn ihr Liebster es bloß nicht übertrieb! Sie wusste, dass er in der Hinsicht eher Italiener war als Deutscher: Die konnten auch nie genug schwärmen und alles in den Himmel loben. Bei denen war alles grandios und unübertrefflich – oder unmöglich und katastrophal. Das war ihr schon öfter aufgefallen.

»Ach ...«, stotterte die Mutter. »Das ... das ist aber jetzt wirklich übertr ...«

In dem Moment tauchte Josef in der Tür auf. »Grüß euch«, sagte er lapidar. »Tut mir leid. Ich bin aufgehalten worden.«

Toni erhob sich und reichte ihm die Hand. »Grüß Gott!«, sagte er, »ich bin Toni Baur aus Gardone.«

»Der Verlobte von unserer Vicki, ich weiß schon«, entgegnete Josef und grinste breit.

Er war allerdings der Einzige, der grinste.

»Herr Baur«, sagte Heinrich Neuhofer nach einer Schrecksekunde tiefernst. »Kommen Sie doch mal mit mir nach nebenan.«

Pläne

München 1957

»Und?«, fragte Professor Blocherer, als er auf der großen Freitreppe der Akademie auf einmal neben Vicki ging, die unter dem Arm ihre Mappe mit den Zeichnungen, die sie eingereicht hatte, trug. »Was werden Sie jetzt mit Ihrem Abschluss anfangen?«

Vielleicht sollte es eine rhethorische Frage sein, denn er sah nicht aus, als würde er eine Antwort erwarten, doch Vicki hatte durchaus Pläne, und zwar sehr konkrete. »Ich will's noch nicht verraten, Herr Professor«, sagte sie. »Sie wissen schon: um nichts zu verschreien. Aber wenn ich so weit bin, sind Sie der Erste, den ich einlad.«

»Oh!«, rief der Professor und hob überrascht die Augenbrauen. »Dann haben Sie tatsächlich vor, aus Ihrem Kunststudium etwas zu machen?«

»Freilich, Herr Professor. Sonst hätt ich es nicht zu absolvieren brauchen«, entgegnete Vicki erstaunt.

»Also, Sie machen mich jedenfalls neugierig. Ihre Einladung nehme ich ganz sicher an. Ich bin gespannt!« Er setzte seinen Hut auf, nickte ihr noch einmal freundlich zu und bog dann in Richtung Türkenstraße ab, während Vicki die Akademiestraße gen Siegestor ging. Es war ein schöner

Herbsttag, der Wind strich durch die Pappeln, tiefblau spannte sich der Himmel über München. Es war, als wollte das Leben ihr zurufen: Geh deinen Weg, Vicki, die Welt steht dir offen!

Am liebsten wäre sie gleich hinübergegangen zu den Villen der großen Firmen, die die Leopoldstraße säumten, denn genau dort würde sie ihr Glück versuchen – allerdings erst, wenn sie für jede von ihnen eigene Ideen ausgearbeitet hatte. Nicht so weit, dass man ihre Entwürfe einfach kopieren konnte, aber doch so, dass man die Möglichkeiten erkennen würde, die darin lagen.

Nächtelang hatte Vicki wachgelegen, manchmal auch am Fenster ihres Zimmers gesessen und sich Notizen gemacht, um ihre Gedanken zu sortieren. Es war etwas eigentlich Selbstverständliches, was aber anscheinend noch kaum beachtet wurde: Was immer die Firmen verkauften und wo immer sie es taten, sie achteten zu wenig auf die Verpackung. Die aber war mitentscheidend, wenn es darum ging, die Menschen von einem Produkt zu überzeugen! Denn Produkte gab es viele, und es gab auch viele gute, die miteinander im Wettbewerb standen. Wenn man deshalb seine eigenen Erzeugnisse aus der Masse herausheben wollte, musste man an der Verpackung arbeiten – und dazu brauchte es etwas ganz Bestimmtes: gutes Design.

Darauf gekommen war sie ganz in der Nähe: Sie hatte mit einigen Kommilitonen im Eiscafé an der Leopoldstraße gesessen und einen vergnüglichen Nachmittag genossen, als plötzlich ein nagelneuer BMW 507 neben ihnen angehalten hatte und innerhalb von Sekunden umringt war von Neugierigen. Der Wagen war aufsehenerregend, was aber nicht in erster Linie daran lag, dass er ein technisches Wunderwerk war, sondern daran, dass er so hinreißend aussah. Jeder wollte ein solches Automobil haben – auch wenn vielleicht ein Opel Kapitän, technisch gesehen, das bessere Fahrzeug war, von einem Mercedes W 180 ganz zu schweigen. Aber mit dem 507er konnten solche Autos nicht mithalten.

Selbst ihre Mitstudenten hatte es nicht auf den Sitzen gehalten, und sie hatten sich an den Straßenrand begeben, um sich das knallrote Coupé anzusehen, sodass Vicki irgendwann allein am Tisch saß und staunte. Technik mochte etwas Großartiges sein, Geschwindigkeit mochte faszinierend sein, dass das Fahrzeug auch noch teuer war, machte die Leute sicher ebenfalls neugierig. Aber letztlich war es die Verpackung, die den Reiz ausmachte. Darum ging es. Die Menschen wollten auf einer ästhetischen Ebene angesprochen sein! Schönheit war nun einmal das Attraktivste von allem, und das hatte sie auf ihre Idee gebracht.

Bei einem ihrer heimlichen Telefonate mit Toni hatte sie ihm irgendwann von ihren Plänen erzählt, ein wenig bang, ob er sie dafür auslachen würde. Doch das Gegenteil war der Fall! Er hatte ihr genau zugehört, hatte ein paar Fragen gestellt, hatte einen Moment lang geschwiegen und dann erklärt: »Ich finde, das klingt sehr klug.«

»Wirklich?«

»Absolut! Im Grunde geht es doch bei allem darum, welches Bild wir erzeugen. Bei uns im Hotel ist das nicht anders – auch wenn wir nur sehr begrenzte Mittel haben. Aber nimm das Grand Hotel Gardone, in dem wir an unserem ersten gemeinsamen Abend waren! Die Lüster, die Teppiche, die Edelhölzer, das Kristallglas ... Man kann seinen Whisky auch aus einem normalen Wasserglas trinken. Aber wenn er im geschliffenen Bleiglas kommt mit Eiswürfeln und ein paar Nüsschen, dann zahlt der Gast gern das Doppelte und genießt ihn dreimal so sehr. Alle haben dabei gewonnen. Doch, doch, Vicki, du hast völlig recht, es kommt auf die Verpackung an. Die Verpackung entscheidet, für wie wertvoll wir etwas halten.«

Einen Augenblick lang zögerte Vicki. Konnte es sein, dass eine solche Haltung unseriös war? Was, wenn die Sache, die man verkaufte, den Preis gar nicht wert war und der Kunde es einfach nicht bemerkte? »Hm ...«, machte sie.

Toni lachte am anderen Ende der Leitung. »Jetzt denkst du, wir betrügen die Gäste, wenn wir so kalkulieren«, stellte er fest.

»Ja, ist es nicht so?«

»Im Gegenteil!«, versicherte ihr Toni. »Die Gäste wollen es glanzvoll! Sie wollen, dass es nicht alltäglich ist. Sie wollen kein Auto wie jeder andere, und sie wollen kein Getränk, wie sie es auch zu Hause trinken können. Im Grunde handeln wir doch gar nicht mit Übernachtungen und Drinks, Vicki.«

»Sondern?«

»Sondern mit Fantasie! Wir verkaufen den Zauber, der den Dingen innewohnt«, erklärte Toni und sprach damit aus, was Vicki intuitiv geahnt, sich aber bisher nicht bewusst gemacht hatte.

»Ja«, flüsterte sie. »Da hast du recht. Und wenn ich Designerin werde, dann ...«

»Dann bist du es, die den Menschen zeigt, dass ein Produkt nicht alltäglich ist, sondern dass es dazu geschaffen wurde, ihre Wünsche zu erfüllen.«

»Du bist unglaublich gescheit, Toni«, meinte Vicki bewundernd.

»Nein, cara«, erwiderte er. »In Wirklichkeit bin ich höchstens siebengescheit, weil ich über die Dinge schlau daherreden kann. Aber um sie zu verwirklichen, braucht es so begabte Menschen wie dich.«

*

Dass Begabung, für sich genommen, rein gar nichts brachte, musste Vicki allerdings schon am nächsten Tag feststellen. Und am übernächsten. Und am überübernächsten ebenfalls. Denn wo sie auch auftauchte, um ihre Ideen vorzustellen, ihre Skizzen zu zeigen, ihre Entwürfe zu präsentieren – man machte sich gar nicht erst die Mühe, ihr überhaupt Gehör zu schenken. Stattdessen wurde sie entweder gleich wieder weggeschickt oder aufgefordert, auf irgendeinem Stuhl Platz zu nehmen, wo man sie dann vergaß, bis irgendjemand sie doch wieder wegschickte.

»Tut mir leid, Fräulein, dafür haben wir unsere Fachleute«, hörte sie mehrmals, aber auch: »Für solche Angelegenheiten ist im Moment niemand zu erreichen.« Am schlimmsten fand sie die Aussage, dass sich »mit so was keiner beschäftigen« könne, die Herren hätten alle »Wichtigeres zu tun«. War es wirklich möglich, dass kein Mensch sich darum scherte, welches Bild seine Firma in der Öffentlichkeit abgab?

Am dritten Tag ihrer Offensive, im Rahmen derer sie Dutzende Unternehmenssitze an der feinen Leopoldstraße abgeklappert hatte, sank Vickis Mut. Vielleicht hatte ihr Vater ja doch recht gehabt und alles, was sie sich überlegt hatte, waren im Grunde nur Hirngespinste gewesen, Kleinmädchenträume.

Erschöpft und gekränkt blieb sie vor einem Miederwarengeschäft stehen und betrachtete ihr Spiegelbild im Schaufenster. Dabei hatte sie sich wirklich nett zurechtgemacht! Ein bisschen frech und doch seriös ... Und dann so was.

Wahrscheinlich hätte ich mich im Unterkleid präsentieren müssen, damit die Herren Firmenlenker mir ein bisschen Aufmerksamkeit schenken, dachte sie. Andererseits konnte man sich selbst dann sterbenslangweilig präsentieren, wie dieses Schaufenster zeigte. Fad und wenig verlockend lag die Unterwäsche auf einer mit beigem Samt überzogenen Bank. Darüber hingen an Kleiderbügeln zwei Nachthemden wie Gespenster ...

»So kann man das doch nicht machen«, sagte Vicki lachend zu sich selbst.

Und da wusste sie, wo sie ansetzen würde: nicht bei den Herren Vorständen in den Großfirmen, sondern da, wo die Waren am Ende tatsächlich auch präsentiert wurden: in Läden, in Restaurants, überall dort, wo die Kundschaft auftauchte.

»Grüß Gott!«, sagte sie forsch, als sie eintrat. »Ich bin das Fräulein Neuhofer, und heute ist Ihr Glückstag!«

*

»Eine was?«

»Eine Modenschau, Mama.«

»Geh, man kann doch in einem Miederwarenladen keine Modenschau machen.« Verständnislos schüttelte Martha Neuhofer den Kopf. »Was soll denn das für eine Mode sein, die ihr da zeigen wollt?«

»Schöne Nachtwäsche halt«, erklärte Vicki. »Schöne Miederwaren ...«

»Am Ende gar auch noch Unterwäsche?«

»Freilich.«

»Also wirklich, Kind, das kann man doch nicht machen. So etwas Unanständiges!«

»Überhaupt nicht, Mama!«, versuchte Vicki ihr zu erklären. »Das wird ganz geschmackvoll sein, wirst es sehen! Und wir laden ja auch nur Damen ein.« Und die Presse. Aber das erzählte sie ihr lieber nicht. Womöglich verstand die Mutter sonst ausgerechnet das richtig, dass es nämlich darum ging, möglichst alle auf den Miederwarenladen in der Franz-Joseph-Straße neugierig zu machen. Mit einigen hübschen Fotos in der Zeitung würde sich das bestens erreichen lassen. Mit einigen gewagteren erst recht.

»Also auf mich darfst du da aber nicht zählen, Viktoria«, erklärte Martha Neuhofer. »So was ist nix für mich.«

»Schade«, befand Vicki. »Und den Papa kann ich nicht einladen.«

»Den Papa! Ha!« Ihre Mutter lachte spitz. »Der würde sich schön bedanken. Für dererlei ist dein Vater viel zu seriös.«

Ja, vielleicht war das so. Aber vielleicht war auch ihr Vater wie die meisten. Jedenfalls war es Vicki rasch aufgefallen, dass die Herren Kunststudenten immer besonders zahlreich anwesend waren, wenn es ans Aktzeichnen ging, und auch die Professoren waren in den betreffenden Stunden immer überaus präsent gewesen. Aber gut, im Fall des Miederwarenladens ging es nicht um nackte Körper, sondern eher darum, dieselben möglichst elegant zu verhüllen.

Die Idee, das Geschäft nach der Neugestaltung mit einer Modenschau zu eröffnen, war Vicki spontan gekommen, als sie der Inhaberin ihre Pläne vorgestellt hatte. »Sehen Sie, zuerst einmal sollte in Ihren Laden mehr Farbe. Das Licht hier drinnen ist viel zu grell und zu kalt. Miederwaren, Unterwäsche, Nachthemden, das sind doch Sachen, die bei einer ganz anderen Beleuchtung wirken müssen.«

Die Weißnäherin, der das Geschäft in dritter Generation gehörte, hatte Vicki mit skeptischem Blick gemustert. »Und Sie verstehen sich darauf, ja?«

»Auf Miederwaren versteh ich mich nicht mehr als jede

andere Frau«, hatte Vicki erwidert, mutiger, als sie sich fühlte, denn in Wahrheit verstand sie so gut wie gar nichts von Miederwaren. Sie war schlicht zu jung und hatte sich bis jetzt auch gar nicht dafür interessiert. »Aber auf Verpackung versteh ich mich.« Und dann war ihr Tonis Satz wieder eingefallen: »Wissen Sie, es geht ja im Grunde gar nicht um Miederwaren, es geht um Fantasie.«

»Um Fantasie ...«

»Ja! Wir verkaufen den Zauber, der den Dingen innewohnt!«

Offenbar ging der Laden schlecht genug, um die Inhaberin nach jedem Strohhalm greifen zu lassen. Jedenfalls hatte Vicki eine halbe Stunde später ihren ersten Auftrag: die Neugestaltung von Miederwaren Heiß in der Franz-Joseph-Straße zu München – einschließlich der Organisation einer Modenschau »für die Dame von Welt« anlässlich der Neueröffnung nach einer Pause von drei Tagen, die für die besagte Neugestaltung nötig sein würde.

Die Frage war nur, wie Vicki das alles schaffen sollte. Denn Entwürfe waren das eine, deren Ausführung aber etwas ganz anderes.

※

Das zeigte sich leider in tausend Details, über die Vicki sich vorher keine Gedanken gemacht hatte. Die Entwürfe für eine neue Dekoration und deren Übertragung auf Stoffbahnen, mit denen die Wand hinter der Kassentheke bespannt werden sollte, war kein Problem. Dafür hatte sich Vicki rasch einige ehemalige Mitstudenten organisiert. Die Beschaffung dreier Schaufensterpuppen hingegen war eine Herausforderung, denn kurzfristig war dergleichen nicht zu bekommen.

Das brachte Vicki auf die Idee, stattdessen Schneiderpuppen zu nehmen. Lediglich die im Geschäft ebenfalls geführten Strumpfwaren konnte man an ihnen nicht präsentieren, doch auch dafür fand die junge Designerin eine Lösung: Abgüsse aus dem Antikenkurs in der Bildhauerei. Wozu kannte sie schließlich all die angehenden Bildhauer? Dass es ein Bein der Göttin Nike war, das auf einmal elegant (und mit dem schwarzen Strumpf und den Strumpfbändern durchaus ein bisschen lasziv) ins Schaufenster der Miederwarenhandlung Heiß ragte, das musste man ja so niemandem verraten.

Wirklich schwierig wurde es im Hinblick auf die Beleuchtung. Auch wenn es Vicki nicht schwerfiel, die idealen Lampen zu beschaffen (»Wir brauchen mehr und besser verteilt!«), fehlte es an den nötigen Anschlüssen. Zum Glück hatte Waltraud neuerdings ein Techtelmechtel mit einem jungen Hausmeister aus der Au, der für kleines Geld schier Übermenschliches leistete und über Nacht die ganze Elektrik in dem Laden neu anlegte.

Waltraud selbst half bei allem nach Kräften mit und genoss es, bei der Gelegenheit alles über feinste Leibwäsche, elegante Strümpfe und hauchzarte Stoffe für die empfindlichsten Stellen zu lernen.

Zuletzt pinselte Vicki höchstpersönlich das neue Schild, das vorn über dem Laden und auch noch einmal in Kopie hinter der Verkaufstheke angebracht werden sollte: *Heiß – Mieder & Dessous*. Das französische Wort hatte ihr vom ersten Augenblick an vorgeschwebt, weil es so verheißungsvoll klang und leicht frivol. Und der sprechende Familienname der Inhaberin, deren Einwilligung sie einiges an Überredungskunst gekostet hatte, war der Clou!

Und dann kam der Abend der Modenschau. Noch am Morgen hatten Vicki und Waltraud bei den Zeitungen und Zeitschriften und beim Rundfunk angerufen und allen Bescheid gegeben, dass es in München nun endlich ein »Dessousgeschäft für die moderne Frau« gab. Ihr Kommen hatte trotzdem keine einzige Redaktion zugesagt. Entsprechend bedrückt war die Stimmung der Freundinnen in den Stunden vor der Veranstaltung.

Frau Heiß hatte zum Glück nicht darauf bestanden, dass ihre beiden Näherinnen die Wäsche vorführten – oder vielleicht waren es auch die Näherinnen gewesen, die protestiert hatten –, jedenfalls hatte Vicki damit punkten können, dass sie vier von den Aktmodellen der Akademie engagiert hatte. Die verstanden es, sich unbefangen vor Zuschauern zu bewegen, selbst wenn sie nur Schlüpfer, Strapse und Büstenhalter trugen – was mehr war als bei ihren sonstigen »Präsentationen«.

Offenbar hatte sich unter den Kundinnen herumgesprochen, dass es zur Begrüßung ein Glas Sekt geben würde. Auf die Weise war der Andrang größer als erwartet. Auch einige Herren begehrten Einlass, wurden aber an der Tür abgewiesen, selbst wenn sie »nur die Begleitung« der Kundin waren.

»Mich lassen Sie aber schon rein, will ich hoffen«, sagte ein Mann mittleren Alters, dessen hochgenähter Ärmel ihn als Kriegsversehrten auswies und der in der verbliebenen linken Hand einen Block mit sich führte.

»Tut mir leid, mein Herr«, erwiderte Waltraud, die am Einlass aushalf.

»Also ist die Presse wieder ausgeladen?«

»Sie sind von der Presse?«

»Ja. Abendzeitung. Zeitler.« Umständlich kramte er einen

Presseausweis aus seiner Innentasche, den Block zwischen den Zähnen haltend.

»Ja, also ...«, stotterte Waltraud, die in dem Moment nicht wusste, welche Regelung nun gelten sollte: Presse ist zugelassen, Männer sind nicht zugelassen ...

»Kommen Sie nur herein, Herr Zeitler!«, rief Vicki von drinnen, als würden sie sich schon ewig kennen, dabei hatte sie seinen Namen gerade zum ersten Mal gehört. »Sie bekommen natürlich einen Ehrenplatz!« Charmant zog sie den Herrn mit sich und zeigte ihm zunächst die neue Einrichtung des Ladens, erklärte ihm, was man sich dabei überlegt hatte, fragte ihn nach der Frau Gemahlin und ob er ihr nicht vielleicht eine Kleinigkeit mitbringen wollte – ein Paar Strümpfe vielleicht? Natürlich auf Kosten des Hauses! –, und reichte ihm ein Glas Sekt, während sie seinen Block fürsorglich auf den Platz legte, den sie für ihn vorgesehen hatte und den sie damit reservierte. Sie wickelte ihn dermaßen um den kleinen Finger, dass Herr Zeitler schließlich ein beinahe seliges Lächeln im Gesicht trug, als er irgendwann dort saß und voller Vorfreude auf die Modenschau mit links seine ersten Notizen machte.

Tatsächlich kamen von der Presse ausschließlich Männer. Und es waren nicht wenige. Die Süddeutsche Zeitung schickte einen Reporter, der Münchner Merkur einen Fotografen, vom Bayerischen Rundfunk waren gleich zwei Kollegen anwesend, einer vom Radio, der andere vom Fernsehen ... »Und dabei haben sie alle so getan, als wollten sie nicht«, wunderte sich Waltraud.

»Vielleicht haben sie sich einfach nicht getraut, spontan zuzusagen. Du weißt schon, wegen der Art von Mode ...«

Waltraud lachte. »Das wird's sein!«

»Übrigens hab ich noch einen Mann einladen müssen«, flüsterte Vicki, kurz bevor es losging.

»Ehrlich? Wen denn?«

»Den Blocherer.«

»Deinen Prof? Wieso das?« Waltraud hätte verblüffter nicht dreinschauen können.

»Ich hatte es ihm versprochen. Am Tag meines Abschlusses. Er ist aber anscheinend nicht gekommen.«

Als die Modenschau begann, hätte sich nicht einmal mehr stehend noch jemand dazuquetschen können, so voll war es in dem kleinen Miederwarenladen. Hinten waren nicht nur die Räume, in denen sich die Mannequins umzogen, es war auch der Plattenspieler dort, den niemand anderer bediente als Josef, der sein Glück kaum fassen konnte. Dabei hatte er sich zuerst geziert, denn ursprünglich hatte er für diesen Abend andere Pläne gehabt.

Vicki allerdings ließ nichts über »In the Mood« von Glen Miller gehen. »Die Modelle sollen nicht auf dem Laufsteg tanzen, Josef«, hatte sie ihrem Bruder erklärt, »sie sollen schweben. Dafür brauchen wir eine sanfte Musik, die dennoch ein bisschen was Prickelndes hat, verstehst du?«

»Was Prickelndes ...« Also hatte Josef dieses und einige andere Stücke des Amerikaners besorgt und legte sie nun nacheinander auf – mit zitternden Händen, denn dass der Abend *für ihn* so prickelnd werden würde, damit hatte er beileibe nicht gerechnet. Vielleicht lag es an seiner plötzlichen Schüchternheit, vielleicht an seinen roten Wangen, jedenfalls waren die Modelle ganz vernarrt in ihn. Immerzu fanden sie Gründe, weshalb sie ganz nah an ihm vorbei mussten, oder seine dringende Unterstützung oder Meinung brauchten.

Waltraud amüsierte sich glänzend darüber, wie die Damen

diesem jungen Burschen den Kopf verdrehten. Vicki hingegen bemerkte all das kaum. Sie war viel zu beschäftigt. Herrn Professor Blocherer, dem sie eine Einladung per Post in die Aklademie geschickt hatte, entdeckte sie dann aber zu guter Letzt doch noch. Er saß mit einem genüsslichen Lächeln ein wenig im Hintergrund, fing ihren Blick auf, nickte anerkennend und zwinkerte ihr sogar zu.

Wenn Sie mir eines glauben dürfen, dann dies: Sie werden Ihren Weg machen. Das hatte er am Tag ihres Abschlusses zu ihr gesagt, und zum ersten Mal hatte Vicki das Gefühl, dass es tatsächlich so kommen würde.

*

Die Abendzeitung brachte den Bericht als Aufmacher ihres Lokalteils! *Heiße Mode für drunter,* hieß es da. *Münchens aufregendste Modenschau.* Der Merkur schrieb *Männer müssen draußen bleiben – Wie aus Unterwäsche Dessous werden.* An Fotos sparte die Presse nicht, wobei ganz offensichtlich die gewagtesten Aufnahmen ausgewählt worden waren.

»Das zeigst du der Mama lieber nicht«, meinte Josef am nächsten Tag, als sie gemeinsam die Köpfe in die Zeitung steckten.

»Ganz gewiss nicht«, erwiderte Vicki. »Und dem Papa erst recht nicht.«

Josef nickte und räusperte sich. Wenn er an die Umkleideräume dachte, in denen er mit seinem Plattenspieler untergebracht gewesen war, wurde ihm offenbar jetzt noch ganz seltsam zumute.

»Hör nur«, sagte Vicki und las vor:

Prickelnd, aber kein bisschen schlüpfrig, so präsentierten die Modelle Miederwaren, Feinwäsche und Nachthemden in den neu gestalteten Räumen der Traditionsfirma Heiß in der Franz-Joseph-Straße. In elegantem Ambiente durften die Kundinnen sich ein Bild davon machen, was »frau« heutzutage darunter trägt. Herren waren zu dieser besonderen Modenschau übrigens nicht zugelassen; selbst der Verfasser dieser Zeilen durfte nur mit rein professionellem Blick der Veranstaltung beiwohnen. Dass der Abend für die Veranstalterin, Hannelore Heiß, ein voller Erfolg war, lässt sich schon daraus ersehen, dass noch am selben Abend die meisten der vorgestellten Artikel ausverkauft waren. Es werden also letztlich wohl trotzdem etliche Herren ihre Freude an der Modenschau haben.

»In elegantem Ambiente«, wiederholte Vicki stolz.

»Und da«, sagte Josef, der ihr über die Schulter geblickt hatte, und zeigte auf die Spalte neben dem Artikel. »Hast du die Losnummern schon verglichen?«

Auf der Seite wurden die Gewinnnummern der Lotterie bekanntgegeben, von der ihr der Bruder ein Los geschenkt hatte. Hastig kramte Vicki den kleinen Zettel aus ihrer Handtasche und verglich die Zahlen. 2755, 9193, 1429, 1235 …

»Tatsächlich«, sagte sie Sekunden später verblüfft. »Meine steht dort auch.«

Fernweh

München 1955

»Postlagernd« hatte ihr Antonio seine erste Nachricht nach München geschickt, auf einer Postkarte, die das Grand Hotel Fasano und den Gardasee zeigte. Es war eine kolorierte Fotografie, und sie war so wunderschön, dass Vicki unwillkürlich die Tränen in die Augen stiegen, ohne dass sie auch nur ein Wort gelesen hatte.

Meine liebe Vicki, lautete Tonis Botschaft, *Du bist noch kaum weg, und ich vermisse Dich schon unendlich. Du weißt, wie schön der See ist. Aber seit Du abgereist bist, ist alles trist und traurig. Ich hoffe, wir sehen uns bald wieder. In Liebe, Dein Toni.*

Natürlich musste sie nach der Lektüre dieser Zeilen erst recht weinen und konnte kaum aufhören. »Ist alles in Ordnung, Fräulein?«, fragte der Postbeamte, der ihr die Karte ausgehändigt hatte, freundlich.

Vicki nickte tapfer. »Es ist alles gut, danke.« Schnell steckte sie die Karte ein und verließ die Schalterhalle gegenüber dem Münchner Hauptbahnhof. Von dort drüben war sie nach Italien gereist. Am liebsten wäre sie hinübergegangen und hätte sich einfach in einen Zug nach Süden gesetzt. Was machte sie überhaupt noch hier? Ihre Liebe war dort, jenseits des Brenners, wo das Licht so mild war, der Wein so schwer und wo die Zitronen blühten. Sie nahm die Karte wieder aus der Tasche und betrachtete das Foto noch einmal. Tatsächlich war auch ein Zitronenbaum darauf zu sehen. Sogar daran hatte Toni gedacht!

Statt in den Hauptbahnhof, um den Zug zu nehmen, ging sie zum Stachus, wo die nächste Buchhandlung war, denn sie hatte noch einen Entschluss gefasst: Sie wollte Italienisch lernen, die schönste Sprache der Welt!

»Ein Italienischbuch? Nein, so was hab ich leider nicht da«, beschied sie der Buchhändler, der kaum von seinem Geschäftsbuch aufblickte, als Vicki ihn ansprach. Mürrisch, ja, genau das war er. Ganz anders als die Italiener. Die wären viel freundlicher gewesen. Jedenfalls war das die Erfahrung, die Vicki dort unten in dem Land, wo die Zitronen blühten, gemacht hatte. »Und einen Reiseführer haben Sie auch nicht, in dem der Gardasee vorkommt?«

»Der Gardasee? Doch, natürlich!«, erwiderte der Buchhändler, als wäre es eine Selbstverständlichkeit. »Da brauchen Sie nur den Baedeker zu nehmen.«

Was Vicki denn auch tat. Die zwei Mark fünfzig für das Buch schmerzten sie zwar, aber allein zu wissen, dass sie viel über den schönsten Ort auf der Welt erfahren würde, beflügelte sie, als sie wieder aus dem Laden nach draußen trat.

Nicht weit entfernt gab es den Alten Botanischen Garten, in dem Vicki sich ein Bänkchen suchte und gleich anfing zu lesen und zu staunen. Dass der Gardasee eine so bewegte Geschichte hatte, dass er schon für die alten Römer ein ganz besonderer Ort gewesen war, dass Dichter und Philosophen von ihm geschwärmt hatten – all das hatte sie sich nicht bewusst gemacht.

Natürlich wusste der Baedeker auch noch etliches mehr,

was Vicki allerdings nicht so sehr interessierte. Wie groß genau der See war, wie hoch die ihn umgebenden Berge, welche Pflanzenarten dort beheimatet waren, wie viele Linienschiffe auf dem Gewässer verkehrten, wie lang die Straße um den See war und in welchen Jahren oder Jahrhunderten die malerischen Burgen erbaut worden waren … und das interessierte sie dann doch. Denn dabei ging es auch um Architektur, und Architektur war letztlich nichts anderes als Kunst.

So ging der Nachmittag dahin, und während sie in der Mitte dieser großen, noch vor wenigen Jahren völlig zerstörten Stadt allein auf einer Parkbank saß, erstand vor Vickis geistigem Auge ein immer deutlicheres Bild von dem, was sie, weit entfernt im Süden, erschaffen wollte, wie sie leben wollte – und mit wem.

Seufzend führte sie die Karte, die Toni ihr geschickt hatte, an die Lippen und küsste seine Unterschrift, dann legte sie sie in ihr Buch und klappte es zu.

Frisch war es geworden. Eilig lief Vicki die Elisenstraße hinab und bog dann an den Propyläen in Richtung Nordwesten zur Nymphenburger Straße hin ab. Es war erst ein paar Monate her, dass sie mit Traudl nach dem Faschingsball hier entlangspaziert war, und doch schien es ihr, als lebte sie jetzt ein ganz anderes Leben – ein Leben voller Pläne!

*

Es wurde ein tränenreicher Herbst und ein bitterer Winter für Vicki, denn nach Italien fahren konnte sie nicht, und Toni überlegte zwar mehrmals laut, dass er bald nach München kommen wolle, doch dann geriet ihm jedes Mal irgendeine Verpflichtung dazwischen. So blieb den beiden nur, einander zu schreiben und zu telefonieren. Beides aber ging für Vicki nur außer Haus: Briefe aus Italien zu bekommen hätte bedeutet, ihren Eltern zu gestehen, dass sie eine Liebelei mit einem Italiener unterhielt und dass die Reise an den Gardasee womöglich längst nicht so harmlos gewesen war, wie sie immer behauptet hatte. Auch wenn außer innigem Küssen nichts geschehen war, hätte das nur Ärger bedeutet. Verstanden hätte es sowieso niemand – ihr Vater am allerwenigsten. Und telefonieren konnte sie aus demselben Grund nicht von daheim, und auch Toni konnte sie nicht in der Orffstraße anrufen, obwohl der Herr Direktor Neuhofer selbstverständlich einen Telefonanschluss besaß. Nein, Vicki musste ihre Post »postlagernd« bekommen und ihre Gespräche in der Hauptpost führen.

Meist rief Toni an, weil Telefonate nach Italien teuer waren. Dann wartete Vicki schon frühzeitig in der tristen Schalterhalle der Hauptpost, bis ihr der Beamte eine Kabine zuwies, in die der Anruf durchgestellt wurde, und ihr Herz tat einen Hüpfer, wenn sie endlich die Stimme ihres geliebten Antonio hörte und für ein paar Minuten all den Kummer vergessen konnte, der sie immer zwischen zwei Briefen oder Telefongesprächen quälte.

»Und?«, scherzte Toni manchmal. »Sind deine Professoren brav?«

»Und deine Gäste?«

»Die sind so schwierig wie immer.«

»Genau wie meine Professoren.«

Dann lachten sie gemeinsam, obwohl ihnen nicht wirklich zum Lachen zumute war.

»Ich vermiss dich so, Toni«, flüsterte Vicki.

»Du kannst mich gar nicht so vermissen wie ich dich.«

»Ach, das sagst du so. Aber bestimmt bist du ständig mit deinen schicken Autos unterwegs und gehst auf

Partys und Empfänge, wo dich dann die Damen anhimmeln, gell?«

»Ich war auf keiner einzigen Party, seit du weg bist«, versicherte ihr Toni. »Ohne dich hab ich gar keine Lust darauf.«

»Ehrlich?« Sie hörte es gern, obwohl sie es ihm nicht recht glaubte. »Und was macht das Hotel?«

»Liegt im Winterschlaf.« Seine Stimme wurde ernster. »Wir müssten einiges machen. Jetzt wäre die Zeit dafür, weißt du, bis zur nächsten Saison, aber …«

»Aber?«

»Aber es fehlt das Geld. Rom sagt, sie haben kein Budget für so etwas.«

Rom. Die Behörde, der das Grand Hotel Fasano gehörte. Toni hatte es ihr erklärt: Der Staat wollte das Fasano zwar wieder als luxuriöses Hotel betreiben, investierte aber nichts. So blieb es im Grunde bei dem vornehmen Namen und den unablässigen verzweifelten Bemühungen der Mitarbeiter, den Mangel an Luxus durch besondere Fürsorglichkeit auszugleichen. Doch von heißer Schokolade um drei Uhr morgens und spiegelnden Schuhen über Nacht gingen die Löcher im Parkettboden nicht weg, und ein Wagenmeister mit strahlendem Lächeln ersetzte keine fehlende Sonnenliege.

»Wir tun, was wir können«, sagte Toni. »Das ist mit ein Grund, warum ich nicht wegkomme von hier. Ich muss mich um Material kümmern. Baustoffe soll ich irgendwo billig auftreiben und Handwerker für wenig Geld.«

Aber wie um alles in der Welt sollte er all das schaffen in dieser Zeit, in der immer noch überall alles wieder aufgebaut werden musste und Menschen und Material teuer waren und jeden Monat teurer wurden? »Ich versteh's schon«, erwiderte Vicki. »Mir ist nur die Zeit so lang ohne dich.«

»Und mir ohne dich, mein Schatz«, flüsterte Toni. »Aber weißt du, was ich mir gedacht hab? Über die Weihnachtstage, da kann ich nichts ausrichten. Alle haben zu, niemand arbeitet. Da könnt ich vielleicht ins Auto springen und zu dir nach München kommen.«

»An Weihnachten?« Vickis Herz schlug prompt schneller. »Wirklich?«

»Ich kann's noch nicht versprechen. Aber ich glaube, es könnte klappen.«

Es war dieser Hoffnungsschimmer, der Vicki die Hauptpost wie auf Wolken verlassen ließ. Mit glühenden Wangen spazierte sie die Schützenstraße hinunter zum Stachus, wo sie noch Einkäufe zu erledigen hatte. An einem Maronistand kaufte sie sich ein paar Kastanien und stellte sich damit unter das Vordach des Kiosks in der Mitte des riesigen Platzes. Die Maroni, das wusste sie, kamen auch aus Italien. Aus Südtirol. Wie Toni. Bald würde er hier sein! Er hatte es zwar nicht versprechen können, aber sie wusste, dass er kommen würde. An Weihnachten.

Voller Vorfreude atmete sie den Duft der Esskastanien ein und spürte, wie ihr beinahe ein bisschen schwindelig wurde. Es würde das schönste Weihnachten für sie werden. Und für ihn. Ja, das würde es.

*

Der Heiligabend verging, ohne dass Vicki etwas von Toni hörte. In der Mette, die sie gemeinsam mit der Familie in der Dom-Pedro-Kirche besuchte, betete sie so voller Inbrunst, dass er kommen würde, dass ihr die Hände wehtaten, so sehr hatte sie sie verkrampft. In der Nacht tat sie kein Auge zu, weil sie ihm so sehr entgegenfieberte. Aber sooft sie auch im

Hotel Bayerischer Hof und im Regina-Palast-Hotel anrief, wurde ihr gesagt: »Leider, Fräulein Neuhofer, der Herr Baur ist nicht bei uns abgestiegen.«

So verging auch der erste Weihnachtstag, und ihre Mutter sorgte sich: »Kind, du schaust gar nicht gut aus. Wirst du mir krank?«

Sie war es doch längst! Krank war sie, vor Sehnsucht und Liebeskummer und Angst, dass er am Ende doch nicht kommen würde. »Nein, Mama, mir geht's gut«, log sie. »Ich hab wahrscheinlich nur zu viele Plätzchen gegessen.«

Die Mutter blickte sie skeptisch an und zuckte die Achseln. »Du musst es wissen«, sagte sie und machte sich wieder an ihre Arbeit in der Küche.

Josef widmete sich seit der Bescherung ausgiebig seinem Karl May und war so gefesselt von der Lektüre, dass er kaum ansprechbar war. Der Vater hatte sich mit seiner geliebten Zeitung ins Wohnzimmer zurückgezogen und gönnte sich an diesen Tagen die ein oder andere Zigarre. Vicki aber stand am Fenster und blickte auf die Straße hinunter, als könnte dort jeden Moment ihr Liebster auftauchen und sie aus diesem Leben mitnehmen, das ihr auf einmal falsch und klein und belanglos erschien. So viel mehr könnte sie machen, so viel Größeres erreichen, so viel Freude könnte sie mit Toni gemeinsam haben! Stattdessen stand sie in dieser Wohnung, umgeben von Menschen, die ihr zwar unendlich viel bedeuteten, aber keine Ahnung hatten, wer sie wirklich war und was sie wirklich wollte, ja, denen das vermutlich auch ganz gleich war oder die jedenfalls gar nicht auf die Idee kamen, darüber nachzudenken. Anders als Toni, der immer an ihr und ihren Gedanken interessiert war. Toni, der sich vielleicht gerade auf dem Weg zu ihr befand. Oder der womöglich doch gar nicht erst losgefahren war?

»Ich geh ein bisschen raus!«, rief sie und schnappte sich ihren Mantel.

»Jetzt?«, rief die Mutter zurück. »Wir essen aber bald!«

»Dauert nicht lang!«

Hastig schlüpfte sie in die Stiefel und lief Augenblicke später schon die Treppe hinunter und zur Haustür hinaus in den Schneeregen, der München wieder einmal an den Weihnachtstagen heimsuchte.

Die Post hatte natürlich an diesen Tagen geschlossen. Deshalb würde sie ausnahmsweise vom Hotel Bayerischer Hof aus telefonieren. So schnell sie konnte, lief sie die Nymphenburger Straße hinunter in Richtung Stadtmitte. Bis sie am Promenadeplatz angelangt war, war sie bis auf die Haut durchnässt und zitterte am ganzen Leib.

»Ein Ferngespräch?« Der Portier musterte sie skeptisch.

Einige Mitarbeiter der Rezeption kannte Vicki, diesen hier allerdings nicht. »Ja. Nach Italien. Ich kann's auch zahlen.«

»Gewiss, Fräulein. Wenn Sie in Kabine zwei gehen wollen?« Er machte sich eine Notiz und rang sich sogar ein Lächeln ab.

»Danke!« Vicki atmete durch und versuchte, einigermaßen würdevoll durch den Empfangsraum zu den Telefonkabinen zu gehen. Drinnen tropfte sie den Boden voll, und die kleine runde Fensterscheibe dieses winzigen Raums beschlug. Mit zitternden Fingern wählte sie die Nummer des Fasano. Während die Wählscheibe ein letztes Mal zurückratterte, hielt sie den Atem an. Ob sich überhaupt jemand meldete? Sie lauschte auf das Läuten in Hunderten Kilometern Entfernung. Hörte irgendjemand dort das Telefon? Gab es überhaupt irgendjemanden, der sich für sie interessierte?

Auf einmal fühlte sich Vicki so verloren, dass sie unvermittelt aufschluchzte. Nein. Niemand hob ab. Niemand hörte sie. Und Toni würde nicht kommen. Wenn er hätte kommen können, wäre er längst da gewesen.

Schweren Herzens hängte Vicki den Hörer auf die Gabel, atmete tief durch und trat nach draußen.

»Nein«, hörte sie den Portier auf der gegenüberliegenden Seite der Empfangshalle zu einem Neuankömmling sagen. »Heute noch nicht.«

»Hm«, erwiderte der Gast. »Danke. Aber Sie geben mir bitte gleich Bescheid, wenn sich jemand meldet, ja? Egal, um welche Uhrzeit. Ich möchte, dass Sie den Anruf durchstellen.«

»Selbstverständlich, Herr Baur. Ich mache eine Notiz, damit ...«

In dem Moment drehte der Gast sich um, als hätte er gespürt, wie ihn jemand anstarrte. »Vicki!«

Toni.

Auf großer Fahrt

München 1957

»Ich glaub's nicht«, stotterte Vicki. »Ich … ich kann's nicht glauben!«

»Es ist, wie es ist«, erklärte Josef und betrachtete seine Schwester, als hätte sie wer weiß was geleistet. Geradezu stolz sah er aus. »Du bist jetzt Besitzerin eines eigenen Autos.«

»Geh. Da gibt's bestimmt einen Haken«, sagte Vicki.

»Gewinn ist Gewinn!«

»Aber ich bin ja noch nicht volljährig«, stellte Vicki fest.

»Na und? Deswegen können sie sich nicht davor drücken, dir das Auto zu geben. Außerdem hast du einen Führerschein!«

Den hatte sie in der Tat, und ausgerechnet ihr Vater war dafür verantwortlich. Der war nämlich als TÜV-Direktor der Ansicht, dass man gar nicht früh genug einen Führerschein machen konnte. »Das macht dich unabhängig«, hatte er erklärt. »Außerdem findest du leichter eine Arbeit. Für viele Tätigkeiten muss man heute in der Lage sein, ein Kraftfahrzeug zu führen …« Also hatte sie ihn gemacht, den Führerschein. Aber sie hatte es auch gemocht! Autofahren bereitete ihr Vergnügen – und von ihren Mitstudenten wurde sie beneidet. Doch ein eigenes Auto, das war natürlich bloß ein Traum gewesen, und es wäre vermutlich noch lange Zeit nichts als ein Traum geblieben, wenn Josef ihr nicht dieses Los geschenkt hätte. Das Los, dessen Gewinnnummer direkt neben dem Artikel über die von ihr inszenierte Modenschau stand. »Hauptgewinne«, hieß es da: 2755, 9193, 1429 und 1235 – und die letzte dieser vier Zahlen befand sich auf ihrem Los.

»Du ziehst das Glück an, Vicki«, befand Josef, nachdem sie gemeinsam mehrfach überprüft hatten, ob es wirklich exakt die Nummer war, die auf dem Zettel der Lotterie stand.

Sie war es, und so gingen sie gleich nächstentags zur Lottozentrale, die in einem Gebäude an der Sonnenstraße untergebracht war.

»Ja«, sagte der Mitarbeiter dort. »Das sieht mir ganz nach einem Gewinn aus.« Er lächelte Vicki freundlich zu und blätterte in seinen Unterlagen. »Einem Hauptgewinn«, ergänzte er und verglich die Ziffernfolgen nochmal und nochmal.

Vickis Mut sank bereits. Bestimmt würde er jetzt doch einen Fehler finden.

Er fand aber keinen. Stattdessen blickte er auf und erklärte: »Ja, Fräulein, da darf ich Ihnen ganz herzlich gratulieren. Sie haben einen nagelneuen BMW gewonnen.«

※

»Ich kann das nicht annehmen, Josef«, sagte Vicki, als er am Abend das gemeinsame Zimmer betrat.

»Wie bitte? Willst du den Gewinn am Ende ausschlagen?«

»Nein, das nicht. Aber ich finde, das Auto sollte dir gehören.«

»Also so ein Schmarrn! Das ist doch dein Los! Ich hab ja selbst eins gehabt.«

»Aber nichts gewonnen. Dabei hast du doch die Lose alle bezahlt.«

Der Bruder hob die Arme. »Mei, so ist es halt. Der eine gewinnt, der andere verliert.«

»Aber wenn du's doch gekauft hast, das Los ...« Vicki hatte ein unendlich schlechtes Gewissen.

»Es war mein Geschenk zum Studienabschluss, Vicki, hast du das schon vergessen?«

»Nein, das nicht. Aber ich würde mich jetzt schämen, wenn ich ein Auto krieg und du kriegst gar nichts.«

Josef wiegte den Kopf. »Also, wenn das so ist, könntest du mir ja was anderes dafür geben. Kaufen, mein ich. Ich bin nämlich gerade recht klamm ...«

»Ehrlich? Was denn?«

Der Bruder blickte sich um, als wollte er sichergehen, dass niemand sie hörte. »Ich hab ein Motorrad in Aussicht.«

»Ein Motorrad?«

»Schschsch ... Du weißt doch, dass der Papa meint, man sollte lieber auf ein Auto sparen.« Er verdrehte die Augen. »Aber das dauert Jahre! Außerdem ...« Er seufzte. »Außerdem müsst ich da noch bis zum Führerschein warten.«

»Ja und? Was kann ich da jetzt tun?«

»Es ist eine schöne Maschine. Nur die Reifen, die sind arg abgefahren. Weißt du, ich könnt's günstig haben. Aber ... neue Reifen kann ich mir keine leisten.«

»Ja freilich, dann kauf ich dir neue Reifen für dein Motorrad. Das mach ich wirklich gern, Josef!«

Der Bruder grinste. »Siehst du, so haben wir beide was gewonnen.«

*

Pfiffig war er, der kleine Wagen, den Vicki voller Stolz in Empfang nahm. »Ein Platz an der Sonne«, so hieß die Lotterie – und nicht passender hätte der Name lauten können!

»Und was werden Sie jetzt als Erstes mit Ihrem neuen Wagen machen, Fräulein Neuhofer?«, fragte der Chef der Lotterie, als er ihr die Schlüssel reichte.

»Fahren?«, erwiderte Vicki, woraufhin die Umstehenden lachten. Der Fotograf, den man dazugebeten hatte, nutzte die Gelegenheit und knipste schnell ein paar Bilder der fröhlichen Gesellschaft.

»Das haben wir uns schon gedacht! Aber wohin?«

»Ach, wissen Sie«, sagte Vicki. »Es gibt einen echten Platz an der Sonne, den ich wahnsinnig gern hab.«

»Wirklich? Und verraten Sie ihn uns?«

»Freilich. Das ist der Gardasee. Für mich gibt's keinen schöneren Ort auf der Welt.«

»Da werden Ihnen sicher viele Menschen zustimmen«, erklärte der Chef der Lotterie. »Einschließlich meiner Wenigkeit.«

Unter dem Applaus der Anwesenden stieg Vicki in den Wagen, ließ sich vom Fotografen bitten, noch einmal aus- und dann wieder einzusteigen, damit er auch sicher ein paar schöne Bilder davon bekäme, und startete den Motor.

Es war ein roter Flitzer, dieser Wagen. So glänzend, dass man sich darin spiegeln konnte. Und innen roch er noch ganz neu. Vicki musste direkt seufzen, als sie die Hände aufs Lenkrad legte. Sie hatte einen Führerschein, sie hatte ein Auto – jetzt musste sie nur noch ihren Vater überreden, sie nach Italien fahren zu lassen. Obwohl ...

»Als Erstes möcht ich mit der Traudl ein paar Tage in den Schwarzwald fahren«, erklärte Vicki beim Abendessen. »Nach Freiburg vielleicht, da soll's recht schön sein.«

Heinrich Neuhofer musterte sie mit hochgezogener Augenbraue. »Seit wann interessierst du dich für den Schwarzwald?«

»Mein Professor hat sehr davon geschwärmt. Weißt du, Papa, der kommt aus Freiburg. Er hat uns viel von den dortigen Kunstschätzen erzählt. Die möcht ich furchtbar gern sehen.«

»Soso. Mit der Waltraud.«

»Genau! Ich will ja nicht allein fahren. Weißt du, so als Fräulein ohne Begleitung, das geht ja nicht …«

»Du könntest Josef mitnehmen«, schlug Heinrich Neuhofer vor.

Der Bruder allerdings winkte ab. »Für so was hab ich keine Zeit, Papa. Ich muss für mein Abitur lernen. Du weißt ja, wie schwer mir Mathe in der letzten Klasse gefallen ist.«

»Hm. Ja. Dann fährst du halt doch besser mit der Waltraud«, meinte der Vater zu Vicki. »Aber ihr zwei passt aufeinander auf, gell?«

»Freilich, Papa. Und wir verstehen uns ja auch prima.«

So war es beschlossen. Vicki würde gemeinsam mit Waltraud fahren. Allerdings nicht ins Breisgau, sondern ins Trentino und dann weiter zum Gardasee, so wie sie es den Leuten von der Lotterie erzählt hatte. Zum Glück war von den Eltern niemand dabei gewesen. Und zum Glück hatte Josef schnell reagiert, als der Vater den Vorschlag gemacht hatte, er könnte sie ja begleiten. Unauffällig zwinkerte sie ihm zu und er zwinkerte ebenso unauffällig zurück.

Waltraud, die mit ihrem Studium an der Hochschule für Gestaltung noch nicht fertig war, hatte allerdings vorerst nicht frei, um mitfahren zu können, und dann waren natürlich auch die Witterungsverhältnisse im Winter in den Bergen mit zu bedenken. So einigten sie sich schließlich auf die Tage vorm nächsten Osterfest.

Voller Vorfreude malten sich die beiden jungen Frauen aus, wie sie gemeinsam wieder an den Gardasee reisen würden. Sie schmiedeten Pläne, schwärmten sich gegenseitig von all den schönen Orten vor, die sie besuchen würden, von Limone, wohin Waltraud unbedingt wieder fahren wollte, von Salò, das es Vicki besonders angetan hatte, von der Tanzbar in Riva und dem gemütlichen Restaurant des Herrn Wimmer in Gardone … Und dann wurde Traudl kurz vor der Abreise krank. Eine Grippe hatte sie erwischt, ausgerechnet.

»Es tut mir so leid«, heulte Waltraud am Telefon.

»Und mir erst«, murmelte Vicki, nicht nur der Freundin wegen. Denn aller Wahrscheinlichkeit nach würde der Vater sie allein schlicht nicht fahren lassen. Eine junge Frau ohne Begleitung in einem eigenen Auto …

»Alles, was recht ist«, erklärte Heinrich Neuhofer denn auch kategorisch, als er sich die Sache am Abend von seiner Tochter auseinandersetzen ließ. »Aber allein fährst du mir nicht nach Freiburg, mein Fräulein, tut mir leid.«

Damit war er der Zweite, dem es für Vicki leidtat, und der Zweite, der ihr nicht helfen konnte – anders als Josef, der seiner Schwester beisprang. »Und wenn ich doch mitfahr?«, fragte er scheinheilig. »Ich wollt ja schon immer einmal in den Schwarzwald.«

»Aha? Hast du nicht gesagt, dafür hättest du keine Zeit, weil du lernen musst? Wenn ich mir das recht überlege, ist das auch ganz richtig!«, stellte der Vater fest.

»Aber …« Das war die Idee! »Ich könnt ihm ja helfen, Papa«, sagte Vicki. »Du weißt ja, dass ich immer sehr gut war in Mathe. In der Abschlussklasse war ich sogar eine der Besten.« Was zwar geschwindelt, aber auf die Schnelle jedenfalls nicht nachprüfbar war. »In einer ruhigen Umgebung, wo einen nichts ablenkt, da lässt sich gut lernen. Und während ich mir die Kunstschätze von Freiburg anschau, kann der Josef Aufgaben machen, die ich ihm stell und die ich dann anschließend mit ihm korrigier.«

Heinrich Neuhofer musterte seine Kinder, wiegte den Kopf, blickte zu seiner Frau, die mit den Schultern zuckte, und erklärte schließlich: »Eine Woche. Und keinen Tag länger, gell?«

*

Eine Woche, das war eine endlos lange Zeit, wenn man sich nach jemandem sehnte. Aber sie verging wie im Flug, wenn man mit einem geliebten Menschen zusammen war. Die Tage in Gardone rauschten nur so an Vicki vorbei, und es war ein wahrer Liebesrausch, den sie dort erlebte. Schon in aller Frühe holte Toni sie aus ihrem Zimmer ab und fuhr mit ihr an irgendeinen wunderschönen Platz, um mit ihr zu frühstücken, mal auf eine Anhöhe, von der aus man mitten in der Natur weit über den See blicken konnte, mal in ein entzückendes kleines Café in einem der winzigen Orte, die am Ufer lagen. Arm in Arm flanierten sie durch Salò und Sirmione. Garda lernte Vicki mit ihm kennen, in Malcesine aßen sie in der Pension, in der die Neuhofers im Sommer 1956 für eine Nacht abgestiegen waren. Und zum Tanzen gingen sie, buchstäblich jede Nacht.

Was Josef in all der Zeit machte, blieb Vicki völlig unbekannt, denn die Geschwister sahen sich kaum. Wenn sie das Zimmer verließ, lag er noch im Bett, wenn sie spätnachts zurückkam, schlief er meist schon. Nur einmal war auch er es, der noch unterwegs war, als Vicki ihrerseits todmüde ins Bett sank.

Und dann kam der letzte Tag, der Tag ihrer Abreise. An diesem Morgen frühstückten sie gemeinsam im Hotel. Bald würden sie losfahren müssen. Müde waren sie, alle beide.

»Ist ein schönes Plätzchen hier«, sagte Josef und nickte anerkennend. »Hast Glück mit deinem Toni.«

»Magst du ihn?«

»Freilich. Er ist ein feiner Kerl. Und wenn er dich glücklich macht, dann freut's mich, das ist doch klar.«

»Ich bin dir so dankbar, dass du mitgekommen bist«, sagte Vicki.

»Na ja, ganz selbstlos war das ja nicht«, erwiderte Josef grinsend. »Ein schöner Urlaub, ganz kostenlos … Du darfst ihn ruhig heiraten, deinen Antonio. Dann kann ich öfter herkommen …«

IV
AUFBRUCH

O sole mio

München 1959

Endlich war der Tag ihrer Hochzeit gekommen. Vier Jahre hatte Toni, seit er sie einst im Zitronenhain oberhalb des Gardasees überrascht hatte, auf sie gewartet. Jetzt war sie zweiundzwanzig Jahre alt und Vicki konnte ihr Glück kaum fassen, als ihr großer Traum endlich wahr wurde.

Toni hatte sie in einem eleganten weißen Mercedes abgeholt und war mit ihr zum Standesamt in der Nymphenburger Straße gefahren. Natürlich war Traudl Trauzeugin. Der andere Trauzeuge war Karl Volkhardt, der Sohn der Hoteliersfamilie, der seit der Hotelfachschule ein guter Freund von Toni geworden war.

Der Bräutigam trug einen maßgeschneiderten italienischen Anzug, nachtblau und sehr auf Figur geschnitten – Vicki fand, er sah umwerfend darin aus. Sie selbst hatte sich von einer Freundin, die für Miederwaren Heiß als Näherin arbeitete, ein Kleid nach einem eigenen Entwurf aus leicht changierender cremefarbener Seide fertigen lassen: ärmellos, gewagt dekolletiert, mit engem Körper und ausgestelltem Rock, der nur knapp übers Knie reichte und ihre hübschen, schlanken Beine gut zur Geltung brachte. Jedes Modemagazin wäre begeistert gewesen von diesem Brautpaar.

Die kirchliche Hochzeit sollte dann in Gardone stattfinden, so hatte sich Antonio mit dem Vater der Braut geeinigt. Vicki staunte, wie gut die beiden sich auf einmal verstanden.

Damals, als Toni sie in der Orffstraße besucht und Josef sich verplappert hatte, hatte es düster ausgesehen. Der Vater hatte Vickis Freund ins Nebenzimmer gebeten und eine Aussprache mit ihm gehalten, die so verdächtig leise gewesen war, dass Vickis Mut ins Bodenlose gesunken war.

Als die Männer wieder aufgetaucht waren, hatte sich Toni in aller Form für die Einladung zum Kaffee bedankt und verabschiedet und Vicki lediglich die Hand geküsst, und der Vater hatte sich an die Tafel gesetzt, als wäre nichts geschehen, und, ohne ein Wort über die Unterredung zu verlieren, seinen Kuchen gegessen, seinen Kaffee getrunken und war schließlich im Schlafzimmer der Eltern verschwunden.

Als Vicki später im Regina-Palast-Hotel angerufen hatte, war Toni schon abgereist. Heulend hatte sie sich auf ihr Bett geworfen und ihr Leben, alle ihre Träume in Trümmer gehen sehen, bis sich irgendwann ihre Mutter zu ihr gesetzt und erklärt hatte: »Sie haben eine Verabredung getroffen, Kind.«

»Eine Verabredung?«

»Der Papa und dein Toni.«

»Was denn für eine Verabredung?« Schniefend hatte Vicki sich aufgerichtet und die Mutter forschend angeblickt.

»Wenn er auf dich wartet, darf er dich haben – für den Fall, dass du ihn dann noch magst.«

»Wartet?«, hatte Vicki verständnislos wiederholt. »Aber … das … das tut er doch schon die ganze Zeit. Wie … wie lange soll er denn noch warten?«

»Bis du volljährig bist, Viktoria.«

»Aber … aber das dauert ja noch eine Ewigkeit!« Sie hatte es fast geschrien.

»Wenn er so lange auf dich wartet, dann weißt du wenigstens, dass er's ernst meint.« Die Mutter hatte versucht, Vicki aufmunternd zuzulächeln. Aber auch in ihrem Gesicht war der Schmerz zu erkennen, den eine so lange aufgeschobene Liebe bedeutete. Hatte nicht auch sie viel zu lange auf ihren Mann warten müssen, als er in Kriegsgefangenschaft war? »Es tut mir leid, Kind«, sagte sie leise, vielleicht damit es Heinrich Neuhofer nebenan nicht hörte. »Ich weiß, dass es schwer ist.«

»Schwer!«, hatte Vicki aufgeschluchzt, ehe sie sich wieder aufs Bett geworfen hatte, um den Tränen erneut freien Lauf zu lassen.

Doch irgendwann war es besser geworden. Denn auch wenn es dauern mochte, so konnte man die Tage, die Wochen und Monate doch zählen, bis es vorbei war, und dann …

Also hatte sie gewartet. Zunächst auf Anrufe. Das war etwas, was sich unmittelbar verbessert hatte: Sie musste nicht mehr in der Schalterhalle der Hauptpost ausharren, bis ihr eine Kabine zugewiesen wurde, damit sie die geliebte Stimme hören konnte. Auch Briefe konnte sie jetzt nach Hause geschickt bekommen. Und davon machten sie beide reichlich Gebrauch. Toni schrieb ihr oft, sie schrieb ihm noch viel öfter. Dafür war stets er es, der anrief. Jeden Mittwoch- und Freitagabend und jeden Sonntagnachmittag klingelte das Telefon, und Toni Baur fragte nach der Tochter des Hauses. Dann sprachen sie leise miteinander, damit die anderen sie nicht belauschen konnten, schworen sich ewige Treue, küssten einander durchs Telefon und hängten irgendwann schweren Herzens wieder auf – bis zum nächsten Mittwoch oder Freitag oder Sonntag.

Als sie dann endlich volljährig war, hatten sie sich auf einen Termin geeinigt, bis zu dem sich alles organisieren ließ und Vickis Aufträge in München so weit abgeschlossen waren, dass sie entbehrlich wäre, und nun standen sie hier vor dem Standesbeamten, der ihnen freundlich zulächelte und ab und zu einen kleinen Scherz einfließen ließ, um die Zeremonie ein wenig heiterer zu gestalten, bis er die heißersehnte Formel sprach: »Willst du, Antonio Ricardo Baur aus Gardone, Italien, die hier anwesende Viktoria Martha Elisabeth Neuhofer zu deiner rechtmäßig angetrauten Ehefrau nehmen, willst du …«

Den Rest konnte Vicki gar nicht hören, weil ihr ganz schwindelig war. Sie musste sich vor allem darauf konzentrieren, nicht umzukippen oder hemmungslos loszuheulen. Nur das »Ja, ich will«, das Toni mit fester, klarer Stimme sagte, das hörte sie. Und ihr eigenes »Ja, ich will«, das sie wenig später mit rauer Stimme kaum über die Lippen brachte, das hörte sie auch. Und seinen Kuss, den spürte sie, mehr als jeden anderen Kuss, den er ihr bisher gegeben hatte. Niemals würde sie diesen Kuss vergessen!

Die anderen Anwesenden würden ihn vermutlich auch nie vergessen, weil er so innig war, dass sich der Standesbeamte irgendwann räusperte, um die Frischvermählten daran zu erinnern, dass dies noch nicht der Beginn der Hochzeitnacht war.

In »Gistels Kanne« fand sich die Gesellschaft anschließend zu einem großzügigen Mittagessen ein. Karl Volkhardt, der mit dem Wirt befreundet war, hatte sich um alles gekümmert. Sosehr Heinrich Neuhofer gebremst hatte, so groß seine Vorbehalte gegenüber einem Italiener gewesen waren und so schwer er es seiner Tochter und ihrem Verlobten gemacht hatte – jetzt, da Vicki einen Hoteliersohn geheiratet hatte, der offenbar sogar in München mit wichtigen Persönlichkeiten und den einflussreichsten Familien bestens bekannt war, sprühte ihm der Stolz förmlich aus jedem Knopfloch.

»Und wie viele Zimmer hat Ihr Hotel?«, wollte er von Toni wissen.

»Bitte, lieber Schwiegervater, Sie müssen mich doch nicht siezen. Für Sie bin ich doch der Toni.«

»Ja, also, dann … dann sagst halt du auch nicht Schwiegervater zu mir, sondern … Papa«, erwiderte der überrumpelte Heinrich Neuhofer, und es war ihm mehr als deutlich anzusehen, dass er dieses Angebot im selben Augenblick bereute, in dem er es ausgesprochen hatte.

»Gern …«, erklärte Toni, »… Papa. Also, es hat sechzig Zimmer. Es sind aber zurzeit nur etwa vierzig in Gebrauch.«

»Sechzig Zimmer«, raunte Heinrich Neuhofer anerkennend. Dann musste es wohl wirklich ein Grandhotel sein. Er hatte ja die Bilder auf den Postkarten gesehen, das schon, aber wenn man es sich dann einmal so richtig bewusst machte … »Und wie lange besteht das Haus schon?«

»Einige Jahre war es ja beschlagnahmt«, führte Antonio aus. »Im Krieg. Im ersten. Und im zweiten ebenfalls. Aber es war vorher schon und dazwischen auch ein Hotel. Erbaut wurde es 1888. Damit gehört es zu den ersten Grandhotels am Gardasee.«

Beeindruckt nickte der Brautvater und blickte sich um, ob es die anderen auch gehört hatten.

»Wenn wir in zwei Wochen dort die kirchliche Hochzeit feiern, dann hoffe ich, dass die ganze Familie es kennenlernen wird!«

✼

So geschah es dann auch. Zwei Wochen nach der standesamtlichen Hochzeit in München heirateten Vicki und Toni kirchlich in Gardone. Das kleine Gotteshaus war festlich geschmückt, und anders als in »Gistels Kanne« war nicht nur eine Handvoll Gäste anwesend, sondern anscheinend der halbe Ort.

Vicki kannte nur einen Bruchteil der Teilnehmer an ihrer eigenen Trauung. Gewiss, da war Verwandtschaft der Baurs aus Südtirol, Tanten, Onkel, Basen, entferntere Angehörige. Auch Tonis Schwester Renata, die in Bozen lebte, lernte Vicki endlich kennen. Dann die Mitarbeiter des Hotels, die – bis auf eine kleine Kerngruppe, die die Gäste des Fasano versorgen musste – eingeladen waren. Honoratioren des Ortes waren da, Freunde von Toni, die allein schon mehr Köpfe zählten als eine gewöhnliche Hochzeitsgesellschaft sonst, und dann das bisschen Verwandtschaft aus München: die Neuhofers einschließlich der Tanten Änny und Maja. Und natürlich Waltraud und ihr Verlobter Hans. Denn auch Traudl war drauf und dran, den Hafen der Ehe anzusteuern.

Am Ende der Trauung, von der Vicki selbst kaum ein Wort verstand, weil ja alles auf Italienisch stattfand, schritten die Frischvermählten aus der Kirche, wurden mit Rosenblütenblättern und Reis beworfen, fotografiert und bejubelt und spazierten dann unter vielfachen »Evviva«-Rufen hinunter zum kleinen Hafen des Örtchens, wo ein mit Blumen geschmücktes Boot auf sie wartete, um sie hinüber zum Hotelanleger zu bringen. Wie die Gondoliere in Venedig sang der Bootsmann für das Brautpaar, während er ruderte: »O sole mio« und »O mio babbino caro«. Letzteres vielleicht ein bisschen falsch, aber das machte nichts. Für Vicki hörte es sich an, als würden Engel für sie frohlocken.

Man sagte ja immer, der Hochzeitstag sei der schönste Tag

im Leben. Vicki hatte oft bezweifelt, dass er das für die Bräute wirklich war. Denn er war schon anstrengend, dieser Tag, und man hatte keinen Moment, um auszuruhen, sich einfach ein bisschen zu entspannen, sich treiben zu lassen … doch Toni ermöglichte ihr genau das! Während sie noch staunte, dass sie nun tatsächlich für eine Viertelstunde ihre Ruhe vor der riesigen Hochzeitsgesellschaft hatten, sah sie, wie Toni dem Bootsmann ein Zeichen gab, es auch mit dem Gesang gut sein zu lassen. Der grinste nur und blickte dann in eine unbestimmte Ferne, sodass es sich für das junge Paar endlich wirklich anfühlte, als wären sie ganz allein, nur für sich, weitab von allem auf diesem wunderschönen See, dessen Wellen sie sanft hin und her wiegten.

Vicki kuschelte sich in Tonis Armbeuge und flüsterte: »Das ist wirklich der schönste Tag in meinem Leben, weißt du?«

»Und in meinem«, flüsterte Toni zurück. »Aber ich freu mich schon auf alle, die noch kommen werden.«

»Ich auch, Toni. Ich freu mich auch so.«

*

Am Anleger des Grand Hotel Fasano wurden sie so begeistert empfangen, wie sie drüben im Ort verabschiedet worden waren. Viele der Kirchenbesucher waren bereits da und hießen sie nun wieder willkommen, ganz vorneweg Waltraud, für die Toni, wie Vicki wusste, heimlich ein Doppelzimmer reserviert hatte, damit sie auf ihren Freund nicht ausgerechnet an diesem besonderen Ort verzichten musste.

Vicki bewunderte Toni dafür, dass er sich so gut in andere Menschen hineinzuversetzen vermochte. Immer schien er zu wissen, was andere brauchen konnten und womit man ihnen eine Freude bereiten könnte – vor allem natürlich ihr.

*

Womit er ihr, nachdem endlich, endlich auch die letzte Tarantella verklungen war und sie mit den letzten Gästen einen Abschiedsplausch gehalten hatten, eine Freude zu machen gedachte, lag auf der Hand. Was natürlich auch umgekehrt galt. Vicki hatte sich extra bei Miederwaren Heiß besonders schöne Unterwäsche besorgt, einen atemberaubenden Spitzen-BH und ein Höschen, für das ihre Mutter sich geschämt hätte. Sie hatte grinsen müssen, als sie sich darin vor dem Spiegel betrachtet hatte. Aber wenn jemand wusste, wie wichtig die Verpackung war, dann sie.

Und doch war sie unvorstellbar aufgeregt, als es ans »Auspacken« ging. Toni hatte eine Hochzeitssuite herrichten lassen: die schönste Unterkunft im ganzen Hotel. Mehrere Blumensträuße verströmten in den Räumen einen betörenden Duft, eine Flasche Champagner wartete in einem Eiskübel.

»Moment«, mahnte Toni, als Vicki eintreten wollte, und packte sie, um sie im nächsten Augenblick hochzuheben und auf beiden Armen über die Schwelle zu tragen. »So muss das sein.«

»Und so hab ich's mir auch immer vorgestellt«, sagte Vicki, um ihn abermals zu küssen – wohl zum hundertsten Mal an diesem Tag!

Sanft ließ er sie wieder zu Boden gleiten, hielt ihre Hand und drehte sie, so wie er sie unten auf der Tanzfläche wieder und wieder gedreht hatte. »Rundum bezaubernd bist du, mein Schatz«, stellte er fest. »Ich bin der glücklichste Mann auf der Welt.«

»Mach die Vorhänge zu«, flüsterte Vicki. »Ich glaub, jetzt ist es Zeit.« Er wusste schon wofür.

Es war ein langer und anstrengender Tag gewesen, für sie

beide. Toni aber war davon nichts anzusehen. Mit drei eleganten Schritten war er beim Fenster und schloss es, zog die Vorhänge zu und knöpfte sein Jackett auf. Vicki schlüpfte aus den Pumps und kam auf ihn zu. Sie nahm seine Krawatte und zog ihn zum Bett, ließ es zu, dass er den Reißverschluss ihres Kleides in ihrem Rücken suchte und gekonnt öffnete. Blickte ihm unablässig in die Augen und lockte ihn mit kleinen Küssen immer näher. Sie zog seine Krawatte aus dem Kragen und öffnete die Knöpfe seines Hemds, ließ ihn ihr Kleid herabstreifen, half ein wenig mit und genoss es, wie er nach Luft schnappte, als er sah, was sie darunter trug.

»Du ... du ...« Er suchte nach Worten.

»Schschsch ...«, machte sie und schloss seinen Mund mit ihren Lippen.

Und dann ging alles ganz leicht. Womöglich sogar ein bisschen zu leicht. Gewiss, Antonio war neun Jahre älter als sie, und Vicki hatte sich keine Illusionen gemacht, dass er auch nur annähernd so unerfahren war wie sie selbst. Aber dass er ihr derart gekonnt und einfühlsam half in dieser ersten gemeinsamen Nacht, fühlte sich zwar unendlich gut an, wurmte sie aber doch auch ein wenig. Oder vielleicht sogar mehr als nur ein wenig.

*

»Paris!«, schlug er vor. »Oder gleich nach New York!«

»Geh, New York. Was soll ich denn da? Ich kenn keinen Menschen, der in den Flitterwochen nach New York geflogen wär.«

»Wenn du danach gehst, dann müssten wir nach Venedig. Aber das liegt ja nur zwei Stunden mit dem Auto entfernt, da können wir jeden Tag hinfahren.«

»Nein, Toni«, erwiderte Vicki. »Ich will nach Rom.«

»Rom. Hm. Oder vielleicht Athen? Monte Carlo! Das wär doch was!«

»Monte Carlo«, meinte Vicki schwärmerisch, »da könnt ich schon schwach werden.«

»Also?«

»Nein. Ich will nach Rom. In die Ewige Stadt! Das wollt ich schon immer!«

Toni zuckte die Achseln. »Von mir aus. Mit dir fahr ich überall gern hin. Und wenn's nach Timbuktu ist!«

»Timbuktu!«, rief Vicki. »Da will ich als Nächstes hin! Das soll wunderschön sein, weißt du das gar nicht?«

»Ich hatte keine Ahnung«, gab Toni zu. »Aber für so was hab ich ja jetzt dich. Du weißt alles, was ich nicht weiß.«

»Ha! Wenn du wüsstest …« Tatsächlich hatte Vicki nämlich einen Hintergedanken bei ihrem Wunsch für die Hochzeitsreise. Doch darüber würde sie Toni erst auf dem Weg dorthin aufklären. So gut kannte sie ihn, dass ihr klar war, dass er in diesen Tagen nur Vergnügen wollte. Sie würden in den besten Hotels absteigen, in die mondänsten Nachtclubs gehen, die schickesten Tanzbars besuchen, in den teuersten Restaurants essen und sich überall verwöhnen lassen, wie es nur ging. Dagegen hatte sie nicht das Geringste, nein, sie freute sich darauf! Aber sie wollte noch mehr.

»Weißt du, was ich in Rom auch gern sehen würde?«, fragte sie ihn, als sie nach einem Zwischenstopp in Florenz in Richtung Hauptstadt unterwegs waren.

»Du wirst es mir bestimmt verraten.«

»Die Opera Nazionale.«

»Du meinst, du möchtest in die Staatsoper?«

»Nein, Toni, nicht in die Oper. Zur Opera Nazionale Combattenti!«

Verständnislos blickte Toni sie so lange von der Seite an, dass sie erschrocken zum Lenkrad griff, damit er nur ja nicht von der Straße abkam. Sie waren in seinem roten Zweisitzer unterwegs, einem Lamborghini, der immer wieder bestaunt wurde, wenn sie ihn vor einem Restaurant oder einem Geschäft abstellten. Wenn sie zurückkamen, standen stets ein paar Jungs um den Wagen und oft auch einige Männer, die fachsimpelten. Manchmal war es offensichtlich, dass sie nicht wussten, ob sie den Besitzer mehr um den Wagen oder um die hübsche blonde junge Frau beneiden sollten, mit der er unterwegs war.

»Was willst du denn um Himmels willen bei der Opera Nazionale Combattenti?«

»Das erzähl ich dir, wenn wir in Rom sind, mein Schatz.«

Tatsächlich überlegte sie hin und her, wie sie es ihm erklären sollte. Einerseits war sie felsenfest überzeugt, dass ihre Idee die richtige war, andererseits fürchtete sie, sie könnte Toni und seiner Familie damit auf die Füße treten, denn auch wenn sie jetzt nicht mehr Viktoria Neuhofer war, sondern Vicki Baur, und auch wenn sie damit zu einer angesehenen Familie in Gardone gehörte und ihr Mann sie mehr als offensichtlich vergötterte, wusste sie doch, dass es ihr an Erfahrung fehlte. Die Erfolge, die sie in München als Designerin gefeiert hatte – und das waren einige gewesen! –, waren hier nichts wert. Oder zumindest nicht viel.

Flittertage

Rom 1959

Die Vororte der Ewigen Stadt flogen an ihnen vorbei, wenig verheißungsvoll allerdings, weil sie hauptsächlich aus Arbeiterwohnblöcken bestanden. Fast war Vicki ein wenig enttäuscht, wie unspektakulär die letzten Kilometer waren – bis sie auf einmal auf eine zypressengesäumte Straße gelangten, die sie schnurgerade auf die Mitte zuführte. Sie passierten ein uraltes Tor, kamen vorbei an mächtigen und prächtigen Renaissancevillen. Der Verkehr wurde so dicht, dass Toni immer öfter hupte und lustvoll fluchte – auf Italienisch, vielleicht, um seine junge Ehefrau nicht zu sehr zu schockieren, vielleicht auch, weil es die Sprache war, in der er nun einmal fluchte. Standbilder tauchten auf, alte Gemäuer, antike Ruinen und dann das gewaltige Monument für Vittorio Emanuele II., das Vicki tief beeindruckte. Der Verkehr brauste vorbei, als wäre dieses überwältigende Bauwerk gar nicht vorhanden. Dass an diesem Ort nicht alle ergriffen innehielten und staunten, konnte Vicki nicht verstehen. Aber als sie zwei Minuten später das Kolosseum vor sich auftauchen sah, das wie die Mitte eines irrwitzigen Kreisels vom Verkehr umtost war, wurde ihr klar, dass die Römer ganz offenbar viel zu sehr daran gewöhnt waren, vom Erbe der Jahrtausende umgeben zu sein, als dass sie sich groß darum geschert hätten.

Ihr Hotel lag auf dem Quirinal, nicht weit entfernt vom Präsidentenpalast. Auch hier war Vicki sprachlos, wie mächtig die Eindrücke waren, die auf sie eindrangen. Sie hatte sich auf Rom gefreut, ja, sie hatte Denkmäler erwartet und Museen, die sie würde besuchen können. Sie hatte gewusst, dass es das Forum Romanum gab und den Vatikan, dass man auf die sieben Hügel der Stadt steigen und vielleicht sogar die Katakomben an der Via Appia besuchen konnte. Aber dass sie hier inmitten von zweitausendfünfhundert Jahren Kunstgeschichte leben würde, das hatte sie nicht geahnt.

»Und? Gefällt's dir?«, fragte Toni, als er die Fenster ihrer Suite öffnete, von denen aus man bis hinüber zum Palatin sehen konnte.

»Ich bin überwältigt«, erwiderte Vicki.

»Also so toll ist das Hotel jetzt auch nicht«, befand Toni. »Ein bisschen besser als unseres vielleicht.«

»Ich spreche ja gar nicht vom Hotel«, warf Vicki ein. »Das ist auch schön, ja. Aber ich rede von der ganzen Stadt! So hab ich mir das nicht vorgestellt!«

»So laut, meinst du? So viel Verkehr? Dass alle schimpfen und herumschreien und fluchen …« Er lachte. »Und ich hab gleich mitgemacht.«

»Nein, Toni. Schau dich doch um. Wo man hinblickt, ist Kunst und Geschichte. Ich glaub, die wissen hier gar nicht, was sie an ihrer Stadt haben!«

Toni trat zu ihr und nahm sie in den Arm. »Das wissen sie schon. Aber wenn man damit leben muss, ist es auf einmal gar nicht mehr so besonders. Sondern anstrengend. Weißt du, in so einer alten Stadt, da sind auch die Probleme nicht mehr totzukriegen. Nichts funktioniert hier. Die Müllabfuhr ist katastrophal, der Strom fällt dauernd aus, nachts darf man bestimmte Ecken nicht aufsuchen, der Tiber ist dreckig ...«

Vicki zuckte die Schultern. »Das macht mir nichts. Ich liebe die Stadt. Und ich bin schon sehr neugierig auf die Opera Nazionale Combattenti.«

Toni schnaubte. »Jetzt sagst du mir aber endlich, was es damit auf sich hat, ja?«

*

Schon am nächsten Tag saßen sie in den Büros des Veteranenversorgungswerkes, dem das Grand Hotel Fasano gehörte.

»So, wie das Haus jetzt betrieben wird, rechnen wir mit Verlusten in Höhe von mehreren Millionen Lire pro Jahr. Dauerhaft.« Antonio hatte seine Rolle perfekt gelernt, Vicki war stolz auf ihn. So zerknirscht, wie er sich hier gab, hatte sie ihn noch nie gesehen.

»Dann müssen wir das Management austauschen«, erklärte der Direttore bestimmt und hob entschuldigend die Hände.

»Das hätte ich auch vorgeschlagen«, behauptete Toni dreist. »Aber das wird natürlich nichts ändern.«

»Und wieso nicht? Neue Besen kehren gut!«

»Das neue Management wird auch nur mit Wasser kochen«, konterte Toni. »Wenn Sie es finanziell nicht besser ausstatten, wird es nicht mehr bewirken können als das alte. Und als Mitglied dieses alten Managements darf ich Ihnen versichern, allein durch den Umstand, dass wir schon so lange am Ort sind, genießen wir Vorteile beim Einkauf und beim Personal, von denen jeder Neue nur träumen kann. Trotzdem können wir damit eines nicht ersetzen: Geld. Sie müssten Millionen investieren, wenn das Fasano nicht dauerhaft Verluste verzeichnen soll.«

Der Beamte wiegte den Kopf. »Ich weiß nicht«, sagte er. »Warum soll denn in diesem Hotel auf einmal alles im Argen liegen?«

»Auf einmal?« Antonio lachte. »Das ist nichts, was über Nacht entstanden wäre. Es ist einfach jahrzehntelang nichts investiert worden. Die Bäder müssen vollständig erneuert werden. Die Leitungen im Haus gehören saniert, und zwar sowohl die für Wasser als auch die für Elektrizität. In der Fassade sitzt der Pilz, und der Dachstuhl wird sicher in den nächsten zwei bis drei Jahren einstürzen, wenn er nicht vorher von einem Sturm weggerissen wird. Der ist so morsch, dass man mit dem Finger Löcher in die Balken bohren kann. Und wenn ich an die Kellerräume denke ...« Toni verdrehte theatralisch die Augen.

Vicki musste schlucken, um nicht laut aufzulachen. Sie verstand nur einen Teil dessen, was der Beamte sagte, doch Tonis Part hatten sie ausgiebig einstudiert – und er spielte ihn vorzüglich!

»Va bene«, sagte der Direttore. »Also sollten wir das Hotel schließen.«

Der Hoteliersssohn schürzte die Lippen. »Schließen wäre noch eine der besten Lösungen. Dann kostet das Objekt zwar immer noch Geld, aber zumindest wird niemand zu Schaden kommen.«

»*Eine* der besten Lösungen?«

»Verkaufen wäre eine andere.«

»Wenn das Hotel in einem so schlechten Zustand ist, wie Sie behaupten, werden wir keinen Käufer finden«, stellte der Beamte fest.

Toni nickte gedankenschwer. »Ja«, sagte er. »Es braucht

schon jemanden, der sehr mutig ist, um dort zu investieren, wo die Experten der Opera Nationale Combattenti eine Investition gescheut haben.«

Der Direttore musterte ihn mit zusammengekniffenen Augen. »Signor Baur. Sie haben doch etwas im Sinn. Sprechen Sie es aus!«

Toni seufzte tief, blickte einmal zu seiner jungen Frau, als müsste die nun ganz stark sein, und erklärte: »Sehen Sie, das Fasano ist praktisch mein Elternhaus. Ich bin dort aufgewachsen. Niemand kennt es besser als ich. Wenn es jemand schafft, dieses Objekt wieder bewohnbar zu machen, dann denke ich, dass das am ehesten ich wäre.«

»Sie möchten es kaufen?«

»Ich könnte nicht viel Geld dafür ausgeben, weil ich, wie ich schon sagte, ja noch Millionen in die Renovierung stecken müsste. Aber ja, ich würde es wagen.«

»Was heißt *nicht viel Geld*?«, wollte der Beamte wissen und nahm eine Zigarette aus einer goldenen Dose, ohne seinen Gästen eine anzubieten oder Vicki zu fragen, ob es sie störte.

Toni zögerte. Dann griff er in die Innentasche seines Jacketts und nahm einen Block und einen Stift heraus, schrieb etwas auf den Block, riss das Blatt ab, faltete es und schob es über den Tisch.

Der Beamte zog den Zettel zu sich, warf einen Blick darauf, nahm seinerseits einen Stift und notierte etwas auf einen anderen Zettel, faltete diesen zusammen und schob ihn nun seinerseits auf dem Tisch in Richtung seines Gesprächspartners. »Voraussetzung ist natürlich, dass Sie den Kauf und die Renovierung auch finanziert bekommen, Signore«, bemerkte er mit einer gewissen Skepsis in der Stimme.

Toni betrachtete die Zahl, die der Beamte notiert hatte, schwieg einen Moment und erklärte dann: »D'accordo,

Direttore. Wir werden uns noch heute um die Finanzierung kümmern.«

»Va bene. Sobald Sie mir entsprechende Dokumente vorlegen, können wir den Kaufvertrag ausfertigen.«

*

»Es tut mir so leid«, sagte Toni, als sie das Gebäude verließen. »Damit ist dein schöner Plan natürlich gescheitert, bevor wir überhaupt beginnen konnten.«

»Aber warum?«, fragte Vicki. »Wir haben ihn doch so weit, dass er verkaufen will.«

»Ja. Aber nur, wenn wir eine Finanzierung hinbekommen. Und das werden wir nie!«

Vicki zog ihren Ehemann an sich und küsste ihn. »Das versteh ich nicht an dir«, sagte sie und blickte ihm tief in die Augen. »Du bist so ein gebildeter, weltgewandter und eleganter Mann und hast so wenig Selbstvertrauen.«

»Also, dass ich wenig Selbstvertrauen hätte, das hat mir noch niemand gesagt.«

»Dann wird es aber Zeit!«, erklärte Vicki. »Eine kleine Eroberung für den Abend machen, das kann jeder. Aber ein Grandhotel zu erobern, dazu gehört schon mehr Ehrgeiz.«

Toni lief ein Stück mit ihr die Straße entlang in Richtung Kapitolshügel. Irgendwann blieb er stehen und stellte klar: »Wenn du mir das zutraust, dann traue ich mir das auch zu, Vicki. Aber glaub nicht, dass es leicht wird.«

»Das glaube ich auch nicht«, erwiderte Vicki. »Ich glaube bloß, dass wir es schaffen können.«

»Und was die kleinen Eroberungen betrifft ...«

»Untersteh dich!«, rief Vicki und boxte ihm scherzhaft gegen die Schulter.

Lachend spazierten sie weiter, und eine glückliche Fügung wollte es, dass sie auf diesem Wege direkt an der Banca di Roma vorüberkamen.

»Na also«, sagte Vicki. »Dann probieren wir doch unser Glück.«

»Probieren wir es«, stimmte Toni zu. »Wir haben schließlich nichts zu verlieren.«

*

Als sie allerdings eine dreiviertel Stunde später wieder herauskamen, wussten sie, dass noch ein langer und steiniger Weg vor ihnen liegen würde: Liegenschaftsunterlagen mussten sie beibringen, einen Geschäftsplan, eine Vermögensaufstellung, Bürgschaften, einen Eigenkapitalnachweis …

»Ich glaub es nicht!«, rief Antonio verzweifelt. »Sind das Italiener oder Deutsche?«

»Weil sie solche Bürokraten sind?« Vicki lachte über ihren Mann und staunte auch ein bisschen, weil er die einfachsten Dinge zu vergessen schien. »Das kommt doch ganz darauf an, oder?«

»Worauf kommt es an?«, fragte Toni und zündete sich verärgert eine Zigarette an.

Vicki nahm sie ihm aus der Hand und zog daran, ehe sie sie ihm wieder zurückgab. »Darauf, ob du dich wie ein Deutscher behandeln lassen willst oder ob du selbst die Dinge ein bisschen … kreativer angehst.«

»Kreativer …« Er lächelte, als würde er sich ertappt fühlen. »Du hast schon recht, Cara. Warum sollte in der Bank nicht funktionieren, was in der Behörde bestens funktioniert hat? Lass uns noch einmal hineingehen.«

Nur dass es dann eben doch nicht funktionierte. Ob durch

Zufall oder weil in dieser ehrwürdigen Institution so etwas wie Bluff und Schmeicheleien ganz einfach nicht wirkten – der Bankbeamte ließ nicht nur alle Luftschlösser platzen und ungerührt alle Komplimente an sich abperlen. Er schien sich vielmehr geradezu über die Ideen des jungen Paars zu amüsieren. Bis er plötzlich ernst wurde. Vielleicht war es die Vehemenz des Vortrags, vielleicht war es aber auch das Feuer für das Projekt, das in dem Hotelierssohn und seiner Frau so offensichtlich und so heftig brannte, das ihn sagen ließ: »Sie meinen es wirklich ernst, ja?«

»Meine Frau meint es ernst«, sagte Toni entschuldigend.

»Dann ist es ernst«, erwiderte der Bankbeamte. »Glauben Sie mir, ich kenne mich aus. Ich bin auch verheiratet.« Nicht nur die Männer lachten über diesen Scherz. Auch Vicki amüsierte sich, weil sie erkannte, dass dieser Herr im dunklen Anzug und mit den streng zurückgekämmten Haaren ihnen eine Brücke baute. Zu gern hätte sie ebenfalls mitgescherzt. Aber ihr Italienisch war bei weitem noch nicht gut genug dafür. Es reichte gerade, um etwas zum Essen zu bestellen oder ein paar Grußfloskeln loszuwerden.

»Was Sie bringen müssen, ist ein Geschäftsplan«, sagte der Bankier. »Ohne den geht es nicht, egal, wie sehr Ihre Frau es sich wünscht. Außerdem muss ich wissen, was Ihr Hotel in diesem Jahr umsetzen wird, wie viel Sie nach der Sanierung an Umsatz erwarten, wie der Schuldenstand ist und welche Sicherheiten Sie leisten können.«

»Aber wie viel das Hotel in diesem Jahr umsetzen wird, kann ich erst am Ende des Jahres sagen.«

»Sie können schätzen.«

»Und wie viel es nach der Sanierung abwirft, das wissen wir auch erst dann.«

»Schätzen Sie!«, wiederholte er, und sein Blick schien zu

sagen *Herr Baur! Sie haben mich auf Ihrer Seite, ich reiche Ihnen die Hand, nun nehmen Sie sie endlich!*
»Das werden wir gern tun.«
»Bis morgen Nachmittag um vier Uhr.«
»Morgen ...«, keuchte Toni.
»Perfetto«, sagte Vicki. »Morgen.«

※

Die Nacht verbrachten sie mit Unmengen Kaffee und wie im Fieber über Zetteln, auf denen sie ihre Ideen und Notizen aufschrieben. Welche Arten von Renovierungen ihnen vorschwebten, was es an Neuerungen beim Service geben müsste, was neu gebaut werden sollte ...

»Einen Swimmingpool«, bestimmte Vicki. »Ein zeitgemäßes Grandhotel braucht einen Swimmingpool.«

»Aber Schatz!«, widersprach Toni. »Wir haben den größten Swimmingpool vor dem Haus: den See!«

»Glaub mir, es gibt Leute, die lieber im See schwimmen, und solche, die einen Pool vorziehen.«

»Das mag sein ... aber lohnt sich das?«

»Das müssen wir uns überlegen.« Allerdings stand für Vicki fest, dass ein Pool eine gute Investition sein würde.

»Die Bar muss auf jeden Fall neu gemacht werden«, sagte Toni. »Weißt du, wenn man ins Vier Jahreszeiten in München geht oder ins Imperial in Wien, dann ist die Bar immer ein sehr würdiger Ort. Holzgetäfelt, mit schweren Sesseln auf der einen Seite. Spiegel, hohe Theke, glitzerndes Kristall und elegante Hocker auf der anderen Seite ... So was sollten wir auch haben.«

»Ist notiert«, erklärte Vicki und lachte. »Davon musst du mich nicht überzeugen.«

Andere Details waren schwieriger festzulegen. Sollten sie wirklich die alten Bettgestelle durch neue moderne Doppelbetten ersetzen? Brauchte man eine Dusche in jedem Zimmer, wenn es schon eine Badewanne gab?

»Ich möchte Handtücher und Bademäntel mit unserem eigenen Emblem.«

Toni hob eine Augenbraue. »Sehr mondän.«

»Eben. So stelle ich mir unser Grandhotel auch vor.«

»Dann will ich einen Flügel in der Bar.«

»Nein«, widersprach Vicki. »Den stellen wir in die Hotelhalle. Ich will, dass man den Pianisten auch in der Lobby hören kann.«

»Von der Halle gibt es alte Fotos …«, sagte Toni.

»Ich weiß. Ich hab sie im Büro gesehen.«

»Wir sollten versuchen, die Halle so wiederherzustellen, wie sie früher war.«

Vicki nickte. »Das ist eine gute Idee. Das war sehr elegant. Und die alten Fotos, die hängen wir da hinein. Dann sehen die Gäste, in was für einem altehrwürdigen Hotel sie abgestiegen sind.«

Schreiner würden sie brauchen, Maler, Stuckateure, Maurer und Zimmerleute. Nur eines brauchten sie nicht, das machte Vicki von vornherein klar: Dekorateure. »Das mach ich selbst. Erstens ist es billiger, und zweitens weiß ich, dass es was Gescheites wird.«

»Bist du dir wirkich sicher, dass wir uns das alles antun sollten?«, fragte Toni spät am Abend. »So viel Arbeit, Opfer und endloses Improvisieren …«

Vicki schlang die Arme um ihn und erklärte zutiefst überzeugt: »Das bin ich, mein Lieber. Wenn man es für andere macht, ist es sinnlos. Aber wenn man es für sich selber macht …« Sie senkte die Stimme. »Und vielleicht auch für die eigenen Kinder, dann ist es den Versuch wert. Auch wenn es Jahre dauert.«

»Viele Jahre.«

»Viele Jahre.«

*

Als sie am nächsten Tag alles sortierten, ins Reine schrieben, abtippen ließen und in edle Mappen packten, war aus einem vagen Mädchentraum ein seriöses Projekt geworden, das sicherlich noch längst nicht in allen Einzelheiten durchgeplant, aber über Nacht sichtbar geworden war – im wahrsten Sinne des Wortes.

Und tatsächlich betrachtete der Bankier die Listen und Aufstellungen, Tonis Kostenschätzungen und Vickis Skizzen mit ernster Neugier, um schließlich die Mappen wieder zu schließen und aufzublicken. »Alora«, sagte er und lächelte entgegenkommend. »Wir werden über die Zinsen sprechen müssen. Und über die Laufzeit.«

Zwei Stunden später setzte zuerst Antonio Baur seine Unterschrift unter einen Vorvertrag, dann seine Frau: Vicky Baur.

»Vicky mit Ypsilon?«, fragte er, als sie kurz darauf das Gebäude verließen.

»Ich bin demnächst Hotelbesitzerin, mein Lieber«, erklärte sie. »Mit Ypsilon sieht das einfach ein bisschen weltläufiger aus.«

Andiamo!

Gardone Riviera 1959

Völlig perplex blickte Gianfranco Baur von seinem Sohn zu seiner Schwiegertochter und wieder zurück. »Aber … aber«, stotterte er, der sonst nie um Worte verlegen war. »Wie habt ihr denn … Wie könnt ihr …«

»Das könnt ihr doch niemals bezahlen!«, brachte Maria Baur die Gedanken zum Ausdruck, die ihren Mann zweifellos bewegten. »Das muss ja Millionen kosten. Und was ihr euch alles an Umbauten vorgestellt habt, das kostet noch einmal Millionen! Ihr werdet euch ruinieren!« Natürlich beherrschte sie Deutsch. Aber trotz Vickys Anwesenheit sprach die Frau aus Como ausschließlich Italienisch.

»Euch werdet ihr ruinieren und uns«, stimmte der Hoteldirektor zu und schüttelte den Kopf über so viel Unverstand und unsinnigen Wagemut.

»Wir werden weder uns ruinieren noch euch«, erwiderte ihr Sohn ruhig. »Vicky und ich haben uns ganz genau überlegt, wie wir es angehen. Erstens war der Kaufpreis längst nicht so hoch, wie ihr vermutlich denkt. Zweitens läuft der Kredit über eine lange Zeit, und die Raten sind niedriger. Und drittens werden wir nicht alles auf einmal umsetzen. Der Trick ist, dass wir immer gerade so viel machen, wie wir solide finanzieren können, um anschließend durch diese Arbeiten auch ein bisschen mehr Einnahmen zu erzielen. Damit füllen wir das Finanzpolster wieder auf und können in der nächsten Saison weiterarbeiten und die nächsten Schritte unternehmen.«

»Hm«, machte Gianfranco Baur und blickte auf die Pläne, die ihm das frischgebackene Ehepaar vorgelegt hatte. »Das zumindest klingt vernünftig. Auch wenn ich nicht recht glauben kann, dass ihr das Hotel wirklich billig bekommen habt.«

»Billig …«, sagte Antonio. »Billig war es jetzt auch wieder nicht.« Er seufzte und nannte dem Vater die Zahl, die diesen erbleichen ließ.

Gianfranco Baur wollte gerade Luft holen, um seiner Empörung Ausdruck zu verleihen, da hob der Sohn die Hand und erklärte: »Auf fünf Jahre verteilt.«

»Fünf Jahre. Schön und gut«, warf die Mutter ein, die das Haus so gut kannte wie ihr Mann und Toni, ja, vielleicht sogar noch ein wenig besser. »Aber so viel werdet ihr in fünf Jahren niemals verdienen. Und schon gar nicht regelmäßig!«

»Das wissen wir«, erklärte Vicky. »Deswegen haben wir einen Kredit aufgenommen. Bei der Banca di Roma. Sie finanziert uns den Kauf. Vollständig.« Sie war so stolz, dass sie es kaum vermeiden konnte, sich diesen Stolz auch anhören zu lassen.

»Ecco!«, rief nun ihr Schwiegervater. »Dann ist die Sache klar. Die Bank wird sich das Hotel unter den Nagel reißen.«

»Das wird sie nicht«, widersprach ihm Toni. »Sie *kann* es gar nicht. Nicht, wenn wir unsere Raten pünktlich zahlen.«

Müde lächelte Gianfranco Baur seinen Sohn an. »Ja freilich«, sagte er. »Aber genau das wird nicht gelingen. Nicht binnen fünf Jahren.«

»Dreißig. Wir zahlen den Kaufpreis in mehreren Raten. Das *Darlehen* hat eine Laufzeit von dreißig Jahren.«

»Das heißt, ihr müsst dreißig Jahre lang zuverlässig gute Umsätze schreiben, sonst verliert ihr alles«, sagte der Vater.

»Und das werden wir, Papa«, erwiderte Toni und legte seinen Arm um Vicky. »Wir beide wissen genau, was wir tun. Wir werden morgen schon damit anfangen.«

»Morgen? Da bin ich gespannt. Und was wollt ihr als Erstes tun?«

»Als Erstes fahren wir nach Wien, Salzburg und Venedig.«

Maria Baur warf die Arme in die Luft. »Verrückt!«, rief sie. »Sie sind verrückt geworden!«

*

Doch sie waren nicht verrückt geworden, sondern hatten nur ein sehr klares Ziel vor Augen: Sie wollten, dass das neue Grand Hotel Fasano mit den besten Hotels Europas mithalten konnte. Sie wollten, dass Gäste, die sich im Danieli in Venedig oder im Imperial in Wien zu Hause fühlten, bei einer Reise an den Gardasee in Zukunft bevorzugt das Fasano als Aufenthaltsort wählen würden.

Also packten sie, kaum dass sie aus Rom zurückgekommen waren, ihre Koffer erneut und brachen zunächst nach Norden auf. »Es kommt mir vor wie eine zweite Hochzeitsreise!«, rief Vicky, als sie über die österreichische Grenze fuhren und die Autobahn in Richtung Wien nahmen.

»Na ja, die erste war ja nicht besonderes lang«, stellte Toni lächelnd fest. »Da macht es nichts, wenn wir noch ein wenig dazugeben.«

Sie reisten in seinem kleinen Sportwagen. Das erlaubte

ihnen zwar nicht, viel Gepäck bei sich zu haben, aber sie kamen schnell voran, zumal Toni es liebte, Gas zu geben und den Wagen über die Straße zu jagen. Vicky drehte das Radio laut und sang bei vielen Songs mit, die gespielt wurden, vor allem bei den Rock'n'Roll-Hits, die sie liebte, zunehmend aber auch bei italienischen Schlagern, die oft so eingängig waren, dass sie einem als Ohrwurm im Kopf blieben.

»Volare«, sang sie. »Cantare.« *Nel blu dipinto di blu ...*
»Ich will singen!«, rief Vicky. »Volare cantare!«

»Scusi, signora«, verbesserte ihr Gatte sie. »Volare heißt fliegen.«

»Nicht wollen?«

»Nein, wollen heißt volere. Und *ich will* heißt voglio.«

Singend und scherzend lernte Vicky auf der Reise viel mehr Italienisch, als sie bisher gelernt hatte. Toni genoss es, sie auf die Besonderheiten und Feinheiten seiner zweiten Muttersprache aufmerksam zu machen. Er war auch stolz darauf, wie schnell es ging, dass sie einfache Gespräche führen konnte, wie außergewöhnlich Vickys Auffassungsgabe war und wie sie immer wieder sein Talent als Lehrer betonte. Und wenn sie wirklich einmal nicht imstande war, sich im Restaurant zu verständigen, dann lasen die Kellner ihr ohnehin jeden Wunsch von den Augen ab, weil Vicky sie alle mit ihrem Charme überwältigte.

»Ein bisschen eifersüchtig bin ich ja schon«, stellte Toni am Abend fest, als sie endlich im majestätischen Hotel Imperial in Wien angekommen waren.

»Eifersüchtig? Du?« Vicky lachte. Auch wenn sie wusste, wie die Männer ihr hinterherschauten, war das wirklich absurd. Erstens sahen sich die Frauen auch nach Toni um, und zweitens machte sie sich in einer Hinsicht keine Illusionen: In den Augen der Welt war sie seine Eroberung, und nicht umgekehrt. Im Übrigen war er ein Mann von Welt und seit jeher dort zu Hause, wo die Schönen und Reichen waren, während sie eine junge Frau ohne jede Erfahrung war. »Worauf denn?«

»Auf die Leichtigkeit, mit der du alles machst«, sagte er. »Wie du dir einfach überlegst, dass wir das Hotel kaufen, wie du mich dazu bringst, zur Opera Nazionale zu gehen oder zur Banca di Roma und einen verrückt hohen Kredit aufzunehmen, wie du nebenbei Italienisch lernst, als wäre es nur ein Spiel.« Er grinste schräg. »Und wie du allen Männern den Kopf verdrehst.«

»Geh! Ich!«, rief Vicky und gab ihm einen liebevollen Schubs. »Du willst mir doch bloß schmeicheln.«

»Überhaupt nicht!«, versicherte ihr Toni. »Den Portier, Herrn Schubert, den kenn ich schon seit Jahren. Aber gestottert …« Er lachte, da er das Bild des Empfangschefs noch lebhaft vor Augen hatte. »Gestottert hat er noch nie. Und sein Kopf ist normalerweise auch nicht so rot.«

Geschmeichelt errötete auch Vicky ein wenig. »Jetzt hör schon auf«, sagte sie und gab ihm noch einmal einen Schubs – diesmal allerdings einen festeren, sodass er geradewegs aufs Bett fiel. Im nächsten Moment lag sie schon auf ihm. »Genug geredet«, bestimmte sie. Und sie meinte zu spüren, dass ihr Mann sich damit einverstanden erklären könnte. Ja, doch, sie spürte es sogar deutlich.

*

Das Palais an der Wiener Ringstraße, in dem das Imperial residierte, war nur ungefähr fünfundzwanzig Jahre vor dem Grand Hotel Fasano in Gardone erbaut worden, und es war nur fünfzehn Jahre länger als Hotel in Betrieb. Doch welch eine Pracht hatte dieses Gebäude aus der Belle Époque in die Gegenwart mit herübergebracht! Über und über voller Marmor und Blattgold, mit kostbaren Teppichen und Lüstern ausgestattet, war das Imperial auch heute noch ein Schloss, wenn auch eines, in das man sich, sofern man das nötige Kleingeld aufbrachte, einmieten konnte.

Vicky war beeindruckt, sowohl von der Ausstattung als auch vom Service. Die Karte des Zimmerservice war reichhaltiger als manche Restaurantkarte. Die Dienste, die der Portier am Empfang hergebetet hatte, ließen erahnen, wie viele unsichtbare Mitarbeiter es in diesem Hotel zusätzlich zu den Hausdienern und Pagen, den Zimmermädchen und Kellnern, den Wagenmeistern und Barkeepern gab. Das Haus verfügte über eine eigene Wäscherei und über einen eigenen Limousinenservice, man konnte rund um die Uhr in der Küche bestellen, die Bar war bis weit nach Mitternacht geöffnet. Zum Tee spielte täglich eine Kapelle ausgezeichneter Musiker Salonmusik, ein Dutzend Tageszeitungen konnte man am Abend für den nächsten Morgen ordern …

Es waren so viele Kleinigkeiten und Annehmlichkeiten, dass es Vicky schwerfiel, sich irgendetwas zu denken, was es hier nicht gab. Sogar Kinderfrauen bot man den Gästen für den sie begleitenden Nachwuchs an. Als deshalb beim Frühstück der Restaurantleiter an ihren Tisch trat und sie mit einem feinen Lächeln und einem sehr wienerischen Diener begrüßte und fragte, ob alles zur Zufriedenheit der Herrschaften sei, fasste Vicky sich ein Herz und sagte geradeheraus: »Ich würde Sie gern etwas fragen.«

»Mit dem größten Vergnügen, gnädige Frau. Womit kann ich Ihnen denn dienen?«

»Mit ein klein wenig Wissen«, erwiderte Vicky und bemerkte, wie Tonis Augenbraue in die Höhe wanderte – ein

Zeichen, dass er neugierig war, was sie sich nun schon wieder hatte einfallen lassen.

»Wenn ich eine Kinderfrau bräuchte, dann würde das Hotel eine zur Verfügung stellen, richtig?«

»Selbstverständlich, gnädige Frau«, stellte der Restaurantchef im Brustton der Überzeugung fest.

»Und wenn ich jetzt, sagen wir, ein Äffchen hätte. Da würde mir eine Kinderfrau vielleicht gar nichts nützen.«

»Wie gnädige Frau meinen.« Allerdings wirkte der Herr in der Hausuniform etwas irritiert.

»Aber sagen wir, es müsste jemand auf mein Äffchen aufpassen …«

»Dann würden wir Ihnen einen erstklassigen Tierpfleger zur Verfügung stellen, gnädige Frau!«

»Aber Sie haben doch hier keine Tierpfleger im Haus«, entgegnete Vicky und musterte den Mann streng, als hätte sie ihn bei einer Lüge ertappt.

»Gewiss, gnädige Frau. Tierpfleger haben wir nicht in der Belegschaft, wenn es das ist, was Sie meinen.«

»Und doch stellen Sie mir einen zur Verfügung?«

»Aber selbstverständlich! Wenn Sie eine Fahrt im Fesselballon wünschen, werden Sie sie auch bekommen. Oder wenn Sie eine bestimmte Orchideenart aufs Zimmer wünschen. Das ist es, was uns von anderen Häusern unterscheidet: Wir bemühen uns, jedem Gast jeden Wunsch zu erfüllen, wie ausgefallen oder scheinbar unmöglich er auch sein mag.«

»Und das gelingt Ihnen immer?«, fragte Vicky erstaunt.

»Nicht immer, gnädige Frau. Aber sagen wir mal so: *Wenn* man den Wunsch erfüllen kann, dann können wir es auch. Das ist jedenfalls unser Anspruch.«

※

»Das ist erstaunlich«, erklärte Vicky, als sie später neben ihrem Mann im Bett lag und mit den Haaren auf seiner Brust spielte. »Sie erfüllen einem jeden Wunsch.«

Toni strich ihr zärtlich übers Haar. »Hättest du gern ein Äffchen?«

Sie schüttelte den Kopf. »Dio mio!«, rief sie, wie es ihre Schwiegermutter manchmal tat. »Das hätt mir gerade noch gefehlt. Nein, es geht ums Hotel. Sie wollen alles möglich machen, verstehst du?«

»Ich weiß schon, worauf du hinauswillst«, erwiderte Toni. »Aber mein Schatz, das werden wir nicht schaffen. Dazu fehlen uns nicht nur die Mittel, sondern auch die Leute.«

»Das ist doch genau der Punkt«, erklärte Vicky und richtete sich auf, um ihm in die Augen zu sehen. »Das Entscheidende ist, dass sie eben doch nicht für alles eigene Leute haben. Vieles von dem, was sie anbieten, vermitteln sie quasi nur. Du brauchst keinen Fesselballon, um eine Fahrt im Ballon anzubieten, und auch keinen Fesselballonfahrer. Du musst nur wissen, wo es ihn gibt und wie du ihn herbekommst. Du brauchst keine Tierpfleger oder Kinderfrauen. Du musst nur wissen, wo es gute Leute gibt, die sich auf diese Arbeit verstehen.«

»Du willst Kinder- und Haustierbetreuung anbieten?«

»Nein. Kinderbetreuung vielleicht. Aber darum geht es mir nicht. Es geht mir um die Art und Weise, wie so ein großes Haus das macht. Das können wir – in etwas kleinerem Maßstab – auch. Wir müssen uns nur einen Katalog von dienstbaren Geistern zulegen.«

»Katalog dienstbarer Geister« schrieb Vicky noch am selben Tag auf eines ihrer Hefte und trug sogleich ein: Live-

Musik, Conférencier, Führungen, private Unternehmungen, Feiern, Modeberatung, Schönheitsberatung, Sport, Tanzlehrer, Weinverkostung, Abendbegleitung ... Was immer ihr in den Sinn kam. Fehlten bloß noch die Namen, die sie dahintersetzen konnte.

*

Sie blieben nur drei Tage in Wien, gerade lange genug, um das Restaurant und die Bar des Hotels zu testen, den Zimmerservice, die Art und Weise, wie man ihre Wünsche erfüllte – aber auch lange genug, um eine ausgiebige Fahrt im Fiaker zu unternehmen, nach Schönbrunn zu fahren und das Schloss zu besichtigen, einander im Stephansdom ewige Liebe zu schwören und in die Oper zu gehen, wo man *La Nozze di Figaro* spielte.

»Ein solches Tohuwabohu!«, rief Vicky lachend, als sie anschließend in den lauen Wiener Sommerabend hinaustraten. »Ich weiß gar nicht mehr, wer mit wem jetzt eigentlich verbandelt ist oder war oder sein wollte ...«

»Das hat wahrscheinlich nicht einmal der Librettist am Schluss gewusst«, stimmte Toni ihr zu. »Aber das ist ja gerade das Geheimnis solcher Geschichten. Man weiß nicht wie und warum, aber man hat sich köstlich amüsiert.«

Ja, dachte Vicky. Wie in der Liebe. Man kann einen ganzen Tag zusammen sein und nichts Gescheites tun, man kann stundenlang reden, ohne was zu sagen, aber man hat sich die ganze Zeit köstlich unterhalten.

Wie bestellt, kamen zwei junge Mädchen vorüber, die Vicky sehr an sie selbst und Waltraud erinnerten, gackernd und kichernd, dass es nur so eine Freude war. So waren die Kinder und auch die Jugendlichen oft noch: sinnlos fröhlich.

Wie die Liebe. Dankbar sah Vicki Toni von der Seite an, erkannte aber, dass dieser den beiden Backfischen mit diesem typischen Blick hinterhersah, den sie selbst von so vielen Männern gespürt hatte, diesem Blick …

Sie musste schlucken, weil sie erkannte, dass ihre Ehe offenbar nicht automatisch bedeutete, dass der Mann, der sie zum Altar geführt hatte, andere Frauen nicht mehr wahrnahm.

»Vicky?«

Jetzt erst bemerkte sie, dass ihre Gesichtszüge ihr entglitten waren. »Ja?«

»Alles in Ordnung? Geht es dir gut?«, fragte er besorgt.

»Doch, doch, alles in Ordnung, Toni. Ich glaub, ich bin nur ein wenig müde.«

Verständnisvoll legte er den Arm um sie und küsste sie aufs Haar. »Dann lass uns ins Hotel gehen. Morgen fahren wir sowieso schon weiter. Da ist es besser, wenn du dich noch ein bisschen ausruhst.«

Dankbar nickte sie. Vielleicht hatte sie nur Gespenster gesehen. Vielleicht durfte sie so etwas auch nicht zu ernst nehmen? Jedenfalls tat es ihr gut, wie fürsorglich er war und wie aufmerksam. Doch, er liebte sie wirklich. Und daran gab es auch nicht den geringsten Zweifel.

Langsam schlenderten sie die Ringstraße hinab zum Imperial, blickten hier und da noch in ein Schaufenster. Toni warf einem Bettler, dem ein Bein fehlte, ein paar Schillinge in den Hut und wünschte ihm alles Gute. Vicky drückte sich fest an ihren Mann und schloss ein wenig die Augen, spürte den sanften Wind im Gesicht und ließ sich von ihrem Liebsten durch das nächtliche Wien führen.

Vertrauen, dachte sie, das ist es. Wir müssen vertrauen. Wenn wir nicht vertrauen, sind wir verloren.

Sie spürte seinen starken Arm um ihre Schultern, bemerkte, dass sie im Gleichschritt spazierten, hörte, wie er leise vor sich hin summte – irgendeine der Melodien aus der Oper, die er viel besser kannte als sie –, und fühlte sich geborgen, geschützt und geliebt. Der Gedanke an die beiden gackernden jungen Frauen war fast schon vergessen. Aber auch nur fast.

*

Das Hotel Goldener Hirsch in Salzburg war ganz anders als das Imperial in Wien. Obwohl es ebenso ein Haus der Extraklasse war, fühlte sich schon die Ankunft ganz anders an. Hatte das Palais in Wien das junge Paar mit seinem Pomp, mit seinem Glanz und all seiner Pracht geradezu überwältigt, schien dieses Hotel seine Gäste mit besonderer Herzlichkeit zu empfangen. Schon wie sich das Gebäude ganz unauffällig in die Häuserzeile der Getreidegasse fügte, überraschte Vicky. Beinahe hätte sie es übersehen.

Natürlich erwartete die Gäste auch hier vorm Eingang ein livrierter Wagenmeister, der sich von Toni die Schlüssel reichen ließ, das Gepäck aus dem winzigen Kofferraum nahm, es nach drinnen stellte, einem dienstfertigen Pagen ein Zeichen gab, sich darum zu kümmern, und dann den Sportwagen wegfuhr, während Vicky und ihr Mann nach drinnen gingen und sich nahezu ins Mittelalter zurückversetzt wähnten: Ein uraltes Gewölbe begrüßte sie hier im Herzen Salzburgs. Strebten die Räume im Imperial in schier unfassbare Höhen, so waren sie hier niedrig und ein wenig dunkel, dabei aber ganz gemütlich.

Der Portier wünschte ihnen einen guten Tag, erkundigte sich nach der Anreise und stellte, als er die Personalien aufnahm, zum Wohnort fest: »Ah! Gardone! Was für ein herrlicher Ort. Ich habe dort für eine Saison gearbeitet.«

»Ach, wirklich?«, erwiderte Toni. »Dann bin ich froh, dass Ihnen der Ort gefallen hat.«

»Ich war in einem sehr vornehmen Hotel, wissen Sie?«

»Aber nicht im Fasano?«

»Im Fasano? Nein.« Der Portier lächelte nachsichtig. »Das muss früher einmal auch ein ganz herausragendes Haus gewesen sein. Aber leider ...« Er blickte auf die Namen der Ankömmlinge und dann zu Toni. »Baur? Aus Gardone? Sind Sie am Ende gar verwandt mit dem Hotelier des Fasano?«

»Ich bin sein Sohn«, erwiderte Toni und zuckte die Schultern.

»Also, ich wollte nicht sagen ...«, stotterte der Empfangschef. »Ich meine ... mit der Bemerkung eben ... Verstehen Sie mich nicht falsch, lieber Herr Baur ...«

Aber Antonio winkte ab. »Sie haben völlig recht, Herr Kurtasch.« Vicky staunte, wie Toni immer gleich den Namen seines Gesprächspartners einfließen ließ, wenn er ihn wusste, und sei es durch ein Namensschild. »Das Fasano hat seine glanzvollen Zeiten längst hinter sich«, fuhr er fort und lächelte gewitzt. »Aber es hat sie auch vor sich.«

»Jetzt machen Sie mich aber neugierig, Herr Baur.«

»Sie sind gewiss schon lange im Goldenen Hirschen?«, fragte Toni, statt diese Neugier zu befriedigen.

»Fünfzehn Jahre!«, antwortete der Empfangschef erkennbar stolz.

»Und wann haben Sie heute Feierabend?«

»Oh, leider erst um zehn«, erklärte der Portier irritiert.

»Wenn Sie mir die Ehre erweisen würden, sich nach Dienstschluss von mir auf einen Whisky einladen zu lassen?«

»Ähm, ja«, sagte der Portier überrascht. »Ähm, gern. Ähm, selbstverständlich, ähm, gnädiger Herr.«

»Herr Baur reicht vollkommen!«, erwiderte Toni lachend. »Meine Frau und ich erwarten Sie dann in der Bar.«

*

Der Goldene Hirsch gefiel Vicky noch besser als das Imperial. Allerdings rechnete sie sich aus, dass viele Gäste es anders sehen würden: Sie würden dem glitzernden Palast vor dem uralten Gemäuer den Vorzug geben und die Pracht des Wiener Palais als erhebend empfinden. Die Frage war, ob es im Stil des Hotels wesentliche Unterschiede gab.

Auch das Zimmer, das sie in Salzburg bewohnten, war um etliches kleiner als das in Wien – und es war der winzigen Fenster wegen auch dunkler. Dadurch wirkte es allerdings auch gemütlicher. Vieles war im regionalen Stil eingerichtet, von den Schränken über die Vorhänge bis zu den Nachttischchen. So, wie man sich im Imperial wie im kaiserlichen Wien fühlte, fühlte man sich hier wie im Schloss eines Regionalfürsten oder im Jagdhaus eines reichen Bankiers.

»Ich weiß, was du vorhast«, sagte Vicky, als sie ihre Sachen in den Schrank hängte. »Aber den ersten Abend hätte ich lieber allein mit dir in Salzburg verbracht.«

»Ich werd nicht lange brauchen mit ihm«, tröstete Toni sie. »Vorher gehen wir schön Essen. Und nachher …«

»Jaja, nachher …«, erwiderte Vicky und schüttelte den Kopf. »Tut mir leid, mein Lieber. Aber daraus wird heute nichts.«

»Aber …«

»Nein, kein Wort mehr. Manchmal braucht eine Frau eine kleine Pause. Und bei mir ist es gerade so weit.«

Die kleine Wolke, die dem jungen Ehemann hatte übers Gemüt schweben wollen, verflog sogleich. »Verstehe!«, rief er. »Na, dann hab ich ja doch genau den richtigen Abend für den Plausch mit einem Fachmann herausgesucht.«

»Schäm dich. Als wenn's nur darum ginge.« Vicky lächelte, leicht errötend. Sie konnte es ja selbst kaum erwarten, wieder mit ihm im Bett zu landen. Aber Salzburg würde in der Hinsicht wohl ausfallen.

Nach einer kleinen Pause, in der Vicky hatte lesen wollen, dann aber unter dem sanften Streicheln ihres Mannes eingeschlafen war, zogen sie sich an, um die Stadt ein wenig zu erkunden.

Zu Abend aßen sie in einem kleinen Restaurant in einem der unzähligen Höfe, die zwischen den Häuserzeilen lagen. Dass der Wein hier ganz selbstverständlich in Vierteln serviert wurde und ausgesprochen süffig war, führte dazu, dass Vicky am liebsten gleich aufs Zimmer gegangen wäre, als sie um kurz vor zehn wieder im Hotel Goldener Hirsch ankamen. Doch Toni erlaubte ihr nur »einmal kurz Frischmachen«. Für ihn stand fest: »Es bringt nichts, wenn du nicht dabei bist. Du stellst immer die interessantesten Fragen.«

Also saßen sie um Punkt zehn Uhr in der leidlich gefüllten Bar, als der Portier zur Tür hereinkam und zu ihnen trat. »Guten Abend, die Herrschaften. Sie möchten gewiss ungestört sein ...«

»Aber Herr Kurtasch!«, widersprach Toni. »Sie hatten meine Einladung doch angenommen! Wenn Sie allerdings zu Hause erwartet werden, dann ...«

»Nein, nein, Herr Baur«, beeilte sich der Empfangschef dem Gast zu erwidern. »Wenn Sie den Wunsch haben, dass ich Ihnen auf einen Cognac Gesellschaft leiste oder auf ein Glas Wein ...«

»Was immer Sie möchten, Herr Kurtasch«, sagte Toni und deutete auf den leeren Sessel neben sich. »Setzen Sie sich doch. Ich bin neugierig. Sie haben also in Gardone gearbeitet ...«

Die nächsten zwei Stunden fragten ihn Toni und Vicky abwechselnd aus: nach seinem Eindruck vom Grand Hotel Gardone, wo er als Hausdiener im Dienst gewesen war, nach seiner Vorstellung von dem, was ein perfektes Hotel ausmachte, nach seinen Erfahrungen mit den Ansprüchen der Gäste, die in einem Haus wie dem Grand Hotel Gardone oder dem Goldenen Hirschen abstiegen, nach seinen Beobachtungen hinsichtlich Gästen unterschiedlicher Herkunft und allerlei anderen Dingen.

Es stellte sich heraus, dass Herr Kurtasch neben Deutsch und Italienisch auch Englisch, Französisch und ein wenig Tschechisch sprach, mehr als ein Dutzend Länder bereist hatte, über Kenntnisse in Hauswirtschaft ebenso verfügte wie über ein fundiertes Wissen über den europäischen Adel, den Pferderennsport, das Jagdwesen und – weil er aus einer Winzerfamilie stammte – über Wein und Spirituosen.

»Ein außergewöhnlicher Mann«, sagte Toni, nachdem sie gegen halb eins den Abend beschlossen hatten und auf ihr Zimmer zurückgekehrt waren. »Genau so einen bräuchten wir.«

»Aber unser Alfredo ist doch ein wunderbarer Portier«, hielt Vicky dagegen, obwohl sie denselben Gedanken gehabt hatte.

»Das ist er. Aber erstens ist er schon sehr in die Jahre gekommen und wird sich sicher spätestens nach der nächsten oder übernächsten Saison zur Ruhe setzen, und zweitens ist Alfredo der Richtige für die Gäste, die wir jetzt haben ...«

Vicky nickte. »Aber nicht unbedingt für die, die wir gern hätten.«

»Du sagst es.«

»Nur dass wir nicht leicht jemanden finden werden wie Herrn Kurtasch.«

Toni lächelte sie fröhlich an. »Das ist ja jetzt auch nicht mehr nötig«, sagte er. »Wir haben ihn doch schon gefunden.«

»Du willst ihn nach Gardone holen?«

»Er sagt, er ist alleinstehend.«

»Das schon …«

»Sei ehrlich: Wenn du dich entscheiden könntest, ob du nach Salzburg gehst oder an den Gardasee, was würdest du wählen?«

»Den Gardasee natürlich!«, rief Vicky und küsste ihn. »Weil du dort bist.«

»Oh Gott!«, seufzte Toni lachend. »Ich weiß nicht, ob ich ihn *damit* überzeugen kann.«

Die eigenen Träume

München 1957/1958

Ein abgeschlossenes Studium in der Tasche und ein eigenes kleines Auto zu haben fühlte sich für Vicki an, wie ein ganz neues Leben erobert zu haben. Bisher war ihr Dasein im Grunde wie ein Warten auf das echte Leben gewesen. Jetzt war es Wirklichkeit geworden! Und dass Heinrich Neuhofer keine Gelegenheit ausließ, seiner Tochter unter die Nase zu reiben, wie wenig er von ihren Plänen und Ideen hielt, stachelte sie nur an, sich noch mehr damit zu beschäftigen und sich noch mehr Mühe zu geben!

Die Arbeit für Miederwaren Heiß hatte ihr gezeigt, dass es durchaus möglich war, sich als Designerin selbstständig zu machen. Gewiss, sie gab sich keinen Illusionen hin, dass ihr als Frau die Türen offen standen. Wenn man »ernsthafte Leistung« geliefert bekommen wollte, dann beauftragte man natürlich einen Mann – so jedenfalls sahen es immer noch viele, auch viele, bei denen sie sich in den nächsten Wochen vorstellte, um ihre Dienste anzubieten. Manche sprachen es aus, andere nicht, aber Vicki verstand es auch so.

Doch dann spielte ihr der Zufall in die Hände: Jemand von dem Autohaus, das den BMW ausgeliefert hatte, den sie bei der Lotterie gewonnen hatte, rief an, weil man gern noch ein paar Fotos mit der stolzen Gewinnerin gemacht hätte. Also fuhr Vicki hin und erklärte nach einem kurzen Blick auf die Verkaufsräume: »Wenn Sie mit den Bildern Werbung für sich machen wollen, dann sollten Sie aber dringend ein bisschen an Ihren Räumlichkeiten arbeiten. Das hier sieht aus wie in einer gewöhnlichen Werkstatt.«

»Na ja«, erwiderte der Besitzer des Autohauses lächelnd. »Es ist ja auch eine Werkstatt. Eine Verkaufswerkstatt.«

»Bei Werkstatt denkt doch jeder an Probleme. Da muss ich hin, wenn ich eine Panne hab, wenn irgendwas nicht funktioniert. Bei Reparatur und Reifenwechsel. Keiner mag das gern.«

»Ja mei!«, rief der vierschrötige Mann in seinem fleckigen Blaumann. »Das kann ich nicht ändern, oder? Autos brauchen halt ab und zu eine Werkstatt.«

»Wieso sollten Sie das nicht ändern können?«, widersprach Vicki. »Die Werkstatt ist ja völlig in Ordnung. Nur zum Verkaufen brauchen Sie die nicht. Da könnten Sie Ihren Autos einen ganz anderen Auftritt verschaffen.«

»Aha? Das Fräulein kennt sich scheint's aus?«, bemerkte der Autohausbesitzer lakonisch.

»Absolut. Ich weiß, wovon ich spreche. Es ist schließlich mein Beruf.«

»So? Und was genau ist Ihr Beruf?«

»Designerin. Schauen Sie, Herr Holzinger …« Den Namen trug auch das Unternehmen, wie sie draußen auf dem Schild gelesen hatte. »Sie verkaufen doch so schöne Autos. Würden Sie sagen, dass es ganz wurscht ist, wie die ausschauen?«

»Nein, sicher nicht!«, gab der Mann zu. »Eher im Gegenteil. Ein schönes Auto verkauft sich zweimal so gut wie ein hässliches.«

»Eben. Und wenn Sie dem Wagen auch noch eine schöne Umgebung verschaffen, wird er sich gleich noch besser verkaufen.«

»Eine Werkstatt ist aber nun einmal keine schöne Umgebung!«, beharrte Herr Holzinger.

Vicki schenkte ihm ein freundliches geschäftsmäßiges Lächeln. »Ich mach Ihnen einen Vorschlag«, sagte sie. »Sie lassen mich den Hintergrund für unsere Fotos entwerfen. Und wenn Sie von meiner Arbeit überzeugt sind, dann machen wir aus Ihren gesamten Verkaufsräumen etwas ganz Besonderes.«

*

»Schöne Bilder sind das«, erklärte Martha Neuhofer, als sie vierzehn Tage später die Aufnahmen betrachtete, die im Autohaus Holzinger entstanden waren und von denen Vicki jeweils zwei Abzüge bekommen hatte.

»Freut mich, dass sie dir gefallen, Mama.« Vicki reichte die Bilder an ihren Vater weiter, der sie ein wenig skeptisch studierte, weil es ihm missfiel, dass seine Tochter sich wie ein Mannequin hatte fotografieren lassen. »Hm«, machte er und wiegte den Kopf. »Ja. Sehr nette Bilder. Wo habt ihr denn die gemacht?«

»Im Autohaus, Papa.«

»Geh, ich kenn doch den Laden vom Holzinger. Das ist eine alte Garage, wo man nichts anfassen darf, damit man sich nicht dreckig macht. Das da ist ja in einem nagelneuen ... ja, was soll das eigentlich sein?«

»Das ist das Autohaus«, erklärte Vicki ihm nicht ohne Stolz. »Ich hab das so gestaltet. Also ... diesen Teil. Für die Aufnahmen.«

»Tatsächlich?« Heinrich Neuhofer konnte seine Überraschung nicht verbergen. »Das hätt ich dem Holzinger gar nicht zugetraut, so ein alter Geizkragen, wie der ist.«

Es stellte sich heraus, dass das Autohaus des Öfteren mit dem TÜV zu tun hatte und sich die Herren Neuhofer und Holzinger deshalb schon etliche Jahre kannten. Einmal hatte Vickis Vater sich für einen Wagen im Angebot des Autohauses interessiert, doch mit dem Inhaber war nicht zu handeln gewesen.

»Ein harter Knochen ist das«, murmelte Heinrich Neuhofer mit einer Mischung aus Abneigung und Respekt. »Aber bezahlt hat er dir gewiss nichts dafür, gell?«

»Dafür nicht«, bestätigte Vicki. »Aber für die eigentliche Arbeit haben wir ein Honorar vereinbart.«

»Ein Honorar«, wiederholte der Vater mit skeptischem Blick. »Soso. Für die eigentliche Arbeit. Und was wäre das dann, die *eigentliche Arbeit*?«

»Ich werd einen großen Verkaufsraum gestalten. Der wird von der Werkstatt vollständig abgetrennt.« Sie stand auf und malte mit den Händen ihre Ideen in die Luft, als könnte der Vater so die gesamte Holzinger'sche Garage vor sich sehen. »Wir ziehen eine Wand durch die ganze Halle. Durch zwei große Fenster kann man noch in die Werkstatt schauen. Aber im vorderen Teil wird es dann nur noch Verkauf geben. Da stellen wir die Autos auf, und zwar schön in Reih und Glied: vorn die kleineren, billigeren Modelle, hinten dann die größeren, teuren, sodass es immer toller wird, wenn man nach hinten geht.«

»Toller. Soso.«

»Ja! Der Raum wird ganz weiß gestrichen, richtig sauber soll er wirken. Außerdem kommen die Autos so besser zur Geltung. Du weißt schon, wenn sie schön poliert sind, dann spiegelt sich alles. Licht gibt's von sämtlichen Seiten. Wir platzieren die Modelle so, dass man auch von draußen einen guten Blick auf die Wagen hat, wenn es dunkel wird.«

»Na ja, dann ist in der Werkstatt ja nichts mehr zu sehen«, warf ihr Vater ein.

»Im Gegenteil, Papa! Die Werkstatt ist dann zwar dunkel, aber der Verkaufsraum bleibt bis um zehn am Abend beleuchtet. Wie in der Stadt, weißt du, wo du dir auch die Schaufenster anschauen kannst.«

»Geh. Schaufenster für Autos.«

»Genau das! Sogar einen roten Teppich legen wir hinein, auf dem man zwischen den beiden Autoreihen geht, wenn man den Verkaufsraum betritt. Der Kunde ist König, verstehst du?«

Das verstand auch Heinrich Neuhofer, weil er es sich als Kunde stets so wünschte, aber natürlich kaum je bekam. »Tja«, sagte er seufzend. »Wenn du meinst. Ich bin ja gespannt, ob das was Gescheites wird. Und ob du dein Geld bekommst.«

*

Vicki bekam ihr Geld. Und ihr Vater musste bei der Besichtigung der neu gestalteten Verkaufsflächen des Autohauses Holzinger zugestehen, dass er bislang noch kein so ansprechendes Angebot an Fahrzeugen gesehen hatte – und dass das nicht nur an den Autos lag, sondern vor allem auch daran, wie sie hier präsentiert wurden.

Sicherlich half auch der Umstand, dass Gerd Holzinger sich auf Vickis Drängen hin dazu durchgerungen hatte, eine offizielle Neueröffnung seines Autohauses anzukündigen, bei der jeder Besucher ein Freibier bekam und jedes begleitende Kind einen Luftballon. Jedenfalls hatte es in der Geschichte der Kfz-Holzinger oHG noch keinen Tag gegeben, an dem mehr neugierige potenzielle Kunden das Unternehmen betreten hatten. Und sogar Heinrich Neuhofer interessierte sich für einen Wagen, der ihm ausnehmend gut gefiel – bis er von einem der Händler des Ladens den Preis hörte und einmal mehr feststellen musste, dass man sich bei Holzingers nicht nur darauf verstand, die Waren bestens zu präsentieren, sondern dass man auch bereit war, den Kunden bis aufs Hemd auszuziehen – König hin oder her.

*

Für Vicki kamen weitere Kunden dazu. Boutiquen, ein Plattenladen, Restaurants, eine Eisdiele!

Das Bellissima lag an der Leopoldstraße, ganz in der Nähe der großen Unternehmenssitze, bei denen es Vicki zunächst erfolglos versucht hatte. Vicki kannte es von mehreren Besuchen. Sie mochte das Eis, sie mochte auch die Inhaberfamilie, die aus Neapel stammte und mit ihrer Fröhlichkeit immer für gute Stimmung auch unter den Gästen sorgte. Sie mochte den Kaffee, den sie hier ausschenkten, und die Musik, die manchmal, wenn der Patrone hinter der Eistheke stand, aus einem kleinen Kofferradio schepperte. Alles das war entzückend und sehr familiär. Ringsumher allerdings wurde die Leopoldstraße seit einiger Zeit immer moderner, schicker, teurer, sodass das Bellissima zunehmend wie eine armselige Bahnhofskneipe wirkte und nicht wie das liebenswerte Café, das sich hier, etwas zurückgesetzt vom Gehweg, an der Ecke zur Giselastraße verbarg.

»Ciao, Frolein Vicki!«, rief der Patrone, als er Vicki in der Tür auftauchen sah.

»Ciao, Signor Bertiloni!«, grüßte Vicki zurück. Sie hatte dem sympathischen Familienvater einmal erzählt, dass sie selbst einen Italiener zum Freund hatte. Seither machte er ihre Eisportionen immer mindestens doppelt so groß, steckte ihr stets ein Schirmchen auf den Becher, gab noch eine Extrawaffel dazu und manchmal sogar einen Schuss Eierlikör darüber. »Wie laufen die Geschäfte?«

»Was soll ich sagen?«, jammerte der freundliche Mann. »Wird immer schwerer. Wetter ist so gut, aber niemand will Eis …«

Tatsächlich waren nur wenige Stühle vor dem Lokal besetzt, und drinnen war es ganz leer. »*Ich* will Eis«, sagte Vicki und betrachtete die Theke. »Einmal Malaga bitte und eine Kugel Stracciatella.«

»Perfetto!«, stellte Signor Bertiloni fest. »Eine gute Wahl.«

Das sagte er zu allen Kunden. Er war eben ein guter Gastgeber. Hätte sich jemand eine Kugel Vanilleeis mit einer Gewürzgurke darauf bestellt, er hätte gerufen: »Eine gute Wahl, Signora!«, und das Gewünschte mit der größten Grandezza serviert.

»Sie hören schöne Musik«, sagte Vicki und nickte zu dem kleinen Transistorradio im Hintergrund.

»Marino Marini!«, rief der Eisdielenbesitzer und stellte es etwas lauter. »Eine wunderbare Sänger.«

Leider wurde der Ton durch die Lautstärke so blechern, dass man es sich kaum noch anhören konnte – was Signor Bertiloni nicht davon abhielt, auch noch mitzusingen, während er für Vicki einen seiner fabelhaften Eisbecher zauberte und ihn ihr über die Theke reichte.

»Das ist viel zu viel«, protestierte Vicki, die einerseits nicht das Geld hatte, einen so großen Becher zu bezahlen, andererseits aber ein schlechtes Gewissen, wenn sie das, was er ihr obendrauf gab, immer kostenlos annahm.

»No, Signorina, für Sie nichts ist zu viel!«, widersprach der Patrone.

Seine Frau kam von hinten, ein Tablett mit Tassen voll Kaffee in den Händen. »Ah, Signorina Interkirker! Buongiorno!«

»Buongiorno, Signora Bertiloni.«

»Wie geht es Ihrem Verlobten?«

Vicki seufzte. Toni. »Er fehlt mir«, sagte sie nur.

»Mamma mia!«, rief der Eisdielenbesitzer. »Ich bin sicher, Sie fehlen ihm noch viel mehr!«

»Ja. Hoffentlich.« Vicki blickte verlegen auf ihren Eisbecher. Dann ging sie nach draußen, setzte sich an einen der freien Tische und sah sich ein wenig um. Eigentlich war das hier der ideale Ort für ein solches Lokal. Man musste nur die Aufmerksamkeit der Leute darauf lenken. Immerhin liefen hier jeden Tag Tausende Menschen vorbei. Wieso um alles in der Welt sollten die alle in den treudeutschen Cafés sitzen und Schwarzwälder Kirschtorte essen und nicht haufenweise in diese Eisdiele strömen? Man müsste doch nur …

Wenig später stand sie wieder im Lokal und setzte dem Inhaber ihre Ideen auseinander. Der wand sich. »Signorina, es tut mir leid«, sagte er schließlich. »Ich verstehe alles, was Sie sagen, und Sie haben sicher recht. Aber das alles kostet Geld. Und Sie müssen auch verdienen Geld. Aber Geschäft geht schlecht, wir haben nicht das Geld. Leider.« Zu einer hilflosen Geste hob er die Arme.

»Wissen Sie was, Herr Bertiloni? Wenn Sie das Geld aufbringen, das wir für die Ausstattung brauchen, dann verzichte ich auf ein Honorar.«

»Wie? Verzichte?«

»Ich mache es gern umsonst!«

»Scusi, Singorina, das kann ich nicht annehmen. No, no, no, no, no.«

Sie konnte ihn ja verstehen. Andererseits ... »Wissen Sie was? Wir machen es so: Wenn es funktioniert und Sie wirklich mehr Umsatz machen, dann können Sie mich ja immer noch bezahlen.«

»Sie meinen, später?«

»Ja! Wenn Sie wieder genug Geld verdient haben. Ein Erfolgshonorar sozusagen.«

»Erfolgshonorar«, murmelte Signor Bertiloni und dachte ein wenig nach. »Und es würde Ihnen nichts ausmachen?«

»Im Gegenteil! Ich würde mich freuen!«

Und so besiegelten sie per Handschlag den nächsten Auftrag, den Vicki übernahm und der dazu führte, dass zwei Wochen später der Platz vor der Eisdiele mit grünen, weißen und roten Lämpchen in den italienischen Farben erleuchtet wurde, aus vier guten Lautsprecherboxen in bester Qualität italienische Schlager tönten und auf allen Tischen nicht nur rot-weiß karierte Decken lagen, sondern Speisekarten mit Fotos, die sensationell appetitlich das Eis- und Kaffeeangebot des Bellissima präsentierten. Die Flaschen mit den diversen Spirituosen, die bisher unter der Theke gestanden hatten, wurden jetzt hinter der Theke vor glitzernden Spiegeln präsentiert. Links und rechts davon sowie in der Mitte dieser Spiegelwand hatte Vicki Regale platziert, auf denen die Gläser standen, sodass alles blitzte und funkelte, und die Wände hatte Vicki mit großen gerahmten Bildern italienischer Schauspieler dekoriert: Sophia Loren, Gina Lollobrigida, Monica Vitti ... Wer das Lokal betrat, ja wer auch nur den Platz vor dem kleinen Eiscafé betrat, fühlte sich direkt nach Italien versetzt. Das jedenfalls war Vickis Plan gewesen – und nach dem ersten Tag stand bereits fest, dass er auch aufgehen würde.

»Signorina«, sagte die Frau des Inhabers am späten Abend, als sich langsam auch die letzten Gäste auf den Weg machten, und sie sagte es voller Dankbarkeit, »Sie sind eine echte Italienerin.«

Glücklich und ein wenig erschöpft, setzte Vicki sich mit einem Glas Wein nach draußen, um den langen, anstrengenden Tag gemütlich ausklingen zu lassen. Kurz schloss sie die Augen und lauschte der Musik, die aus dem Lokal noch zu hören war – wenngleich nur ganz leise, da Signor Bertiloni aus Rücksicht auf die Anwohner und die Gebräuche seines Gastlandes nunmehr die Türen und Fenster geschlossen hatte.

Als sie die Augen wieder aufschlug, saß unvermittelt eine Frau neben ihr, eine Zigarette in der Hand, und betrachtete sie neugierig. »Sie haben das alles gemacht, wie?«

»Entschuldigung?«, erwiderte Vicki verwirrt. Sie kannte die Frau, oder nicht? Doch, sie glaubte, schon. Nur woher?

Die Fremde lächelte geheimnisvoll. »Sie erinnern sich nicht, richtig? Giselle. Aus den Kammerspielen.«

Da endlich fiel der Groschen. »Sie sind das! Eine von Tonis Künstlerfreundinnen!«

»Richtig. Und Sie sind seine große Flamme. Sind Sie doch noch, oder?«

»Ich hoffe es«, sagte Vicki lachend, obwohl sie die Frage ein bisschen unverschämt fand.

»Sie sollten meinen guten Freund Helmut kennenlernen.« Die Schauspielerin blies lässig den Rauch über ihren Kopf und blickte den kleinen Wölkchen hinterher. »Ihm gehört das Filmcasino.«

»Das kenne ich.«

»Helmut will dort eine schicke Bar einrichten. Und ein kleines Restaurant.«

Vicki nahm einen Schluck von ihrem Wein und lächelte

müde. »Klar. Und Sie denken, der hat ausgerechnet auf mich gewartet?«

»Sie meinen, weil er sowieso schon so viele Pferdchen am Laufen hat? Helmut ist immer an neuen Talenten interessiert.«

»Dann soll ich ihm einen Ponystall einrichten?«

Nun war es Giselle, die lachte. »Das sollten Sie ihm unbedingt vorschlagen. Der Ponystall soll das Lokal des Filmcasinos werden – und er soll etwas Besonderes sein. Ich denke, Sie haben das hier ziemlich überzeugend gestaltet. Falls Sie dererlei öfter machen, wäre doch das Filmcasino vielleicht eine reizvolle Herausforderung, finden Sie nicht?«

Und ob das eine reizvolle Herausforderung war! Einen Ponystall würde sie ihm zaubern. Und einen türkischen Basar dazu. Die Ideen stürmten geradezu auf sie ein. Eilig lief Vicki nach drinnen, ließ sich vom Patrone etwas zum Schreiben geben und notierte sich Helmuts Telefonnummer, um ihn gleich am nächsten Tag anzurufen.

Winter

Gardone Riviera 1959/1960

Nach den Aufenthalten in Wien, Salzburg und Venedig – immer noch war Vicky hingerissen vom Hotel Danieli, in dem alles reine Leichtigkeit zu sein schien – wirkte das Grand Hotel Fasano umso trauriger, als sie zurück waren und ihr Haus mit den glänzenden Palästen verglichen, in denen sie zu Gast gewesen waren. So unvergleichlich schön die Lage am See war, so zauberhaft das Gebäude an sich mit den Balkonen und Balustraden, mit den Terrassen und natürlich dem stolzen Turm – es war nur ein Schatten dessen, was einst das Fasano ausgemacht und in die Riege der großen Häuser Europas gehoben haben musste.

Wieder und wieder wanderte Vicky durch die Säle und Flure, beging die Zimmer, die jetzt nach der Saison leer standen, betrachtete die Decken und Wände, die Fenster und Türen, die Einrichtung und Dekoration. Es war kaum vorstellbar, wie aus dem heruntergekommenen Gebäude, zu dem das einst so stolze Hotel geworden war, jemals wieder ein Haus werden sollte, in das Menschen gern kamen, die nicht einfach nur billig Urlaub machen, sondern einen besonderen Aufenthalt an einem besonderen Ort genießen wollten.

Gewiss, vieles war halbwegs instand gesetzt. Manches war herausgeputzt. Aber an so vielen Stellen war das Haus weiterhin in einem elenden Zustand. Wenn sie durch diese desolaten Räume wandelte, vorbei am bröselnden Putz, über die verbliebenen Reste der Böden, die ehedem mit edlen Hölzern belegt waren, wo nun Löcher klafften und billige Bretter eine wackelige Passage ermöglichten, schien es Vicky unglaublich, dass dies einmal eines der prachtvollsten Häuser der ganzen Region gewesen sein sollte. Nur die äußeren Mauern waren noch weitgehend unversehrt, auch wenn die Farbe verblichen war und mancher Fensterladen, ja manches Fenster gar schief in den Angeln hing.

Seufzend trat sie nach draußen, wo einst ein blühender Garten die Gäste empfangen hatte, und fand einen Urwald vor. Als sie vor Jahren mit Waltraud hier gewesen war, erschien ihr alles noch verwunschen und romantisch. Doch nach dem Besuch der wahren Grandhotels wirkte es nur umso trauriger. Gestrüpp wucherte in allen Winkeln, nichts war über all die Jahre gepflegt oder in Form geschnitten worden, sodass alles verwildert war. Allein der kleine Steg war noch intakt, der in der Mitte des Grundstücks vielleicht zehn Meter in den See ragte. Nachdenklich betrat Vicky die Planken und ging bis an den äußersten Rand.

Eine Illusion, dachte sie. Ja, das war es. Genau das machte doch den Zauber eines Grandhotels aus, oder etwa nicht? Ging es nicht darum, den Menschen, die sich für einige Tage den Luxus zu gönnen bereit waren, in den Süden zu reisen und ihr Wohlergehen über die wirtschaftliche Vernunft zu stellen, einen Traum zu erfüllen? Ihnen die Illusion von der Leichtigkeit des Daseins zu schenken? Das war es doch, was Reisende in Grandhotels suchten. Sie kamen, um ihren von Pflichten und Notwendigkeiten, Konventionen und Banalität geprägten Alltag zu tauschen gegen ein Leben in Glanz, Unbeschwertheit und Überfluss.

Vicky wandte sich um und betrachtete das Gebäude, ließ den Blick schweifen über die zahlreichen Fenster und Türen, über die Balkone, die Geländer, die Balustrade, den Turm – und sie sah es: das Grand Hotel Fasano in all seiner Pracht, in all seiner Schönheit. Es mochte ein Traum sein, gewiss. Aber waren Träume nicht dazu bestimmt, wahr zu werden? Dieser Traum jedenfalls würde es.

*

Die Schwiegereltern hatten die Nachricht vom Kauf des Hotels mit einer seltsamen Mischung aus Erstaunen, Skepsis und Ablehnung aufgenommen. Es war nicht zu übersehen, dass Gianfranco Baur gekränkt war, besagten doch die Pläne, die das junge Ehepaar für das Fasano hatten, nichts anderes, als dass das Hotel in dem Zustand, in dem es unter seiner Führung bestanden hatte, den Anforderungen nicht genügte. »Dann soll aus unserem …« Er suchte nach Worten. »Aus unserem etwas in die Jahre gekommenen Haus etwas ganz Großartiges werden, richtig?«

»Es ist doch schon großartig, lieber Schwiegerpapa«, beeilte sich Vicky, ihm zu versichern. »Man erkennt es nur nicht auf Anhieb. Weil so vieles noch kaputt ist und wir uns jahrelang nichts Neues leisten konnten.«

»Und das können wir jetzt?«, fragte Gianfranco Baur skeptisch, um sich sogleich zu korrigieren: »Das könnt *ihr* jetzt? Denn ich konnte es ja nicht.« Er legte seine Hand auf die seiner Frau. »*Wir* konnten es nicht.«

»Die neue Frau Baur ist halt ehrgeizig, Gianni«, sagte die Schwiegermutter leise und warf einen schwer zu deutenden

Blick auf Vicky. »Da werden wir noch viel lernen.« Ausnahmsweise hatte sie Deutsch gesprochen, als wollte sie, dass Vicky es auch sicher verstand.

Vicky drückte Tonis Hand und wartete, dass er etwas entgegnete. Doch er schwieg und zuckte nur die Schultern. Offenbar hatte er nicht vor, sich gegenüber seiner Mutter vor seine Frau zu stellen.

»Liebe Schwiegermama«, sagte Vicky deshalb, »wir wollen nur das fortführen, was ihr angefangen habt. Ohne euch gäbe es das Fasano längst nicht mehr. Und wir brauchen euch ja auch weiterhin. Unsere Idee war halt, dass wir das Hotel zum Familienbesitz machen, wenn wir schon alle dafür arbeiten …«

»Deine Idee war das«, korrigierte Maria Baur ihre Schwiegertochter. »Und es ist sehr die Frage, ob du deinem Mann damit einen Gefallen getan hast. Oder der *Familie*. Wahrscheinlicher ist, dass wir alle auf Generationen hinaus die Schulden tragen müssen.«

Nun widersprach Toni doch. »Mama, bitte. Wir haben das gemeinsam beschlossen. Es stimmt, es war Vickys Idee. Aber ich finde sie gut, und ich bin sicher, wir werden nicht nur Schulden machen, sondern auch gute Geschäfte. Das Fasano ist doch unser aller Zuhause. Lasst uns die Sache zusammen angehen, dann wird es wieder so prächtig, wie es einmal war.«

»Si, Caro«, sagte Maria Baur müde. »Träum du nur schön von deinem Märchenschloss. Nach allem, was ich erlebt habe, gehen Träume nicht in Erfüllung.«

*

Die Skepsis seiner Eltern hatte Tonis Ehrgeiz angestachelt. Obwohl er gern ausschlief, raffte er sich jeden Morgen schon bei Tagesanbruch auf und begann, sich um seine Aufgaben zu kümmern.

Die Saison war vorüber, der See lag bereits in einer Art Winterschlaf. Oft hing in den frühen Morgenstunden noch Nebel über dem Wasser, und Vicky entdeckte, dass sie diese Landschaft auch liebte, wenn sie nicht sonnenbeschienen war. Alles wirkte zart und zerbrechlich. Und in den frühen Abendstunden, wenn sich die Dunkelheit über den See schob, war alles geheimnisvoll und ungewöhnlich still.

Das hatte natürlich auch damit zu tun, dass außerhalb der Saison nicht nur all die Touristen fehlten, die sonst die Orte rund um den Gardasee bevölkerten, sondern viele Saisonkräfte ebenfalls, die nur für die Sommermonate hierherkamen, um möglichst gut zu verdienen und dann wieder in ihre Heimat zu gehen, sei es in die abgelegenen Südtiroler Dörfer, in denen es wenig Arbeit gab, sei es in den armen italienischen Süden, den Mezzogiorno.

Vicky jedenfalls genoss die Stille, auch wenn sie von kurzer Dauer war. Denn Toni hatte in Gardone, in Salò und Desenzano Handwerker gefunden, die für überschaubares Geld die ersten Instandsetzungen durchführten.

Die Pläne, die das junge Hoteliersehepaar ausgearbeitet hatte, sahen unter anderem vor, dass einige Wände eingerissen wurden, damit in Zukunft auch wieder Suiten angeboten werden, winzige Badezimmer zu angemessener Größe ausgebaut werden konnten und aus den kleinen Durchgängen, die die Zimmerflucht im Erdgeschoss beengte, eine geräumige Halle werden konnte. Vicky hatte von allem Skizzen angefertigt und einige davon von einem Ingenieur, der eigentlich für die Schifffahrtsgesellschaft Riva del Garda arbeitete, zu technischen Zeichnungen machen lassen, sodass alles bis ins kleinste Detail exakt umsetzbar war.

Doch längst nicht jeder Bauarbeiter hielt sich an die Pläne. Mal wurde die ganze Wand eingerissen, wo nur die halbe wegsollte, mal war es die falsche Wand. Mal wurde ein neuer Durchgang zu weit seitlich platziert, wodurch die beabsichtigte Sichtachse vereitelt wurde, mal riss man eine Säule ein und riskierte den Einsturz der gesamten Decke.

Mehr als einmal rang Vicky um Fassung und fragte sich, wie es sein konnte, dass bei solcher handwerklicher Unfähigkeit überall in Italien die überwältigendsten Bauwerke hatten errichtet werden können – und wie es möglich war, dass diese Bauten nach Jahrhunderten und Jahrtausenden immer noch standen!

Gleichwohl ging es voran. Langsamer als geplant, doch es ging voran. Noch vor Weihnachten waren alle Fensterläden und Außentüren erneuert, und das ganze Gebäude hatte einen neuen Anstrich bekommen. Sie hatten nicht experimentiert, sondern sich an die historischen Informationen gehalten: Das Grand Hotel Fasano war seit seinem Bestehen, also seit etwa fünfundsiebzig Jahren, in einem warmen Ockerton gestrichen gewesen. Vielleicht hatten sie etwas mehr Gelb gewählt, sodass das Anwesen ein wenig an die Schlösser der K.-u.-k.-Monarchie erinnerte – ein gewollter Effekt, denn kaiserlicher Glanz konnte bei einem Grandhotel nur richtig sein. Den Turm aber krönte der Schriftzug »Grand Hotel Fasano« in Weiß auf blauem Grund, selbstbewusst, aber elegant, groß und deutlich genug, um weithin sichtbar zu sein, zugleich unaufdringlich und geschmackvoll, wie es sich für ein Haus gehörte, das nicht den Eindruck erwecken wollte, Werbung treiben zu müssen – obgleich es das natürlich musste.

»Werbung wäre auch wichtig, Toni«, sagte Vicky denn auch, als sie mit ihrem Mann im Garten stand und hinaufblickte zu den Arbeitern, die gerade begonnen hatten, das Gerüst abzubauen.

»Werbung«, wiederholte Toni und runzelte die Stirn. »Ich glaube nicht, dass wir uns damit einen Gefallen tun. Gäste, die ein Grandhotel besuchen, wollen keine Werbung. Das wirkt billig.«

»Ich versteh genau, was du meinst, mein Lieber. Aber wenn niemand davon erfährt, wie schön und vornehm das Fasano jetzt wieder ist, dann werden nicht mehr Leute kommen als bisher. Und wir brauchen mehr Leute.«

»Wenn die ersten da waren und gestaunt haben, wie schön es hier ist, wird es sich schnell herumsprechen.«

Vicky nickte. »Herumsprechen wird es sich hoffentlich, da geb ich dir recht. Aber schnell? Das glaub ich nicht. Wer sich von guten Berichten anregen lässt, kommt frühestens in der nächsten Saison. Wenn er's bis dahin nicht wieder vergessen hat.«

»Wir werden sehen«, sagte Toni und gab ihr ein Küsschen.

Mit dieser Langmütigkeit und dieser unbegründeten Zuversicht konnte er seine Frau in den Wahnsinn treiben. Vicky atmete tief durch. Sie wusste, dass er nicht recht hatte. Aber sie wusste auch, dass sie selbst manchmal zu verbissen war.

»Ach!«, sagte Toni, der schon auf dem Weg zurück ins Haus war, und drehte sich noch einmal um. »Der Herr Kurtasch hat übrigens geschrieben.«

»Der Portier aus dem Goldenen Hirschen? Was schreibt er denn?«

»Dass er nächste Saison frei ist und mein Angebot annimmt.«

*

Kurz vor Weihnachten wurde das Wetter so rau, dass die Arbeiten eingestellt werden mussten. Bis nach dem Dreikönigstag würden sie nun auch nicht mehr aufgenommen werden.

Es war eine Zeit, in der nahezu alles stillstand und in der das junge Ehepaar an manchen Tagen erst am späten Vormittag aus dem Bett kam. Vicky genoss die Zärtlichkeiten, mit denen ihr Mann sie verwöhnte. Sie genoss es, nicht arbeiten und niemanden kontrollieren zu müssen. Das Personal war vollständig freigestellt worden. Erst Ende Januar würden ein Hausdiener, die Bürokraft Signora Trotti, ein Küchenjunge und ein Zimmermädchen ihren Dienst wieder antreten, von Ende Februar bis Ende März dann nach und nach alle anderen – und sogar einige Mitarbeiter mehr, die das Hotel brauchte, um alle Vorhaben zum Neubeginn umsetzen zu können.

Das Weihnachtsfest fand im kleinen Familienkreis statt; die große Familie Baur lebte ja nach wie vor in ihrer Südtiroler Heimat, die Vicky bisher noch nicht gesehen hatte. Ein wenig hatte sie gehofft, sie würden alle zusammen hinfahren. Doch stattdessen erklärte Gianfranco Baur an Heiligabend ganz nebenbei, dass er nächstentags »zur Familie« nach Gröden zu reisen gedachte. Seine alte Mutter und seine Brüder würde er besuchen und am zweiten Weihnachtstag dann wieder zurück sein. »Und? Kochst du uns was Schönes, Vicky?«, fragte er.

Seine Frau schnaubte verächtlich. »Geh. Die gnädige Frau kocht doch nicht gern.«

Was nicht stimmte! Vicky kochte durchaus ganz gern, und das nicht einmal schlecht. Sie hatte ihrer Mutter oft genug in der Küche geholfen und etliches gelernt, auch wenn es gewiss nicht italienische Küche war. »Ich würd mich freuen, wenn ich für uns alle was Gutes koch«, erklärte sie deshalb rasch. Sie wusste, die Speisekammer war gut gefüllt, es würde ihr nicht schwerfallen, einen schönen Braten zu finden, den sie mit Kümmel und Lorbeer und einem Schuss Bier machen würde, dazu leckere Semmelknödel und …

»Ach schön!«, rief die Schwiegermutter. »Machst du uns ein schönes Ossobuco mit einem Risotto Milanese und vielleicht ein feines Gewürzsouflée als Nachspeise?«, fragte sie listig.

Einen Augenblick herrschte Stille. Dann sagte Toni, als spürte er die Spannung gar nicht, die in der Luft lag: »Also ich hätt lieber einen schönen Schweinsbraten mit Knödel. Magst uns das nicht machen, Schatz?«

*

»Danke, dass du mich gerettet hast«, sagte Vicky später, als sie sich in ihre kleine Wohnung unterm Dach zurückgezogen hatten. Es waren die Räume, in denen Toni schon seit einigen Jahren lebte, wobei er aber ein neues, bequemeres Bett angeschafft und auch sonst einiges hergerichtet hatte, um es seiner Frau schön zu machen.

»Ach«, erwiderte er. »Ich kenn doch die Mama. Die ist nur glücklich, wenn sie andere blamieren kann.«

Dass er diesen hässlichen Zug seiner Mutter so unbefangen ansprach, bewunderte Vicky. Die meisten Männer verteidigten ihre Mutter, egal wie sehr sie im Unrecht war, und gaben ihr stets den Vorrang vor ihrer Ehefrau – oder zumindest hatte Vicky dergleichen schon öfter gehört. »Aber über ein Osso… hättest du dich eher gefreut?«

»Über ein Ossobuco? Ach, das macht sowieso keiner besser als der Wimmer.« Toni lachte. »Auch die Mama nicht! Ich mag deinen Braten, der ist genau das Richtige.«

So gab es zum Weihnachtsfest eben doch einen Bayerischen Schweinebraten mit Knödeln, die den beiden Männern – Toni und seinem Vater – sichtlich schmeckten, während sich die Schwiegermutter alle Mühe gab, etwas an dem Essen auszusetzen zu finden, was sie in ein vergiftetes Lob verpackte: »Man hätt natürlich auch Speckknödel machen können. Aber so ist es auch gut«, sagte sie etwa. Oder sie befand: »Das Fleisch ist fast zart geworden. Nur den Lorbeer schmeckt man halt arg heraus. Aber da hast du es einfach ein bisschen zu gut gemeint, Mädchen.«

Vicky überhörte diese Spitzen. Sie wusste ja selbst, dass ihr das Essen bestens gelungen war, und sie wollte sich das Weihnachtsfest auf keinen Fall verderben lassen. Im Gegenteil! Nach all der harten Arbeit den ganzen Herbst über war es Zeit, sich auch einmal ein wenig auszuruhen und sich selbst etwas Gutes zu tun – und dem Ehemann!

Bei der Bescherung überraschte sie die Schwiegereltern mit kleinen Geschenken – einem schönen Seidentuch für Tonis Mutter und einem exquisiten Pfeifentabak für den Vater –, während diese ihrerseits offenbar nicht daran gedacht hatten, etwas für die Schwiegertochter zu besorgen.

»Na ja, das ist natürlich für euch beide«, erklärte Maria Baur, als sie ihrem Sohn ein Päckchen reichte.

»Herrenhausschuhe!«, sagte Vicky überrascht. »Aha.«

»Damit dein Mann immer warme Füße hat«, fügte die Schwiegermutter hinzu.

»Das hast du gut ausgesucht, Schwiegermama, dank dir schön.« Nein, sie würde sich nicht kränken lassen. Kein bisschen. »Toni, ich hab auch was für dich«, sagte sie und reichte nun ihrerseits dem Sohn des Hauses ein Päckchen, in dem sich ein Paar silberne Manschettenknöpfe mit blauem Lapislazuli befanden. Sie hatte sie in Desenzano gefunden, als sie eigentlich etwas ganz anderes eingekauft hatte. »Und ich hab noch was, das kriegst du aber erst später«, flüsterte sie ihm ins Ohr.

Das Geschenk, das sie ihrerseits von ihrem Mann bekam, war winzig klein, aber wunderschön: In einem samtüberzogenen Schächtelchen fand sie ein Paar zart roséfarbene Perlenohrringe, in die sie sich augenblicklich verliebte. »Sind die schön!«, rief sie und umarmte Toni stürmisch. »Dank dir, mein Schatz!«

»Nicht der Rede wert«, murmelte er geschmeichelt.

»Perlen«, bemerkte die Schwiegermutter leise, gerade so, als würde sie nur laut denken. »Perlen bringen Tränen. Die kannst du zu jeder Beerdigung tragen.«

Für einen winzigen Augenblick spürte Vicky doch einen Stich im Herzen, doch dann tat sie das Gefühl einfach ab und erwiderte: »Aber Schwiegermama, du trägst doch selbst gern welche. Hab dich schon öfter damit gesehen. Und sie stehen dir übrigens ganz ausgezeichnet.«

Maria Baur presste die Lippen aufeinander und blickte weg.

»Dir werden sie auch fantastisch stehen!«, erklärte Toni und küsste Vickys Hand.

»Ich werd sie nachher gleich für dich anlegen, damit du's siehst.«

*

Nicht nur die Perlen legte Vicky an, sondern auch das andere Geschenk, das sie in Desenzano besorgt hatte, oder vielmehr zog sie es für ihn an: entzückende Spitzenunterwäsche, die so knapp geschnitten war, dass man hätte meinen können, sie wäre viel zu klein, und die dabei auch noch beinahe durchsichtig war.

Als Toni das Geschenkpapier öffnete, in das Vicky sie gewickelt hatte, hörte sie ihn Luft holen. Als sie sie ihm vorführte, hörte sie ihn schnurren. Und als er sie ihr wenig später wieder auszog, seufzten sie beide.

Auch die Ohrringe hatte sie übrigens angelegt und im Badezimmerspiegel sehr bewundert. Jetzt war es Toni, der sie bewunderte. Erschöpft lagen sie nebeneinander. Er hatte sich ein wenig aufgerichtet und spielte mit ihren Ohrläppchen. »Weißt du, dass du wunderschön bist?«

»Du bist aber auch ein Adonis«, erwiderte Vicky lächelnd. Denn es stimmte ja: Antonio Baur war ein Bild von einem Mann, und zwar sowohl in seinen teuren Anzügen als auch bar jeder Kleidung.

»Und klug bist du. Und herzensgut. Und kochen kannst du auch noch!«, rief er lachend.

»Na ja, wenn du deine Mutter fragst, mehr schlecht als recht.«

»Ach, die Mama. Die ist halt eifersüchtig.«

»Aber ich nehm ihr doch nichts weg!« Auch Vicky richtete sich auf und blickte ihrem Mann ernst in die Augen.

»Das sieht sie vielleicht anders. Bis letztes Jahr war ich ihr Sohn. Jetzt bin ich dein Mann. Bis letztes Jahr war sie die Frau des Hotelbesitzers, auch wenn's ihnen nicht gehört hat. Jetzt bist du das.«

»Aber für sie hat sich doch nichts geändert«, beharrte Vicky. »Sie lebt genau wie vorher.«

»Sie ist alt«, sagte Toni leise. »Und du bist jung. Sie hat ihr Leben mehr oder weniger hinter sich, du hast es vor dir.«

»Aber muss sie mich deswegen so schlecht behandeln?«

»Sie behandelt dich doch nicht schlecht«, widersprach Toni und stand auf.

»Ständig hackt sie auf mir rum. Nichts kann ich ihr recht

machen«, erklärte Vicky und zog die Bettdecke über ihren nackten Leib. »Was ich denk, passt ihr nicht, wie ich ausschau, gefällt ihr nicht, und kochen kann ich auch nix Gescheites.«

»Nix Südtirolerisches halt«, versuchte Toni zu erklären. »Und schon gar nicht aus ihrer Heimat am Comer See.«

»Soll sie's mir halt beibringen, wenn ihr was Bayerisches nicht schmeckt.«

Toni steckte sich eine Zigarette an und setzte sich in den Sessel. »Frag sie halt.«

Vicky lachte bitter. »Freilich. Dann kann sie sich darüber auslassen, was ich für eine schlechte Schülerin bin.«

»Ich find, du übertreibst, Vicky. Das ist jetzt nicht gerecht. Sie ist immerhin meine Mutter.«

»Ja. Und deswegen sollte sie deine Frau freundlich behandeln und nicht so gemein.«

Ernst blickte Toni auf seine Frau. »Vicky, ich möchte das nicht vertiefen. Ich glaub, du bist da auf dem Holzweg. Die Mama verdient Respekt.«

Ja, dachte Vicky, Respekt. Den verdient sie wohl. Aber ich doch auch, oder? Sie spürte, wie sich Tränen ihren Weg bahnten, und drehte sich zur Seite. »Gute Nacht«, sagte sie mit rauer Stimme. Jetzt hatte sie es doch geschafft, die alte Hexe, dass der Schwiegertochter der Weihnachtsabend verdorben war.

Perlen bringen Tränen. Wie wahr. *Die kannst du zu jeder Beerdigung tragen*, hatte die Schwiegermutter gesagt – und genau so würde Vicky es halten. Sie würde die Ohrringe in Zukunft nur zu Begräbnissen anlegen.

※

Im Februar belebte sich die Gegend. Von überall her kamen nun täglich mehr Arbeitssuchende, die sich in den Häusern rings um den See vorstellten: Zimmermädchen und Pagen, Hausdiener, Hausdamen, Köche, Küchenhilfen, Putzkräfte, Kellner, Serviermädchen, aber auch Hilfsarbeiter, Tagelöhner und Musikanten, die sich für Gastauftritte anboten oder gar auf ein festes Engagement in einem großen Hotel hofften. So wie Amadeo Conti, ein Pianist aus Catania, der so nachdrücklich seine Dienste anbot, dass Vicky ihn schließlich an den Flügel bat, den sie ganz neu angeschafft hatten, und sich in einem der gemütlichen Sessel der neu gestalteten Lobby niederließ, um ihm zuzuhören.

Zunächst spielte Signor Conti einige klassische Stücke an: ein wenig Tschaikowski, etwas Debussy, Chopin und Schubert, wobei er es geschickt verstand, die Melodien so ineinanderfließen zu lassen, dass er nichts davon zu Ende spielen musste, sondern es jeweils bei einigen Takten belassen konnte. Es folgten ein paar Swing-Standards. Ein Lächeln glitt über Vickys Gesicht, als sie »Puttin' on the Ritz« hörte. Sie musste an jenen Abend mit Waltraud denken, an dem sie die Reise hierher gewonnen hatten. Wie viel besser war doch letztlich das Fasano für sie gewesen, als es das Ritz jemals hätte sein können!

Zuletzt gab der Pianist noch einige leichte italienische Schlager der letzten Jahre und endete mit einem gewitzten Schlussakkord.

»Bravo!«, rief Vicky. »Das war wirklich sehr gut!«

»Grazie, Signora. Sie machen mich glücklich.«

»Und wo haben Sie bisher gespielt?«

Der Pianist hob leicht beschämt die Arme. »Signora, nur in der Kirche. Ich bin Organist.«

»Sie sind Kirchenmusiker? Sie?« Vicky konnte ein Lachen

nicht unterdrücken. Dieser originelle, lebhafte, amüsante Klavierspieler auf der Orgelempore?

»Certo!«, versicherte er ihr. »Corelli, Albinoni, Bruckner und natürlich Bach!«

»Verstehe«, sagte Vicky beeindruckt. »Und jetzt wollen Sie ins weltliche Fach wechseln?«

»Ich habe eine Frau aus der Gegend kennengelernt«, erklärte Signor Conti. »Aus Sirmione. Aber hier wird kein Kirchenorganist gesucht.«

Natürlich. Am Gardasee gab es nicht nur gut aussehende Männer, sondern auch schöne Frauen, in die man sich verlieben konnte.

»Ich bin auch wegen der Liebe hierhergezogen«, erklärte Vicky. Das war etwas, was sie mit diesem fröhlichen Mann aus dem Süden verband. Sie faltete die Hände und stellte fest: »Das Gehalt ist nicht groß. Aber so, wie Sie spielen, bekommen Sie sicher gutes Trinkgeld.«

»Das heißt, ich kann bei Ihnen anfangen?«

»Am Karsamstag ist Ihr erster Arbeitstag.«

Für einen Augenblick sah es aus, als wollte Amadeo Conti die junge Hotelière umarmen, doch dann verbeugte er sich bloß elegant und versicherte ihr strahlend: »Sie werden es nicht bereuen.«

*

Am Gründonnerstag eröffnete das Grand Hotel Fasano in Gardone Riviera die neue Saison – und es war in vielem zu einem ganz neuen Hotel geworden. Zur Straße hin flatterten die neuen, von Vicky entworfenen Fahnen vor der leuchtend gelben Fassade. Zwei Pagen flankierten den Eingang, der mit einem kleinen Dächlein ein Stück vorgezogen worden war.

Die Auffahrt war frisch gekiest und gesäumt von üppigem Grün, sodass das ganze Anwesen wie eine Oase zur Einkehr einlud.

Besonders stolz war Vicky auf die neuen Uniformen, die sie für die Portiers, die Hausdiener und die Pagen des Hauses hatte schneidern lassen: dunkelblau mit silbernen Besätzen die Portiers, die anderen weinrot mit goldenen Besätzen – den Farben der Hausflagge entsprechend.

»Ich würde am liebsten selbst eine tragen«, erklärte Toni mit anerkennendem Blick, als er sie sah.

»Du bist der Chef des Hauses, der gehört in einen Anzug. Seinen besten.«

Umwerfend sah er aus, ihr Mann, fand Vicky, als er vor der Ankunft der ersten Gäste ein letztes Mal das Haus und die Erscheinung der Mitarbeiter kontrollierte. Er war nun einmal ein Bild von einem Mann.

Sie selbst hatte sich die Haare elegant hochstecken lassen und trug ein pastellfarbenes Kleid, das sie in Verona in einer Boutique entdeckt und in das sie sich sofort verliebt hatte. Überhaupt ... Die Italiener verstanden sich auf Mode einfach viel besser als die Deutschen. Wie gern wäre sie hier Designerin gewesen! Aber nun war sie Hotelière geworden, und das war sie noch viel lieber, an einem Ort wie dem Fasano und mit einem Mann wie dem ihren.

»Es ist alles, wie es sein soll«, stellte Toni fest, als er seine Inspektion beendet hatte und neben seine Frau trat, die die Ankunft der ersten Gäste von der Seeseite her erwartete.

»Da bin ich froh. Es gibt noch so viele Baustellen.« Sie dachte an alles, was sie über den Winter nicht geschafft hatten oder sich noch nicht hatten leisten können, wie etwa neue Uniformen für die Zimmermädchen oder die Kellner. Dafür war ganz einfach noch nicht das nötige Geld vorhanden. Und die Kredite mussten vor allem für die großen Arbeiten verwendet werden, die baulichen Maßnahmen. Wie etwa den heißersehnten Swimmingpool.

»Aber in einem Punkt sind wir wirklich unschlagbar«, sagte Toni.

»Wirklich? In welchem?«, fragte Vicky überrascht.

»Wir haben die hinreißendste Chefin, die es nur geben kann«, antwortete er, und an seinen Augen konnte sie erkennen, dass er es auch so meinte.

Neubeginn

Gardone Riviera 1960

Sie hatten trotz allem viel weniger geschafft, als sie vorgehabt hatten. Immer noch waren vierzehn Zimmer nicht nutzbar, immer noch bröckelte der Putz von der Decke des Speisesaals – und die Bar, die sich Antonio so sehnlich gewünscht hatte, bestand bisher nur aus einer Theke ohne Barhocker und zwei Sitzgruppen mit Beistelltischchen. Sollten sich mehr als vier Paare gleichzeitig entschließen, am Abend noch einen Drink zu nehmen, würde man sie enttäuschen müssen.

Allerdings war auch viel geschehen! Im milden Februar und im März hatten zwei Gärtner, die sonst auf der Isola di Garda tätig waren, aus dem Dschungel zur Seeseite hin einen zauberhaften Garten gemacht, in dem das Unkraut getilgt war und die außergewöhnlichen Pflanzen, die es seit Jahrzehnten hier gab, wieder zur Geltung kamen. Besonders stolz war Vicky auf die beiden alten Magnolienbäume, die die Gärtner mithilfe einiger Männer aus dem Ort zurechtgeschnitten hatten, und zwar – wie es auf alten Fotos des Anwesens zu sehen war – in Form zweier mächtiger Quader.

Unter diesen ineinandergreifenden schattenspendenden Baumkronen stehend, beobachtete Vicky am Arm ihres Mannes die Ankunft des Boots, das die ersten Gäste des Grand

Hotels Fasano von Riva herüberbrachte, seit die Leitung in Tonis und ihren Händen lag. Bald würden auch Reisende ankommen, die mit dem eigenen Auto über die Gardesana kamen, und am Ostersonntag sogar der erste Reisebus aus München!

Vicky spürte, wie Toni sanft ihren Arm drückte. Sie atmete tief durch, dann zog sie ihn mit sich aus dem Schatten und hinüber zum Steg, auf dem sie zwei Fahnenstangen hatte aufstellen lassen, um dort ebenfalls die von ihr neu entworfene Flagge des Hotels zu präsentieren.

Zwischen diesen beiden Bannern standen sie also wenig später und halfen den Gästen persönlich von der Gangway herab. Der kleine Dampfer lag hoch im Wasser und ermöglichte deshalb eine bequeme Anlandung. Bei kleineren Booten war es anders, da brauchte es die Unterstützung des Bootsmanns auf der einen Seite und eines Hoteldieners auf der anderen. Vicky hatte sich vorgenommen, diese kleine Unannehmlichkeit zu einem netten Ritual umzugestalten, das die Ankommenden oder Abfahrenden genießen konnten. Das allerdings war im Moment noch Zukunftsmusik, da es an allen Ecken und Enden an Personal fehlte, um all ihre Ideen umzusetzen.

»Signora Baur!«, rief einer der Pagen vom Haus her, gerade als sie dabei war, die Ankömmlinge zu begrüßen. »Signora Baur! Telefono! Es ist wichtig!«

»Verzeihen Sie«, entschuldigte sie sich bei den Gästen, drückte rasch einigen von ihnen die Hand und eilte dann hinein.

»Das Reisebüro aus Pefotsein«, erklärte der neue Portier entschuldigend.

»Aus was?«

»Pefotsein! Sie stornieren den ganzen Bus!«

»Pforzheim! Dio mio!«, rief Vicky entsetzt. »Aber warum denn?«

Drei Reisebusse hatten sich für die Ostertage angekündigt. Insgesamt 142 Gäste würden jeweils drei Nächte bleiben. Der Bus aus dem Schwäbischen war der zweitgrößte mit 44 Reisenden, die zwanzig Doppelzimmer und vier Einzelzimmer belegt hatten.

»Hallo? Hier Vicky Baur vom Grand Hotel Fasano«, meldete sie sich und lauschte, was das Reisebüro mitzuteilen hatte.

»Es tut mir leid, Frau Baur, wir müssen die Buchungen stornieren.«

»Stornieren? Heute ist doch der Anreisetag. Da ... können Sie doch nicht mehr stornieren ...«, stotterte Vicki und versuchte, Haltung zu bewahren.

»Das Busunternehmen hat uns gerade mitgeteilt, dass sie nicht fahren werden.«

»Aber sie müssten doch schon seit Stunden unterwegs sein«, wandte Vicky ein.

»Eigentlich schon. Aber die Abreise hat sich zuerst um zwei Stunden verzögert, und dann wurde uns mitgeteilt, dass das Busunternehmen Insolvenz angemeldet hat. Jetzt müssen wir alle, die eine Reise gebucht haben, irgendwie anders unterbringen, oder wir müssen sie wieder auszahlen ... Glauben Sie mir, das ist für uns auch kein Vergnügen.«

»Kein Vergnügen«, sagte Vicky mit rauer Stimme. »Sie sind gut. Für uns ist das ... Das ist eine Katastrophe.« Sie spürte, wie Toni auf einmal hinter sie trat und seine Arme um sie legte. Am liebsten wäre sie auf der Stelle in Tränen ausgebrochen. »Sie können jetzt nicht mehr stornieren!«, insistierte Vicky. »Wir haben die Zimmer für Ihre Kunden freigehalten, alles ist vorbereitet, wir haben Kosten!«

»Das ist mir schon klar, Frau Baur. Aber ich bin da machtlos.«

»Und einen anderen Bus? Können Sie nicht einen anderen Bus mieten?«

Die Frau vom Reisebüro lachte bitter. »Das habe ich natürlich als Erstes versucht. Aber gerade ist nun einmal Hauptreisezeit. Von jetzt auf gleich bekommen Sie nichts. Schon gar nicht in Pforzheim, wo das Angebot auch nicht so groß ist.«

Toni, der sein Ohr ebenfalls an den Hörer gehalten hatte, flüsterte: »Darf ich mal?« Dann nahm er den Hörer und sprach seinerseits mit der Frau: »Sie müssen doch jetzt Ihren Kunden sicher irgendeine Art von Ersatz bieten, eine Entschädigung meine ich. Und idealerweise doch noch einen kurzen Urlaub, nicht wahr?«

»Natürlich! Ich wünschte nur, ich wüsste, wie wir das anstellen sollen!« Die Leiterin des Reisebüros war erkennbar selbst verzweifelt.

»Halten Sie die Herrschaften bei Laune«, sagte Toni. »Sagen Sie, die Abreise verschiebt sich noch einmal um zwei Stunden, und weil die Ankunft dann erst in den Abendstunden sein wird, erhalten alle Gäste statt der gebuchten Halbpension bei uns für die ganzen drei Tage Vollpension. Außerdem bekommen sie eine große Gardaseerundfahrt gratis dazu.«

»Aber … Wie soll ich das … Und der Transport … Ich habe ja immer noch keinen Bus, selbst wenn ich …«, stotterte nun die Frau vom Reisebüro.

»Wir schicken Ihnen einen Bus. Zwei Stunden. Vielleicht ein paar Minuten mehr. Halten Sie die Leute bei Laune, um den Rest kümmern wir uns. Sind wir im Geschäft?«

»Wenn das schiefgeht, dann bringen Sie mich in Teufels Küche«, erwiderte die Reisebüroleiterin.

»Ich versichere Ihnen, wenn es schiefgeht, dann bringe ich Sie wirklich in Teufels Küche«, erklärte Toni. »Denn dann haben wir ein riesiges Problem.« Er legte auf ohne ein weiteres Wort.

Vicky starrte ihn fassungslos an. »Wie können wir denn so was versprechen?«

»Ich habe einen Freund in Stuttgart. Seinem Vater gehört das Hotel am Schlossgarten. Wir waren zusammen auf der Hotelfachschule. Er wird mir einen Bus nach Pforzheim schicken. Wenn der in einer halben Stunde losfährt, ist er in zwei Stunden dort, und heute Abend um acht Uhr sind sie hier.«

*

Tonis Rettungsaktion gelang! Nachdem der Freund in Stuttgart zunächst nicht erreichbar war, sich dann aber der Portier des Hotels am Schlossgarten erbot, einige Gespräche für Herrn Baur aus Gardone mit Transportunternehmen zu führen, denen sein Haus verbunden war, fand sich überraschend sogar ein Bus in Karlsruhe, das noch näher an Pforzheim lag, sodass die durch die Gespräche verlorene Zeit zumindest etwas hereingeholt war und die Gäste des Reisebüros gegen 14 Uhr endlich abfahren konnten.

Natürlich war es eine lange Reise. Aber als die Urlauber, wie von Toni vorhergesagt, am Abend gegen acht Uhr eintrafen, müde, aber froh, dass die Reise nun doch nicht ins Wasser gefallen war, gab es kaum jemanden, der sich beschwerte. Und als die Küche den Gästen ein ebenso üppiges wie köstliches Essen servierte und die Kellner reichlich Wein ausschenkten, waren die Strapazen eines langen Tages schnell vergessen.

Erst spät kamen die jungen Eheleute Baur zur Ruhe. Erschöpft schleppte Vicky sich weit nach Mitternacht hinauf in ihr Zimmer im Dachgeschoss, während Toni noch die letzten Dinge mit dem Nachtpersonal besprach. Um halb sechs hieß es schon wieder das Tagewerk beginnen. Am liebsten wäre Vicky direkt ins Bett gefallen, ohne sich überhaupt auszuziehen. Aber dann raffte sie sich doch noch einmal auf und machte sich ein wenig frisch, ehe sie sich schlafen legte – man konnte ja nie wissen.

Allerdings war auch Toni so erschlagen, dass er, als er endlich zu ihr kam, keinerlei Anstalten machte, noch ein wenig Zärtlichkeiten auszutauschen. Ächzend streckte er sich aus und legte nur den Arm um seine Frau. Schon halb schlafend, flüsterte er: »Hoffentlich wird's jetzt nicht immer so.«

»Also das war zwar verrückt heute und anstrengend«, flüsterte Vicky zurück, »aber ich bin furchtbar stolz auf dich. Wie du die Reisegruppe zuletzt doch noch zu uns bekommen hast ...«

»Hm.«

»Einundvierzig von den vierundvierzig Leuten sind angereist. Weil du so mutig bist und so blitzgescheit.«

Da musste er trotz all seiner Müdigkeit ein wenig lachen. »Wahrscheinlich wird's ein teurer Spaß. Was wir denen alles schenken müssen ...«

»Aber warum haben wir's dann gemacht?«, entfuhr es Vicky, die auf einmal hellwach war.

Toni stöhnte und nahm seinen Arm von ihr. »Lass uns schlafen, Schatz, bitte.«

»Zahlen wir jetzt am Ende drauf?«

»Was weiß ich«, murrte Toni, drehte sich weg und zog sich das Kissen über den Kopf.

»Wenn sie nicht mehr bringen, als sie uns kosten ...«

Aber ihr Mann reagierte nicht.

»Toni! Was haben wir denn für den Reisebus gezahlt?«

»Ich weiß es noch nicht, Vicky. Bitte. Die Nacht ist kurz genug!« Jetzt war er offenbar ernsthaft verärgert.

Doch das kümmerte Vicky nicht. Ihr wurde auf einmal klar, dass es nicht damit getan war, ihren Mann machen zu lassen. Offenbar musste sie ihm auch auf die Finger schauen, damit das, was er da tat, auch bezahlbar blieb. »Wenn wir draufzahlen, will ich die Gäste nicht«, erklärte sie.

»Zu spät, mein Kind, zu spät.«

»Und ich bin nicht dein Kind!« Dass sie neun Jahre jünger war als er, wusste sie wohl. Aber als seine Frau und als Herrin dieses Hauses würde sie sich ganz sicher nicht Kind nennen lassen. Sie hasste es, wenn Männer so von oben herab mit einer Frau sprachen. »Hast du mich gehört, Toni?«

Eine Weile rührte er sich nicht, sagte auch nichts, doch dann zog er plötzlich das Kopfkissen weg und richtete sich auf, um seine Frau anzublicken. »Weißt du was?«, sagte er. »Das gefällt mir an dir. Du bist erstens nicht auf den Mund gefallen, und du lässt dir zweitens nichts erzählen.« Er beugte sich zu ihr und küsste sie. »Stimmt«, flüsterte er. »Du bist kein Kind. Im Gegenteil …« Vicky konnte seine Augen im Mondlicht, das durch das Dachfenster fiel, schimmern sehen. »Du bist eine Frau. Und was für eine!«

»Vor allem bin ich deine«, sagte Vicky leise. Sie kannte ja diesen Blick. Und sie wusste, was er bedeutete.

»Oh ja«, sagte Toni leise und zog sie an sich. »Oh ja.«

*

Leider stellte sich gleichwohl heraus, dass die Reisegruppe ein Loch in die Bilanz des Hotels riss. Am Ende zahlte das

Fasano umgerechnet mehrere Tausend Mark drauf. Das Busunternehmen stellte eine stolze Rechnung, das Reisebüro erklärte, zur Übernahme dieser Kosten weder imstande noch verpflichtet zu sein, die Ausgaben für die Vollverpflegung und für die Dampferfahrscheine kamen noch hinzu. Acht der Gäste bestanden darauf, trotz der besonderen Leistungen und Vergünstigungen einen niedrigeren Preis bezahlen zu wollen. Zuletzt war Vicky froh, als sie die Gruppe nach drei Tagen wieder auf die Heimreise schicken konnte.

»Wenn an diesen Busreisenden so wenig zu verdienen ist, dann werden sie immer ein wirtschaftliches Risiko für uns sein«, erklärte sie ihrem Mann, als sie an diesem Tag mit dem Geschäftsbuch zu ihm kam.

»Das passiert ja nicht alle Tage, dass ein Bus ausfällt«, stellte Toni klar.

»Schon richtig. Aber auch wenn alles gut geht: Wie viel verdienen wir an einer solchen Reisegruppe überhaupt?«

Toni zuckte die Schultern und seufzte. »Was weiß ich? Die haben wir doch schon seit Jahren. Wir können sie ja nicht einfach abschaffen. Außerdem sorgen sie für Belegung.«

Sie sah ihm an, dass er keine Lust hatte, mit ihr über die Zahlen zu reden. »Das ist aber wichtig, Toni. Denn wenn wir nicht genug Geld verdienen, können wir unseren Kredit nicht zurückzahlen. Und dann sind das Geld *und* das Hotel weg!«

Er küsste sie nachsichtig. »Das wird schon nicht passieren, mein Schatz. Ich muss jetzt los.«

»Und wohin? In einer Stunde kommt die nächste Reisegruppe an.«

»Dafür brauchst du mich doch nicht. Ich muss nach Limone. Da bin ich mit Emanuele verabredet.«

»Emanuele«, sagte Vicky seufzend. Sie kannte den Besitzer zweier Tanzbars gut genug, um zu wissen, dass es ihr lieber gewesen wäre, die beiden Männer wären nicht durch eine langjährige Freundschaft so eng miteinander. »Den hätten wir doch am Abend treffen können.«

Toni setzte diesen Blick auf, den er immer hatte, wenn er auf Absolution hoffte, und entgegnete: »Manchmal müssen Männer auch unter sich sein, mein Schatz.« Und wie immer, wenn er sie so ansah, konnte sie ihm nicht widersprechen.

Nun, immerhin waren die Männer unter sich, das war die gute Nachricht. »Also dann«, sagte sie. »Fahr. Aber komm nicht so spät zurück. Es gibt so viel zu tun.«

»Keine Sorge, Vicky. Ein paar Stunden, dann bin ich wieder da.«

*

Es dauerte jedoch bis tief in die Nacht, bis ihr Mann wieder auftauchte. Merklich betrunken, lärmte er im Badezimmer, nachdem er endlich zurück war.

Vicky hatte sich schlafend gestellt, weil sie zu gekränkt war, als dass sie Lust auf ein Gespräch gehabt hätte. Aber dass er nachts in diesem Zustand die steile und enge Uferstraße entlanggefahren war – und sie wusste ja, wie er fuhr! –, das konnte sie nicht hinnehmen. »Hast du nicht gesagt, du bist bald wieder da?«, fragte sie ihn, als er ins Schlafzimmer kam.

»Hoppla«, erwiderte Toni mit schwerer Zunge. »Begrüßt man so seinen liebsten Ehemann?«

»Wenn er nicht lieb ist, dann schon.« Vicky funkelte ihn zornig an. Die Sorgen und die Vernachlässigung, die sie empfunden hatte, brachen durch. »Dir ist schon klar, dass heute kein Feiertag ist? Wir haben so viel Arbeit …« Darüber, dass sie sich überfordert fühlte, wenn er nicht da war, wollte sie lieber gar nicht reden.

»Aber Vicky«, widersprach Antonio. »Wir haben so viel geschafft die letzten Monate. Ein halbes Jahr hab ich jeden Tag von früh bis spät gearbeitet. Da darf man sich doch mal ein paar Stunden freinehmen.«

»Ein paar Stunden, Toni! Ein paar Stunden! Du bist am Vormittag weggefahren. Und jetzt ist es drei Uhr in der Früh! Und morgen … morgen kommst du auch nicht aus dem Bett. Dann fehlst du mir wieder den halben Tag. Freihaben …« Sie schluchzte auf. »Freihaben, das geht nicht! Nicht jetzt! Die Saison hat gerade angefangen. Die Gäste kommen. Ich hab auch nicht frei.«

»Ja du!« Toni winkte ab. »Du bist eine Frau, das ist ganz was anderes. Aber ein Mann, der braucht auch einmal seine Freiheit, verstehst du?«

Sie verstand es nicht. Sie wollte es auch gar nicht verstehen. Und sie wollte nicht, dass er erwartete, sie verstünde es. Freiheit, was sollte das überhaupt bedeuten? Noch dazu mit diesem Hinweis darauf, dass *ein Mann* seine Freiheit brauchte?

»Wir sind verheiratet, Toni«, sagte sie leise. »Und wir haben ein Hotel gekauft. Wir haben Schulden gemacht, wir haben Verpflichtungen – nicht nur gegenüber der Bank, sondern auch gegenüber den Mitarbeitern. Wir haben Pläne gemacht. Wir haben *Gäste*! Da ist kein Platz für Freiheit.«

»Ach, Vicky«, erwiderte Toni seufzend. »Man lebt nur einmal, oder? Denk mal darüber nach.«

Er drehte sich um und verschwand wieder aus der gemeinsamen Wohnung. Wohin? Vicky wusste es nicht. Aber eines wusste sie: dass sie sich nicht auf ihn verlassen konnte. Wenn der Plan, aus dem Grand Hotel Fasano wieder einen der exklusivsten Orte am See zu machen, aufgehen sollte, dann würde das nur gelingen, wenn sie selbst sich dem Projekt mit Haut und Haar verschrieb. Sie musste das Ruder übernehmen. Und sie würde es übernehmen.

Voller Zorn und Ehrgeiz schlug sie die Bettdecke zurück, schnappte sich ihren Morgenmantel, schlüpfte in die Pantoffeln und lief hinunter zum Büro. Das ganze Haus schlief um diese Zeit, niemand würde sie beobachten, wenn sie all die Unterlagen durchsah, die noch aus der Zeit von Gianfranco Baur stammten, all die alten Verträge und Absprachen, Liefervereinbarungen, Lizenzabkommen und was es sonst noch alles brauchte, um ein Hotel mit Restaurant zu führen. Bisher hatte Toni diese Dinge stets nur mit seinem Vater besprochen, während Vicky für die Gestaltung zuständig gewesen war, für die Ideen und das Kreative. Aber das würde sich ab sofort ändern. Ab jetzt würde sie auch das Geschäftliche selbst in die Hand nehmen.

*

Als Antonio Baur am nächsten Tag ins Hotel kam, fand er seine Frau nicht vor. Stattdessen saß seine Mutter mit verdrießlicher Miene in der Hotelhalle und blickte ihm entgegen. »Wo ist denn Vicky?«, wollte er wissen.

»Abgehauen«, erwiderte Maria Baur. »Heute Morgen war sie weg. Mit ihrem Auto und einem Koffer. Der Lambert hat sie noch gesehen.« Die Mutter machte eine unwirsche Kopfbewegung in Richtung eines der Pagen.

Toni wandte sich an ihn. »Lambert? Du hast meine Frau heute Morgen getroffen?«

Der Page nickte. »Die Signora ist abgereist.«

»Hat sie gesagt, wohin?«

»Leider nein, Signor Baur. Sie hat mich nur den Wagen holen lassen. Und ich sollte einen Brief nach oben bringen. In Ihre Wohnung.«

Augenblicke später riss der Hotelier die Tür zu seiner Wohnung im Dachgeschoss auf und sah sogleich einen Umschlag auf der Kommode daneben liegen.

Toni,
ich bin für einige Tag in München. Wir müssen unsere
Beziehungen zu den Reisebüros und zum ADAC klären.
Ich erwarte, dass Du Dich nicht einmischst.
Bis dann.
Vicky

Erstaunt und ein wenig gekränkt, ließ er den Brief sinken. Kein liebes Wort, kein Gruß. Nicht einmal *Deine* Vicky hatte sie geschrieben.

35 000 Lire

München 1960

Auch wenn der kleine BMW nicht viel hergab, ging es rasch nach München. Sie war schon am Mittag dort und stand wenig später im Reisebüro der Firma Neckermann, einem der bisher wichtigsten Vertragspartner des Grand Hotel Fasano.

Die Dame im Kundenbüro allerdings betrachtete sich nicht als zuständig für Vickys Anliegen. »Da müssen Sie schon mit der Zentrale in Frankfurt sprechen.«

»Aber die Reisegruppen zu uns an den Gardasee starten doch alle von hier«, widersprach Vicky.

»Wir führen die Reisen nur durch. Verkauft werden sie von Frankfurt.«

Es war nämlich so, dass es zwischen dem Grand Hotel Fasano und dem Versandunternehmen Neckermann einen Vertrag gab, demzufolge ein bestimmtes Kontingent an Zimmern für Reisende reserviert wurde, die bei »Neckermann und Reisen« buchten. Diese Verträge sahen vor, dass das Fasano für jeden Reisenden einen fixen Betrag von 29 000 Lire bekam. Das klang zunächst großartig. Hunderte von Urlaubern, die Millionen in die Kasse des Hotels spülten. Nur dass sie noch mehr Millionen kosteten.

»Hören Sie, mit dem Betrag, den Sie pro Kunde zahlen, können wir nicht leben«, erklärte Vicky.

»Gute Frau«, erwiderte die Mitarbeiterin des Reisebüros. »Ich bin dafür nicht zuständig.«

»Dann telefonieren Sie halt einmal mit Frankfurt!«

»Das können Sie doch selber tun, oder nicht?«

Derart patzig hätte die Frau gewiss nicht sein müssen. Aber in der Sache hatte sie recht. Außerdem hatte Vicky sich ja ohnehin entschlossen, die Dinge selbst in die Hand zu nehmen, und so ließ sie sich die Nummer und den Namen des Ansprechpartners geben.

*

Wenig später stand Vicky wieder auf der Straße und überlegte, ob sie zu ihren Eltern gehen und von dort telefonieren sollte oder vom Postamt aus, und entschied sich schließlich, es ganz anders zu machen. Nun, da sie den Ansprechpartner wusste, würde sie ihn persönlich aufsuchen.

Allerdings ging die Fahrt von München nach Frankfurt wesentlich zäher voran, und Vicky traf in der Stadt am Main erst ein, als es längst stockdunkel war und sie vor Müdigkeit kaum noch die Augen aufhalten konnte. Ihr steckte auch immer noch die praktisch durchwachte Nacht in den Gliedern.

In der Nähe des Bahnhofs mietete sie sich ein Zimmer in einer kleinen Pension – nichts Teures, sie war ja unterwegs, um die Ausgaben zu verringern. Leider rächte sich die Wahl, denn es stellte sich rasch heraus, dass die Pension auch von einigen Damen genutzt wurde, die in der Gegend arbeiteten. Insbesondere im Zimmer neben ihrem herrschte reger Verkehr, der zu einer kaum zu ignorierenden Geräuschkulisse führte.

Entsprechend gerädert fühlte sich Vicky, als sie am nächsten Morgen aus dem Bett kletterte. Jetzt lachte die Sonne durch die schlecht geputzten Fenster, und die Kaiserstraße lag unter ihr. Die Firma Neckermann war nicht weit weg. Vicky würde in wenigen Minuten dort sein. Nur musste sie zuerst einmal einen Kaffee trinken und sich ein bisschen frisch machen.

Als sie eine Stunde später die Pension verließ, hätte niemand ihr angemerkt, wie strapaziös ihre letzten achtundvierzig Stunden waren. Sie trug ein strenges Kostüm und die Haare hochgesteckt, blickdichte Strümpfe und flache Absätze, ganz Geschäftsfrau. Als solche stellte sie sich in der Firmenzentrale vor und verlangte, Herrn Ebert zu sprechen, den ihr die Mitarbeiterin des Reisebüros in München genannt hatte.

Leider stellte sich heraus, dass Herr Ebert mit einer Blinddarmentzündung im Krankenhaus lag. »Aber Herr von Konz wird Sie empfangen«, tröstete die Sekretärin, die ärgerlicherweise ganz ähnlich gekleidet war wie Vicky, die Besucherin.

Es dauerte noch beinahe eine Stunde, bis sie endlich den Leiter der Abteilung Auslandsreisen sprechen konnte. Er war ein hochgewachsener, gut gekleideter Mann, der Vicky durchaus ein wenig an Antonio erinnerte, auch wenn er nicht so schöne Gesichtszüge hatte und deutlich älter war. »Nehmen Sie doch Platz, Frau Baur«, lud er sie ein und deutete auf einen Sessel.

Sie setzte sich und betrachtete das Büro, von dem aus man einen eindrucksvollen Blick auf die neu errichtete Häuserzeile gegenüber hatte.

»Was kann ich denn für Sie tun?«

»Es geht um unsere Kontingentverträge«, erklärte Vicky

und setzte ihm auseinander, dass die Vergütung nicht angemessen war. »Damit können wir nicht kostendeckend arbeiten«, schloss sie.

»Aha«, machte der Gastgeber und hielt ihr sein Zigarettenetui hin. Sie schüttelte den Kopf, indes er sich eine Zigarette nahm und anzündete. »Heißt das, Sie können Ihre Verpflichtungen nicht erfüllen?«

»O doch, das können wir absolut!«, versicherte ihm Vicky. »Nur nicht zu diesen Konditionen.«

Er nahm einen Zug und blickte dem Rauch hinterher, den er kunstvoll in die Luft blies. »Und was gedenken Sie da zu tun?«

»Wir müssen ein besseres Kosten-Ertrags-Verhältnis herstellen.« Vicky war froh, dass sie ihrem Vater so oft bei dessen Ausführungen am Esstisch hatte lauschen müssen. Die Begriffe, die sie vom Herrn Direktor Neuhofer aufgeschnappt hatte, ließ sie jetzt einfließen und konnte sich dadurch als sehr viel erfahrenere Geschäftsfrau darstellen, als sie in Wirklichkeit war.

»Dann müssen Sie Ihre Kosten reduzieren«, stellte der Neckermann-Abteilungsleiter fest.

Vicky lächelte ihn offen an. »Das haben wir bereits getan und alles ausgereizt, was machbar ist.«

»So.« Nun schien sein Blick forschend und distanziert.

»Ja. Und das bedeutet, dass wir eine höhere Vergütung brauchen.«

»Tja, ich fürchte …«

»Hören Sie, Herr von Konz, Sie zahlen uns 29 000 Lire pro Gast. Das ist zu wenig. Wenn wir nur kostendeckend arbeiten wollen, müssen wir mindestens 34 000 Lire bekommen. Mit 35 000 Lire haben wir ein winziges Bisschen Ertrag, aber eigentlich noch nicht einmal so viel Geld verdient, dass wir das Risiko tragen können, das ja immer auch mit Pauschalreisen verbunden ist.«

»Sie tragen überhaupt kein Risiko«, korrigierte ihr Gesprächspartner. »Wir garantieren Ihnen eine bestimmte Anzahl an Zimmerbuchungen zu einem festgelegten Preis …«

»Nur dass der niedriger ist als die Kosten!«

Herr von Konz hob die Hände. »Dafür kann ich nichts.«

»Wir brauchen 35 000 Lire pro Gast«, sagte Vicky mit fester Stimme. »Darunter ist es nicht machbar.«

»Hören Sie«, erwiderte der Mann und beugte sich vor. »Auch wir müssen kostendeckend arbeiten. Und unsere Kundschaft ist preisbewusst. Sie erwartet, günstig einzukaufen und hohe Qualität zu bekommen. Wie viele Übernachtungen garantieren wir Ihnen pro Jahr?«

»Fünfhundert.«

»Das sind fünfhundert Gäste zu einem festen Preis. Sie sollten sich nicht beschweren.«

»Es sind fünfhundert Mal fünftausend Lire, die wir draufzahlen!«, rief Vicky, fassungslos angesichts der Selbstherrlichkeit dieses Mannes.

»Wir zahlen Ihnen 29 000 Lire pro Gast. Entweder Sie akzeptieren das, oder …«

»Oder?« Sie wusste ja, was die Alternative war. Aber ehe dieser Wichtigtuer ihr den Auftrag entzog, würde sie selbst einen Schnitt machen. »Wissen Sie was, Herr von Konz?«, sagte sie. »Die Vereinbarung ist hiermit aufgekündigt. Gäste in der Preisklasse, die Sie anbieten wollen, brauchen wir bei uns nicht. Und die brauchen kein Grandhotel.«

*

Einmal mehr war es tief in der Nacht, als Vicky endlich ankam – diesmal in München, wo sie den Wagen in der Orffstraße parkte und dann an der elterlichen Wohnung klingelte. Sie hatte sich telefonisch angekündigt, ohne zu sagen, warum sie kam und dass sie nicht aus Gardone anreiste, sondern aus Frankfurt. Unendlich müde stieg sie die Treppen hoch in den zweiten Stock und wollte gerade klopfen, als sich die Tür öffnete. »Toni?«

»Wo warst du?«, sagte ihr Mann anstelle einer Begrüßung. »Ich hab mir solche Sorgen gemacht!«

So verärgert Vicky in Gardone über ihren Ehemann gewesen war, so froh war sie in dem Augenblick, ihn zu sehen. Erschöpft lehnte sie sich an seine Brust und seufzte. »Du hast mich gesucht. Das ... das ...« Sie wusste auch nicht. Einerseits wäre es schrecklich gewesen, er hätte sie nicht gesucht. Andererseits tat ihr der Gedanke unendlich gut, dass er extra nach München gefahren war, statt nur bei ihren Eltern anzurufen und zu fragen, ob sie vielleicht dort war.

»Jetzt komm erst einmal rein und lass uns reden.«

Dankbar ließ sie sich von ihm nach drinnen ziehen und in ihr altes Zimmer führen.

»Ich hab mir solche Sorgen gemacht«, wiederholte Toni und blickte seine Frau vorwurfsvoll an. Doch als er erkannte, wie müde und wie frustriert sie war, nahm er sie einfach in den Arm und ließ sich mit ihr aufs Bett sinken, wo sie still liegen blieben, bis Vicky vor Erschöpfung eingeschlafen war.

*

Wie sie aus ihren Kleidern gekommen war, wie sie sich zugedeckt hatte, daran fehlte ihr am nächsten Morgen jede Erinnerung. Sie hatte geschlafen wie eine Tote. Als die Glocken der Dom-Pedro-Kirche sie weckten, fühlte sie sich einen Moment wie das Schulmädchen, das sie einst gewesen war, doch dann kam ihr alles wieder zu Bewusstsein. »Toni?« Er lag neben ihr, in Unterhemd und Unterhose, und schlief immer noch tief. »Toni?«

»Hm? Buongiorno, mia cara«, murmelte er. Wenn er verschlafen war, sprach er meist Italienisch.

»Wir müssen reden.«

Er richtete sich ächzend auf. »Da hast du recht«, erwiderte er. »Aber zuerst müssen wir frühstücken.«

Die Mutter hatte den beiden ein kleines Morgenmahl bereitet und sich zurückgezogen, Josef wohnte inzwischen nicht mehr bei den Eltern, und der Vater war längst aus dem Haus, als sie die Küche betraten und sich an den Tisch setzten.

Antonio rieb sich den Schlaf aus den Augen, dann nahm er einen Schluck Kaffee und atmete tief durch. »Erst einmal möchte ich mich entschuldigen. Es tut mir leid, Vicky, dass ich mich die ganze Nacht rumgetrieben hab und dass ich so grob zu dir war. Es tut mir leid.«

Sie nickte, erwiderte aber nichts, sondern wartete ab.

»Dass du einfach auf und davon bist, war aber auch nicht richtig«, stellte er prompt fest. »Ohne ein Wort, ohne eine Nachricht, wo du hin bist … So geht das nicht. Ich bin immerhin dein Mann. Du kannst mich doch nicht einfach sitzen lassen wie einen Deppen.« Vielleicht wäre er laut geworden, unter anderen Umständen, aber der Schreck steckte ihm offensichtlich immer noch in den Gliedern – und die Müdigkeit auch. »Trotzdem, die Hauptsache ist, dass du wieder bei mir bist und dass es dir gut geht«, befand er, um schließlich zu der Frage zu kommen, die ihn offensichtlich vor allem bewegte: »Was um alles in der Welt war denn das? Wo bist du überhaupt hingefahren? Bei wem warst du?«

»Ich war in Frankfurt«, sagte Vicky lapidar und schenkte sich selbst Kaffee ein. »Bei Neckermann.«

»Bei ... Neckermann?«

»Ja. Weil sie uns viel zu wenig zahlen.«

»Sie zahlen uns über zehn Millionen Lire im Jahr!«

»Vierzehn Millionen fünfhunderttausend«, präzisierte Vicky.

»Ein Vermögen!«

»Stimmt. Aber das Vermögen, das wir für die Neckermann-Reisenden ausgeben, ist noch viel größer. Wir zahlen jedes Jahr zweieinhalb Millionen Lire drauf.«

Verblüfft starrte Toni seine Frau an. »Aber ... wieso ...«, stotterte er. »Wer sagt das?«

»Ich. Ich sag das. Oder vielmehr: Die Unterlagen besagen das.«

»Die Unterlagen? Die kennst doch du gar nicht.«

»Wohl kenn ich sie. Ich hab sie mir angeschaut, hab sie genau studiert und alles durchgerechnet. Wenn sie uns pro Reisendem nicht mindestens fünftausend Lire mehr zahlen, dann zahlen wir drauf.« Sie nahm sich ein Brötchen und schnitt es auf. »Deswegen bin ich hierhergekommen, und als mir die vom Reisebüro nicht weiterhelfen wollten, bin ich direkt weitergefahren nach Frankfurt und hab am nächsten Tag bei Neckermann in der Zentrale vorgesprochen.« Von ihrer Unterkunft in Frankfurt erzählte sie lieber nichts. »Herr von Konz hat mich sehr freundlich empfangen und das Thema mit mir besprochen.«

»Und was hast du erreicht?«, fragte Toni ungläubig.

»Nichts. Sie geben uns keine Lira mehr.«

Ihr Mann warf die Hände in die Luft. »Na bitte! Das hätt

ich dir gleich sagen können. Wir haben verhandelt, so gut es ging. Da kann man nichts machen.«

»Kann man wohl«, widersprach Vicky. »Man kann die Verträge kündigen, und ich hab sie gekündigt.«

Es dauerte eine Weile, bis Toni die ganze Tragweite dieser Information erkannt hatte. »Du hast ... was?«

»Gekündigt. Wir empfangen keine Neckermann-Reisenden mehr.«

Jetzt sprang er auf und verschüttete dabei seinen Kaffee. »Bist du verrückt? Wir können doch nicht auf fünfhundert Übernachtungen im Jahr verzichten!«

»Absolut können wir das.«

»Das sind vierzehn Millionen Lire, Vicky! Vierzehn Millionen!«

»Nein, Toni! Es geht nicht um die vierzehn Millionen, sondern um die zweieinhalb. Zweieinhalb Millionen Lire, die wir draufzahlen, wenn wir unsere Zimmer für diese Gäste reservieren. Mit meiner Kündigung habe ich zweieinhalb Millionen Lire für uns verdient – zweieinhalb Millionen, die uns am Ende der Saison *nicht* in der Kasse fehlen werden.«

※

Auch wenn Vicky mehr als überzeugt war, das Richtige getan zu haben, wurde sie von den Schwiegereltern frostig empfangen – vor allem von ihrer Schwiegermutter. »Habe die Ehre, Frau Hotelbesitzerin«, sagte die, als sie Vicky am Empfang begegnete.

»Schwiegermama ...« Vicky versuchte ein Lächeln. »Grüß dich Gott.«

»Tu nur nicht so harmlos.« Maria Baur schüttelte missbilligend den Kopf und kümmerte sich nicht darum, dass Alfredo, der Portier, den sie sehr mochte, ihnen zuhörte. »Sich so in die Geschäfte einzumischen gehört sich nicht. Nicht für eine Frau, nicht für so eine unerfahrene Person und schon gar nicht für eine Angeheiratete.«

»Maria«, mischte sich mit begütigender Stimme der Schwiegervater ein, der hinzugetreten war. »Lass es doch gut sein.«

»Gut sein? Das Fräulein Siebengescheit kommt aus München, bringt nichts als Mitgift mit, hat noch nie in einem Hotel was zu tun gehabt, weiß aber haarklein besser, wie's gemacht werden muss. Du hast das Fasano geführt über all die schweren Jahre. Aber fragt sie dich? Oder fragt sie den Toni? Nein, die gnädige Frau verschwindet einfach mitten in der Nacht und schmeißt unseren größten Kunden raus.«

»Mama!«, versuchte Vicky zu widersprechen. »Ich hab's gut gemeint. Und der Neckermann war vielleicht unser größter Kunde, aber er war …«

»Er hat für Übernachtungen gesorgt, Fräulein! Was wollt ihr denn machen, wenn das Hotel leer steht? Ein leeres Hotel ist das Allerschlimmste! Schlimmer als eines, das Verluste macht. Weil in einem leeren Hotel nämlich kein Gast bleiben möchte!« Die Schwiegermutter drehte sich um und ging davon, ohne ein weiteres Wort und ohne Vickys Erwiderung abzuwarten.

Alfredo blickte betreten in sein Empfangsbuch und tat beschäftigt, während der Schwiegervater offenbar hin- und hergerissen war zwischen einer Entschuldigung für diese Szene und einer Zustimmung zu dem, was seine Frau gesagt hatte. »Ihr seid jetzt die Inhaber des Hotels«, sagte er sorgenvoll. »Toni und du. Ihr tragt die Verantwortung. Es ist euer Geld und eure Zukunft. Ich hab vielleicht nicht alles richtig gemacht in der Vergangenheit, aber sicher auch nicht alles falsch. Und so viel weiß ich: Wenn ihr euch nicht einig seid und wenn ihr euch nicht absprecht, dann geht es schnell den Bach runter mit dem Fasano. Ganz schnell.«

»Da hast du recht, Schwiegerpapa«, erwiderte Vicky geknickt. »Ich weiß. Und glaub mir, normalerweise hätt ich alles mit Toni besprochen. Aber an dem Abend ... Ich hab mich so geärgert über ihn ... über seine ...« Sie suchte nach Worten.

Doch Gianfranco Baur verstand sie auch so. »Ich weiß schon, Kind«, sagte er mitfühlend. »Er ist ein ganz Besonderer. Aber er ist auch ein Schlawiner, unser Toni. Leider.«

V
GLITZERNDE WELT

Sommer

Gardone Riviera 1960

Hatte Vicky im letzten Jahr noch mit angepackt, wo es irgend ging, schien es in diesem Jahr gar kein Ende der Arbeit mehr zu geben. Natürlich, sie war jetzt nicht mehr nur die Schwiegertochter des Hoteldirektors, sie war jetzt zugleich die Frau des Eigentümers und damit selbst Hotelbesitzerin. Sie hatte mitgebürgt für das Darlehen, das sie in Rom aufgenommen hatten, um das Grand Hotel Fasano zu kaufen. Jetzt trug sie die Verantwortung. Und das bedeutete, dass sie die Erste war, die an jedem Tag zu arbeiten begann, und die Letzte, die an jedem Abend aufhörte.

Morgens gehörte es zu Vickys Routinen, einmal das ganze Haus abzuschreiten und sorgfältig zu inspizieren: War alles sauber? Hatten die Hoteldiener die Schuhe geputzt und wieder vor die Zimmer gestellt, wo die Gäste sie am Vorabend gelassen hatten? Waren die Blumen in den Vasen noch frisch? Waren die Tische im Frühstücksraum alle tadellos gedeckt? Waren die Fenster einwandfrei geputzt? Diese und tausend andere Fragen stellte sie sich täglich, wenn sie zwischen halb sechs und sechs Uhr über die Flure und durch die großen Räume ging.

Um sechs Uhr begann die Küchenmannschaft ihre Arbeit,

dann gönnte sich Vicky einen ersten Cappuccino, wie sie ihn hier in Italien kennengelernt hatte und liebte. Sie setzte sich damit in den Garten, gleich unterhalb der Terrasse, die an warmen Tagen ebenfalls zum Frühstück genutzt wurde, sog dankbar den Duft des köstlichen Getränks ein, blickte auf den See und zündete sich manchmal auch eine Zigarette an – die einzige, die sie bis zum Abend rauchen würde, denn bis dahin würde sie ab jetzt keine ruhige Minute mehr haben.

Toni schlief zu dieser Zeit noch; er kam erst gegen halb acht aus den Federn, empfand allerdings selbst das als Zumutung. Aus der Zeit, in der er nur der Sohn des Hoteldirektors gewesen war, hing ihm eine gewisse Bequemlichkeit an, und er war überaus verwöhnt, wie Vicky zunehmend feststellte. Denn während sie sich klaglos in die Berge von Arbeit stürzte und weder vor der verhassten Buchhaltung noch vor den ebenso verhassten Diskussionen mit den Lieferanten oder der Müllabfuhr zurückschreckte, wusste er sich in solchen Fällen meist elegant aus der Affäre zu ziehen: Er hatte dann immer passend andere Verpflichtungen, die nicht warten konnten, oder verwickelte sich in ein Gespräch mit einem Gast, den er ja keinesfalls unvermittelt stehen lassen konnte. Aber Vicky sah es ihm nach. Er hatte nie einen falschen Eindruck erweckt. Solange sie ihn nun kannte, wusste sie, dass Antonio ein Mann des Genusses und des schönen Lebens war, des *dolce vita*, wie sie hier sagten. Und wenn es die Umstände zuließen, genoss sie dieses süße Leben mit ihm, oh ja, sie genoss es sogar sehr!

An einem Tag im Juli erklärte Toni, dass er Vicky dringend bei einem Termin brauchte, es sei eilig. »Du musst bitte mitkommen, das Boot liegt schon am Steg.«

»Ja, aber was ist denn los? Wohin fahren wir?«

»Ich erzähl's dir gleich, wenn wir auf dem See sind.«

»Aber ich bin doch gar nicht angezogen für einen Geschäftstermin.«

»Das passt wunderbar, was du anhast. Der Herr wird hingerissen sein!«, versicherte er ihr. »Nimm dir bloß eine Jacke mit, falls es länger dauert. Damit du nachher nicht frierst.«

Seufzend lief Vicky aufs Zimmer, holte sich ein Jäckchen, prüfte noch einmal kurz ihr Make-up und beeilte sich dann, zum Steg zu kommen, wo Toni mit dem Motorboot auf sie wartete. »Die Sonnenbrille!«, rief sie. Auf dem See war es ratsam, eine zu tragen, wenn die Sonne hoch am Himmel stand, denn die Reflexe auf dem Wasser blendeten, dass einem manchmal die Augen wehtaten.

»Kannst meine nehmen.« Er reichte ihr die Hand und half ihr an Bord. »Setz dich.« Mit einem geübten Zug am Anlasser warf er den Motor an, dann gab er Gas und lenkte das Boot auf den See hinaus.

»Jetzt sag schon, was so wichtig ist!«, drängte Vicky, als sie erkannte, dass er keinerlei Anstalten machte, ihr etwas zu erzählen, sondern vielmehr grinsend am Heck stand, das Ruder in der Hand, und es genoss, wie ihm der Wind durchs Haar fuhr.

»Ach, Schatz!«, rief er und nahm seine Sonnenbrille ab, um sie ihr zu überlassen. »Wir fahren rüber auf die Isola.«

»Da haben wir einen Termin?«

»Haben wir.«

»Und darf ich erfahren, mit wem?«

»Mit einem ganz reizenden Paar.«

»Aha. Also ist es was Privates.«

»Das ist es.«

»Aber Toni, wir haben so viel Arbeit im Hotel!« Sie hätte es sich denken können: Er war einfach unverbesserlich. Immer hatte er nur das Vergnügen im Kopf.

»Keine Angst, Vicky. Die Arbeit läuft dir nicht weg«, erklärte er.

»Und wen treffen wir da drüben?« Sie hatte ja schon immer mal hinübergewollt auf diese geheimnisvolle Insel, die einzige, die es in dem ganzen großen See gab.

»Na ja, er ist ein ziemlicher Taugenichts«, sagte Toni. »Aber sie ist eine ausgezeichnete Geschäftsfrau! Und bildhübsch!«

Als wäre es darauf angekommen. Nun ja, für Antonio Baur offenbar schon. »Sehr beruhigend«, befand Vicky lakonisch. »Und was haben wir mit ihnen zu tun?«

»Viel, mein Schatz! Sehr viel! Wir treffen sie übrigens einzeln.«

»Wie? Einzeln?«

»Du triffst ihn, und ich treff sie.«

»Die Bildhübsche?«

»Genau.«

»Auf der Insel.«

»Da wollte ich mich immer schon einmal mit dir treffen«, erklärte Toni grinsend und zauberte zu Vickys großer Überraschung einen Korb hinter der Sitzbank hervor. »Wir treffen uns dort zum Picknick. Du und ich.«

»Der Taugenichts?«

»Und die bildhübsche Geschäftsfrau.«

*

Auch wenn Vicky das schlechte Gewissen jede Sekunde plagte, weil sie das Hotel sich selbst überlassen hatten, genoss sie die unverhoffte Freizeit mit ihrem Mann über alles. »Dürfen wir überhaupt hier sein?« Sie wusste ja, dass die Insel im Privatbesitz war.

»Wir dürfen, mein Schatz. Ich kenn die Eigentümer und hab mir eine Erlaubnis eingeholt.«

Also spazierten sie auf der Suche nach einem hübschen Plätzchen für ihr Picknick über die Insel, die dicht mit exotischen Pflanzen bewachsen war und auf der sich, vom Fasano aus nicht zu erkennen, ein überwältigend prachtvoller Palast befand, der Palazzo Borghese-Cavazza, der Vicky an den Dogenpalast in Venedig erinnerte, den sie auf dem zweiten Teil ihrer Hochzeitsreise besichtigt hatten.

Zwischen Zypressen und Fächerpalmen blühten hier die Zitronenbäume, aber es gab auch Bäume und Sträucher, die Vicky noch nie gesehen hatte. Gewaltige Bäume, deren Wurzeln im Wasser fußten. »Seltsame Gewächse sind das«, stellte sie staunend fest.

»Das sind uralte Sumpfzypressen«, erklärte Toni.

»Was du alles weißt …«

»Nur, weil mir's der Conte einmal erzählt hat.«

»Der Conte?«

»Antonio Borghese. Ein Namensvetter.« Toni lachte. »Allerdings aus einer der vornehmsten Familien überhaupt. Kein Baur.«

»Ach«, rief Vicky, »mir ist der Baur lieber als irgendein Conte. Mit den Adligen hab ich's nicht so.«

Toni nickte bedeutungsvoll. »Das ist hier aber nicht nur ein Ort, an dem die Mächtigen daheim waren. Oder sind.« Und er erzählte ihr die Geschichte des Franz von Assisi, der auf dieser kleinen Insel im Gardasee ein Kloster gegründet hatte, zumindest der Legende nach. »Die alten Römer waren freilich vor ihm schon da«, sagte er. »Es ist aber weder von den Römern noch vom Kloster was übrig. Außer den Erzählungen.«

Voller Bewunderung für diesen zauberhaften Ort spazierte

Vicky Hand in Hand mit ihrem Mann bis fast ans südliche Ende der Insel. Schließlich setzten sie sich auf einen kleinen, schmalen Steg, der etwas abseits des Palazzo in den See ragte, und packten ihren Korb aus. Toni hatte an alles gedacht. Er hatte Brot und Käse einpacken lassen, eine Flasche Barolo, weil er wusste, dass Vicky ihn schätzte, ein paar Scheiben Mortadella, in zwei Einmachgläsern frischen Salat aus der Hotelküche, sogar ein paar gekochte Eier und ein kleines Fläschchen Limoncello. »Als Digestif«, erklärte er. »Denn Eis konnte ich nicht mit hierherbringen, das wäre geschmolzen.«

So war Vicky, die dahinschmolz, dankbar, dass ihr Mann erkannt hatte, wie sehr sie eine kleine Abwechslung brauchen konnte, wie sehr sie sich ein paar Stunden der Ruhe und Erholung verdient hatte und wie sehr sie einen solchen Ausflug genießen würde. »Danke, Toni«, sagte sie und lehnte sich an ihn, sodass sie beide auf den See hinausblickten. »Das war eine ganz liebe Idee.«

»Ich weiß ja, was du alles tust.« Er küsste ihr Haar und legte den Arm um sie. »Ohne dich wäre das Fasano immer noch die alte Bruchbude, die es so viele Jahre lang war. Es ist wie ein Dornröschenschloss, das von dir wachgeküsst wurde.«

»Na ja«, erwiderte Vicky lachend. »Ein Schloss würde ich nicht unbedingt küssen. Aber einen Schlossherrn, zu dem könnt ich vielleicht nicht Nein sagen ...«

Er verstand den Wink, und so beschlossen sie ihr Picknick auf der romantischen Isola mit einem nicht minder romantischen Kuss ... und einem Schäferstündchen.

※

Die Gäste des Fasano waren sehr unterschiedlich. Aber es blieb ein Problem, dass die meisten von ihnen es vor allem auf einen günstigen Urlaub im Süden abgesehen hatten. Wenige hatten die Absicht, ja wenige verstanden es überhaupt, sich etwas Besonderes zu gönnen. Vicky konnte das sogar nachvollziehen! Nach dem Elend des Krieges und den harten Jahren danach hatten die Menschen verlernt, was es hieß, sich selbst etwas Gutes zu tun, und sofern sie Lebensart gehabt hatten, hatten sie sie verloren.

Das andere Problem war, dass nach der Kündigung der Neckermann-Verträge die Belegung schlecht war. Viele Zimmer blieben leer. Und auch wenn das für die Bilanzen eher Segen als Fluch war, trieb es nicht nur Vicky um. Vor allem die Schwiegermutter machte ihr immer wieder Vorwürfe, dass sie dem Hotel das Wichtigste weggenommen hatte, was ein Hotel haben konnte: die Gäste.

»In gewisser Weise hat sie ja recht«, gab Vicky eines Abends zu bedenken, als sie mit Toni noch auf ein Glas Sherry in der Bar saß.

»Wegen der Gäste? Aber du hast es doch ganz richtig gemacht! Wenn wir bei jeder Übernachtung draufzahlen ...«

»Das schon. Und trotzdem brauchen wir eine deutlich bessere Belegung, weil nur dadurch, dass wir keine Verluste ansammeln, noch längst kein Gewinn rauskommt.«

»Und was willst du machen? Nochmal mit Neckermann reden?«

»Nein. Ich red mit dem ADAC.«

»Dem ADAC? Die haben doch gar keine Reisebusse.«

»Eben!« Sie hatte es sich genau überlegt. »Der ADAC richtet sich nur an Autofahrer. Das sind Leute, die selbst anreisen, die brauchen keinen Bus. Außerdem sind es Leute, die sich den Urlaub nicht vom Munde absparen müssen, sonst hätten sie kein Auto.«

»Hm. Aber wie soll dir der ADAC dabei helfen, dass die dann zu uns kommen? Was hat der denn davon?«

»Wir zahlen«, erklärte Vicky. »Und zwar Werbung. Die haben ein Mitgliedermagazin, in dem wir Anzeigen schalten.«

Toni fand die Idee zumindest bedenkenswert, der Schwiegervater indes war später dagegen. »Ein Grandhotel macht keine Reklame«, stellte er kategorisch fest. »Das ist völlig unter unserer Würde.«

Er sagte es so nachdrücklich, dass Vicky erkannte, eine Diskussion würde sich erübrigen, zumal sie auch den Ausdruck im Gesicht ihrer Schwiegermutter gesehen hatte: eine Miene höchster Befriedigung, dass ihr Mann endlich einmal eindeutig Partei gegen Vicky ergriff. Also verfolgte sie das Thema nicht weiter. Zumindest vorerst nicht.

*

Schon wenige Tag nach der Eröffnung der Saison hatte sich Toni mit dem neuen Pianisten angefreundet. Amadeo Conti war sehr nach seinem Geschmack: Er beherrschte alle Musikrichtungen, was bedeutete, dass er auch die von Vickys Mann sehr geliebten aktuellen italienischen Schlager und Rock'n'Roll-Songs beherrschte, und war unermüdlich – wenn es sein musste, bis in die frühen Morgenstunden. Wobei Vicky, ausnahmsweise im Einvernehmen mit ihren Schwiegereltern, beschlossen hatte, dass nach zehn Uhr abends nur noch leise, langsame Stücke gespielt werden durften und spätestens ab elf Uhr das Klavier zu schweigen hatte.

Leider hatte das dazu geführt, dass Toni sich ermutigt

sah, seinen »Hausmusiker und Freund« gelegentlich noch nach Salò, nach Gargnano oder gar nach Riva zu begleiten, wo Conti weiterspielte und sein Arbeitgeber unterdessen feierte.

Die beiden verstanden sich nach Vickys Geschmack ein bisschen zu gut. Aber solange der Pianist allenthalben derart bewundert wurde und solange sie mit Lob für die schöne Musik im Haus überschüttet wurde, wollte sie nicht riskieren, ihn zu verlieren. Also nahm sie die zahlreichen Ausflüge der neuen Freunde Antonio und Amadeo hin.

Nicht alles wurde indes so vorbehaltlos angenommen wie der Klavierspieler. Wie Vicky überrascht feststellen musste, beschwerten sich die deutschen Gäste öfter darüber, dass das Essen im Fasano so fremdartig war, dass es bestimmte Speisen kaum gab oder andere ihnen suspekt erschienen. Mit Schalentieren vermochten sie oft gar nichts anzufangen, dafür vermissten sie mancherlei Wurstwaren. Dass es in Italien keine Leberwurst gab und dass man Muscheln einfach einmal probieren sollte, statt sie einfach nur abzulehnen, das fand bei manchen Reisenden kein Verständnis.

»Sie sollten sich auf Ihre Gäste auch einstellen, gute Frau«, erklärte etwa eine Zahnarztgattin aus Heidenheim. »Wenn Sie nur solche Merkwürdigkeiten servieren wollen, dann nehmen Sie besser Italiener bei sich auf.«

»Gnädige Frau«, entgegnete Vicky. »Wir sind ein internationales Hotel, bei uns sind Gäste aus allen Ländern willkommen. Und natürlich wollen wir allen Gästen ihre Wünsche erfüllen. Manches gibt es hier nicht so, wie Sie es vielleicht von zu Hause gewöhnt sind. Aber das wäre doch ein schöner Anlass, einmal etwas Neues auszuprobieren, finden sie nicht?«

»Muscheln?« Die Frau wandte angewidert den Kopf zur

Seite. »Warum nicht auch noch Schnecken? Glitschiges, ekelhaftes Zeug. So etwas isst man doch nicht.«

Manchmal ließen sich die Gäste mit einem Digestif besänftigen, manchmal fand sich auch etwas, was genehm war. Und wenn die Unzufriedenheit gar zu groß war, erklärte Vicky, dass das Essen komplett aufs Haus gehe – was es bei Vollpension ohnehin tat und bei Halbpension in den meisten dieser Fälle auch, aber dann schrieb man dem Gast einen gewissen Betrag gut und überreichte ihm am Ende der Reise einen Gutschein über die entsprechende Summe »für Ihren nächsten Aufenthalt im Grand Hotel Fasano«.

»Raffiniert!«, befand Toni, als Vicky ihm diese Strategie erläuterte.

»Mir wäre lieber, die Gäste wären nicht so provinziell.«

»Glaub mir, mein Schatz«, entgegnete Toni, »auch aus der Provinz kommen liebenswerte und interessante Menschen.«

Womit er absolut recht hatte. Zum Beispiel Familie Gstöttner aus dem Burgenland! Ein beleibtes, sehr gemütliches Paar mit zwei entzückenden Töchtern, Zwillingen, die aber unterschiedlicher nicht hätten aussehen können: Alicia und Anneliese – was zu ständigen Verwechslungen führte, wenn die Eltern nach ihnen riefen.

Die Mädchen liebten es, durch den Garten zu toben, vielleicht mehr, als für ein Grandhotel schicklich war. Aber Vicky sah ihnen gern zu. Zwei so neugierige, fröhliche Kinder gab es hier selten.

»Die beiden bringen mich noch um den Verstand«, sagte Frau Gstöttner und war dabei die Ruhe selbst, während sie ein Stück von ihrem Apfelstrudel nahm. »Übrigens ganz ausgezeichnet, der Strudel«, befand sie. »Meine Großmutter selig hätt ihn nicht besser machen können, gell, Erwin?«

»Hab sie ja gar nicht gekannt, deine Oma«, antwortete Herr Gstöttner halb zärtlich, halb spöttisch.

»Da kannst du von Glück sagen. Das hätt deiner schlanken Linie nicht gutgetan.«

Wo er eine schlanke Linie haben sollte, dieser gemütliche Mann aus Österreich, blieb Vicky freilich verborgen. »Der gnädige Herr mögen kein Stück davon probieren?«

»Um Himmels willen!«, protestierte Herr Gstöttner milde. »Ich bin doch auf Diät. Und ich hab ja schon Buchteln gehabt mit Zwetschgenröster und Schlagobers.«

»Sie können es sich ja noch überlegen«, schlug Vicky vor und warf einen Blick in den Garten, wo sie in Richtung der verfallenen alten Villa die Töchter des Ehepaars auf dem Nachbargrundstück verschwinden sah.

»Jedenfalls«, erwiderte der freundliche Herr, der laut Empfangsbuch Weinhändler war, »kann Ihre Küche ohne Weiteres mit der vom Sacher mithalten.«

»Und mit der vom Vier Jahreszeiten in München auch«, stimmte seine Frau zu. »Vor allem die Patisserie.«

»Das freut mich wirklich sehr, gnädige Frau«, bedankte sich Vicky. »Ich werd es in der Küche ausrichten. So ein Lob hört doch jeder gern.«

»Nur der Weinkeller ...«, gab Herr Gstöttner zu bedenken.

»Was ist mit dem, wenn ich fragen darf?«

»Na ja, ein bisschen einfältig ist er schon. Ich versteh ja, wenn Sie eine Abtsleite dahaben müssen, einen Château Lafite und einen Moët. Und die hiesigen Tropfen selbstredend. Doch ein bisschen mehr in die Breite gehen dürfte das Sortiment schon, find ich. Aber vielleicht bin ich da auch der Falsche mit meinen persönlichen Ansprüchen.«

»Aber nein!«, versicherte ihm Vicky eilig. »Im Gegenteil!

Soweit ich weiß, sind Sie doch vom Fach, gnädiger Herr. Da würde mich Ihre Meinung sehr interessieren.«

Und dann legte ihr der Gast aus dem Burgenland dar, dass die Weine, die man hier auf die Karte gesetzt hatte, im Grunde so auch auf jeder anderen Karte stehen könnten. »Aber ein guter Sommelier, der stellt Ihnen eine Karte zusammen, dass so mancher Gast extra dafür anreist. Die großen Weinliebhaber wollen halt gern was entdecken, verstehen Sie?«

Das verstand Vicky auf Anhieb, und sie wunderte sich, warum Toni sich darüber keine Gedanken gemacht hatte. Oder hatte er? Jedenfalls war er von ihnen beiden derjenige, der für den Einkauf von Wein und Spirituosen verantwortlich war, weil Vicky sich so gut wie nicht damit auskannte. Sie nahm sich vor, darüber mit ihm am Abend zu sprechen.

»Wo sind denn jetzt die Mädel hin?«, fragte Frau Gstöttner und blickte mit gerunzelter Stirn über die Balustrade. »Hab sie jetzt doch schon einige Zeit nicht gesehen.«

»Ich geh sie suchen, gnädige Frau«, erklärte Vicky. »Machen Sie sich keine Sorgen.« Es reichte schließlich, wenn sie selbst sich welche machte.

*

Die alte Villa auf dem Nachbargrundstück war so geheimnisvoll wie faszinierend. Sie existierte schon länger als das Hotel. Viele Male hatte sie den Besitzer gewechselt, doch seit geraumer Zeit stand sie leer und verfiel zusehends. Zu den Legenden, die dieses Anwesen umgaben, gehörte die Behauptung, dass sie ein Jagdschloss des Erzherzogs Franz Joseph I. gewesen sei, also des österreichischen Kaisers zu dessen Zeiten als Kronprinz. Daher ihr Name: die Villa Principe. Vielleicht stimmte die Geschichte, vielleicht auch nicht. Toni hatte einmal im Katasteramt die alten Unterlagen eingesehen, um Näheres herauszufinden, aber die Dokumente waren lückenhaft, und selbst die Beamten vermochten die älteren Einträge kaum noch zu verstehen.

Zu besagter Villa eilte sie nun und schlich zunächst um das halbverfallene Gebäude herum, ohne aber die beiden Mädchen zu entdecken. Doch dann hörte sie auf einmal einen kleinen Schrei, der aus dem Haus selbst kam. Erschrocken lief sie zur Tür, die jedoch verschlossen war. Wieder umrundete sie das Gebäude, bis sie den Laden einer Terrassentür einen Spaltbreit offen sah und hineinschlüpfte in das Dämmerlicht dieses verwunschenen Ortes.

Irgendwo hörte sie Kichern. Die Mädchen mussten ganz nah sein. Aber nicht im Erdgeschoss, eher oben. Vicky sog scharf die Luft ein, als sie entdeckte, wie baufällig die hölzerne Konstruktion war. Sollte sie es wagen, ebenfalls hinaufzusteigen? Oder lieber doch nicht?

»Alicia? Annalisa?«, rief sie schließlich. Sofort verstummte das Kichern. Sie hatten sie gehört. »Hier ist Vicky! Vicky Baur. Vom Hotel. Könnt ihr bitte runterkommen? Eure Eltern machen sich schon Sorgen.«

»Wir sind nicht da!«, rief eines der Mädchen, und das andere kicherte prompt erneut.

»Oh!«, rief Vicky. »Da bitte ich um Entschuldigung!«

Wieder drang ein Kichern von oben herab.

»Dann geh ich jetzt wieder mit meinem Äffchen!«

Jetzt war es auf einmal mucksmäuschenstill dort oben. Bis zuerst ein neugieriger Kopf und dann ein zweiter über dem Geländer auftauchte. »Wo ist denn das Äffchen?«, fragte Anneliese.

»Da ist ja doch jemand«, stellte Vicky grinsend fest.

»Sie haben uns reingelegt!«

Nun war es Vicky, die kicherte. »Entschuldigung«, sagte sie. »Das ist mir einfach so eingefallen. Ich hab mir immer ein Äffchen als Spielgefährten gewünscht, wisst ihr?«

Ohne groß nachzudenken, kamen die Kinder aus dem ersten Stock herunter und betrachteten die Hotelbesitzerin, als sähen sie sie auf einmal mit ganz anderen Augen. »Sie haben doch so viel Platz hier, warum kaufen Sie keines?«, fragte Alicia.

»Ich weiß nicht, kann man das? Ich meine, in einen Laden gehen und sagen ›Geben Sie mir bitte ein Äffchen, aber ein besonders süßes, und packen Sie es mir hübsch ein‹?«

Die Kinder kicherten wieder. »Ein Äffchen kann man doch nicht einpacken«, erklärte Alicia.

»Da hast du vermutlich recht.«

»Aber es ist trotzdem gemein, dass Sie uns hereingelegt haben. Wir wollten nämlich gar nicht da sein.«

»Das tut mir leid«, entschuldigte sich Vicky. »Darf ich es mit einem Eis wiedergutmachen?«

Dagegen hatten die beiden nichts – und ihre Eltern freuten sich, dass sie sich nicht um den Verbleib ihrer Kinder hatten kümmern müssen.

Vicky mochte Kinder. Ein wenig wurmte es sie, dass es trotz der guten Voraussetzungen bei ihr noch nicht so weit gekommen war, dass ihre Regel ausblieb. Ein Kind, das wäre was Schönes gewesen. Auch wenn sie sich kaum vorstellen konnte, woher sie die Zeit hätte nehmen sollen, es aufzuziehen. Doch das ging vermutlich vielen Müttern so. Den meisten vielleicht sogar.

*

»Weißt du was?«, sagte sie am Abend zu Toni, als sie ausnahmsweise einmal gleichzeitig in ihrer kleinen Dachwohnung waren. »Diese Villa ...«

»Die Principe?«

»Die ist was Besonderes.«

»Sie ist eine Ruine.« Toni zog sich aus und ging ins Badezimmer, wo er sich eine Wanne eingelassen hatte.

»Ich finde, sie gehört irgendwie zum Hotel«, erklärte Vicky und folgte ihm. Sie setzte sich auf den Hocker neben der Badewanne und betrachtete ihren gut aussehenden Mann mit Wohlwollen.

Der schüttelte den Kopf. »Das Anwesen hat nie was mit dem Fasano zu tun gehabt.«

»Bis jetzt nicht. Aber ich hab mir die alten Fotos mal wieder angeschaut ...« Es gab ja etliche Aufnahmen aus früheren Jahrzehnten, bis zurück in die Gründungsjahre des Hotels. »... und auf vielen der Aufnahmen ist es auch drauf, gerade so, als wäre es ein Teil des Hotels.«

»Ich ahne, worauf du hinauswillst«, bemerkte Toni und musterte sie skeptisch. »Sag, dass ich mich täusche.«

Vicky zog ihre Bluse aus und streifte den Rock ab. »Weißt du, es müsste ja gar nicht für den Hotelbetrieb sein ...«

»Sondern? Willst du eine Spielbank dort betreiben?«

Das hätte ihrem Mann am Ende sogar gefallen. Vicky ging auf die Bemerkung lieber gar nicht ein. »Spätestens wenn wir die restlichen Räume auch endlich aufmachen, brauchen wir mehr Leute«, sagte sie, während sie die Unterwäsche ablegte und ihm ein Zeichen gab, ein wenig Platz zu machen. »Mehr Personal. Und das muss irgendwo untergebracht werden.«

»Aber das ist doch nicht unsere Sache. Die mieten sich

irgendwo ein und ...« Er sah ihr mit erkennbarem Interesse zu, wie sie zu ihm in die Wanne stieg.

»Toni! Für so viele Leute findest du keine bezahlbare Unterkunft. Die Mitarbeiter müssen es sich ja auch leisten können, dass sie bei uns arbeiten.« Sie ließ sich zwischen seinen Beinen nieder und streckte ihm die ihren entgegen.

»Du willst in dem alten Kasten Personalunterkünfte einrichten?«, fragte er, während seine Hände sanft über ihre Schenkel glitten.

»Genau. Nichts Großartiges. Aber eine saubere, solide Unterkunft für die Mitarbeiter. Schau, es ist doch so, dass die besten Leute immer noch lieber im Grand Hotel Gardone arbeiten und nicht bei uns. Wir sind halt nicht das erste Haus am Platz. Aber wenn wir sie unterbringen könnten ... und wenn wir einmal einen Sommelier einstellen wollen ...«

»Einen Sommelier?« Tonis Augenbrauen hoben sich.

»Ja! Und dann ist es ja auch so, dass sie praktisch direkt am Arbeitsplatz schlafen würden. Sie hätten keine Ausrede für Zuspätkommen, sie könnten auch einmal außer der Reihe arbeiten und ...«

Toni lachte auf. »Also bist du jetzt eine Sozialistin oder eine Kapitalistin? Einmal geht's dir ums Wohl der Mitarbeiter, und dann wieder würdest du sie am liebsten rund um die Uhr arbeiten lassen.«

»Beides, Toni«, erklärte Vicky und tauchte ihre Hände ins Wasser. »Ich bin beides. Und ich freu mich, dass du einverstanden bist.«

Dergleichen hatte er zwar nicht gesagt, aber sie ließ ihm keine Gelegenheit mehr, zu widersprechen.

Bittere Triumphe

Gardone Riviera 1961

Dass es für den September so viele Anmeldungen gab, überraschte Gianfranco Baur ein wenig. Normalerweise war der vorletzte Monat der Saison ein stiller, in dem das Geschäft eher verhalten lief. Doch in diesem Jahr gingen ab Juli zahlreiche Reservierungen ein, oft nur für zwei oder drei Übernachtungen, aber eben doch viele! Der Hoteldirektor – das war er nach wie vor, nur eben nicht der Eigentümer – beschwerte sich nicht, sondern nahm diese glückliche Fügung dankbar hin. Bis er der Ursache dafür auf den Grund kam: Ein Kollege aus Bozen rief ihn eines Nachmittags an und gratulierte ihm zu dem »gewitzten Schachzug«, den Gianfranco Baur da unternommen habe.

»Ich weiß gar nicht, was du meinst, Alois«, erwiderte der Hoteldirektor.

»Na, eure Anzeige! Ein bisschen dreist. Aber schön gemacht, das geb ich zu. Und ich hab keinen Zweifel, dass sie wirksam war. Oder?« Es klang, als wollte der Leiter des Hotels Laurin ihn aushorchen, womöglich, um ihn zu kopieren. Nur: womit?

»Eine Anzeige hab ich nicht geschaltet«, erklärte Gianfranco Baur im Brustton der Überzeugung.

»Freiwillig werden sie das aber nicht in ihr Heft gesetzt haben: *Für alle Liebhaber des guten Lebens – Grand Hotel Fasano, Gardone Riviera. Den Gardasee erleben und den Spätsommer genießen! Das Traumhotel für den modernen Autofahrer.*«

»Entschuldige, Alois«, stotterte der Hoteldirektor. »Jetzt überrumpelst du mich aber. Wo soll das stehen?«

»Na, im ADAC-Heft. Neueste Ausgabe. Hast du das gar nicht gewusst?«

»Doch, doch«, log Gianfranco Baur, um sich keine Blöße zu geben. »Mir war nur nicht klar, dass sie's schon reingesetzt haben.«

»Soso«, befand der Kollege. »Und? Wirkt's?«

»Überhaupt nicht«, log Vickys Schwiegervater weiter. Wenn er dem Kollegen auf die Nase band, dass eine Buchung nach der anderen hereinkam, würden bald alle in dem Heft inserieren, und der Effekt wäre verpufft.

»Das hab ich mir gedacht«, erklärte sein Gesprächspartner. »Aber trotzdem eine gute Idee, so was mal zu probieren. Na ja«, fügte er hinzu, »ein wenig profan vielleicht. Aber manchmal muss man sich auch die Hände dreckig machen, oder?«

»Kann ich sonst was für dich tun?« Nein, Gianfranco Baur würde nicht weiter auf dieses Geschwätz eingehen.

»Passt schon. Ich hab Arbeit. Du sicher auch. Habe die Ehre, Gianni.«

Keine Minute später stand Gianfranco Baur im Büro und fuhr seine Schwiegertochter an, weil sie die Reklame geschaltet hatte.

»Schwiegerpapa ...«

»Weiß der Toni davon?«

»Der Toni weiß es«, sagte Vicky. »Wir haben das besprochen.« Was so nicht ganz stimmte. Sie hatte ihm lediglich die

Anzeige gezeigt, die sie selbst gestaltet hatte – eine Aufnahme des Fasano, darüber in geschwungener Schrift *Für alle Liebhaber des guten Lebens* und darunter der Anzeigentext –, und er hatte bestätigt, dass die Anzeige hübsch sei.

Der Seniorchef schnaufte heftig, sein Kopf war so rot, dass Vicky sich ernsthaft Sorgen zu machen begann. Als in dem Moment auch noch die Schwiegermutter auftauchte, wusste sie, dass sie ihn nicht würde beruhigen können.

»Was ist denn hier los?«, erkundigte sich Maria Baur. »Man hört dich ja durch die ganze Hotelhalle.«

»Deine … deine Schwiegertochter hat eine Reklame geschaltet. Für unser Hotel. In einem Automagazin«, erklärte ihr Ehemann mit vor Empörung bebender Stimme. »Angeblich mit dem Einverständnis deines Sohnes.«

Maria Baur blickte von ihm zu Vicky und zurück. »Es ist auch deine Schwiegertochter und dein Sohn«, sagte sie, ehe sie sich an Vicky wandte: »Waren wir uns nicht einig, dass sich so was für ein Hotel wie unseres nicht gehört?«

Einen Augenblick lang war Vicky versucht zu erwidern, dass es nicht »unser« Hotel sei, sondern ihres und Tonis, doch sie biss sich gerade noch rechtzeitig auf die Zunge und atmete durch. »Lasst uns das gemeinsam besprechen. Ich hol Toni. Wir treffen uns oben. Es müssen ja nicht alle dabei zuhören.« Damit meinte sie auch Signora Trotti aus dem Büro, die wie versteinert im Hintergrund saß und erkennbar befürchtete, in den Streit hineingezogen zu werden, sowie deren Assistentin.

»Laura?«, sagte Vicky. »Geben Sie mir bitte die heutige Reservierungsliste und die der letzten zwei Tage dazu. Grazie.« Sie nahm ihr die Unterlagen ab und lief ohne ein weiteres Wort an die Schwiegereltern nach oben in deren Wohnzimmer.

*

Der Streit war lautstark und verletzend, aber Vicky war entschlossen, ihren Schritt zu verteidigen. Sie hatte getan, wovon sie etwas verstand: Sie hatte mit der Sehnsucht der Menschen gespielt, wie sie es mit dem Miederwarenladen von Frau Heiß begonnen hatte und dem Autosalon von Herrn Holzinger; wie sie es für die Gelateria Bellissima getan hatte und für den Ponystall im Filmcasino, der vielleicht ihr bisher größter Triumph geworden war. Wenn man etwas verkaufen wollte, musste man die Träume der Menschen erwecken und ihre Verwirklichung versprechen!

Das versuchte sie den Schwiegereltern auch klarzumachen, aber es schien ihr beinahe, als säßen ihre eigenen Eltern vor ihr. Vor allem ihr Vater hatte trotz aller Erfolge bis zuletzt Vorbehalte gegen Vickys Arbeit gehabt, und nun waren es die Baurs, die nicht erkennen wollten, dass Klappern zum Handwerk gehörte und dass nichts Schlechtes daran war, die Fantasie der Menschen zu beflügeln. Außerdem konnte es ihnen doch egal sein! Das Fasano gehörte schließlich nicht ihnen, sondern Toni und Vicky! Wenn sie schon das Risiko allein trugen, warum sollte ihnen jemand vorschreiben, wie sie das Hotel zu führen hatten?

Als hätte er Vickys Gedanken gelesen, sagte Toni, der lange nur zugehört hatte, mit ruhiger Stimme: »Wenn ich die Zahlen richtig sehe, haben wir mehr Reservierungen als in jedem Jahr seit der Wiedereröffnung unseres Hauses nach dem Krieg. Und wir machen unsere eigenen Preise, das heißt, wir verdienen Geld, richtig?« Er wartete nicht auf eine Antwort, denn alle wussten, dass er recht hatte. »Das war das zweite Mal, dass Vicky etwas getan hat, was Ihr nicht getan hättet … und vielleicht ist es gerade gut, dass ihr die Erfahrung fehlt. Sie macht die Dinge nicht einfach, weil man sie schon immer so gemacht hat, sondern sie denkt nach, was richtig ist und was falsch, was man besser machen oder was man einmal ausprobieren könnte. Und der Erfolg gibt ihr recht. Mit ihrer Kündigung der Busreisen hat sie uns Millionen Lire Verlust erspart. Und mit ihrer Anzeige in der Zeitschrift hat sie uns haufenweise Buchungen zu einem guten Preis eingebracht. Ich kann nichts Schlechtes darin sehen.«

»Es gehört sich nicht für ein Grandhotel …«, warf die Schwiegermutter abermals ein, doch Toni unterbrach sie: »Es gehört sich auch nicht für ein Grandhotel, dass es pleitegeht. Wir müssen Geld verdienen. Nicht nur, weil wir unsere Schulden zurückzahlen, sondern auch, weil wir endlich wieder ein erstklassiges Haus werden müssen. Wenn man nur einen Service bieten will wie eine kleine Pension, dann reicht es, dass man eine kleine Pension hat. Das Fasano ist aber ein Schloss. Da müssen wir unsere Gäste wie Könige behandeln. Dazu brauchen wir aber Geld. Ich finde, Vicky hat das genau richtig gemacht.«

Er stellte all das so kategorisch fest, dass nicht einmal Maria Baur noch zu widersprechen wagte. Er nahm die Buchungsunterlagen in die eine Hand, Vicky an der anderen und verließ die Wohnung seiner Eltern.

»Danke, Toni«, sagte Vicky gerührt, als sie draußen waren. »Du hast es so gut gesagt. Und ich dank dir, dass du dich auf meine Seite gestellt und mich so verteidigt hast.«

Da ließ er jedoch ihre Hand los und fuhr sie an: »Mach das nicht mehr. Mach es nie wieder!«

»Was?«, fragte Vicky erschrocken. »Was soll ich nie wieder machen?«

»Solche Aktionen. Dass du einfach Tatsachen schaffst, ohne dass wir darüber gesprochen haben. Dass du mich blamierst und bloßstellst. Das Hotel gehört mir, nicht dir. Ich bin der Eigentümer, ich steh im Grundbuch. Wenn wir Verträge kündigen oder Werbung machen oder sonst irgendetwas Neues angehen, dann will ich, dass ich darüber Bescheid weiß und dass ich mein Einverständnis dazu gegeben habe, ist das klar?«

Vicky schluckte. »Aber du hast doch gerade selbst gesagt ...«

Er packte sie am Arm, sodass es wehtat. »Es spielt keine Rolle, ob deine Aktion gut geht oder nicht. Ich will nicht, dass ich wie ein Depp dastehe, der von nichts gewusst hat!«

Das konnte sie verstehen, auch wenn sie tief getroffen war, dass er ihr das auf so brutale Weise sagen zu müssen glaubte. Sie entwand ihm ihren Arm und atmete tief durch. »Gut«, sagte sie. »Ich weiß jetzt, dass es nicht unser Hotel ist, sondern deines. Du bist der Chef. Ich werde nichts mehr machen, ohne dass du es ausdrücklich gut findest.«

Sie wussten beide, dass sie sich nicht daran halten würde.

*

Am Ende der Saison stand ein Plus in der Bilanz des Hotels, gerade groß genug, um die Hoffnung am Leben zu halten, dass es aufwärtsging, und Toni musste anerkennen, dass die beiden Maßnahmen, mit denen seine Frau entscheidenden Einfluss auf die Entwicklung des Hotels genommen hatte, in mehrfacher Weise hilfreich gewesen waren: Man hatte in diesem Jahr keine Gäste gehabt, mit denen man Verlust machte. Man hatte gegen Ende der Saison eine deutliche Zunahme an Übernachtungen gehabt. Und es war gerade bei den Gästen, die selbst angereist waren, sehr positiv aufgenommen worden, dass vor dem Fasano, anders als vor anderen großen

Hotels, keine Busse herumstanden, die das Bild des Hauses beeinträchtigten – »verschandelten«, wie ein Gast aus München sagte, der zu den letzten Abreisenden gehörte und sich freute, dass der Hotelier ihn persönlich vor dem Haus verabschiedete.

Toni hatte es sich nicht nehmen lassen, den Porsche des Unternehmers selbst vorzufahren, um ihn anschließend ausgiebig zu loben und mit dem Besitzer noch ein wenig über Hubraum, PS und Beschleunigung zu fachsimpeln. »Wir würden uns freuen, Sie im nächsten Jahr wieder bei uns begrüßen zu dürfen«, sagte Toni das Sprüchlein auf, das er bei jeder Verabschiedung einsetzte.

»Reservierung ist schon erfolgt«, erwiderte der Gast und sah zu, wie der Wagenmeister seine beiden Taschen in den kleinen Kofferraum lud. In der Tür erschien seine Begleiterin – darüber, dass »die Frau Gemahlin« sich unter einem abweichenden Nachnamen ins Empfangsbuch eingetragen hatte, hatten alle elegant hinweggesehen.

»Signora«, sagte Toni und verbeugte sich. Charmant nahm er ihre Hand, um einen Kuss anzudeuten.

»So schön haben Sie es hier«, erklärte die Frau und schenkte Vicky, die mit ihr nach draußen trat, ein Lächeln. »Und nächstes Jahr dürfen Sie mich dann auch wirklich Signora nennen«, fügte sie mit einem kleinen Kichern in Richtung des Hoteliers hinzu. Sie beugte sich zu Vicky. »Er hat mir hier einen Antrag gemacht. Wie soll man den ablehnen – an einem solchen Ort?«

»Gisela!«, mahnte der Unternehmer und hob zu einer entschuldigenden Geste die Arme. »Ich bitte um Nachsicht.«

»Da gibt es nichts zu entschuldigen«, befand Vicky. »Was für ein schöneres Kompliment könnte man bekommen? *Das Fasano lässt Ihre innigsten Wünsche wahr werden.*«

Der Unternehmer lachte und reichte seiner Verlobten die Hand, um sie zum Wagen zu führen. »Zumindest in meinem Fall hat es das. A dio, Signora Baur, arrivederci Signor Baur.«

»Auf Wiedersehen im Fasano«, erwiderte Antonio den Gruß, hielt der Dame den Wagenschlag auf und schloss ihn dann hinter ihr, während ihr Verlobter schwungvoll auf der Fahrerseite einstieg und Sekunden später sportlich Gas gab und die Auffahrt hinauffuhr, dass der Kies nur so spritzte.

»Das war es«, sagte Vicky und hakte sich bei ihrem Mann ein. »Die letzten Gäste für dieses Jahr.«

»Und sie haben schon fürs nächste reserviert.«

»Ein gutes Omen.«

»Ja. ein gutes Omen.«

Dankbar gingen sie zurück ins Haus, in dem sich einige der Mitarbeiter in der Halle zusammengefunden hatten. Spontan klatschte Toni in die Hände und verkündete: »Signori e signorine, wir haben eine anstrengende Saison hinter uns. Ich würde mich freuen, wenn Sie mit mir und meiner Frau ein Gläschen Spumante trinken und mit uns anstoßen. Sie alle haben Ihre Sache gut gemacht, sehr gut! Dafür wollen wir Ihnen von Herzen danken.«

»Du hast deine Sache auch gut gemacht«, sagte Vicky wenig später leise zu ihrem Mann, während sie ein letztes Mal vor der Winterpause dem Pianisten lauschten.

»Na ja, ich bin ja auch ein geborener Hotelier«, erwiderte Toni bescheiden.

»Ich meine nicht das Hotel.«

»Sondern?«, fragte er ahnungslos.

»Das wirst du dann schon sehen.«

»Dann? Wann?«

»Im Frühjahr«, sagte Vicky lächelnd. »Die ersten der neun Monate hab ich ja schon hinter mir.«

Erwartung

Gardone Riviera 1961

Mit der Schwangerschaft hatte sich das Verhältnis von Maria Baur zu ihrer Schwiegertochter grundlegend verändert. Hatte sie bis in den späten Herbst hinein leidenschaftlich gegen Vicky gearbeitet und möglichst kein gutes Haar an ihr gelassen, so war sie wie ausgewechselt, seit sie wusste, dass ihr die junge Frau ihres einzigen Sohnes absehbar ein Enkelkind gebären würde. Immerzu ermahnte sie Toni, sich besser um seine Frau zu kümmern, jede erdenkliche Arbeit nahm sie ihr ab, die Weihnachtsvorbereitungen liefen praktisch zur Gänze an Vicky vorbei. Und als die Schwiegermutter auch noch verkündete, dass sie am ersten Weihnachtstag Ossobuco mit Risotto Milanese und am zweiten Rehrücken mit Schupfnudeln zu machen gedachte und die Schwiegertochter in der Küche nicht sehen wolle, weil die sich gefälligst zu schonen habe, verstand Vicky die Welt nicht mehr – aber sie genoss sie.

Auch die Aufmerksamkeiten, mit denen Toni sie überhäufte, seit sie ihm von der Schwangerschaft erzählt hatte, genoss sie. Wann immer sie in ihre kleine Wohnung kam, fand sie einen frischen Strauß Blumen vor, oft die schönsten Rosen. Wohin sie auch zu fahren gedachte, erbot sich ihr

Mann, sie zu chauffieren. Wer etwas von Vicky wollte, musste sich zuerst vor Toni verantworten – und nicht wenige wurden vertröstet.

Irgendwann nahm es Ausmaße an, dass Vicky ihn zur Rede stellte. »Jetzt hör mir mal zu, mein lieber Mann«, sagte sie. »Ich bin nicht der Kaiser von China, dem niemand unter die Augen treten darf. Und ein Porzellanpüppchen bin ich auch nicht, das zerbricht, wenn man es nur schief anschaut. Ich find es ja schön, dass du dich so um mein Wohlergehen sorgst. Aber ich bin nur schwanger. Wie fast jede verheiratete Frau irgendwann. Ich krieg ein Kind, mehr nicht. Ich kann immer noch so gut wie alles machen.« Sie warf ihm einen tiefen Blick zu, der ihn die Augen niederschlagen ließ, weil er wusste, dass er bei *bestimmten* Dingen durchaus erwartete, sie möge weiterhin aktiv sein. »Machen wir's doch so, dass ich dir einfach sage, falls mir etwas zu viel wird. Dann bin ich dir dankbar, wenn du es mir abnimmst. Oder deine Mama. Und wenn ich nichts sag, dann tun wir, als wäre nichts, einverstanden?«

An diese Regeln hielten sie sich fortan halbwegs konsequent, was Vicky das Leben sehr erleichterte. Denn auf stundenlanges Stehen am Bügelbrett konnte sie durchaus verzichten, ihre alltäglichen Erledigungen aber konnte und wollte sie ebenso besorgen, wie sie beherzte Spaziergänge entlang der Hänge oberhalb des Fasano mochte.

Dass Toni sie auf diesen Wanderungen begleitete, genoss sie. Immer noch erkundete sie die Gegend, in die sie vor nunmehr zwei Jahren gezogen war, und immer wieder entdeckte sie etwas neues Faszinierendes. Mal war es der Umstand, dass selbst im Winter noch an etlichen Sträuchern und Kräutern Blüten sprossen. Mal war es die beeindruckende Schlucht im Hinterland, durch die bei starken Regenfällen regelmäßig Geröll aus den Bergen zum See herabgespült wurde. Dann wieder war es eine reizvolle Baumformation oder ein architektonisches Detail an einem der Bauernhäuser, die den alten Ortskern Gardone Sopra bildeten.

All diese reizvollen Entdeckungen brachten sie auf eine neue Idee. »Weißt du was?«, sagte sie auf einem ihrer Spaziergänge zu Toni. »Wir sollten Bilder in die Zimmer hängen.«

»Es hängen Bilder in den Zimmern, cara.«

»Ja. Irgendwelche. Drucke von Bildern, die in Wirklichkeit woanders hängen.«

»Wir können nicht lauter originale Arcimboldos aufhängen! Gute Originale kosten ein Heidengeld!«

»Wir machen doch sonst auch selbst, was wir nicht anderswo kaufen können, oder?«

Bei ihrer nächsten Wanderung hatte sie einen Zeichenblock und Stifte dabei und machte Skizzen, die sie später, als sie wieder zurück im Hotel waren, ausführte. Im Laufe des Winters kamen so über sechzig Zeichnungen zustande, darunter einige, die sogar dem sonst an den schönen Künsten wenig interessierten Gianfranco Baur Respekt abnötigten. »Das hätt ich nicht erwartet«, stellte er fest. »Sieht aus wie von einem echten Künstler.«

»Gelernt ist gelernt, Schwiegerpapa«, sagte Vicky. »Ich bin ja auch eine *echte Künstlerin*.«

*

Nicht nur die Natur am See war in den Wintermonaten von einem ganz besonderen Zauber. Auch die vielen kleinen Orte, die sich an seinem Ufer aneinanderreihten, strahlten in den Monaten der Stille eine eigentümliche Magie aus. Während in den größeren Gemeinden wie Salò, Desenzano oder Peschiera auch in der kalten Jahreszeit noch lebhafte Betriebsamkeit herrschte, schienen Örtchen wie Lazise oder Bardolino in eine Art Winterschlaf gefallen zu sein. Natürlich gab es auch jetzt noch Trattorien, Cafés und Bars, die geöffnet hatten, auch jetzt fuhren Dampfer von Hafen zu Hafen, und an bestimmten Wochentagen fanden die Märkte statt. Aber es waren Märkte für die Einheimischen, in den Gasthäusern saßen Menschen, die auch am See lebten, und die Schiffe verkehrten in größeren Abständen, weil es nicht mehr so viele Besucher zu befördern gab.

Vicky liebte die melancholische Stimmung, die der Winter den kleinen Orten zwischen Riva und Peschiera verlieh, und sie genoss es, dass Toni genügend Zeit für sie hatte, um ihr all die schönen Flecken rund um den See zu zeigen, die sie bisher noch nicht gekannt hatte: in Torbole die Casa Alberti, in der Goethe zu Gast gewesen sein sollte, in Torri del Benaco die alte Skaligerburg, die Grotten des Catull auf Sirmione. Und auch ins Umland fuhren sie. In Valeggio hielten sie auf der Ponte Visconteo, von der aus man einen atemberaubenden Blick auf die Landschaft hatte, und im Hinterland von Brenzone besuchten sie das Kloster Madonna della Corona, das kühn in eine steile Felswand über dem Etschtal gebaut war. Sie fuhren nach Brescia zum Essen, nach Trient und Verona zum Flanieren und Einkaufen und in die Weinberge von Bardolino und Valpolicella.

An einem Tag Ende Januar wünschte Toni sich von seiner Frau, dass sie sich besonders schick machen solle – was Vicky nicht leichtfiel angesichts der Formen, die sie inzwischen angenommen hatte. »Schau mich doch an«, klagte sie. »Ich seh aus wie ein Fass.«

»Aber ein besonders elegantes Fass.«

»Ja, mach dich nur lustig. Ihr Männer habt leicht reden. Warum ist es überhaupt so wichtig?«

»Wir treffen uns mit einem ganz besonderen Mann. In der Villa Feltrinelli.«

Die Villa Feltrinelli war legendär, nicht sehr groß, aber unfassbar schön. Vicky war einmal an einem traumhaften Sommerabend mit ihrem Mann zu einem Empfang dort gewesen und hatte das Haus, den Garten und wie geschmackvoll die gesamte Anlage war, bestaunt.

»Nach Gargnano?«, sagte sie. »Da muss ich wirklich überlegen, was ich anziehe. Wen treffen wir denn?«

»Guiseppe di Stefano!«

»Du kennst ihn?«

»Zufall«, erwiderte Toni bescheiden, doch das war typisch für ihn. Immer wieder staunte Vicky, wen er alles kannte. Auch den Eigentümer der Villa, den Verleger Giangiacomo Feltrinelli, den der Schwiegervater einen Salonkommunisten schimpfte, während Toni ihn für seinen Mut und seine unverbrüchlichen Überzeugungen bewunderte, kannte er gut.

»Ich wollte, dass jemand mal einen ganz besonderen Menschen kennenlernt.«

»Das ist er wirklich«, bestätigte Vicky, die zwar keine echte Italienerin war, aber wie alle Italiener diesen großartigen Opernsänger liebte.

»Oh. Ich meinte nicht ihn«, sage Toni lächelnd. »Ich meinte dich.«

*

Sie hatten den Tenor nicht überreden können, eine kleine Arie zum Besten zu geben. Im Gegenteil: Giuseppe di Stefano war in unendlich melancholischer Stimmung gewesen, aus der ihn nur Vicky mit ihrer natürlichen Fröhlichkeit gelegentlich hatte reißen können.

»Die Stimme«, hatte er so leise gesagt, dass man genau hinhören musste. »Sie lässt mich im Stich. Ich spüre es. Sie ist so zerbrechlich wie ein Vögelchen. Und sie wird immer … immer … ach!«

»Er tut mir so leid«, erklärte Vicky, als sie auf dem Nachhauseweg waren. »So ein feiner Mensch. Und hat solche Sorgen.«

»Seine Stimme ist alles, was er hat«, stellte Toni fest. »Na ja.« Er lachte. »Und seine Millionen natürlich.«

»Millionen?«

»Sicher! Gianni hat mit seinen Auftritten ein Vermögen gemacht. Aber ich gönne es ihm. Er kann wirklich was.«

»Hast du ihn einmal in der Oper gesehen?«

»Einmal, ja. In der Scala.« Mehr sagte ihr Mann nicht. Er schien nicht daran denken oder zumindest nicht darüber reden zu wollen.

»Ist das schon lange her?«

Toni zuckte die Achseln und fuhr schneller, obwohl er etwas getrunken hatte und die Straße vom Nebel feucht war. »Das war vor deiner Zeit.«

Vor meiner Zeit, dachte Vicky. Ja, da war sie selbst noch ein Backfisch, aber Toni, Toni war schon ein junger Mann, der ganz sicher einem Abenteuer nicht abgeneigt war. Vor ihrer Zeit, das würde wohl die Zeit einer anderen Frau gewesen sein. Oder mehrerer. Sie fragte nicht weiter.

※

So gingen die Monate der Erwartung außerhalb der Saison hin, und die Familie Baur fieberte gleichermaßen der Wiedereröffnung wie auch der Ankunft des neuen Familienmitglieds entgegen. Vicky litt unter den körperlichen Einschränkungen, auch wenn sie selbst in den letzten Wochen der Schwangerschaft nicht gewillt war, kürzerzutreten. Allerdings verlagerte sie ihren Radius mehr ins Haus. Sie hatte mit Toni besprochen, dass sie die Anzeigenaktion ausbauen würden, dabei aber sehr genau darauf achten wollten, dass sie das richtige Publikum ansprachen. Autobesitzer, die selbst anreisten, waren auf jeden Fall eine gute Idee. Aber gerade die anspruchsvollen Gäste waren nicht immer die, die selbst hinterm Steuer saßen, sondern ließen sich lieber fahren.

In langen Nächten entwarf Vicky neue Anzeigenmotive. Dass sie im vergangenen Sommer einen Fotografen engagiert hatten, um das Hotel mit seiner renovierten Fassade und dem überwältigend schönen Garten aufzunehmen, zahlte sich jetzt aus. Vicky beschloss, auch neue Postkarten drucken zu lassen, so wie es sie früher gegeben hatte: »Saluti di Grand Hotel Fasano – Lago di Garda«, und natürlich auch auf Deutsch: »Gruß aus dem Grand Hotel Fasano – Gardasee«. Es gab mehr als genug hinreißende Fotografien. Einen Moment war sie versucht, mehrere davon für eine Karte auszuwählen, denn neuerdings war es modern, auf einer einzigen Ansichtskarte vier oder sogar sechs Motive abzubilden. Doch diesen Gedanken verwarf sie rasch wieder. Es machte das Fasano klein und wirkte billig.

Ab Februar belebte sich das Haus erneut. Vicky liebte diese Zeit, wenn sich alles im Aufbruch befand. Und sie freute sich, Mitarbeiterinnen und Mitarbeiter wiederzusehen, die sie in der letzten Saison kennen- und schätzen gelernt hatte. Gloria etwa, die Leiterin des Zimmerservice. Gloria war eine kleine, eher unauffällige Person mit dunklem Haar und schwarzen Augen, die das Talent hatte, stets zur Stelle zu sein, wenn man sie brauchte. Manchmal schien es Vicky, als wüsste es die Sizilianerin schon vorher, wenn jemand etwas von ihr wollte – und was. Sie war die Umsicht und Aufmerksamkeit in Person und nebenbei eine Frau, die über die Dinge nachdachte. »Es ist schön, dass Sie wieder bei uns sind«, begrüßte Vicky sie, als sie im Büro auf sie traf.

»Ich freue mich auch, Signora Baur«, erwiderte die junge Frau, die ihr Haar über den Winter etwas länger hatte wachsen lassen und hübscher wirkte, als Vicky sie in Erinnerung hatte. »Ich habe mich gerade wieder einstellen lassen.«

»Wunderbar. Und haben Sie schon eine Unterkunft gefunden?« Es gab einige Zimmer im Haus, die von den Bediensteten bewohnt wurden, aber eben nicht genügend für alle, und da in den kalten Monaten weitere acht der bisher nicht vermietbaren Zimmer renoviert worden waren, kamen noch weniger Mitarbeiter jetzt vor Ort unter.

»Ich muss mich noch umsehen. Signora Trotti hat gesagt, es ist leider schon alles vergeben.«

Hätten sie nur die Villa auf dem Nachbargrundstück gekauft und hergerichtet! »Ich hoffe, Sie finden etwas Schönes«, sagte Vicky. »Wenn Sie Hilfe brauchen, geben Sie mir Bescheid.«

*

Acht weitere Zimmer hatten sie über die kalten Monate belegbar gemacht. Das war immer noch nicht alles, was das Hotel hätte bieten können, aber es war ein guter Fortschritt. Wenn das Haus voll belegt war, würden die Einnahmen dieser Zimmer einen wichtigen Beitrag zur Bilanz liefern und mithelfen, das Darlehen zurückzuzahlen, das sowohl Toni als auch Vicky in den Monaten, in denen das Hotel geschlossen war, mit wachsender Sorge betrachteten.

Entsprechend erleichtert registrierte die Familie, dass die Anzeigen, die nun in mehreren Zeitschriften geschaltet wurden, offenbar wirkten: Es kamen Buchungen herein, für manche Zeiten sogar mehr, als man bestätigen konnte. Immer öfter hörte Vicky, wenn sie im Büro saß, wie Signora Trotti am Telefon den Satz sagte: »Es tut mir leid, mein Herr, aber für diese Zeit sind wir ausgebucht.«

Interessant war, dass sich genau das herumsprach, noch interessanter, dass es offenbar keineswegs dazu führte, dass weniger Menschen nachfragten, sondern mehr! Alle wollten dorthin, wo alle hinwollten!

Allerdings führte das auch dazu, dass sie tatsächlich mehr Personal brauchten. Man konnte nicht gleichzeitig mehr Gäste beherbergen, mehr Service anbieten und dabei mit der gleichen Anzahl von Mitarbeitern arbeiten. Zumal Vicky sich einige Neuerungen überlegt hatte: Im Keller hatten sie ein Dampfbad einrichten lassen, von dem aus man direkten Zugang zum Garten hatte. Den Swimmingpool hofften sie bald in Betrieb nehmen zu können. Die Bar war endlich fertiggestellt, sodass am Abend bis zu vierzig Gäste gleichzeitig dort Platz fanden – die natürlich alle bedient werden mussten. Und einmal in der Woche würden sie einen Tanzabend veranstalten, das war Tonis Idee gewesen. »Weißt du noch? Wie bei unserem ersten Rendezvous. Im Gardone.«

»Wie könnt ich das vergessen? Du und ich. Und Traudl!« Vicky lachte. Ein erstes Rendezvous, und dabei waren sie zu dritt gewesen. »Hast du eigentlich gleich gewusst, dass du mich willst?«, fragte sie ihn, während sie durch den abendlichen Garten schlenderten. »Oder hast du uns erst einmal beide in Augenschein nehmen wollen?«

»Ach«, sagte Toni und grinste. »Wenn ich's dir nicht sag, bist du dann wenigstens ein bisschen eifersüchtig?«

Vicky blieb stehen und musterte ihren Mann. »Sollte ich?«, fragte sie ernst. Sie wusste ja, wie gern er anderen schönen Frauen hinterhersah. Und seit sie so unförmig war, betrachtete sie diese Angewohnheit mit besonderem Argwohn.

»Unbedingt!«, sagte er und lachte. »Wenn du eifersüchtig bist, dann weiß ich wenigstens, dass du mich liebst.«

»Kann es daran einen Zweifel geben?«, fragte Vicky, ohne auf sein Scherzen einzugehen, und blickte an sich herab auf den mächtigen Bauch, den sie vor sich hertrug.

Toni legte die Arme zärtlich um sie und bestätigte: »Nein, mein Schatz. Daran hab ich keine Minute gezweifelt. Und ich liebe dich, das weißt du.«

Vicky nickte. »Ja«, sagte sie. »Das weiß ich.« Eifersüchtig war sie trotzdem. Auch wenn es dafür wahrscheinlich keinen ernsthaften Anlass gab.

»Sollen wir Traudl nicht einmal wieder zu uns einladen?«, fragte Toni prompt.

Vicky blickte auf den See hinaus und verschränkte ihre Finger mit seinen. »Ich ruf sie an. Du hast recht, sie war schon viel zu lange nicht mehr bei uns.« Und vielleicht wäre sie sogar da, wenn das Kind kam. Sie würde Vicky sicherlich eine große Unterstützung sein. Was immer Toni zu dem Vorschlag bewogen haben mochte, Traudl würde ihr jedenfalls keinen Grund zur Eifersucht geben. Sie war die treueste Seele, die es auf dieser Welt gab. Auch wenn sie ihre Verlobung in der Zwischenzeit wieder aufgelöst hatte und vermutlich genau so forsch in Liebesdingen unterwegs war wie zuvor.

Stürmische Zeiten

Gardone Riviera 1962

Es war ein wechselhafter Spätwinter, an manchen Tagen schon außergewöhnlich warm, an anderen schneidend kalt, windig, regnerisch. Vicky litt in den letzten Wochen der Schwangerschaft unter dem Wetter, das sie entweder ins Haus zwang oder ihr draußen beschwerlich wurde. Dabei waren die Spaziergänge im Garten jetzt, da ihre Beine angeschwollen waren und das Gewicht des Bauchs ihr Rückenschmerzen bescherte, ihre liebste Beschäftigung. Von Bänkchen zu Bänkchen, vom Haus zum Steg, vom Steg zu dem verwilderten Garten der Villa Principe, das waren Strecken, die auch in den Wochen vor der Niederkunft noch Freude machten, sofern es nicht wieder eisig war oder der Wind die aufgepeitschen Wellen über die Mauern spritzen ließ. So aufgewühlt hatte Vicky den See noch nicht erlebt. Die Nordsee hätte sie sich so vorstellen können, aber nicht den Lago di Garda.

An einem Tag Ende Februar wurde es besonders schlimm. Ein Sturm kam auf, der innerhalb kürzester Zeit mehrere Fensterläden zerschlug und alles, was nicht festgefügt war, über die Terrassen und Balkone trieb und teilweise sogar herunterfegte.

Vickys Bruder hatte sich angekündigt. Eigentlich hatten ihre Eltern zu Besuch kommen wollen, um zu bleiben, bis das Kind da war, aber dann hatte es der Vater mit dem Herzen bekommen und die Mutter ihn nicht allein lassen wollen. Waltraud hatte in München eine Stellung angenommen und durfte noch nicht in Urlaub gehen. Umso mehr freute sich Vicky, endlich Josef wiederzusehen, auch wenn er nur ein paar Tage am See bleiben würde. Doch in diesen Stunden empfand sie vor allem Sorge: die steile Gardesana Occidentale mit ihren engen Kurven und den schmalen Stellen, mit den schlecht beleuchteten Tunneln und den teilweise ungesicherten Rändern mochte für die Einheimischen keine so große Herausforderung mehr sein. Aber Reisende taten sich auf der Strecke oft schwer, und wenn Wetterbedingungen wie an diesem Tag herrschten, kam es oft zu Unfällen, manchmal auch tragischen.

Nun saß Vicky, auf die Ankunft des Bruders hinfiebernd, im Halbdunkel der Lobby und starrte auf den See hinaus, den sie nicht wiedererkannte. Obwohl es Tag war, konnte man das gegenüberliegende Ufer oder auch nur die näher gelegene Isola del Garda nicht erkennen, so aufgewühlt war das Wasser, so hoch waren die Wellen und so dicht die Regenwände, die immer wieder über den See rollten.

»So hab ich ihn auch noch nie gesehen«, sagte Toni, der zu ihr getreten war und ihr beruhigend die Hand auf die Schulter legte. »Machst du dir Sorgen wegen Josef?«

»Freilich. Bei dem Wetter …«

»Auf der Straße ist es weniger heftig«, versuchte ihr Mann sie zu beruhigen. Doch sie wussten beide, dass schwerer Regen oft dazu führte, dass einer der Hänge rund um den See abrutschte.

»Die Gardesana ist eine Schönwetterstraße«, sagte Vicky.

»Das weiß Josef. Er kommt ja nicht zum ersten Mal zu uns. Vielleicht fährt er auch durchs Etschtal und kommt von Süden her.«

»Ja. Vielleicht.« Aber Vicky glaubte es nicht. Ihr Bruder war keiner, der lange Umwege in Kauf nahm. Für ihn waren Aufgaben dazu da, gelöst zu werden, und zwar auf dem schnellstmöglichen Weg. Je direkter, desto besser.

Seufzend stand sie auf und ging in der Halle umher. Das Kind war ebenfalls unruhig und bewegte sich ständig in ihrem Bauch, als könnte es spüren, dass hier draußen die Welt unterzugehen schien.

Gerade als Vicky unwillkürlich aufschluchzte, weil sie sich so überfordert fühlte, rief der Portier einen der Pagen zum Haupteingang. Augenblicke später kamen der Page mit seinem großen Regenschirm und neben ihm Josef zur Tür herein, klitschnass, aber strahlend. »Vicky!«

»Josef! Ich bin ja so froh, dass du da bist!«

»Und ich erst! War mir überhaupt nicht klar, dass der Gardasee in Sibirien liegt. Obwohl … ob's da jemals so einen Regen gibt?«

»Da hast du recht, Schwagerherz«, erklärte Toni, der den Ankömmling umarmte. »Vom Regen her ist es eher ein Monsun.«

Josef wurde vom Pagen der Mantel abgenommen, während ein anderer Hoteldiener sein Gepäck hereinbrachte, um dann den Wagen auf den Parkplatz zu fahren.

»Hoppla!«, entfuhr es Josef, als er seine Schwester näher in Augenschein nahm. »Werden das Drillinge oder Vierlinge?«

»Frag nicht«, erwiderte Vicky. »Es fühlt sich an wie eine ganze Fußballmannschaft.«

Vergessen war der Sturm. Weil die Küchenbrigade noch

nicht im Dienst war, bestellte Toni beim Wimmer Abendessen für alle – Vicky sollte nicht ewig in der Küche stehen, und seiner Mutter wollte er nicht zumuten, für seine und Vickys Gäste zu kochen.

Josef berichtete von den Eltern, von seiner Arbeit, von München, wo aufregende neue Lokale eröffnet hatten, auch ein paar italienische. Er erzählte von der Fahrt, fragte nach den Neuerungen im Hotel, bewunderte den unternehmerischen Mut seiner Schwester und seines Schwagers und trank mit Toni im Laufe des Abends beinahe drei Flaschen Wein, während draußen weiterhin der Sturm tobte, sich aber niemand mehr um ihn kümmern mochte. Jetzt war ja zum Glück alles gut.

*

Der Donner, mit dem Vicky gegen drei Uhr morgens aus dem Schlaf gerissen wurde, war so laut, als würde das Haus über ihr zusammenstürzen. Mit einem Schrei schreckte sie hoch und griff nach Toni, der sich ebenfalls stöhnend aufrichtete. »Was war das?«

Benommen von Schlaf und Wein, stand ihr Mann aus dem Bett auf und wankte zum Fenster, als erneut ein gewaltiges Krachen die Mauern erbeben ließ. »Dio mio!«, ächzte er und starrte fassungslos nach draußen.

»Was ist denn passiert?« Vicky kam hinter ihm ans Fenster und blickte ebenfalls hinaus, wo nur die karge Nachtbeleuchtung den Garten erhellte – oder vielmehr: Das, was von der Beleuchtung noch übrig war, erhellte, was von dem Garten noch übrig war. Und gerade brach wieder eine Welle über die Balustrade und riss ein weiteres Stück der Ufermauer weg. Gußeiserne Laternenpfähle wurden umgeknickt, die tonnenschweren steinernen Geländer flogen von ihrem Platz und landeten meterweit entfernt auf Kies und Rasen, wo längst auch das Boot gelandet war, das am Steg gelegen hatte. Am Steg, von dem so gut wie nichts mehr übrig war.

»So einen Sturm hab ich noch nie erlebt«, sagte Toni mit rauer Stimme.

Im selben Moment flog die Tür auf. »Toni!«, rief Gianfranco Baur. »Komm! Wir müssen was unternehmen!«

»Papa! Was willst du denn da machen? Das ist ja lebensgefährlich!«

»Aber der Sturm haut uns das ganze … das ganze Hotel in Stücke.«

Toni nickte mit Schreckensmiene. »Ja«, sagte er. »Vielleicht wird er das. Aber daran kannst du nichts ändern und ich auch nicht.«

»Beten«, erklärte Maria Baur, die hinter ihrem Mann heraufgekommen war. »Wir können nur beten.« Und ausnahmsweise hatte Vicky ebenfalls das starke Bedürfnis, Gott um Hilfe anzuflehen. Sie griff nach der Hand der Schwiegermutter, ging mit ihr in die Wohnung der Schwiegereltern und kniete sich gemeinsam mit ihr vor den kleinen Hausaltar, den Maria Baur eingerichtet hatte.

Zur heiligen Jungfrau beteten sie, das Glaubensbekenntnis sprachen sie, das Ave Maria – auf Italienisch, das auch Vicky mittlerweile so flüssig über die Lippen ging, dass selbst mancher Italiener sie für eine Einheimische hielt, was sie ja inzwischen auch war – nur: wie lange noch? Wenn der Sturm noch heftiger wurde, gäbe es das Fasano bald womöglich gar nicht mehr.

Sie hörten, wie das Unwetter am Dach rüttelte, das ganze Haus ächzte, Fensterläden, die noch nicht zerschlagen waren, krachten gegen Wände und Holzrahmen. Immer wieder klirrten Fenster. Und unten im Garten wurden Bäume umgerissen und Sträucher niedergewalzt von den Wassermassen, die über die Reste der Balustrade stürzten, als hätte sich ein Seeungeheuer in dem Gewässer erhoben und die infernalischen Kräfte der Finsternis entfesselt.

Zu ihrer Überraschung spürte Vicky, die betend die Augen geschlossen hatte, wie die Schwiegermutter irgendwann eine Hand auf die ihre legte. »Mach dir keine Sorgen, Kind«, sagte sie. »Es wird alles gut ausgehen. Wir werden das überleben. Wir stehen zusammen, dann wird alles wieder gut.«

Noch nie hatte sie so liebevoll zu Vicky gesprochen, noch nie sie getröstet. Vicky blickte auf. »Ja, Schwiegermama«, flüsterte sie. »Du hast recht. Wir werden das gemeinsam überstehen.«

*

Doch als sie nach Sonnenaufgang das ganze Ausmaß der Schäden erkennen konnten, sank ihr Mut. Der Garten sah aus wie ein Schlachtfeld, die Fassade hatte schwere Schäden erlitten, und ein Teil des Dachs war abgedeckt worden – natürlich mit der Folge, dass das eindringende Wasser die darunterliegenden Räume in Mitleidenschaft gezogen hatte, wobei sie von Glück sagen konnten, dass immerhin die Wohnräume der Familie nicht betroffen waren.

»Das wird Monate dauern, bis ihr das wieder hergerichtet habt«, stellte Josef voll Bedauern und Sorge fest. Natürlich wusste er, dass seine Schwester und sein Schwager jede Menge Schulden aufgenommen hatten, um die Renovierung des Hotels zu finanzieren. Und nun war so vieles davon umsonst gewesen. Ja, es war zum Teil schlimmer als vorher. Das

Dach, die geborstenen Fenster …»Habt ihr wenigstens eine Versicherung?«

Toni hob hilflos die Arme. »Freilich haben wir eine«, erklärte er. »Aber ob sie zahlt …«

»Ja, ja«, bestätigte Josef. »Das ist überall das Gleiche. Wenn man sie braucht, dann drückt sich die Versicherung. Na ja, vielleicht ja in dem Fall nicht«, versuchte er seinen Fatalismus rasch zu überspielen. »Jedenfalls müssen wir zusehen, dass wir die Fenster abdichten und das Dach notdürftig flicken, bevor's wieder regnet.«

»Wir?«, fragte Vicky.

»Ja denkst du, ich helf nicht mit? Wenn ich schon einmal da bin …«

Und so richtete Vicky sich wieder im Büro ein und ließ alle Mitarbeiterinnen und Mitarbeiter des Hauses kommen, während Toni versuchte, im Ort Handwerker aufzutreiben, die bereit waren, gegen gute Bezahlung dem Hotel den Vorzug zu geben. Denn nicht nur das Fasano war schwer beschädigt worden, sondern auch zahlreiche andere Gebäude, die am Ufer lagen oder von umstürzenden Bäumen und umherfliegenden Gegenständen getroffen worden waren.

Josef wies die Gruppen, die Vicky für ihn zusammenstellte an: Gefahrenstellen sichern, leicht bewegliche Gegenstände wegräumen, was noch zu gebrauchen war, und sei es nur als Materialquelle, auf den einen Haufen stapeln, alles andere auf einen anderen. Die beiden Hausmeister des Fasano begannen sofort mit den Reparaturen, die sich ohne Spezialisten durchführen ließen, schraubten Fensterläden wieder fest, die nur gelockert waren, richteten Lampen wieder her, die noch funktionierten, und flickten eine elektrische Leitung, die durch Teile der Balustrade zerrissen worden war.

Bis zu fünfzehn Meter weit waren die mächtigen Steinelemente der Ufermauer in Richtung des Hauses gespült worden. Die riesigen alten gusseisernen Laternenpfähle waren bis auf einen einzigen umgeknickt wie Zündhölzer. Vom Steg waren nur noch ein paar wenige Pfosten übrig, der Rest war weggerissen worden, und niemand hätte zu sagen vermocht, wohin.

Tatsächlich schaffte es Toni, eine Dachdeckermannschaft aufzutreiben. Und er hatte die Idee, beim Hafenbauamt von Desenzano anzurufen, wo der Sturm bei weitem nicht so gewütet und daher wesentlich weniger Schäden verursacht hatte, um einen Aushubkran zu organisieren.

»Einen Aushubkran? Wofür um Himmels willen brauchen wir denn den?«, fragte Vicky völlig perplex, als er am Abend davon erzählte.

Aber Josef verstand sofort, was sein Schwager sich überlegt hatte: »Eine geniale Idee! Wenn wir die Ufermauer und die Balustrade von der Seeseite her reparieren, dann können wir in der Zwischenzeit schon den Garten wieder herrichten.«

Genau das geschah in den nächsten zwei Wochen: Der Kran, der auf einem Schiff stand und am nächsten Morgen von Desenzano herübergekommen war, hob die tonnenschweren Steine aus dem Garten und setzte sie unter Anweisung eines Architekten, mit dem Toni befreundet war, Stück für Stück wieder zusammen. Natürlich brauchte es Pausen, weil ein Steinmetz, der aus Castiglione gekommen war, neu gehauene Teile einsetzen musste, wo alte Elemente geborsten waren, und alles nach der Kunst zementiert werden musste. Aber es ging doch so rasch voran, dass zumindest die eigentliche Ufermauer und das sich darüber erstreckende Geländer zwei Wochen später wieder aussahen wie neu. Die Laternen würde man später erneuern, dafür fehlte vor dem Beginn der Saison die Zeit.

Unterdessen arbeiteten die Gärtner, unterstützt von jedem, der gerade Zeit aufbringen konnte, beinahe Tag und Nacht daran, den kleinen Park des Fasano wieder zu einem Schmuckstück zu machen, und das Dach war nach drei Tagen zumindest so weit geflickt, dass keine weiteren Schäden mehr zu befürchten waren. Dass die beiden riesigen Magnolienbäume noch weitgehend unversehrt standen, grenzte an ein Wunder.

Als dann die Saison begann, merkte man, zumindest auf den ersten Blick, nichts mehr von den Verwüstungen jener fürchterlichen Nacht – der schrecklichsten, die die Familie Baur je am See hatte erleben müssen.

»Jetzt kann der Erste kommen«, sagte Toni und legte den Arm um seine Frau.

»Da sagst du was, Toni«, erwiderte sie und legte ihrerseits eine Hand auf ihren Bauch. »Ich glaub nämlich, das tut er.«

VI
FINSTERNIS

Hoffnungen

Gardone Riviera 1962

Trotz der manchmal schier übermenschlichen Anstrengungen, die nötig waren, um angesichts der Schäden und der damit verbundenen Belastungen das Hotel zu führen, als sei nichts geschehen, wurde die Saison ein Triumph. Die Übernachtungszahlen schnellten dank der Anzeigen in die Höhe, und die Gäste waren neugierig auf alle Angebote, die zu machen sich das Hotel entschlossen hatte. So gab es auf Vickys Betreiben einen Friseursalon im Haus, und es wurden Massagen und kosmetische Behandlungen angeboten, wie es sie in keinem anderen Hotel am See gab. Zwei Restaurants hatten die Baurs eingerichtet, das eine mit gehobener regionaler Küche, während das andere nur Speisen mit Fisch und Meeresfrüchten auf der Karte führte, und beide Lokale waren nahezu jeden Abend ausgebucht, genau wie die Bar, die Tonis großer Stolz war und für die er einen Bartender aus Verona gewonnen hatte. Wobei keineswegs nur Gäste des Hauses in die hoteleigenen Restaurationen kamen, sondern auch Besucher, die in anderen Orten ihren Urlaub verbrachten, ja sogar Einheimische aus der näheren Umgebung von Salò bis Gargnano. Das Grand Hotel Fasano begann, wieder zu einem der führenden Hotels am See zu werden.

Die größte Freude aber war dem jungen Hoteliersehepaar ihr Erstgeborener Paolo, der von seinem ersten Atemzug an alle bezaubert hatte. Vicky verbrachte jede Minute mit ihm, die sie sich von der Arbeit freimachen konnte, die Großeltern vergötterten den Jungen mit den klugen, großen Augen, der schon die ganze Welt zu verstehen schien, und Toni zeigte ihn immerzu stolz herum und trug ihn gern durch die Halle, über die Terrasse oder durch den Garten. Auch wenn er nicht das geringste Talent hatte, den Kleinen zu füttern, zu wickeln oder ihn zu beruhigen, wenn er schrie, war doch für jedermann überdeutlich zu sehen, wie vernarrt er in seinen Sohn war. Zumindest tagsüber. Nachts nämlich zog Toni es meist vor, das gemeinsame Schlafzimmer zu verlassen, weil er es nicht ertrug, ständig aufgeweckt zu werden. Doch Vicky nahm es ihm nicht übel. Sie genoss die Zweisamkeit mit ihrem Kind, das sie der Hotelarbeit wegen am Tag viel zu wenig bei sich hatte.

Im August fand sich die Schwiegermutter bereit, den Kleinen für einen längeren Abend zu sich zu nehmen und ihm ein Fläschchen zu geben, wenn er schrie, sodass Vicky und ihr Mann endlich einmal wieder wegfahren konnten. Toni hatte sich einen neuen Sportwagen zugelegt, einen roten Alfa Romeo, der so aufregend aussah, dass Vicky sich am liebsten selbst hinters Steuer gesetzt hätte, und er hatte eine Tanzbar in Peschiera als Ziel ausgesucht, die in dieser Saison sehr von sich reden machte, weil es so viele junge Menschen dorthin zog und immer wieder einmal Filmstars oder Sänger unter den Gästen gesehen wurden.

»Wirst sehen, dass es dir gefällt«, erklärte er, während er sich eine Zigarette anzündete. »Es ist wirklich sensationell.«

»Warst du schon dort?«, fragte Vicky irritiert.

»Nur einmal ganz kurz«, tat Toni die Sache ab. »Ich hab einen Freund abgeholt.«

»Ach ja?«

Toni schwieg und nahm einen tiefen Zug. »Musik?«, fragte er und schaltete das Radio an.

»Wen? Wen hast du abgeholt?«

»Kennst du nicht«, erklärte Toni. »Luigi. Alter Freund von mir.«

»Aha.« Plötzlich kam Vicky in den Sinn, wie oft ihr Mann in den letzten Monaten spontan irgendwohin gemusst hatte, wie oft es ausgerechnet an den Abenden gewesen war und wie lange er dabei manches Mal fortgeblieben war.

Sie sagte nichts weiter, aber der Gedanke presste ihr das Herz zusammen. Zu oft hatte sie Bemerkungen gehört, dass es ja auch Zeit wurde, dass der »Lebemann Antonio« endlich in den sicheren Hafen der Ehe eingelaufen sei, dass sie »ihren Playboy gezähmt« habe, dass es gut sei, dass »der Toni endlich zur Ruhe« käme. Und sie fragte sich, ob er wirklich zur Ruhe gekommen war. Hatte sie ihn tatsächlich »gezähmt«? Oder war er in Wirklichkeit bloß nicht mehr so offensichtlich hinter jedem Rock her, sondern tobte sich im Verborgenen aus, nun, da er ein braver Ehemann geworden war?

Dass sie an dem Abend nicht sehr viel tanzen mochte, schrieb Toni dem Umstand zu, dass es das erste Mal nach der Schwangerschaft war. Dass sie wenig sprach, fiel ihm nicht weiter auf. Sie trafen ohnehin ständig auf Bekannte von ihm, die fröhlich mit ihm plauderten. Und dass sie auf der Rückfahrt schweigsam neben ihm saß, bedeutete ihm bloß, dass sie müde war.

Immerhin, Gentleman, der er war, deckte er sie mit seinem Jackett zu und fuhr ein bisschen weniger rasant als üblich, damit sie schlafen konnte. Was sie allerdings nicht tat.

Zu aufgewühlt war sie von den Gedanken, die ihr durch den Kopf gingen.

Aus den Augenwinkeln beobachtete sie ihren Mann, wie er sich eine Zigarette ansteckte, genussvoll daran zog und zum Takt eines Songs aus dem Radio mit dem Kopf nickte. Was für ein schönes Profil er hatte, wie eine antike Büste. Sein Haaransatz war in den Jahren, in denen sie sich nun kannten, etwas nach oben gerutscht, doch das stand ihm. Und das wusste er. Er wusste, wie gut er aussah und wie er auf Frauen wirkte. Hätte er es doch nur nicht gewusst!

*

So lange sie auf die erste Schwangerschaft gewartet hatten, so schnell folgte die zweite. Paolo war kaum abgestillt, da traf die Erkenntnis Vicky wie ein Schlag: Sie war schon wieder schwanger! Gewiss, im Bett klappte es mit ihrem Mann. Aber dass sie den zweiten Winter in Folge in froher Erwartung sein würde, machte sie keineswegs froh.

Doch immerhin kam nach langer Zeit für einige zauberhafte Herbsttage endlich einmal wieder ihre alte Freundin Waltraud an den See. Vicky holte sie selbst aus Riva ab und fuhr mit ihr auf dem Dampfer nach Gardone.

»Ich beneide dich!«, sagte Traudl und schloss die Augen, während sie ihr Gesicht in die Sonne hielt und eine sanfte Brise durch ihr Haar fuhr.

»Wart's ab, bis du das Neueste erfährst«, entgegnete Vicky leise.

»Warum? Was ist los? Geht's dir nicht gut? Ist was mit Toni?«

»Nein. Mit Toni ist alles in Ordnung.«

»Aber mit dir nicht?«

»Wie man's nimmt.« Vicky verdrehte die Augen und lächelte die Freundin schief an. »Ich krieg schon wieder ein Kind.«

»Nicht dein Ernst.«

»Wär schön, wenn's ein Scherz wär.«

Waltraud aber strahlte sie an, als wäre es die beste Nachricht der Welt. »Ja, da gratulier ich dir von Herzen! Ihr freut euch bestimmt sehr darauf.«

»Toni weiß es noch gar nicht.«

»Aber mir hast du es schon gesagt«, stellte Waltraud fest und nahm ihre Freundin fest in den Arm. »Mei, das ist aber nett.«

Vicky seufzte und schüttelte den Kopf. »Ich kann ein bisschen Zuspruch gerade gut gebrauchen«, erklärte sie. »Mir wächst das alles über den Kopf.«

»Das kann ich verstehen.« Waltraud nahm ihre Hand und zog sie von der vorderen Reling zu den Sitzbänken, wo sie Platz nahmen. »Aber wenn ich einem Menschen zutrau, dass er das alles mit Bravour schafft, dann bist das du, Vicky.«

»Ach«, erwiderte Vicky. »Mit Bravour. Was heißt das schon? Dass man nicht klagt, sondern einfach weiter und immer weiter macht und sich durchbeißt...«

»So kenn ich dich gar nicht«, sagte Waltraud ernst. »Weiß dein Mann, dass du so denkst?«

»Ach, mein Mann. Der hat seine eigenen ... der kümmert sich vor allem um seine eigenen ...« Vicky presste die Lippen zusammen. Sie wusste nicht, wie sie es sagen sollte. Wie hätte sie es auch erklären sollen? Von außen betrachtet, hatte sie ein perfektes Leben, oder nicht? Sie hatte einen charmanten, gut aussehenden Mann, sie hatte ein fröhliches, liebenswertes Kind, sie lebte an einem der schönsten Orte, die es gab und wo ihr ein fantastisches Hotel gehörte, wie man es sich zauberhafter kaum ausmalen konnte. Ihr Leben war ein Traum!

»Ich … ich weiß gar nicht, wann ich zuletzt einen freien Tag hatte, Traudl«, sagte sie leise. »Ich steh jeden Morgen als Erste auf und geh als Letzte ins Bett, ich kümmere mich um alles, weil Toni einfach kein Mann fürs Praktische ist. Ich … ich hab den Buben, der mir jede freie Minute nimmt und trotzdem viel zu wenig von mir hat, verstehst du? Und jetzt kommt noch ein Kind.« Sie schluchzte auf. »Und dann sind da die Schulden und die Schäden vom Winterstorm, die immer noch nicht alle beseitigt sind, und … und die Schwiegermama macht mir das Leben auch schwer …« Denn die kurze Phase, in der Maria Baur zu Vicky gehalten und ihr beigestanden hatte, war mit erfolgter Geburt des Sohnes vorbei. Längst war Vicky wieder die Frau, die ihr ihren Sohn weggenommen hatte, eine Auswärtige, die alles besser wusste und nur Unfrieden brachte.

»Schau mich an«, sagte Waltraud leichthin, doch auch ihr Herz schien schwer bei diesen Worten. »Ich hab nichts von dem, was du hast. Ich hab immer noch nicht meinen Märchenprinzen gefunden, ich leb immer noch in meiner kleinen Wohnung in München, von einem Kind weit und breit keine Spur. Und für ein Hotel wie das eure, würd ich wahrscheinlich drei böse Schwiegermütter in Kauf nehmen.«

Da musste Vicky lachen. »Freilich«, sagte sie. »Weil du noch keine erlebt hast. Aber ich hoffe, deine wird die netteste Schwiegermutter auf der ganzen Welt sein.«

»Der netteste Ehemann auf der ganzen Welt wäre mir lieber«, erwiderte Waltraud und lachte. »Aber den hast ja schon du.«

»Ja. Der ist schon vergeben«, sagte Vicky und hoffte, dass Traudl nicht merkte, dass sie dabei wegsehen musste.

*

Die Zeit mit Waltraud verging wie im Flug. Die beiden Frauen machten mit dem kleinen Paolo ausgedehnte Spaziergänge durch die Zitronen- und Olivenhaine auf den Hügeln. Sie gingen in Erinnerung an ihren ersten Abend am See ins Grand Hotel Gardone zum Tee oder fuhren nach Salò oder Desenzano zum Einkaufen. Von Toscolano aus nahmen sie das Schiff hinüber ins romantische Torri del Benaco. Und am Abend aßen sie gemeinsam, manchmal mit Toni, manchmal auch nur zu zweit, in einem der beiden Hotelrestaurants und setzten sich anschließend noch ein wenig in die Bar, die zu einem wahren Schmuckstück geworden war.

»Tonis Werk«, erklärte Vicky. »Ich habe mich da weitgehend rausgehalten.« Was eine wichtige Bemerkung war, denn Waltraud wusste natürlich, wie sehr Vicky es liebte, Räume zu gestalten.

Ausgiebig bewunderte die Freundin die Bilder, die Vicky im letzten Winter für die Zimmer gemalt hatte, und sie ließ sich von ihr das Nachbargrundstück zeigen, auf dem die verwunschene alte Villa Principe zunehmend verfiel, wobei der schwere Sturm ihr immerhin weit weniger hatte anhaben können, als angesichts der Schäden, die das Fasano erlitten hatte, anzunehmen gewesen wäre.

»Stell dir vor, wie der Kronprinz seine Jagdgesellschaften hier gehalten hat«, sagte Waltraud beinahe ein bisschen andächtig. Wie so viele Bayern hatte auch sie ein Faible fürs Royale, vor allem für die tragischen Gestalten wie den Märchenkönig Ludwig II., die österreichische Kaiserin Sisi – oder eben auch die letzten Erzherzöge der Donaumonarchie, denen durchweg etwas Melancholisches anhaftete.

»Falls das überhaupt stimmt. Wirklich sicher weiß das,

glaub ich, keiner«, erwiderte Vicky. »Aber eine schöne Geschichte macht ein schönes Haus noch interessanter, findest du nicht?«

»Und wem gehört es jetzt?«

»Die Eigentumsverhältnisse sind unklar. Toni war deswegen ein paarmal im Katasteramt. Scheint, es ist nach dem Krieg dem Staat zugefallen.«

»Schade, dass man das so verkommen lässt«, befand Waltraud kopfschüttelnd. »Was man daraus hätte machen können!«

Als Vicky später im Bett lag, den kleinen Paolo selig schlafend neben sich, gingen ihr Traudls Worte erneut durch den Kopf. Ja, dachte sie, was man daraus Schönes machen könnte. Vor allem könnte man es retten. Denn auch wenn es noch sicher dastand, früher oder später würde es nicht nur im Inneren baufällig werden, sondern auch die äußeren Mauern würden zu bröckeln beginnen. Noch so ein Sturm wie vor der Saison, und das Dach war womöglich verloren. Wenn es dann reinregnete, würden die Wände erodieren, im Winter würde zuerst der rissige Putz abplatzen, und dann würden die offenen Ziegel vom Eis gesprengt. Bis das Gebäude so hinfällig wäre, dass man es vorsichtshalber zuerst sperrte und dann abriss. Dabei hätten sie es so gut gebrauchen können …

*

Toni hatte versprochen, die Freundinnen am nächsten Tag nach Verona zu bringen, wo sie einzukaufen gedachten. Doch an dem Morgen ging es ihm nicht gut. Vicky machte ihm schwere Vorwürfe, weil er am Vorabend wieder einmal mit Freunden feiern gewesen war, sie wusste nicht einmal, wo. »Und jetzt hängst du wieder bis Mittag im Bett und fühlst dich elend. Ich bin's so leid«, schimpfte sie und riss das Fenster auf, um den Rauch rauszulassen. »Dass es dir nicht selbst irgendwann genug ist ...«

»Ach, Vicky, mir geht's einfach nicht gut. Ich hab mir was eingefangen, glaub ich«, ächzte er und hustete wie zur Bestätigung.

»Ja, was eingefangen. Gut möglich. Ich hoffe bloß, dass es nur eine Erkältung ist.« Sie warf die Tür hinter sich zu und lief hinunter in die Halle, wo Waltraud bereits auf sie wartete.

»Toni kommt nicht mit. Der ist zu beschäftigt«, sagte sie und nickte dem Wagenmeister zu. »Holen Sie uns den Alfa?«

»Naturalmente, Signora«, erwiderte der Hoteldiener und nickte. »Subito.«

»Das stell ich mir schön vor, so einen Haufen Personal zu haben, das für einen arbeitet.«

»Na ja«, widersprach Vicky lachend. »Meistens fühlt sich das eher so an, als ob ich für sie arbeite.«

Sie gingen nach draußen, wo schon wenige Augenblicke später der Wagen vorgefahren wurde. »Aber schlecht geht's euch nicht gerade«, stellte Waltraud anerkennend fest. Wie immer war das Auto frisch poliert.

»Nein, schlecht geht's uns nicht. Wir haben zwar mehr Schulden als Geld, aber das Hotel macht sich, der Ausbau geht voran, die Übernachtungszahlen sind sehr gut, und dass wir die Preise erhöht haben, hat niemanden abgeschreckt.«

Betreten blickte Waltraud zu Boden.

Vicky verstand sofort. »Deshalb sag ich's nicht!«, versicherte sie der Freundin. »Es ist ganz egal, was bei uns ein Zimmer kostet, du bist doch immer eingeladen.«

»Weiß schon«, erwiderte die Freundin. »Aber zur Wahrheit gehört auch, dass ich mich gar nicht revanchieren kann.«

»Dein Beitrag ist die Anreise! Die hast ja du übernommen. Und die Heimreise übernimmst du auch.«

»Eine sehr wohlwollende Art der Betrachtung.«

»Nur die Wahrheit«, versicherte Vicky ihr. »Die reine Wahrheit.«

Wenige Augenblicke später waren sie auf der Straße nach Salò, wo sie in Richtung Desenzano, Peschiera und schließlich Verona abbiegen würden. Die Freude an schnellen Autos teilte Vicky mit ihrem Mann; deshalb konnte sie ihm auch nicht übel nehmen, dass er immer wieder für so unvernünftig viel Geld neue Wagen anschaffte. Und sie war eine gute Fahrerin, was vielleicht damit zusammenhing, dass sie so früh schon ein eigenes Auto gehabt hatte: den BMW, den sie mit Josefs Los gewonnen hatte. Der Wagen stand immer noch in der Garage des Fasano, und manchmal nahm sie ihn und fuhr nach Toscolano oder nach Gargnano, um Besorgungen zu erledigen oder Freundinnen zu besuchen. Sie drehte das Radio an und machte es laut.

Der Fahrtwind wirbelte die Haare der beiden Frauen durcheinander, aus den Lautsprechern schepperten Schlager, die Straßen waren schon viel leerer als während der Saison, sodass sie schnell vorankamen. Es war ein schöner Tag, und schon bald sangen die Freundinnen in Vorfreude auf den Einkaufsbummel in Verona laut mit: Vicky vor allem bei den einheimischen Liedern, Waltraud bei den englischsprachigen.

*

Für Waltraud war es der erste Besuch in Verona. Ihre Begeisterung war so grenzenlos, dass Vicky den Ärger über ihren Mann schnell vergessen hatte. Auf der Piazza dei Signori lud sie die Freundin zum Cappuccino ein, in den Sträßchen zwischen dem Corso S. Anastasi und der Via Leoncino bummelten sie von einem hübschen Lädchen zum nächsten, probierten hier ein Kleid an oder einen Hut, bewunderten da Gold und Juwelen, kauften sich ein Paar Stiefel oder einen Mantel und genossen ein paar unbeschwerte Stunden fernab von allen Pflichten.

Ein umso schlechteres Gewissen hatte Vicky, als sie am späten Nachmittag zurück war und Toni wie ein Schatten seiner selbst in der Bar saß und einen Tee trank. Hatte sie ihn jemals schon Tee trinken sehen? »Was ist denn los, Toni?«, fragte sie ihn, nun doch besorgt.

»Ach, eine Grippe hab ich mir wahrscheinlich eingefangen.«

»Dann gehörst du ins Bett!«

»Heute früh hast du mich geschimpft, dass ich nicht aufsteh.«

»Weil du nicht auf dich aufpasst!«, erklärte Vicky verärgert. »Und auf mich auch nicht. Ich bin immerhin schwanger!«

Jetzt war es raus. Die Worte schienen im Raum zu schweben, beide lauschten sie ihnen nach. Auf Tonis Gesicht trat ein Ausdruck des Erstaunens. Mit seinen großen, dunklen Augen blickte er sie an, auf einmal gar nicht mehr wehleidig, gar nicht mehr malad. »Ehrlich?«

»Glaubst du, ich sag das einfach so? Ich bin mindestens im vierten Monat. Schon wieder.«

Toni griff nach ihren Händen und zog sie zu sich. »Ich glaub's nicht. Wir kriegen noch ein Kind!«

»Ja, so Gott will.«

Mit strahlender Miene beugte sich Toni zu ihr, um sie zu küssen. Doch Vicky hob die Hand und wehrte ihn ab. »Wenn du wirklich krank bist, ist es besser, ich steck mich nicht an.«

»Recht hast du«, bestätigte er und zuckte zurück. Aber er war wie ausgewechselt. Auf einmal schien er voller Energie. »Ob's wieder ein Bub wird?«

»Das werden wir früh genug erfahren. Erst einmal muss die Schwangerschaft gut gehen.«

»Das wird sie, Vicky. Bestimmt. Ich tu alles dafür.« Sie sah ihm an, wie er bereits Pläne zu schmieden begann. »Als Erstes brauchen wir jetzt ein richtiges Kinderzimmer. Mit zwei kleinen Kindern im selben Schlafzimmer, das geht ja gar nicht.«

»Und wo willst du das hernehmen?«, fragte Vicky. »Wir können ja schlecht eins von der Wohnung deiner Eltern abzwacken.«

»Das nicht. Aber ich glaub, ich hab eine Idee«, erklärte er und zwinkerte ihr gewitzt zu. Mehr ließ er sich nicht entlocken.

Vicky war's zufrieden. Für sie war am wichtigsten, dass er mit seiner Reaktion gezeigt hatte, wie viel ihm an ihr und an ihrer Ehe lag. Ein Mann, der sich so unbefangen und ohne zu zögern freute, wenn die Ehefrau guter Hoffnung war, das war ein Mann, der die Ehe jedenfalls nicht in Zweifel zog. Und dass er vor lauter Begeisterung darüber ganz vergaß, wie schlecht es ihm eigentlich ging, war ein mehr als deutliches Zeichen. So wollte sie auch ihrerseits alle Zweifel beerdigen und sich einfach nur auf das neue Kindlein freuen.

Erschütterungen

Gardone Riviera 1962

Am Sonntag fuhren die Eltern Baur regelmäßig mit Vicky und Toni zur Heiligen Messe nach Gardone Sopra, wo es eine alte Kirche gab, die vor allem Maria Baur sehr liebte, was vielleicht auch daran lag, dass der dortige Pfarrer aus ihrer Heimat stammte. Monsignore Anzani las die Heilige Messe in lateinischer Sprache und wusste auch seine auf Italienisch gehaltene Predigt so würdevoll vorzutragen, dass Vicky meist nicht auf die Worte achtete, sondern allenfalls auf den wunderschönen Klang der Sprache. Es war eine kleine Gemeinde, die hier oben zusammenfand, das machte die Messen umso bewegender.

Nach alter Sitte nahmen die Frauen auf der einen und die Männer auf der anderen Seite des Kirchenschiffs in den Bankreihen Platz. So lag zwischen ihr und Toni stets der Mittelgang. Oft, wenn ihre Gedanken abschweiften, blickte Vicky hinüber und betrachtete ihren Ehemann, der im Alltag zwar ein Luftikus sein mochte, in der Kirche aber stets von tiefem Ernst ergriffen war.

Obwohl es bereits der erste November war, Allerheiligen, war es immer noch mild am Gardasee. Es war ein goldener Oktober gewesen, so leicht und sanft, dass Vicky ihre

Schwangerschaft kaum gespürt hatte. Stattdessen war sie mit Toni spazieren gegangen, manchmal auch mit ihrer Schwiegermutter, die einmal mehr beschlossen zu haben schien, dass die Zeit der Erwartung eine Art Schonzeit sein sollte. Wie schön hätte die Beziehung zu ihr sein können, wäre nicht alles völlig anders gewesen, sobald das Kind geboren war! Diesmal zumindest machte Vicky sich keine Illusionen. Stattdessen versuchte sie, das Beste aus der Situation zu machen.

Als nach der Messe alle nach draußen traten und den See inmitten der Berge, den tiefblauen Himmel und die bunten Farben des Herbstes bestaunten, war Vicky zum ersten Mal seit langem wieder ganz im Einklang mit sich selbst. Dankbar griff sie nach der Hand ihres Ehemanns und lehnte sich an ihn, während sie ein paar Schritte die Treppe hinabgingen. Sie fühlte sich ein wenig wackelig, sie wusste selbst nicht warum. Und ein wenig schien die Luft zu flirren. Vom Kirchturm her ertönte die Glocke, jedoch die falsche. Sie klang wie das Totenglöckchen.

Erschrocken wandte Vicky den Kopf und blickte hinauf, wo das Geläut war. Irgendjemand schrie. Nein, mehrere der Gottesdienstbesucherinnen schrien. Auch die Männer. Vicky fiel auf die Knie, ohne zu wissen, wie ihr geschah. Toni griff nach ihr, versuchte sie zu stützen, zog sie fort, fort vom Kirchengebäude, an die Seite, wo aber die Mauer an der Treppe zu bröckeln begann, während unter ihren Füßen die Stufen aufplatzten.

Jetzt erst wurde es ihr klar: Es fand nicht in ihrem Inneren statt, was sie gerade erlebte, es fand für alle statt. »Un terremoto!«, rief jemand. »Terremoto!«, »La fine! La fine!«, »Dio mio!«, »Madre mia!« gingen die Schreie durcheinander. Etliche der Kirchgänger warfen sich auf die Knie oder wurden vom Beben selbst auf die Knie geworfen und begannen mit tiefster Inbrunst zu beten, andere kreischten und warfen sich über ihre Kinder oder stürzten panisch die Treppe hinab, ohne zu wissen, wohin und wozu.

Vom Kirchturm fielen mehrere Steinbrocken herab. Längst läuteten alle Glocken in einer wüsten Dissonanz auf einmal, als wollten sie wie einst die Trompeten von Jericho den Untergang verkünden. Und nicht nur hier. Überall im Tal klangen die Glocken, Autohupen mischten sich darunter, eine Alarmsirene hatte irgendwo zu heulen begonnen, das Grollen der Erde und das Getöse einstürzender Gebäude und niedergehender Berghänge mischten sich zu einem unerträglichen Lärm – bis alles nur Sekunden später still war, ja, stillstand. Nichts rührte sich mehr. Weder die Menschen noch die Erde bewegten sich. Nur das Weinen und Klagen einiger Frauen war zu hören.

Starr vor Schreck krallte sich Vicky an den Arm ihres Mannes. »Ist es vorbei?«, flüsterte sie.

»Ich weiß es nicht. Ja. Wahrscheinlich.« Toni war so bleich wie ein Gespenst. Noch nie zuvor hatte Vicky ihn so tief erschüttert gesehen. Er blickte sich nach seinen Eltern um, die aber unversehrt waren. Das Erdbeben hatte ihnen nichts angetan.

»Grazie a dio!«, seufzte Maria Baur und umarmte sie beide. Auch ihr Mann trat hinzu und legte seine Arme um Vicky und Toni.

»Wir müssen nach drunten«, rief Vicky auf einmal. Paolo war ja im Hotel geblieben! Hoffentlich hatte das Haus keinen Schaden genommen, hoffentlich war niemandem etwas geschehen!

Sie wartete nicht, sondern rannte los. So schnell sie konnte, und ohne auf ihre Schwangerschaft Rücksicht zu nehmen.

»Paolo«, keuchte sie. »Pauli!« Es durfte ihm nichts passiert sein, es *durfte* einfach nicht!

Mehrmals schlug sie sich an Steinbrocken und Mauertrümmern die Füße und Beine blutig, während sie den Berg hinunterlief. Sie stolperte, fing sich, landete einmal in einem Strauch, der verhinderte, dass sie der Länge nach hinschlug, und sah endlich das Fasano vor sich. Es stand. Aufrecht und schön wie immer stand es da, ihr Märchenschloss, als wäre nichts gewesen. Das hieß ... etwas kam ihr doch merkwürdig vor. Sie hätte nur nicht zu sagen vermocht, was es war. Nach Luft ringend, starrte sie das Bauwerk an, in das Toni und sie all ihre Energie gesteckt hatten und das neben der Familie ihr ganzes Leben war. Irgendetwas stimmte nicht.

Langsamer ging sie weiter. Toni holte sie endlich ein und griff nach ihrer Hand. Auch er musterte das Hotel, als wäre es ihm nicht ganz geheuer. Und dann stöhnte er und schlug sich die Hände vors Gesicht. »Um Gottes willen!«

»Was ist denn, Toni? Was ist passiert?«

»Der Turm, Vicky! Siehst du den Turm nicht?«

Ja, der Turm. Jetzt erkannte auch sie es: Der stolze Turm des Grand Hotel Fasano war quer in der Mitte entzweigebrochen, ohne einzustürzen. Stattdessen hatte er sich mit dem Beben bewegt, er hatte sich gedreht. Der obere Teil saß um ein Viertel gedreht auf dem unteren. Und der untere Teil färbte sich von Minute zu Minute dunkler. Die Wassertanks waren geborsten.

*

Es herrschte ein unbeschreibliches Chaos im Hotel. Auch wenn von außen alles nahezu unversehrt wirkte, war im Inneren vieles beschädigt. Lüster waren von den Decken gefallen, Möbel umgestürzt, der Putz und möglicherweise manche Wand hatten Risse. Vasen, Bücher, Akten waren aus den Regalen gekippt. Vor allem aber stand das Erdgeschoss beinahe knietief unter Wasser – und das Wasser lief und sickerte nach unten in die Räume, die zum See hin gingen, während von oben immer mehr Wasser nachkam. Das kleine Treppenhaus unter dem Turm war zu einem Sturzbach geworden. Hilflos und ratlos wateten die noch vor Ort befindlichen Mitarbeiter durch die Halle.

»Alle raus!«, schrie Antonio und drängte den alten Hausdiener Carlo vom Treppenhaus zurück. »Raus! Alle!«

»Aber ...«

»Wir können nichts tun, Carlo! Wir können das Wasser nicht aufhalten. Aber wenn der Turm doch noch einstürzt, dann ...« Erschrocken blickte er sich nach seiner Frau um. »Vicky!«

»Toni! Wir müssen ...«

»Nichts müssen wir«, keuchte er und watete zu ihr, packte sie an der Hand und zog sie ins Freie. »Bleib möglichst weit weg. Geh ganz an den Rand, bitte. Der Turm kann jeden Moment einstürzen. Und dann ...«

»Ich geh ja!«, schrie sie. »Aber erst will ich wissen, dass es Paolo gut geht!« Ohne weiter auf ihn zu achten, kämpfte sie sich nochmals durch die Hotelhalle und trat auf den Vorplatz, der völlig trocken war, weil er höher lag. Paolo saß auf dem Arm von Signora Trotti, die sich für die Zeit des Gottesdiensts bereit erklärt hatte, auf das Kind aufzupassen. Auch sie war gezeichnet von dem unsäglichen Schrecken, der sie gepackt hatte. Nur der Junge blickte unbeeindruckt, ja geradezu neugierig auf die Geschehnisse und schien sich zu fragen, was denn nur um alles in der Welt los war.

»Pauli!«, rief Vicky. »Mein Bub! Mein Bub!« Sie riss den

Kleinen an sich und drückte ihn so fest, dass er doch auf einmal in Tränen ausbrach. Niemals hatte Vicky etwas Schöneres gehört als das Weinen dieses Jungen. Sie war so glücklich, dass Paolo unversehrt war, dass sie selbst haltlos heulen musste. »Bambino mio«, schluchzte sie, wieder und wieder.

Irgendwer hatte die Feuerwehr alarmiert, die in diesem Moment auf den Vorplatz einbog. Augenblicke später rollten die Männer von der figili del fuoco ihre Schläuche aus und begannen, das Wasser, das sich in den unteren Räumen sammelte, abzupumpen.

»Wie viel ist es insgesamt?«, wollte der Hauptmann von Gianfranco Baur wissen, der zwischen seiner Frau und Vicky stand, blass und verzagt, wie Vicky ihn noch nie gesehen hatte, nicht einmal in jener unsäglichen Sturmnacht des letzten Winters.

»Ich weiß es nicht. Hundert Tonnen? Es war ein riesiger Tank mit zwei Kammern. Mit jeder hätte man ein ganzes Schwimmbecken füllen können«, erklärte er. Denn der Turm war ja – wie all die prächtigen Türme der Hotels aus jener Zeit – nichts anderes als ein Wasserspeicher, angelegt, um das Hotel auch auch zu Spitzenzeiten und in Dürrezeiten stets mit der benötigten Menge an Wasser zu versorgen.

Es würde Jahre brauchen, um die Schäden wieder zu beseitigen.

*

Es dauerte Tage, bis alles Wasser abgepumpt oder versickert war. Es dauerte Wochen, die ruinierten Böden herauszureißen und die Räume unter Einsatz von allem, was sich auch nur irgendwie zum Heizen eignete, wieder zu trocknen. Und es dauerte genau vier Monate, bis die letzten sichtbaren Schäden der Katastrophe beseitigt waren.

»Signora Baur, ich habe schon vieles erlebt als Empfangschef, aber ein solches Talent, das Unmögliche möglich zu machen, habe ich noch nicht erlebt«, sagte der Portier, als er am Gründonnerstag, an dem das Hotel wieder eröffnet wurde und die ersten Gäste anreisten, ihr gegenüber vor dem Haupteingang stand, und lächelte ihr freundlich zu

»Danke, Herr Kurtasch«, erwiderte Vicky. »Ich hätte es mir so nicht träumen lassen. Und derartiges geht halt auch nur, wenn man die richtigen Mitarbeiter hat.«

Die ersten Gäste fuhren vor, ihr kurzer Austausch wurde unterbrochen. Der Wagenmeister trat an den Bentley, der in der Auffahrt Halt gemacht hatte, und öffnete den Wagenschlag. Heraus stieg ein Mann, der Vicky vage bekannt vorkam, bis der Groschen bei ihr fiel und sie Giuseppe di Stefano erkannte, den berühmten Tenor, der von einer hinreißenden Frau begleitet wurde, womöglich sogar seiner eigenen.

Vicky trat hinzu und reichte ihm die Hand.

»La donna e mobile!«, sang er und verbeugte sich mit einem galant angedeuteten Kuss. »Wie schön, Sie wohlauf zu sehen.«

»Grazie, Signor di Stefano. Ich ... wir wussten nicht, dass Sie uns beehren würden!«

»Doch, doch, natürlich wussten wir es«, mischte sich Toni ein, der nun ebenfalls hinzugetreten war. »Signor di Stefano meldet sich gern unter falschem Namen an. Aber wenn auf der Reservierungsliste Don Giovanni steht, weiß ich, dass er es ist. Ciao Beppe! Come va?«

»Nach einem schrecklichen Winter endlich wieder gut. Wie schön euer Hotel geworden ist! Ich gehe nie wieder in die Villa Feltrinelli!« Der Sänger stellte seine Begleiterin vor, da bog bereits der nächste Wagen in die Einfahrt, ein alter DKW, vielleicht sogar das Modell, das Vater Neuhofer vor einigen Jahren gefahren hatte. Vicky wandte sich den Neuankömmlingen zu.

Der zweite Wagenmeister sprang herbei, um die Gäste mit derselben Grandezza zu begrüßen, als wären sie im Rolls-Royce vorgefahren, half einer alten Dame aus dem Fahrzeug und übernahm vom Fahrer die Schlüssel. »Ah!«, rief der Mann, der Vicky ebenfalls bekannt vorkam. »Das kann sich aber sehen lassen!«

»Herr Studienrat?«, fragte Vicky ungläubig. Den Namen freilich hatte sie vergessen.

»Das Fräulein, das eine Reise gewonnen hat?«, fragte der Mann zurück.

Wie sich herausstellte, war das Ehepaar, das Vicky und ihre Freundin Waltraud vor Jahren in Salò getroffen hatten, der ehemalige Lateinlehrer und seine Gemahlin, zum ersten Mal im eigenen Auto an den Gardasee gereist. Und sie würden zum ersten Mal in einem echten Grandhotel übernachten!

»Gehören Sie jetzt zum Hotel?«, fragte die Lehrersgattin neugierig.

»So kann man das sagen, ja«, erwiderte Vicky lachend. Denn in der Tat war es das, was sie sich und aller Welt eingestehen musste: Sie war ein Teil des Hotels geworden – und das Hotel ein Teil von ihr. Das Grand Hotel Fasano gehörte zu Vicky Baur wie ihre Familie, ihre Vergangenheit und ihre Zukunft. »Und wissen Sie, was noch zum Hotel gehört? Ein Granatapfelbaum! Ich hab ihn in unserem schönen großen Garten pflanzen lassen. Wenn Sie mögen, zeig ich ihn Ihnen später bei einer kleinen Führung durchs Haus.«

»Es wird uns ein Vergnügen sein!«, erklärte der pensionierte Lehrer, nicht ohne zu ergänzen: »Optime!« Woraufhin sowohl seine Frau als auch Vicky lachen mussten.

*

Dass in diesem Jahr Gäste erneut gebucht hatten, die im letzten Jahr im Fasano abgestiegen waren, machte Vicky stolz. Es war die Lebensversicherung eines Hotels, Stammgäste zu haben. Besucher, die immer wieder kamen, empfahlen ein Haus auch Dritten, die dann ebenfalls buchten und im Idealfall ihrerseits zu Stammgästen wurden. Dass sie die fürchterlichen Schäden, die das Erdbeben angerichtet hatte, nahezu ungeschehen machen konnten, so wie im Jahr zuvor die Sturmschäden, erfüllte Vicky ebenfalls mit Stolz. Dass so viele Mitarbeiter sich entschieden hatten, auch diese Saison wieder im Fasano zu arbeiten, auch. Doch am stolzesten war sie auf ihren zweiten Sohn Ricardo, den sie in einer kalten, endlos langen Februarnacht zur Welt gebracht hatte und der alle verzauberte, weil er schön war wie ein Engelchen. Dichte blonde Locken umrahmten sein hübsches rundes Gesicht, und seine blauen Augen ließen vor allem die Frauen dahinschmelzen – nicht nur Vicky oder die Großmutter Baur, sondern auch die weiblichen Gäste des Hotels, die von den beiden Buben der Besitzerin entzückt waren und Vicky ein ums andere Mal zu einem Plausch nötigten, um ihr dann möglichst schnell vor allem das Baby abzunehmen.

Toni blieb an den Abenden nun meist zu Hause, was der Ehe guttat. Doch verfolgte er offenbar Projekte, von denen er Vicky nichts sagen wollte. Sie nahm es ihm übel, wollte es aber nicht zum Streit kommen lassen. Zu froh war sie, dass er weniger ausging. Allerdings betrachtete sie mit einer gewissen Sorge, dass er sich von seiner schweren Erkältung im Winter nie richtig erholt hatte. Der Husten hing ihm an, an manchen Tagen war es schrecklich. Auch war Toni schmal geworden. Er mochte ja immer ein schlanker, eleganter Mann gewesen sein, doch die zurückliegenden Monate hatten offensichtlich an ihm gezehrt. Seine Mutter klagte oft, er solle mehr essen, beschwerte sich, dass Vicky ihm nichts Anständiges koche, lud ihn zu sich zum Essen ein und konnte trotzdem nichts daran ändern.

»Weißt du«, sagte Vicky zu ihm, als sie abends ausnahmsweise einmal gemütlich in ihrer kleinen Wohnung zusammensaßen, »wenn diese Saison um ist, dann sollten wir eine Reise unternehmen. Irgendwohin, wo es sonnig und schön ist und wir beide nicht arbeiten müssen.«

Toni nickte und blickte in eine ungewisse Ferne. »Ja«, sagte er leise. »Das klingt gut, mein Schatz.«

»Wollen wir ein bisschen schmusen?« Sie streckte die Hand nach ihm aus. Toni lächelte fast schüchtern und kam zu ihr, ließ sich das Sakko von ihr ausziehen, streifte die Schuhe ab und glitt neben ihr aufs Sofa, wo er ihre Bluse aufknöpfte und eine Hand hineinschob. Er legte den Kopf auf ihre Schulter, küsste ihren Hals – und atmete einen Augenblick später ganz regelmäßig, ohne sich weiter zu bewegen. Er war eingeschlafen.

Azzuro

Gardone Riviera 1963

Der Arzt schloss die Tür hinter sich und trat mit kummervoller Miene auf Vicky zu. Zweimal hob er an, etwas zu sagen, zweimal hielt er inne und schüttelte den Kopf. Schließlich holte er tief Luft und erklärte: »Es tut mir so leid, Signora Baur. Ich weiß gar nicht, wie ich es sagen soll ...«

»Um Himmels willen«, erwiderte Vicky. »Was fehlt ihm denn? So schlimm kann's ja nicht sein.« Sie starrte ihn an, versuchte, in seinem Gesicht zu lesen. »Oder?«

Dottore Oliveri stellte seine Tasche zur Seite und wischte sich mit einem Tuch die Stirn. »Wir werden noch weitere Untersuchungen machen müssen«, sagte er. »Im Krankenhaus.« Er seufzte. »Röntgen, Gewebeproben ... Aber die Ergebnisse der Blutproben und meine bisherigen Untersuchungen ...«

»Gewebeproben?« Vicky schnappte nach Luft. Auf einmal schien sich der Raum um sie her zu verdüstern. »Was denn für Gewebeproben?« Aber sie wusste es.

»Der Lunge«, erwiderte er leise. Sein sorgenvoller Blick ruhte auf der jungen Frau, der Mutter zweier kleiner Kinder. »Er weiß noch nichts davon.«

»Durch das Rauchen?«

Bekümmert nickte er und versuchte sich an einem aufmunternden Lächeln, das misslang. »Das jahrelange Rauchen ... Nicht alle sind dafür gemacht.«

»Ja«, sagte Vicky. »Verstehe. Aber ... aber wie groß sind seine Chancen, dass er wieder gesund wird?«

Das Schweigen dauerte zu lange. Und mit jeder Sekunde, die verstrich, hatte Vicky das Gefühl, als stürbe noch ein Stück Hoffnung, noch eines und immer so weiter. »Wie groß, Dottore?«

Der Arzt hob die Arme. »Ich kann es Ihnen nicht sagen, Frau Baur. Es wäre reine Spekulation. Aber machen Sie sich nicht zu große Hoffnungen.« Sein Blick ging hinaus auf den See. »Vielleicht geschieht ja ein Wunder«, sagte er leise. »Vielleicht hilft es, wenn Sie beten.«

Tapfer kämpfte Vicky gegen die Tränen. »Ich habe mal gelesen, man kann auch mit einem Lungenflügel leben«, sagte sie.

»Das ist richtig. Und vielleicht kommt es so. Ich habe Ihren Mann abgehört. Es klingt auf beiden Seiten ... nun ja, man weiß es nicht. Ich wünsche Ihnen von Herzen, dass es gut ausgeht. Wider alle Wahrscheinlichkeit.«

»Und wenn nicht?«

»Tja, was soll ich sagen. Wenn nicht, dann wissen wir alle, was das bedeutet.«

»Aber wie lange, Dottore? Wie lange hätte er dann noch?«

»Vielleicht ein Jahr? Vielleicht etwas mehr oder weniger. Es hängt von so vielen Faktoren ab.«

Vicky trat ans Fenster und starrte eine Weile ins Nichts. Schließlich wandte sie sich wieder um und erklärte: »Wir sagen es ihm nicht, Dottore.«

»Aber früher oder später ...«

»Nein! Wir behalten es für uns. Und wissen Sie warum?

Ich will nicht, dass er die Hoffnung aufgibt. Er soll daran glauben, dass er wieder gesund wird.«

Nun gelang dem Mediziner doch ein Lächeln. »Ich bewundere Sie, Frau Baur«, sagte er. »Sie sind eine starke Frau. Und wissen Sie was? Sie haben recht. Lassen Sie uns alles versuchen, was wir tun können, um ihn durchzubringen. Das Einzige, was er dazu beitragen kann, ist, seinen Optimismus nicht zu verlieren. Und Sie passen auf, dass er nicht mehr raucht, nicht trinkt, möglichst täglich an die frische Luft kommt, sich bewegt … Er soll so gesund leben wie möglich, das stärkt seine Kräfte. Er wird sie brauchen.«

»Danke, Dottore«, sagte Vicky und ergriff seine Hände. »Sie und ich, wir werden es schaffen.«

Während der Mediziner die Wohnung verließ, rang Vicky die Tränen nieder. Auf der Kommode, an der sie sich festhielt, um nicht zusammenzubrechen, stand in einem schlichten Rahmen eine alte Fotografie, die erste Aufnahme, auf der sie gemeinsam mit Toni zu sehen war: das Bild vom Fotoschießen auf dem Münchner Oktoberfest. Wie glücklich sie damals gewesen waren, wie jung und unbeschwert! Es schien auf einmal unendlich fern. So weit weg, als wäre es nur eine Geschichte, als hätte es mit ihrem Leben gar nichts zu tun.

*

Antonio Baur erfuhr, dass er eine schwere Lungenentzündung habe – vom Krebs erfuhr er nichts. Er schaffte es, an den meisten Tagen auf seine geliebten Zigaretten zu verzichten. An manchen gelang es ihm auch, sich welche zu verschaffen und seiner Sucht nachzugeben. Beim Alkohol fiel es ihm leichter, auf den verzichtete er sogar freiwillig, weil er selbst erkannte, dass auf den kurzen Trost, den ihm ein Glas

Whisky oder Cognac brachte, eine lang anhaltende Kraftlosigkeit folgte.

Vicky setzte sich jeden Tag einige Zeit zu ihm, erzählte ihm das Neueste aus dem Hotelalltag, besprach mit ihm die wichtigsten Fragen und überraschte ihn eines Tages damit, dass sie ihm eines der Gästezimmer neu dekoriert hatte, und zwar in Blau, seiner Lieblingsfarbe. Blaue Polster, blaue Vorhänge, blaue Bettwäsche hatte sie beschaffen lassen, sogar die Handtücher im Badezimmer waren blau. Und wenn er aus dem Fenster blickte, waren der See und der Himmel vom selben Blau, als wären sie Teil seines neuen Zimmers.

»Willst du mich loshaben, dass du mich hier einquartierst?«, fragte er seine Frau mit listigem Lächeln.

»Im Gegenteil, Toni«, erwiderte Vicky. »Näher bei mir will ich dich haben. Wenn du die ganze Zeit unterm Dach bist, komm ich viel zu selten bei dir vorbei, weil immer irgendwas unten im Hotel zu tun ist.«

Das hörte er gern, und er nahm ihre Anwesenheit gern in Anspruch, sei es, dass er sie einfach nur bei sich haben wollte, wenn er schlief, sei es, dass er sie bat, ihn ein wenig zu streicheln. Dann ließ sie ihre Hände sanft über seinen Rücken und seine Beine gleiten, dass er wohlig seufzte.

An manchen Tagen aber ließ ihn die Krankheit auch jähzornig werden. Wenn ihn der Husten schüttelte, wenn ihn der Feind in seiner Brust niederzwang, ihm den Mut raubte oder ihn hoffnungslos machte, wurde er ungerecht, undankbar und grob. Dann herrschte er seine Frau an, ihn nicht wie ein Kind zu behandeln, stieß sie zurück und verletzte sie mit gehässigen Äußerungen, bis sie sich weinend zurückzog und ihn allein ließ.

Einmal aber wartete er mit einem Umschlag auf sie, den er auf dem Schoß hielt und über dem er seine so schlanken

Hände verschränkt hatte. »Da bist du ja endlich«, sagte er mit sanfter Stimme, als sie hereinkam.

»Hast du auf mich gewartet?«

»Sehr!«

»Und gibt's einen bestimmten Grund dafür?«

»Gibt es«, erklärte Toni und reichte ihr das Couvert.

»Was ist das?«

»Schau selbst.«

Neugierig machte Vicky den Umschlag auf und zog ein hochoffiziell aussehendes Dokument heraus, mehrere Seiten dick und mit mehreren amtlichen Siegeln versehen. *Documento d'Aquista* stand darüber. Eine Kaufurkunde. Darin Tonis Name. Und ihrer.

»Haben wir was gekauft?« Sie sah ihn nicken. »Was denn um Himmels willen?«

»Es war höchste Zeit.« Er stand auf und nahm ihre Hand. »Komm.« Mit geheimnisvollem Lächeln führte er sie auf den Balkon. »Ich zeig's dir. Musst nur die Augen aufmachen.«

»Der See wird's nicht sein«, sagte Vicky lachend.

»Der nicht.« Er blickte hinüber zum nächsten Grundstück.

Vicky schnappte nach Luft. »Die Villa? Die Villa Principe?«

»Jetzt gehört sie uns, mein Schatz. Dir.«

*

Er hatte sie wirklich gekauft! Hatte sich trotz seiner Krankheit um diesen Herzenswunsch seiner Frau gekümmert und sie mit dem Erwerb des Nachbargrundstücks und der darauf stehenden alten Villa überrascht. Dass er selbst nicht mehr erleben würde, wie die Villa Principe wieder bewohnt sein würde, und dass er es nicht einmal wusste, schnürte Vicky das Herz zu.

An manchen Tagen schaffte sie es kaum, ihn im Unklaren zu lassen. Manchmal meinte sie auch, eine düstere Ahnung in seinem Blick zu erkennen. Vielleicht wusste er, dass er sterben würde. Vielleicht machten sie sich gegenseitig etwas vor: sie ihm, um ihm den Mut nicht zu nehmen, und er ihr, um sie nicht vor der Zeit zu schockieren.

Tatsächlich gab es Tage, an denen Toni beinahe gesund wirkte. Dann setzte er sich in den Garten, um die Zeitung zu lesen, inspizierte hier und da sogar das Hotel. Einmal überredete er seine Frau, mit ihm einen Bootsausflug zu machen und noch einmal hinüberzufahren auf die Isola del Garda, wo sie dann auf dem Steg saßen, die Füße im Wasser, und zum Ufer des Sees blickten, wo das Fasano wie ein Juwel stand und die alte Villa wie ein kleiner Schatten daneben.

»Wir könnten uns eine Wohnung in der Villa einrichten«, sagte Toni. »Ein bisschen Abstand zu den Eltern wäre vielleicht ganz schön? Und wir hätten endlich ein Kinderzimmer.«

»Ja«, stimmte Vicky zu. »Das wäre eine gute Idee. Aber nicht mehr unterm Dach.«

»Nein. Im Erdgeschoss. Mit einem eigenen Garten. Dann kannst du morgens im See schwimmen, ohne durchs Hotel zu müssen.«

Das hatte sie sich immer gewünscht, aber nicht gewagt, weil es unpassend gewesen wäre, wenn die Besitzerin des Hotels im Bademantel durch die Halle oder auch nur über die Liegewiese lief und dann vor den Gästen ins Wasser sprang.

So plante Vicky mit ihrem Mann, obwohl es längst zu spät war für gemeinsame Pläne, wenn nicht doch noch ein Wunder geschah. An den guten Tagen schaffte sie es beinahe, an ein solches Wunder zu glauben. An den schlechten indes ...

Nichts war grausamer für Vicky, als ihrem Mann bei den einfachsten Verrichtungen zu helfen und ihm zugleich vorzumachen, dass es eine gute Entwicklung sei, dass der Husten etwas nachgelassen oder er ein paar Gramm zugelegt habe. Was er nicht hatte.

An einem wunderschönen Sommertag saß sie bei ihm im Zimmer und berichtete das Neueste von den Gästen, vom Personal, von der Buchungssituation, klagte ein wenig, dass sie der Schwiegermutter nichts recht machen konnte, öffnete dem Mädchen die Tür, das aus der Küche ein wenig Suppe für Toni brachte, und gab ihm ein paar Löffel davon, als sie erkannte, wie sehr seine Hand zitterte.

Er hatte kaum Appetit. »Ich ess später weiter«, sagte er und bat sie, den Teller wegzustellen. Dann stand er auf und ging ins Bad. So dünn war er geworden. Und doch achtete er auf seine Haltung. Es war ihm immer wichtig gewesen, aufrecht zu gehen. Ein stolzer Mann war er.

Als er wieder herauskam aus dem Badezimmer lächelte er Vicky zu und befand: »Heute geht's mir wirklich besser. Ich denk, das Schlimmste hab ich hinter mir.« Er hielt sich an Vickys Schulter fest, drückte sie und setzte sich wieder aufs Bett. »Hat aber auch lang genug gedauert.«

Gern hätte Vicky etwas erwidert. So gern hätte sie ihm Mut gemacht. Doch sie hatte längst selbst den Mut verloren. Sie wollte nicht mehr lügen. Durfte ein Mensch nicht wissen, wenn es mit ihm zu Ende ging? Dass sie den Dottore zur Geheimhaltung verpflichtet und Toni die ganze Zeit über nie die Wahrheit gesagt hatte, quälte sie.

Zugegeben, sie hatte sich der verzweifelten Hoffnung hingegeben, dass es entgegen aller Prognosen vielleicht doch wieder bergauf gehen könnte. Sie hatte Toni nicht den Lebenswillen nehmen wollen. Aber wie lange durfte man einen Sterbenden über sein Schicksal im Ungewissen lassen?

Toni legte sich hin und seufzte. »Mach mir doch den Vorhang ein bisschen auf, Schatz«, sagte er leise und drehte sich zur Seite. »So ein schöner Tag. Und dieses Blau ... Azzuro. Das gibt's, glaub ich, nirgendwo anders auf der Welt.«

»Ja«, sagte Vicky. »Das gibt's bestimmt sonst nirgendwo.« Sie stand auf und trat ans Fenster. Es war ein wirklich schöner Tag, Toni hatte recht, ein geradezu schmerzhaft schöner Tag. Vielleicht auch ein tröstlich schöner? »Toni ...« Sie fasste sich ein Herz, wollte es endlich aussprechen. »Ich muss dir was sagen.« Sie wagte nicht, sich nach ihm umzublicken, wollte nicht die Hoffnung in seinen Augen erlöschen sehen. »Du ... du wirst nicht mehr gesund werden. Ich hab mit dem Arzt gesprochen. Das ist keine Lungenentzündung. Das ist ...« Sie flüsterte beinahe. »Das ist Lungenkrebs. Der Doktor glaubt nicht mehr an Heilung. Er sagt ... Er sagt, man kann nichts mehr machen.« Sie holte tief Luft und wandte sich dann doch zu ihrem Mann um. »Es tut mir so leid, Toni!«

Doch Antonio Baur war selig entschlafen.

Villa Principe

Gardone Riviera 1967

Die Sonne ließ ihr goldenes Licht auf die beiden Buben fallen, die auf der Wiese ein paar Enten umherscheuchten. Auf dem See zog ein Dampfer vorüber, warf Wellen, deren Kämme glitzerten. Weiße Segel blähten sich in einiger Entfernung. Vicky saß unter den tief hängenden zartgrünen Zweigen einer Weide und musste an ihren Mann denken, der so gern draußen gewesen war mit seinem Boot.

Ja, es war nicht immer einfach gewesen an seiner Seite. Manches Mal hatte er sie verletzt oder gekränkt. Er war ganz sicher nicht immer der Märchenprinz gewesen, den sich die junge Vicki Neuhofer in ihren Mädchenträumen ausgemalt und als den sie ihn seinerzeit kennengelernt hatte. Doch je länger sie ohne ihn sein musste, umso milder wurde ihr Blick auf die schwierigen Zeiten ihrer Partnerschaft und umso heller leuchteten die schönen Erinnerungen.

»Ricardo?! Vorsicht! Nicht so nah ans Wasser!« Sie stand aus ihrem Liegestuhl auf und ging ihren Söhnen hinterher. Seit sie hier ins Erdgeschoss der Villa Principe gezogen waren, hatten die Kinder ihren eigenen Ort zum Spielen, und man musste sie nicht ständig ermahnen, die Gäste nicht zu stören.

Es war ein wundervoller Ort, obschon nicht so exklusiv wie das Hotel und bei weitem nicht so luxuriös ausgestattet. In den oberen beiden Stockwerken und unterm Dach waren Mitarbeiterinnen und Mitarbeiter des Fasano untergebracht, unten aber lebte nur Vicky mit ihren Buben, die so neugierig waren wie ihre Mutter und so abenteuerlustig wie ihr Vater, grundverschieden – und doch eindeutig Geschwister. Sie waren Vickys ganzer Stolz. Zugleich waren sie der Grund, weshalb sie immer noch jeden Morgen als Erste aufstand und jeden Abend als Letzte zu Bett ging, wie sie es all die Jahre getan hatte, die sie nun in Gardone Riviera lebte. Schließlich ging es darum, das Grand Hotel Fasano für die beiden zu erhalten. Eines Tages würden sie es leiten, würden sie die Gäste empfangen, sich um das Tagesgeschäft und die Entwicklung des Hauses kümmern. Denn für ein Luxushotel konnte es keinen Stillstand geben. Auch wenn ein Grandhotel wie das Fasano die Kunst beherrschen musste, zu wirken, als stünde die Zeit still und als könnte jeden Moment eine Kaiserliche Hoheit durch die Tür kommen, musste es doch stets auf die Bedürfnisse und Gewohnheiten der Gäste Rücksicht nehmen, die alle Kinder ihrer Zeit waren. Im Grunde bedeutete ein solches Haus zu führen, die Vergangenheit und die Zukunft zu gestalten – die eine, obwohl sie schon vorbei war, die andere, obwohl niemand sie vorhersehen konnte. Es war eine Kunst, die man nur lernen konnte, indem man jeden Tag aufs Neue etwas wagte und sich nie von den unvermeidlichen Niederlagen den Mut nehmen ließ.

Paolo hatte unter der Weide eine der Enten erwischt und gepackt und zeigte sie nun seiner Mutter. »Schau, Mama, das ist die Bianca. Die nehm ich jetzt mit rüber und zeig sie dem Hansi. Der freut sich bestimmt!«

»Bianca heißt ›die Weiße‹. Deine Ente ist aber braun«, gab Vicky zu bedenken.

»Die wird erst noch weiß, Mama. Wenn sie heiratet«, erklärte Paolo bestimmt und lief mit dem Tier hinüber in den Park des Hotels, um seinen Freund zu treffen.

Es war etwas sehr Gutes, dass die Kinder im Hotel ständig neue Freundschaften schlossen. So lernten sie früh, mit anderen Menschen klarzukommen. Und sie lernten auch, mit Trennungen umzugehen, denn mancher neue Freund würde nie mehr wiederkommen, andere vielleicht erst nach Jahren, auch wenn es jedes Jahr mehr Stammgäste im Fasano gab.

Trennungen waren Vicky nie schwergefallen. Bis Toni gestorben war. Diese Trennung hatte sie lange nicht verwunden, im Grunde bis zu diesem Tag nicht. Sie machte sich auch keine Hoffnung, dass der Schmerz jemals völlig verschwinden würde. Das würde er nicht. In den ersten Wochen und Monaten hatte sie ihn mit Arbeit betäubt. Für Trauer war gar keine Zeit gewesen; das ganze Hotel hing ja von ihr ab. Dann, nach der Saison, war sie in ein tiefes Loch gestürzt, aus dem sie sich abermals mit Arbeit gerettet hatte: Sie hatte begonnen, die Villa Principe instand zu setzen, hatte Handwerker gesucht, beauftragt, beaufsichtigt, hatte Entwürfe angefertigt, Genehmigungen eingeholt, selbst mit Hand angelegt. Sie hatte mit der Bank verhandelt, weil ihr die Kosten über den Kopf gewachsen waren, hatte wieder und wieder mit den Schwiegereltern diskutiert, die ihre Pläne für unsinnig und zu teuer hielten. Sie hatte Tage in Schmutz und Staub zugebracht und Nächte im Schein einer Baulaterne, um Arbeiten fertigzumachen, die die Handwerker einfach hatten liegen lassen. Und sie hatte eine kleine Bank unter die Trauerweide gestellt, im Andenken an ihren Mann, mit dem sie an genau dieser Stelle einst ihren ersten Kuss getauscht hatte.

Irgendwann war die alte Villa fertig gewesen und zu einem Teil des Gand Hotel Fasano geworden. Dankbar betrachtete Vicky das historische Anwesen, in dem sich zweifellos viele bemerkenswerte Geschichten abgespielt hatten, von denen vermutlich niemand jemals erfahren würde. Auch das Grand Hotel Fasano steckte voller bemerkenswerter Geschichten, überraschenden, fröhlichen, traurigen ... Ob jemals jemand davon erfahren würde?

Lächelnd folgte Vicky ihren Söhnen nach drüben, wo durch die geöffneten Terrassentüren leise Klaviermusik nach draußen drang. Das Lied hatte sie lange nicht mehr gehört. Doch den Text kannte sie noch gut:

When I grew up and fell in love
I asked my sweetheart, what lies ahead
Will we have rainbows
Day after day
Here's what my sweetheart said

Que será, será
Whatever will be, will be
The future's not ours to see
Que será, será

Der See, das Hotel und die Legenden

Am Anfang dieses Romans stand ein Aufenthalt mit meiner Familie im Grand Hotel Fasano. Wir hatten uns entschlossen, uns drei Nächte in diesem luxuriösen, aber natürlich teuren Haus zu gönnen, und genossen einen wundervollen Abend auf der Terrasse des hoteleigenen Fischrestaurants. Ich ließ meiner Fantasie freien Lauf und fabulierte von einer jungen Studentin, die an den Gardasee kommt, um dort ein verfallenes Anwesen zu entdecken und ihren Traum vom Grandhotel zu verwirklichen. Was folgte, war eine kurze Recherche im Internet, die Entdeckung des ungewöhnlichen Namens Hiki Mayr und die Überraschung, dass eine ganz ähnliche Geschichte tatsächlich hinter dem Fasano steckte!

Der Gardasee ist einer der großen Sehnsuchtsorte, vor allem für deutsche Besucher. Überwältigende Natur trifft hier auf bezaubernde Architektur und liebenswerte Lebensart. Kein Wunder, dass die Region in der warmen Jahreszeit von Touristen überrannt wird und man oft staunt, wie dicht sich die Gäste drängen, sei es in den Seelokalen von Riva, sei es zwischen den Sehenwürdigkeiten von Sirmione oder an den öffentlichen Badestränden zwischen Torbole und Peschiera. Doch es gibt auch den anderen Gardasee: dort, wo es viel ruhiger zugeht, wo man die Stille genießen und sich wie in eine andere Welt und eine andere Zeit versetzen kann. Ein solcher Ort ist das Grand Hotel Fasano, das seit 1888 existiert und das heute wieder in dem Glanz erstrahlt, der es bei seiner Eröffnung vor beinahe 150 Jahren umgab. Vieles ist seither geschehen. Kaiserreiche sind untergegangen, Diktatoren haben ihr Unwesen getrieben – auch in unmittelbarer Nähe des Fasano –, Kriege forderten ihren Tribut …

Die Besitzer des Grand Hotel Fasano wurden enteignet, das Hotel während des Ersten Weltkriegs zum Lazarett umgebaut, war während des Zweiten Weltkriegs ein deutsches Lazarett und wurde erst danach wieder als Hotel betrieben – unter der Leitung von Giuseppe Mayr als angestelltem Direktor und seiner Frau Teresa, geb. Corti, als *Hausdame* (»*Governante*«).

Und dann kam eine junge Frau aus München ins Spiel: Hildegard Maria Elisabeth Neuhofer, deren Leben wie ein Roman klingt und doch tatsächlich wahr ist! Hiki, wie sie sich nannte und immer noch nennt, gewinnt als Kunststudentin beim Kostümwettbewerb den zweiten Preis und reist mit ihrer Freundin Irmgard nach Gardone, wo sie sich in einen hinreißenden jungen Mann und ein verwunschenes altes Hotel verliebt. Den jungen Mann, Rodolfo, will sie haben – und dem heruntergekommenen alten Kasten will sie wieder den Glanz der Belle Époque einhauchen. Große Pläne für eine Frau, die kaum volljährig ist und sich gegen die Widerstände ihres Vaters durchsetzen muss. Doch in ihrem Fall ist es keine Redensart und kein frommer Traum: Die Liebe überwindet alle Hindernisse!

Hiki heiratet den Sohn des Hoteldirektors, die beiden kaufen dem Staat das Fasano ab und führen es zurück zu alter Blüte. Noch heute ist dieses Juwel am See im Besitz der Familie, und immer noch steckt die inzwischen alte Dame

Hiki Mayr voller Pläne – für das Hotel, für die zahlreichen anderen Projekte, die sie über die Jahre und Jahrzehnte begonnen hat, für das von ihr gegründete und eingerichtete Museum für sakrale Kunst. In ihrer Wohnung in der Villa Principe hat sie sich eine eigene Werkstatt für Restaurierungsarbeiten eingerichtet. Dorthin zieht sie sich zurück, wenn sie auf einem Flohmarkt oder in einem Trödelladen eine alte Christusfigur oder eine Krippe erworben hat, um sie wiederherzurichten und so schön zu machen wie am ersten Tag. Damit führt sie im Kleinen fort, was sie im Großen mit dem Fasano gemacht hat, das längst von ihren Söhnen geführt wird und zu einem der führenden Hotels der Welt geworden ist.

So kam es, dass Hiki Mayr und das Gand Hotel Fasano zur Inspiration für diesen Roman wurden, der natürlich dennoch seine ganz eigene Geschichte erzählt. Denn ein Roman ist ein Roman und keine Nacherzählung von Biografien. Mein Wunsch war es nicht, dass sich historische Persönlichkeiten in meiner Geschichte wiederfinden können, sondern dass sich die Leserinnen und Leser darin wiederfinden können. Denn das macht eine große Geschichte aus: dass wir alle in ihr zu Hause sind – zumindest für die Dauer der Lektüre.

Für die schönen Gespräche möchte ich Hiki Mayr gleichwohl von Herzen danken, für ihre Gastfreundschaft und Offenheit. Auch den heutigen Leitern des Grand Hotel Fasano, Olliver und Patrick Mayr, danke ich sehr herzlich für ihre Unterstützung. Hiki Mayr und ihrer Familie ist es gelungen, aus dem Fasano einen Ort zu machen, der Träume Wirklichkeit werden lässt. So nimmt es nicht Wunder, dass nun auch ein Roman dort spielt, in dem ich meine Träume Wirklichkeit werden lassen durfte.

München, im Januar 2023
Antonia Brauer

Leseprobe aus:

Antonia Brauer

DIE TÖCHTER DES GEISTBECKBAUERN

Jahre des Säens

Roman

1.

Als die Wehen einsetzten, war draußen einer der Knechte beim Schneeräumen zu hören. Seine schwere Schaufel scharrte über den Hof, um Wege zu schaffen zwischen den Unterkünften der Knechte und Mägde über der Scheune und dem Stall auf der einen Seite und dem Bauernhaus auf der anderen. Es war ein Vierseithof, auf dem die Geistbecks lebten. Sie hatten wenig Vieh – ein paar Kühe nur und ein paar Sauen –, aber eine beachtliche Menge Land, auf dem sie Hopfen, Gerste, etwas Hafer und Kartoffeln anbauten. Außerdem gab es zwei große Obstwiesen und einen Fischweiher, und dazu hatten sie das Gasthaus: den »Postwirt«.

Während die beiden Knechte Rupp und Alfred schon in tiefster Dunkelheit begonnen hatten, den Schnee zu räumen, der in der Nacht gefallen war, hatte Lena, die Magd, Kreszentia geholfen, die Feuer zu schüren, damit es im Wirtshaus nicht so eisig kalt war und die dreizehnjährige Zenzi in der Küche bald den warmen Haferbrei zubereiten konnte, den es jeden Tag zum Frühstück gab.

Walburga Geistbeck selbst war an diesem Tag in der Kammer geblieben, weil sie beim Aufstehen plötzlich ein heftiges Ziehen im Leib gespürt hatte. Das Kind kündigte sich an, das vierte. Dreimal hatte sie schon eines zur Welt gebracht. Allerdings stammten nur zwei von ihrem Ehemann Georg. Kreszentia, die Älteste, war einige Jahre vor ihrer Ehe zur Welt gekommen. Walburga war damals mit Josef Zellner verlobt und dumm genug gewesen, nicht bis zur Hochzeit zu warten, und dann war Josef unter den Erntewagen gekommen und nicht mehr aufgestanden. Aber sie war schon schwanger gewesen – eine Schande, die sie beinahe jede Aussicht auf ein gutes Leben gekostet hätte. Dass ausgerechnet der Geistbeck Georg sie nehmen würde, damit hatte sie nicht gerechnet. Ein so fescher Bursche und Erbe eines der größten Höfe am Ort noch dazu! Die Leute hatten sich zwar das Maul zerrissen, aber irgendwann war es damit vorbei gewesen. Sie hatten andere Themen gefunden und sich daran gewöhnt – zumal Walburga eine patente Bäuerin und Wirtin geworden war, bei der man gern zu Gast war und die sich auf die besten Knödel und Apfelstrudel weit und breit verstand.

Walburga Geistbeck war glücklich, ihrem Mann ein weiteres Kind zu gebären. Er mochte zwar manchmal ein Hallodri sein und vielleicht auch nicht immer gut genug aufs Geld achten, aber er war nach wie vor ein gut aussehender und geachteter Mann. Er wusste die Menschen zu nehmen, und er brachte alle gern zum Lachen – auch sie –, und zu lachen hatte man auf einem Gutshof wie dem ihren normalerweise nicht viel, denn es gab immerzu Arbeit. Vom Morgengrauen bis in die späten Abendstunden hieß es anpacken.

Nur an diesem Tag würde sich Walburga Geistbeck eine Pause genehmigen und ihr Kind zur Welt bringen, vielleicht ja sogar einen Buben. Sie freute sich zwar nicht auf die Geburt, weil sie wusste, dass sie kein Talent für eine leichte Niederkunft hatte, aber sie freute sich, dass die letzte, beschwerliche Zeit der Schwangerschaft endlich vorbei war. In ein paar Tagen würde sie sich wieder bewegen können wie die Frau von Mitte dreißig, die sie war.

Ihr Mann war unten und wies die Knechte an. Wahrscheinlich hatte er auch selbst bereits zur Schaufel gegriffen. In diesem Winter hatten sie so viel Schnee wie schon sehr lange nicht mehr. Meterhoch türmte er sich auf der Westseite des Hofs. Aus den Fenstern im Erdgeschoss konnte man seit Tagen nicht mehr schauen. Vom Misthaufen war nur noch der Teil zu sehen, den die Knechte gestern aufgeschüttet hatten – die Wärme hatte den Schnee an der Stelle zum Schmelzen gebracht.

Mühsam richtete sich Walburga auf, um nachzuschauen, wie viel Schnee in dieser Nacht wieder dazugekommen war. In dem Moment steckte Lena den Kopf zur Tür herein.

»Herrin, ich wollt nachschaun, wie's dir geht.«

»Das ist recht, Leni. Mir geht's so, wie's einem halt geht, wenn man die eigenen Füß nicht sieht.«

Die Frauen lachten. Lena griff der Bäuerin unter den Arm und half ihr aus dem Bett. Durch ein winziges Loch zwischen den Eisblumen am Fenster konnte Walburga beobachten, wie Rupp die Schaufel schwang. Ein kräftiger Kerl war er, der Knecht. Und treu. Seit sieben Jahren war er auf dem Hof, was unüblich war. Die Knechte zogen normalerweise alle paar Jahre weiter und suchten sich einen neuen Hof.

Eine weitere Wehe kündigte sich an und zwang Walburga aufs Bett. »Lieber Gott, mach, dass es schnell geht und nicht so furchtbar schwer wird wie's letzte Mal«, betete sie und griff nach dem alten Rosenkranz, der stets auf dem Nachtschränkchen neben ihrem Bett lag. Einen solchen Winter hatte sie noch nicht gesehen. Sie würde in jedem Fall ohne Hebamme oder Arzt zurechtkommen müssen. Ein wenig Sorge machte es ihr doch. Ihre eigene Mutter war schließlich bei ihrer Geburt gestorben. Ein Kind zur Welt zu bringen, das wusste ein jeder, war für eine Frau immer noch die gefährlichste Aufgabe.

Zum Glück hatte sie Zenzi. Die hatte schon vor vier Jahren bei Resis Geburt mitgeholfen. Sie würde ihr auch diesmal helfen. Es hatte wahrlich sein Gutes, wenn man eine große Tochter hatte. Vor allem, wenn es so ein herzensgutes Mädel war wie Kreszentia. Sorgen machte sich Walburga Geistbeck nur, ob die Zenzi irgendwann auch selbst einen Mann bekommen würde, denn sie war ein uneheliches Kind, ein Bankert, und eine große Mitgift konnte ihr der Stiefvater auch nicht geben, so wie es um das Geld im Hause Geistbeck stand.

»Weil er auch ein solcher Bazi ist«, haderte Walburga leise. Aber dann waren es doch die zärtlichsten Gefühle, mit denen sie an ihren Mann dachte. Bis der Schmerz so heftig wurde, dass sie ihn zum Teufel wünschte und seine dauernde Lust, die ihr diese Schmerzen eingebrockt hatte.

***

Es wurde ein Mädchen. Und die Geburt war vergleichsweise leicht gewesen. Gewiss, Walburga hatte Schmerzen gelitten, aber es war schnell gegangen und ohne Komplikationen. Vielleicht hatte es geholfen, dass sie den Rosenkranz bei der letzten Wallfahrtsmesse in Steinerskirchen hatte segnen lassen. Sie hielt ihn immer noch fest in der Faust, als ihr Leni das Kind auf den Bauch legte. »Ein Mädel ist's, Frau Geistbeck.«

»Ein Mädel, mei, schon wieder.« Walburga Geistbeck seufzte und streichelte über das kleine Köpfchen mit dem schwarzen Haar. »Aber ein besonders schönes, gell?«

»Sie kommt halt nach dir«, sagte Georg Geistbeck, der in dem Moment den Kopf zur Tür hereinstreckte.

»So?«

»Freilich«, erklärte der Bauer und deutete auf das zerknautschte Gesicht des Neugeborenen. »Genau deine Nasen und pfeilgrad dein Gesicht.«

Die Geistbeckin blickte auf das Kindlein an ihrer Brust, schloss kurz die Augen und vergaß dann völlig den Schmerz, den sie eben noch ausgestanden hatte, weil sie so lachen musste. »Schäm dich!«, rief sie und schlug dem Geistbeck gegen die Schulter. »Dich so über mich lustig zu machen!«

Der Bauer fiel in das Lachen ein. »Es is natürlich das schönste Kind, das jemals auf die Welt gekommen is«, stellte er fest. »Deswegen schaut's dir ja so ähnlich.«

»Aha«, erwiderte die Geistbeckin etwas versöhnt. »Dann wird sie hoffentlich auch ein ganz besonders schönes Weib.«

»Und kriegt einen ganz besonders schönen Mann!«, betonte der Bauer.

Seine Ehefrau betrachtete ihn kurz und erklärte: »Man kann nicht alles haben. Schau mich an.«

Nachdem sie sich solchermaßen geneckt hatten, beugte sich der frischgebackene Vater hinunter und umarmte Mutter und Kind und flüsterte: »Dank dir schön, mein liebes Weib. Und dem Herrgott dank ich auch.«

Walburga nickte. »Ja. Gott sei Dank is alles gut gegangen.« Sie zögerte. »Und es macht dir nix aus, dass es schon wieder ein Mädel is?«

»Mei«, sagte der Bauer. »Mädel brauchen wir gerade so wie Buben. Und bis sie heiratet, ist's ja noch einige Zeit hin.«

Das stimmte allerdings. Über die Mitgift mussten sie sich noch keine Gedanken machen. Über etwas anderes hingegen durchaus. »Was geben wir ihr jetzt für einen Namen?«

»Hast du schon was im Sinn?«

Die Bäuerin seufzte. Sie war erschöpft. »Mei. Magdalena vielleicht? Oder Katharina?«

»Ich weiß nicht. So heißt doch jede. Nein, ein bisserl was Besonderes darf's schon sein.«

»Aha. Und was wär das dann?«

»Wenn ich sie mir so anschau, find ich, dass sie dir schon sehr ähnlich ist. Sie ist eine kleine Walburga.«

»Um Gottes willen!«, rief die Geistbeckin. »Walburga. So was Altzopfertes!«

»Aber schön. Ein bisserl vornehm, ein bisserl geheimnisvoll – gerade wie die Frau Mama.«

Als wollte die Kleine dieser Namenswahl zustimmen, erhob sie ihr zartes Stimmchen.

»Und ein bisserl vorlaut. Ja, Wally passt zu ihr«, erklärte der Bauer mit einem Lachen. »Morgen fahr ich nach Hohenwart und meld sie an.«

***

Es war nicht weit nach Hohenwart. Mit der Kutsche war man in einer Viertelstunde dort. Allerdings nicht bei diesem Wetter. Während die Knechte verzweifelt den Schnee vom Hof räumten, schneite es immer weiter. Wenn sie am Abend alles zur Seite geschaufelt hatten, lag am Morgen schon wieder ein halber Meter. So ging der nächste Tag hin und auch der übernächste und der darauffolgende. Kein Durchkommen gab es mehr, auch nicht für die Postkutsche, die sonst ihre Sendungen für die Deimhauser zum *Postwirt* brachte.

Es war der 15. Januar, als Georg Geistbeck sich endlich aufmachte, um seine neugeborene Tochter beim Standesamt zu melden. Immer noch türmte sich der Schnee links und rechts der Straße, und die Männer hatten nur einen schmalen Pfad freigeräumt. Vier Tage hatte es gedauert, bis es endlich zu Fuß oder mit dem Pferd wieder möglich war, zu der nahe gelegenen kleinen Stadt auf dem Hügel durchzukommen, deren Kirche weit übers Land hin sichtbar war.

Georg Geistbeck hatte darauf verzichtet, eines der Rösser zu satteln. Er wusste nicht, ob er es im Ort irgendwo hätte unterstellen können, und bei der Kälte konnte er es unmöglich vor dem Rathaus anbinden, zumal es dauern konnte. Mit Behörden hatte er in seinem Leben noch keine guten Erfahrungen gemacht. Also stapfte er mit seinen schweren Stiefeln, den Schal über die Nase und den Hut tief in die Stirn gezogen, durch die Schneelandschaft, froh, dass ihm seine Walburga zu Weihnachten ein Paar neue Fäustlinge gestrickt hatte.

Den ganzen Morgen über hatte es ausgesehen, als würde es noch weiter schneien, aber dann war die Sonne herausgekommen und hatte das weiß bedeckte Land aufleuchten lassen, dass es eine wahre Freude war. Der Winter war eine seltsame Zeit. Einerseits saß man viel zu Hause und sehnte sich danach, wieder rauszukommen, andererseits hatte man auch ein wenig Muße und musste nicht jeden Tag von früh bis spät arbeiten. Mitte Januar hatten die Bauern – und hatten vor allem die Geistbecks – noch reichlich Vorräte in den Speisekammern und Eiskellern, da ließ es sich gut zu Hause bleiben und Speck ansetzen. Aber jetzt spürte der Geistbeck seine Beine wie schon lange nicht mehr. Dabei war er noch nicht einmal droben auf dem Hügel.

Er liebte den Blick nach Hohenwart. Der Klosterhügel erhob sich stolz über den Feldern. Noch mehr liebte er den Blick von dort herab auf sein Dorf, das man im Winter gut erkennen konnte, während es im Sommer von den Bäumen verdeckt wurde. Deimhausen war ein Nest von wenig mehr als hundertfünfzig Menschen: ein paar große Höfe, ein paar kleinere Bauernhäuser, eine Mühle – und das Anwesen seiner Familie, der alte Vierseithof, der auch das einzige Wirtshaus im Ort und zugleich die Post war, weshalb Georg Geistbeck neben dem Pfarrer und dem Schullehrer zu den wichtigsten Männern von Deimhausen gehörte. Für einen Bürgermeister war der Ort zu klein. Aber wenn es einen Mann gab, den alle als solchen betrachteten, dann war er es.

Schnaufend langte er an den ersten Häusern des Marktfleckens Hohenwart an und drückte sein Kreuz durch. Bevor er zurückging, würde er erst noch irgendwo einkehren, um sich aufzuwärmen, beim Fellermair vielleicht, wo es gute Würste gab! Die Alma würde er auch gern wiedersehen. Ja, der Fellermair war eine gute Idee.

Vor dem Rathaus türmten sich die Schneehaufen mannshoch. Da musste der Geistbeck lange zurückdenken, um sich an solche Schneewinter zu erinnern. In seiner Kindheit vielleicht, da war es manchmal auch kaum noch möglich gewesen, nach draußen zu gehen.

Er zog den Hut vom Kopf und stampfte auf, um den Schnee von den Stiefeln zu klopfen. Dann trat er ein und sah sich um. Vor vier Jahren war er zuletzt hier gewesen, als er die Resi angemeldet hatte, und es war noch genauso finster und einschüchternd wie damals – wobei er natürlich keiner war, der sich einschüchtern ließ.

Kräftig klopfte er an die Amtsstube und wartete auf das »Herein!«, bevor er eintrat und sich vorstellte: »Grüß Gott. Geistbeck mein Name. Ich komm, um eine Geburt zu melden.«

»Dann gratulier ich«, erwiderte der Beamte hinter seinem Pult und musterte den Besucher. »Geistbeck?« Er wandte sich einem Registerschrank zu. »Aus?«

»Deimhausen.«

»Hm. Kommt man jetzt wieder durch?«

»Sonst wär ich nicht hier«, erklärte der Bauer vergnügt und zog sich die Fäustlinge von den Fingern, um sich die Hände ein wenig warm zu reiben, während der Beamte seine Registratur durchsuchte.

»Geistbeck, Georg. Hab Sie schon. Und was hamma denn zu melden? Einen Buben?«

»Ein Mädel. Walburga soll sie heißen.«

»Aha. Da haben Sie sich aber einen schönen Namen ausgedacht.«

»Nach ihrer Mutter.«

»Verstehe. Noch einen zweiten Vornamen?«

»Nur Walburga.«

Der Beamte griff zum Tintenfass, zog es zu sich, tauchte die Feder hinein und schrieb mit gestochen scharfer Schrift: *Geistbeck, Walburga, geb. zu Deimhausen, den 15. Januar anno 1911.* »So!«, sagte er. »Jetzt müssen S' mir bloß noch unterzeichnen, Herr Geistbeck.« Er schob ihm das Registerbuch hin und reichte ihm die Feder.

Georg Geistbeck nickte, hauchte sich noch einmal in die klammen Finger, damit seine Unterschrift halbwegs leserlich würde, und bestätigte den Eintrag. »Und eine Geburtsurkunde?«

»Die können Sie sich morgen abholen. Die wird vom Bürgermeister unterschrieben.«

»Verstehe. Geb's Gott, dass es bis dahin nicht wieder einen Meter geschneit hat!«

»Ja«, stimmte der Beamte zu. »Oder zwei.«

Der Geistbeck nickte bestätigend und setzte sich den Hut wieder auf. »Ich schick meinen Knecht vorbei, dem geben Sie's die dann bittschön.«

Damit verabschiedete er sich, trat wieder nach draußen und atmete tief die frische Winterluft ein. Was für ein herrliches Fleckchen Erde, auf das ihn der Herrgott gesetzt hatte! Es war gewiss nicht immer ein Leichtes, hier zu leben, aber Georg Geistbeck hätte um nichts auf der Welt tauschen mögen. Das Schrobenhauser Land, das war schon etwas ganz Besonderes.

✳ ✳ ✳

Rupp sah aus wie ein Schneemann, als er in der Tür stand. Ausgerechnet in der Mitte zwischen Hohenwart und Deimhausen hatte ihn der Schneesturm überrascht, gerade dass er noch durchgekommen war, ehe der freigeschaufelte Weg wieder vollends verweht war.

»Jesus, Maria und Josef!«, rief Walburga Geistbeck. »Schau, dass du reinkommst, und mach schnell die Tür wieder zu.« Sie winkte ihn an den Kachelofen. »Setz dich dahin, damit du wieder warm wirst.«

Stöhnend ließ sich der Knecht auf der Holzbank nieder und zog die Handschuhe aus, ehe er aus seinem Rucksack die Mappe holte, in die er das Dokument gelegt hatte, die Geburtsurkunde des jüngsten Kindes seiner Herrschaft.

»Dank dir schön, Rupp«, sagte die Bäuerin. »Magst einen Tee?«

Der Knecht lachte. »Wenn du einen Hopfentee hast«, erwiderte er. »Aber einen kalten!«

Die Geistbeckin nickte wissend und trat hinter die Theke, um ihm ein Bier zu zapfen.

»Bist ordentlich überrascht worden von dem Wetter.«

»Ich glaub, in dem Winter gibt's nur bei uns Schnee«, erklärte der Knecht. »Der tät wirklich für ganz Bayern reichen.«

»Das tät er bestimmt!« Walburga Geistbeck stellte dem Knecht sein Bier hin und setzte sich neben ihn auf die Bank. »Dann schauen wir einmal, ob er's auch schön gemacht hat, der Herr Standesbeamte.« Sie schlug die Mappe auf und staunte. »15. Januar? Aber die Kleine is doch am elften auf die Welt gekommen!«

In dem Moment trat ihr Mann, der sich um sein Landwirtschaftsbuch gekümmert hatte, in die Gaststube. »Was gibt's?«

»Du hast angegeben, dass unsere Wally am Fünfzehnten geboren worden is.«

»Einen Schmarrn hab ich«, erwiderte der Bauer. »Sie is doch schon am Elften gekommen.«

»Aber gesagt hast du's offenbar nicht«, stellte seine Frau fest. »Sonst hätt er nicht den Fünfzehnten reingeschrieben.«

Georg Geistbeck ließ sich das Dokument zeigen, schüttelte den Kopf, gab es seiner Frau zurück und zuckte die Schultern. »Ist sie halt ein paar Tag jünger dadurch«, erklärte er. »Später wird sie sich freuen.«

»Wegen vier Tagen?« Walburga Geistbeck lachte. »Das glaubst auch nur du. Dabei hätt sie so einen schönen Geburtstag gehabt: Elfter Erster Elf. Fünf Einser!«

»Gell«, sagte ihr Mann. »Hast dir so eine Mühe gegeben, dass sie auch ja am Elften kommt.«

»Geh. Depp!«, schalt ihn seine Frau und schlug ihm scherzhaft auf den Arm.

»Oha!«, protestierte der Geistbeck launig. »Geht man neuerdings so mit seinem angetrauten Ehemann um?«

»Wenn er sich so was getraut ...«, erklärte Walburga Geistbeck und nahm das Papier mit in die eheliche Schlafkammer, um es gut zu verwahren. *Na ja*, dachte sie, *dann wird die Kleine zwei Geburtstage haben, ihren echten und einen amtlichen. Wer weiß, wofür's gut ist?*

***

Die Taufe fand am folgenden Sonntag in der Dorfkirche statt und war trotz der Kälte gut besucht. Nur ein paar von den Alten hatten sich nicht aus den Häusern getraut. Wenn Geistbecks feierten, war das im Ort sehr beliebt, denn der Großbauer ließ sich nicht lumpen und lud großzügig ein. Außerdem verstand sich Walburga auf die besten Knödel weit und breit, da durfte man sich auf eine schöne Verköstigung freuen. Und geladen war, wer kommen wollte, so war's der Brauch.

Schon am Vortag hatte die Bäuerin mit ihrer Lieblingsmagd Leni und mit ihrer großen Tochter Zenzi von frühmorgens an in der Küche gearbeitet. Der Geistbeck hatte eine Sau schlachten lassen. Die Innereien würden sie in den nächsten Tagen essen. Die Sau reichte aus, um jedem aus dem Dorf ein schönes Stück Braten zu servieren, wobei die besonderen Teile selbstverständlich für die Honoratioren reserviert wurden: den Herrn Pfarrer, den Schullehrer, den Hackerbauern mit seinen fast achtzig Jahren und den Goldammer Walter, der noch in Sedan gekämpft hatte. Dazu servierte die Geistbeckin jedem einen Kartoffel- und einen Semmelknödel. Kiloweise rieb Leni rohe Kartoffeln und stampfte gekochte, presste den Saft aus den geriebenen und mischte sie unter den Stampf, sodass ein gleichmäßiger Teig entstand. Es war eine kräftezehrende Arbeit. Um hundert Mäuler zu stopfen, brauchte es einen ganzen Waschzuber voll Knödelteig – und den zu bereiten ging ins Kreuz.

Zenzi half klaglos bei den Vorarbeiten. Am besten aber verstand sie sich darauf, die Knödel zu drehen. Das konnte keine so gut wie sie mit ihren schlanken, jungen Fingern, nicht einmal Walburga Geistbeck selbst. Sie wurde es auch nicht müde, sondern arbeitete geschickt und schnell vor sich hin, als wäre es die reinste Freude. Stolz war die Bäuerin auf ihre Älteste. Die Zenzi hatte keinen ganz leichten Stand, da sie kein leibliches Kind des Großbauern war, aber sie verstand es, sich Anerkennung zu erarbeiten. Und dass sie ein ordentliches Mädel war und auch hübsch anzuschauen, das half ihr zusätzlich.

Walburga Geistbeck hatte sehr genau registriert, wie die Burschen immer wieder zu ihr hinschielten auf der Straße oder in der Kirche. *Vielleicht*, dachte die Bäuerin, *vielleicht darf sie sich ja irgendwann einen Mann aussuchen, der ihr wirklich gefällt.* Die Zeiten änderten sich, warum sollte das nicht möglich sein? Zumal sie ihrem Mann durchaus zutraute, sich bei der Zenzi nicht allzu sehr einzumischen.

Am Stampfen der Stiefel konnte sie erkennen, dass er gerade in den Hausflur getreten sein musste. Die Tiere waren also versorgt. »Georg?«

»Hast du einen Kaffee?«, rief er aus dem Treppenhaus herüber.

»Wollt dich grad fragen.«

»Einen großen bitte. Ich bin schon halb erfroren. Wenn das so weitergeht, wird's eine Überschwemmung geben. Das muss ja alles auch irgendwann wieder abfließen.« Der Geistbeck trat in die Küche und legte den Arm um seine Frau.

»Geh weiter. Du riechst nach Stall. Wasch dich erst einmal ordentlich.«

Mit einem theatralischen Seufzen zog sich der Bauer zurück und polterte nach hinten, wo die Toiletten waren, um seine Hände mit Kernseife und Wurzelbürste zu bearbeiten. Zwar hatte er fließendes Wasser einrichten lassen, aber die Leitungen waren vereist, weshalb er eine Regentonne aufgestellt hatte, die Rupp mit Schnee randvoll geschaufelt hatte. Dadurch, dass es so kalt war, war aber nur ein Teil geschmolzen, ehe sich wieder eine Eisschicht auf der Oberfläche gebildet hatte. Die musste man erst einmal durchstoßen, um an Wasser zu gelangen.

Als er wieder nach vorn kam, hatte ihm seine Frau ein Haferl Kaffee hingestellt und eine Rohrnudel. »Kommen der Rupp und der Alfred auch?«, fragte die Bäuerin.

»Die werden jeden Augenblick da sein.«

»Dann stell noch einen Kaffee für die Knechte hin, Leni, ja?«

Es war ein offenes Geheimnis, dass Leni und Rupp recht eng miteinander waren, vor allem, wenn keiner in der Nähe war. Sehr nah. Dennoch würden sie nicht heiraten, denn für eine Magd oder für einen Knecht war eine Ehe kaum denkbar. Wie auch hätte das gehen sollen? Die Magd konnte nicht gut Kinder auf dem Hof der Herrschaft zur Welt bringen, die am Ende mit den Kindern der Bauersleute auf demselben Anwesen aufwuchsen, dieselbe Schule besuchten, dieselben Lehrer hatten. Nein, Knechte und Mägde mochten sich ihre kleinen Fluchten suchen und ihre kleinen Freuden genießen, aber ein Knecht würde sich nie zum Herrn aufschwingen, und eine Magd hatte kaum je eine Möglichkeit, Bäuerin zu werden. Umgekehrt mochte der Bauer der Herr sein, aber er war doch auf seinem Hof fest verwurzelt und würde die Welt nie auf eine Weise kennenlernen, wie sie den Knechten, die ja alle paar Jahre weiterzogen, offenstand – von der Bäuerin ganz zu schweigen.

Es war eine festgefügte Welt, in der sich jeder auf seinen Platz fügte, ob es ihm passte oder nicht, und so saßen sie an jenem 22. Januar in der Kirche St. Pantaleon und lauschten auf die Predigt des Pfarrers, der in Anbetracht der Schneemassen von den sieben biblischen Plagen erzählte, die Ägypten heimgesucht hatten, und den Dörflern ins Gewissen redete, dass die es nicht an Frömmigkeit fehlen lassen sollten, wenn sie die himmlischen Mächte besänftigen wollten. Er rief die Wetterheiligen Johannes und Paulus an und forderte alle auf, an Mariä Lichtmess nach Steinerskirchen zu wallfahren.

»Außerdem«, stellte er zu guter Letzt prosaisch fest, »weiß ein jedes Kind, dass ein harter Winter einen milden Sommer ankündigt.« Er lächelte seiner Gemeinde zu. »Aber jetzt haben wir noch einen besonderen und freudigen Anlass für unsere Zusammenkunft am heutigen Tag! Der Herr hat den Eheleuten Geistbeck eine gesunde Tochter geschenkt. Und die wollen wir heute in unsere Gemeinde aufnehmen, indem wir ihr das heilige Sakrament der Taufe spenden.« Er nickte zu den Geistbecks hinüber, die in der ersten Reihe saßen und sich nun erhoben, um zum Baptisterium zu schreiten.

Die kleine Wally schrie mit ihrem winzigen Stimmchen schon seit einer ganzen Weile, aber es wäre ungehörig gewesen, sie in der Kirche zu stillen, und an diesem besonderen Tag konnte und wollte Walburga Geistbeck auch nicht das Gotteshaus verlassen, um das Kindlein zwischendurch rasch zu füttern. Besser, man brachte alles möglichst schnell hinter sich.

Das taten sie auch. Der Pfarrer fand freundliche Worte.

Er war ja vielfach geübt, denn auf jedem Hof gab es etliche Kinder, sodass alle paar Wochen eine Taufe in St. Pantaleon stattfand. Er goss das geweihte Wasser über den kleinen Kopf des Mädchens, das so erschrak, dass es für kurze Zeit sogar zu schreien vergaß. Dann segnete er das Kind, gratulierte den Eltern und fragte: »Zweierlei Knödel?«

»Zweierlei Knödel, Herr Pfarrer«, bestätigte Walburga Geistbeck.

»Dem Herrgott sei Dank.«

»Na ja«, murmelte ihr Mann spöttisch. »Gemacht hat sie aber mein Weib.«

 Ende der Leseprobe